新大宋十八皇朝

二 燭影斧聲

許慕羲 著

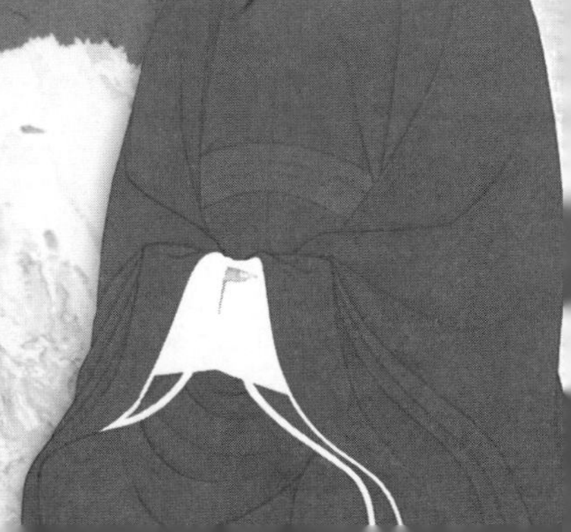

目錄

大宋十八皇朝

目錄

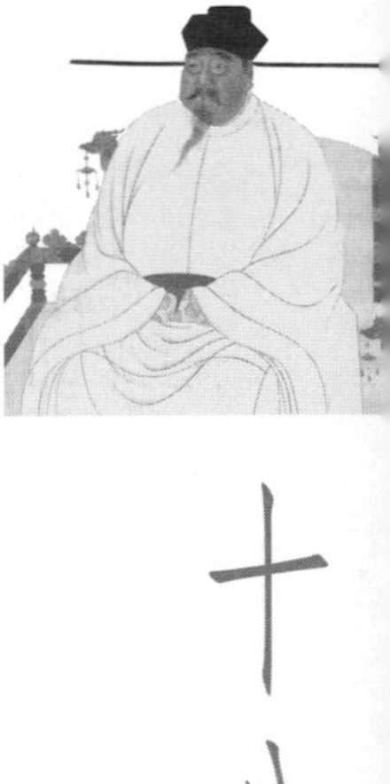

第二十六回　花蕊夫人

李昊因宋太祖平定荊南，勸後主奉表納貢，免啟兵端。王昭遠又說：「蜀地險阻，外扼三峽，宋兵焉能飛渡，勸後主不必稱臣入貢，自損威風。」後主聽了王昭遠的話，遂不從李昊朝貢之議。但是聞得宋兵平定荊南，心中也覺有些恐懼，便與群臣商議，增兵水陸，扼守要隘，以防宋兵前來侵犯。

當下又有張庭偉獻議，勸後主通好北漢，夾攻汴梁。後主便從其議，修了書函，遣部校趙彥韜，齎了蠟書，由間道馳往太原。

哪知趙彥韜也是個賣主求榮之徒，他見後主荒於朝政，沉迷酒色，知道蜀中必要敗亡，宋朝兵力甚盛，君明臣良，日後必能掃蕩群雄，統一天下。他久已有心降宋，現在得著這個機會，便帶了蠟書，表面上說是承命往太原去，實卻暗中馳至汴京，請見太祖，把後主蠟書進入太祖。

太祖展書看時，見上面寫道：

早歲曾奉尺書，遠近睿聽；丹素備陳於翰墨，歡盟已保於金蘭。洎傳吊伐之佳音，實動輔車之喜色。尋於褒漢，添駐師徒，只徒靈旗之濟河，便遣前鋒而出境。

太祖看了此書，不覺笑道：「朕要伐蜀，正恐師出無名，現在有了這封書信，便可藉此興兵了。」遂即調遣軍馬，命忠武軍節度使王全斌，為西川行營都部署；都指揮使劉光義、崔彥進為副；樞密副使王仁贍、樞密承旨曹彬為都監。率馬步軍六萬人，分道入蜀。

全斌等奉了旨意，入朝辭行。太祖面諭道：「卿等此行，西川可以取得麼？」

全斌道：「臣等仰賴天威，秉承廟謨，誓必平蜀，方才班師。」

右廂都校史延德，踴躍奏道：「除非蜀中在於天上，人不能到，那就無策可取；若在地上，有這樣的兵力，還不能平此一隅之地麼？」

太祖喜道：「全仗卿等勇往直前，效力戎行。平蜀之後，所有財帛，必當分給將士。朕只欲其土地，此外並無他求。但卿等此去，蜀主勢窮力竭，必定出降，卿等須要善待，並要將其家屬，無論大小男婦，一齊送入汴京。沿路之上，亦要好好看承，不得侵犯一人。朕已在汴河之濱，為蜀主治第。多至五百餘間，供張什物，一切俱備。朕當令蜀主與其家屬，安居享福也。」

全斌等領了旨意，辭駕退出，兵分兩路，全斌與彥進等，由鳳州而進，光義與曹彬等，由歸州而進。兩支人馬，浩浩蕩蕩，殺奔西蜀而去。

你道太祖在全斌等啟行之時，為何囑咐他們，優待孟昶家屬，並說在汴河之濱，治第五百餘間，一切供張什物莫不全備，要使孟昶和家屬安居享福？這個話，可是太祖心裡之言麼？

原來太祖久聞花蕊夫人天姿國色，是個尤物，心內十分羨慕，惟恐兵臨成都，花蕊夫人為兵將所蹂躪。所以諸將臨行之時，他便再三囑咐，不准侵犯蜀主家屬，無論大小男婦，都要好好的解送汴京。太祖的話，原含著一片深意在內的。

至於在汴河之濱，為蜀主治第五百餘間，一切供張俱全，也是真言，並非假話。所以王全斌和將士們聽了太祖囑咐之言，絕不敢違，取蜀之後縱兵擾亂民間，擄掠金帛子女，對於蜀主的眷屬，卻沒有絲毫侵犯，並好好的解到汴京，面見太祖。這是後話，不去提它。

單說後主孟昶聞得宋兵入蜀的驚報，便也調集人馬，命王昭遠為都統，趙崇韜為都監；韓保正為招討使，李進為副，帶領大兵，抵拒宋師。臨行之時，又命左僕射李昊，在郊外設下筵宴，為王昭遠與諸將餞行。

李昊奉了聖命，只得來至郊外，替他一一斟酒，並祝此去軍行順利，旗開得勝，馬到成功。那王昭遠卻自負不凡，帶著酒興大聲說道：「俺此行，不是克敵，便是率領師徒進取中

原，直搗汴京，也如反掌之易。」

李昊見他如此驕縱，知道此去必敗，卻又不敢不敷衍著他。昭遠飲酒已畢，率領人馬啟行，手執鐵如意，指揮軍士，自比諸葛亮。哪知昭遠的人馬方抵羅川，宋兵已攻克了萬仞、燕子二寨，進取興州。昭遠聞報，忙令韓保正、李進率領五千人馬前去救應。兩個人奉了將令，方才行至三泉寨，已見宋兵蜂擁而來，正遇著宋軍前部先鋒史延德，直向蜀軍衝來。韓保正、李進雙馬齊出，擋住史延德交戰，不上數合，都被史延德活擒過去，指揮宋軍，大殺一陣。可憐這些蜀兵，逃也來不及，都被殺死，做了無頭之鬼；連軍中帶的三十萬石糧米，也為宋兵所得。

王昭遠聞得韓、李兩人被擒，五千人馬全軍覆沒。他還說勝敗兵家常事，只要自己出去，一場廝殺，便可把宋兵殺得片甲無存了。他口內雖說著大話，卻不敢率兵前進，只在羅川，列了營寨，等候宋軍。

幸虧得史延德勝了一陣，打聽得蜀兵甚多，惟恐孤軍深入，寡不敵眾，在半路休息，等候後隊的人馬，直待崔彥進領兵到來，方才合力前進。將近羅川，遙見蜀兵依水下寨，橋梁卻還未斷，崔彥進的先行張萬友，大聲喊道：「不乘此渡過浮橋，更待何時？」語音未絕，已馳馬上橋，後面宋兵如疾雨狂風跟著擁來。蜀兵見了，慌忙攔阻，哪裡還來得及，早被宋軍飛渡而過。王昭遠見宋軍這樣勇猛，哪敢迎戰，便率領人馬，退保漫天寨。宋軍乘著一股銳氣，直抵寨下。

崔彥進瞧這漫天寨，形勢險峻，王昭遠堅守不出，卻難攻取，便思得一計，分軍三路，以兩路在後埋伏，自己率領一支兵，至寨下盡力叫罵。把王昭遠罵得忍耐不住，又見宋軍寥寥無幾，便恃著人馬眾兵開關衝出，彥進略略迎戰，便率軍退去。

昭遠以為宋軍敗退，便揮動人馬，盡力追來。看看追了有十餘里路，昭遠也覺得離關過遠，剛要收兵回寨。哪知左右兩面，突然殺出兩支人馬，一路是宋將康延澤；一路是張萬友。崔彥進、史延德又揮軍殺回，三面夾攻，把個王昭遠嚇得亡魂皆冒，帶著敗兵，奪路奔逃。蜀兵大潰而走，死者不計其數，退至寨前，宋軍已奮勇追來，踴躍登山。昭遠瞧著這般情形，料知難以保守，遂領了敗殘人馬，退出漫天寨，匆匆的渡過桔柏江，焚去橋梁，退守劍門。

崔彥進取了漫天寨，奪得馬匹旗幟，器械糧草，不知其數，便等王全斌大軍到來，會同前進。及至全斌到來，打聽得昭遠已退保劍門。全斌因劍門險阻異常，不易攻取，且等候劉光義等消息，再定行止。不止幾日，得著光義來書，已攻克夔州，進入峽中了。

那夔州地扼三峽，為西蜀江防第一重門戶。蜀寧江制置使高彥儔，與監軍武寧謙，聞得宋軍得歸州入蜀，便在夔州城外，鏁江上面，築起浮橋，上設敵棚三重，夾江列炮，專防敵船前來襲擊。劉光義、曹彬臨行時，早經太祖指示地圖，囑令水陸夾攻，方可取勝，所以

光義沿江入蜀，距鏁江三十里，便捨船登陸，夤夜進攻蜀營。那蜀兵只顧得水路，卻不防陸路，忽被宋軍由陸路攻入，立即大亂起來，只得退入夔州。光義得了太江浮梁，進薄城下，高彥儔擬堅守城池，武守謙一力主戰。彥儔拗他不過，只得聽從。武守謙領兵出城，與宋將張廷翰交戰，約有兩個時辰。武守謙氣力不加，只得虛幌一槍，向城中逃去。

說時遲，那時快，武守謙剛才入城，張庭翰已追進城來。守門兵卒要關閉城門，被廷翰槍挑數人，後面宋軍一擁而入。劉光義、曹彬也先後馳入。高彥儔忙來抵拒，哪裡還能阻擋？武守謙早已逃得沒有蹤影。

彥儔身中數十傷，實在支持不住，奔歸署內，整冠束帶，向北再拜，自焚而亡。光義克了夔州，安撫百姓，禮葬彥儔，整兵北進。一路之上，勢如破竹，那萬施、開忠等州，望風披靡；峽中郡縣，盡皆歸降，即馳書報知全斌。

全斌聞得東路大捷，便進兵益光。途中獲得蜀兵探卒，用好言撫慰，勸令歸降，問他入蜀的道路。探卒感念全斌不殺之恩，便說道：「益光江東，越大山數重，有一狹徑，地名來蘇，由此徑通過，可以繞出劍門南面，與官道會合，前面就沒有什麼險阻了。」

全斌聞言大喜！便從來蘇直趨青疆，一面分兵與史延德潛襲劍門。

那王昭遠聞了消息，便令偏將在劍門據守，自己領了兵馬，至漢源，來拒全斌。誰料尚未遇著全斌，劍門為宋軍襲取的消息，早已報來，把個昭遠嚇得面目失色，手足無措，僵臥胡床，如死人一般；那指揮三軍的鐵如意，也不知丟往哪裡去了。不上一刻，早已號炮連天，王全斌、崔彥進領兵殺來。昭遠急得只是顫個不住，還是都監趙崇韜佈陣出敵。此時的蜀兵，一齊膽戰心驚，如何還敢與宋軍交戰？一見宋軍殺來，便紛紛潰散。

趙崇韜見軍心離散，也只得撥馬而走，哪知崔彥進已飛馬追上。趙崇韜措手不及，便被彥進活活擒去。王全斌揮軍大殺，將蜀兵如砍瓜切菜般，不知殺了多少。有幾個跑得快的，得命回寨，將昭遠掖上了馬，加鞭疾馳，逃至東川，躲在倉舍裡面，只是悲嗟流涕，兩目盡腫。沒有多少時候，追兵已到，四下搜捉，尋入倉舍裡面，見昭遠縮做一團，也不問三七二十一，將鐵索套在他頸上，好似牽猴子一般，把他牽將去了。

蜀主孟昶此時正在宮中與花蕊夫人、李豔娘歌舞飲酒，尋歡取樂，吃得醉醺醺的在那裡互相調笑；忽然敗報傳來，嚇得後主連酒也醒了一半。忙出金帛募兵，令太子玄喆為統帥，李廷圭、張惠安等為副，速赴劍門，應援前軍。那太子玄喆，從來未習武事，平素單好聲歌，在成都出發的時候，軍中還攜帶好幾個美女，笙簫管笛，沿路吹唱不休，一些沒有行軍的樣兒。李廷圭、張惠安又是個庸懦無能之人。剛才行到綿州地方，聞說劍門失守，便抱頭鼠竄的逃了回來。

後主十分驚惶，忙向左右問道：「如今宋軍勢如破竹，鋒不可擋，為之奈何？」

有老將石斌獻計道：「宋師遠來，勢難持久，請深溝高壘，嚴拒敵軍。」

後主嘆息說：「我父子推食解衣，養士四十年，及危亡之時，沒有一個人為我殺一敵將。今欲固壘拒守，誰肯為我效力呢？」說道，好生悲嘆，淚下如雨。

忽見丞相李昊跑來報道：「宋師已入魏城，不日便要到成都了。」

後主彷徨失措道：「這便如何是好？」

李昊道：「宋師勇猛，無人可擋，看來成都亦復難守，不如見機納土，尚可保全性命。」

後主想了半晌，實在沒法，只得說道：「朕也顧不得什麼了，卿即為朕修起降表，前往軍前投誠罷。」

李昊奉命，立刻修起表來。後主便遣通奏伊審征，齎往宋營。王全斌許其納降，令兵馬都監康延澤，帶領百騎，隨審征入成都，宣諭恩信，盡封府庫，方才回營覆命。

次日，王全斌統領大軍入城。劉光義、曹彬亦引兵來會，後主迎謁馬前，全斌下馬撫慰，待遇甚優。後主又遣其弟仁贄，詣闕上表道：

先臣受命唐寶，建牙蜀川，因時勢之後遷，為人心之擁迫。先臣即世，臣方鼎年，猥以童昏，謬承餘緒，乖以小事大之禮，闕稱藩奉國之城，染習偷安，因循積歲；所以上煩宸算，遠發王師，勢甚疾雷，功如破竹，顧惟懦卒，焉敢當鋒，尋束手以雲歸，止傾心而俟命。當於今月七日，已令私署通奏使宣徽南院使伊審征。奉表歸降，以緣路寇攘，前進不得；臣尋令兵士援送，至十一日，尚恐前表未達，續遣供奉官王茂隆，再齎前表，至十二日以後，相次方到軍前，必料血誠，上達睿聽。臣今月十九日，已領親男諸弟，納降禮於軍門；至於老母諸孫，苟延殘喘於私第。陛下至仁廣覆，大德好生！顧臣假息於數年，所望全軀於今日，今蒙無戎慰恤，監護安撫，若非天地之重慈，安見軍民之受賜。臣亦自量過咎，尚切憂疑，謹遣親弟，詣闕奉表，待罪以聞。

這道表文，相傳亦是李昊手筆。李昊原是前蜀舊臣，前蜀亡時，降表也是李昊所修，蜀人夜書於其門道：世修降表李家。這也是當年的一段趣聞哩。

那後蜀自孟知祥傳至孟昶，凡二世，共三十二年。

太祖接著孟昶的降表，即簡授呂餘慶知成都府，並諭蜀主孟昶，速率家屬，赴汴京授職。孟昶接到旨意，哪敢遲延，便攜帶家屬啟行，聞得知成都府的名呂餘慶，孟昶不覺駭然道：「國之滅亡，殆由定數，不可逃也。」記得今歲元旦，命翰林撰春聯帖子，所撰的皆不稱意，曾自撰一聯道：「新年納餘慶，佳節號長春。」今日出降，不料來知成都府事者，即名「餘慶」。況聞宋主以誕生之辰為長春節。可見這春聯帖子，竟成了讖了。孟昶說著，嗟嘆不已！

沿路由峽江而下，山川崎嶇，道路難行，那花蕊夫人嬌怯怯的身軀，經受了這樣風霜之

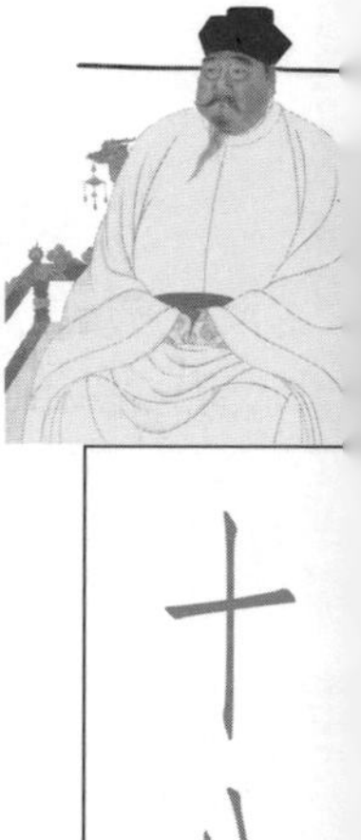

苦，抱著一腔亡國之恨，鎮日間秋水凝波，春山斂黛，十分幽怨。幸得王全斌出師之時，曾承太祖面諭，蜀主孟昶出降，須要好好的保護著他，並其家屬送至汴京。所以王全斌傳下將令，格外優待，不論軍民將士，有敢侵擾蜀主及其家屬的，一概軍法從事，決不寬貸，因此一路行來，總算安穩。

這日道經葭萌關，在驛中憩息。後主孟昶自有軍士監守，另居一室；花蕊夫人帶了兩名宮人，居於左首一間屋內；昶母李氏居於右首屋內。其餘男婦諸人，都在驛中夾雜住下。花蕊夫人瞧著這般模樣，回想盛時，在宮中歌舞宴飲，何等歡樂，今日國亡家破，身為囚虜，尚不知到汴京時性命如何，心內想著，好不傷感。

獨自一人涕泣了一會兒，覺得一盞孤燈，昏慘慘的，不勝淒涼，再看兩個宮人，已是睡得和死人一般，花蕊夫人要睡又睡不去，要想把燈剔亮，卻又沒有燈檠，只得將頭上的金鳳釵取下，把燈剔亮，那胸中的哀怨無處發洩，便隨意填了一闋小令，取過筆墨，要寫了下來，卻又沒有箋紙，只得蘸著筆，在那驛壁上寫道：

初離蜀道心將碎，離恨綿綿，春日如年，馬上時時聞杜鵑。
三千宮女皆花貌，共鬥嬋娟，髻學朝天，今日誰知是讖言。

花蕊夫人題罷，擲筆嘆道：「當年在成都宮內，主上親譜《萬里朝天曲》，命我按拍歌之，以為是萬里來朝的佳讖，因此百官競執長鞭，自馬至地，婦人競戴高冠，皆呼為『朝天』。及李豔娘入宮，好梳高髻，宮人皆學之邀寵幸，也喚做『朝天髻』。哪知今日萬里崎嶇，前往汴京，朝見宋主。萬里朝天的讖言，卻是降宋的應驗，豈不可嘆麼？」

她獨自一人孤零零的追想前情，悲傷現在，芳心似搗，柔情如織，哪裡還能安睡？不知不覺，早又天明，監送的軍騎已來催促登程，只得隨著眾人一齊動身，沿途前進，並無阻礙，早已到了汴京。

孟昶待罪闕下，太祖御崇元殿，宣孟昶入見。孟昶叩拜已畢，太祖賜坐賜宴，備加恩禮，並封孟昶為檢校太師，兼中書令，授爵秦國公，賜居汴河之濱，新造第宅；自孟昶之母李氏以下，凡子弟妻妾及官屬，均賜賚有差，就是王昭遠等一班俘虜，也盡行釋放。

你道太祖因甚如此加恩？只因久聞孟昶之妾花蕊夫人豔絕塵寰，欲思一見顏色，以慰渴懷，又不便特行召見，恐人議論，便想出這個主意。遍加賞賜，他們必定進宮謝恩，就可見花蕊夫人了。

果然到了次日，孟昶之母李氏，便帶著兒子的妻妾一同入宮，拜謝聖恩。太祖便擇著次序，一個一個召見。到得花蕊夫人入謁，太祖格外留神，覺得她才至座前，便有一種香澤撲入鼻中，令人心醉。仔細端詳，真是天姿國色，不同凡豔，千嬌百媚，難以言喻。折腰下

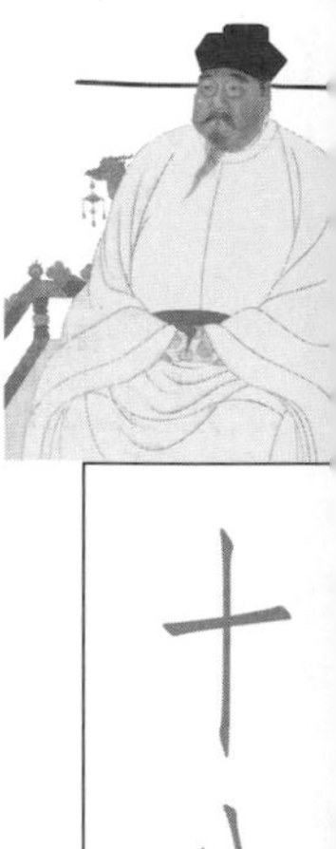

拜，好似迎風楊柳，婀娜輕盈。太祖已看出了神，好似酒醉一般失了知覺。等到花蕊夫人口稱臣妾費氏見駕，願皇上聖壽無疆，這一片嬌音，如鶯簧百囀，嚦嚦可聽，方才把太祖的魂靈喚了轉來。

太祖自覺過於出神，太不雅觀，便竭力鎮定，傳旨平身，且諭孟昶母李氏，一同旁坐。李氏請旨入謁六宮，當下便有宮女引導，花蕊夫人也跟隨前往。太祖仍在那裡等候她們，去了好一會，方才出外，謝恩告退。太祖稱李氏為國母，並傳諭叫她隨時入宮，不必拘泥形跡，李氏唯唯而退。太祖卻把兩道眼光射住在花蕊夫人身上，一瞬也不瞬。花蕊夫人也有些覺著，便瞧了太祖一眼，低頭斂鬟而退。這臨去時的秋波一轉，更是勾魂攝魄，直把個太祖弄得意馬心猿，竟致時時刻刻記念著花蕊夫人，幾乎廢寢忘餐。

恰值此時，皇后王氏於乾德六年崩逝，六宮春色雖然如海，都比不上花蕊夫人的美貌。太祖正在擇后，遇到這樣傾國傾城的佳人，如何肯輕易放過？無奈羅敷有夫，又不能強奪過來，思來想去，便將心腸一硬道：「不下毒手，如何能得美人？」當下決定了主意。

便在這一天，召孟昶入宮夜宴，太祖以卮酒賜之，並諭令開懷暢飲，直至夜半，方才謝恩而歸。至次日孟遂即患病，胸間似乎有物梗塞，不能下嚥。延醫診治，皆不知是何症候，不上兩日，即便死去，年四十七歲，從蜀中來到汴京，不過七日工夫。

太祖聞得孟昶已死，為之輟期五日，素服發喪，賻贈布帛千匹，葬費盡由官給，追封為楚王。昶母李氏自入朝後，太祖特賜肩輿，令她時常入宮。李氏每見太祖輒有戚容，太祖嘗慰諭她道：「國母善自珍攝，無過戚戚，如嫌在京不便，他日當送母歸去。」

李氏問道：「陛下使妾歸於何處？」

太祖道：「當送母回至蜀中。」

李氏道：「妾本太原人，倘得歸老并州，以遂素願。妾便感恩不盡了。」

太祖欣然言道：「并州現為北漢所佔據。待朕平了劉鈞，定當為母所願。」李氏拜謝而退。

到得孟昶病歿，李氏並不哭泣，但舉酒酹地道：「汝不能以一死殉社稷，貪生至此。我亦為汝尚存，不忍遽死。今汝既死，我生何為？」遂絕食數日而亡。

太祖聞李氏亦歿，命賻贈加等，且鴻臚卿范禹稱經理喪事，與孟昶俱葬於洛陽。

葬事既畢，孟昶家屬仍回汴京，少不得入宮謝恩。太祖見花蕊夫人全身縞素，愈顯得明眸皓齒，玉骨珊珊，便乘此機會把她留在宮中，逼令侍宴。花蕊夫人在這時候身不由己，也只得宛轉從命。

飲酒中間，太祖知道花蕊夫人能詩，在蜀中時曾作宮詞百首，要她即席吟詩，以顯才華。花蕊夫人奉了旨意，遂立吟一絕道：

君王城上樹降旗，妾在深宮哪得知；

十四萬人齊解甲，更無一個是男兒。

太祖看了這詩，擊節嘆賞，極口讚美道：「卿真是個錦心繡口了。」那花蕊夫人本是個天生尤物，飲了幾杯酒，紅雲上頰，更覺嫵媚動人。太祖瞧了這樣的美人，哪裡還忍耐得住，便命撤去御筵，攜著花蕊夫人同入寢宮，共效于飛。

這花蕊夫人，床笫之間，工夫極好，服侍得太祖心酣意暢。到了次日，即冊立為貴妃。花蕊夫人既順從了太祖，又受封為妃，少不得拿出在蜀中引誘孟昶的手段來引誘太祖，每日裡歌舞宴飲，取樂不已。

太祖得了這個溫柔鄉，好不有興，每日退朝，便往花蕊夫人處調笑。這一日太祖退朝回來，見了一樣東西，大為疑惑。

第二十七回　玉碎香消

太祖自蜀主孟昶亡故後，逼幸了花蕊夫人，覺得她旖旎風流，美麗絕倫，便十分寵愛起來。每日退朝，即至花蕊夫人那裡，飲酒聽曲，調笑取樂。

這日退朝略早，徑向花蕊夫人那裡而來，步入宮內，見花蕊夫人正在那裡懸著畫像，點上香燭，叩頭禮拜，太祖不知她供的什麼畫像，即向那畫像仔細看視。只見著一個人，端坐在上，那眉目之間好似在何處見過一般，急切之間，又想不起來，心內好生疑惑，遂問花蕊夫人道：「妃子所供何人，卻要這樣虔誠禮拜？」

花蕊夫人不意太祖突如其來，被他瞧見自己的秘事，心下十分驚慌，又聽得太祖追問她所供何人，要這樣的虔誠禮拜，便鎮定心神，徐徐回答道：「此即俗傳之張仙像也，虔誠供奉可以得嗣。」

太祖聞說是張仙神像，花蕊夫人虔誠供奉乃是求禱子嗣的，便笑著說道：「妃子如此虔誠，朕料張仙必定要送子嗣來的。但張仙雖是掌管送生之事，究竟是個神靈，宜在靜室中，

香花寶炬供養；若供在寢宮裡面，未免褻瀆仙靈，反干罪戾了。」太祖又道：「供奉神靈乃是好事，況且妃子又為虔求子嗣起見，儘管打掃靜室，供奉張仙便了。」

花蕊夫人聽了太祖的話，連忙拜謝。

你道花蕊夫人所供的果是張仙麼？只因她與蜀主孟昶相處得十分親愛。自從孟昶暴病而亡，她被太祖威逼入宮，因為貪生怕死，勉承雨露。雖蒙太祖寵冠六宮，心裡總拋不了孟昶昔日的恩情，所以親手畫了孟昶的像，背著人私自禮拜。不料被太祖撞見，追問原由，便詭說是張仙之像，供奉著虔誠求子嗣的。太祖聽了她一篇鬼話，非但毫不疑心，反命她打掃靜室，虔誠供奉，以免褻瀆仙靈。

花蕊夫人得了太祖的許可，好不歡喜，便收拾了一間靜室，把孟昶的像高高懸起，每日裡焚香點燭，朝夕禮拜，十分虔誠。

那宋宮裡面的妃嬪，聽說供奉張仙可以得子，哪個人不想生下個皇子，以為後來富貴之地。都到花蕊夫人宮中，照樣畫了一幅，前去供養起來。從此這張仙送子的畫像，竟從禁中傳出，連民間婦女要想生抱子的，也畫了一軸張仙，香花頂禮，至今不衰。

花蕊夫人對著太祖一篇鬼話，遂開了風氣，它的魔力也可算是很大的了，後人有詩詠此事道：

供靈詭説是靈神，一點癡情總不泯；
千古艱難惟一死，傷心豈獨息夫人。

太祖自孟昶來至汴京，曾將汴河旁邊新造的邸第，五百多間大廈賜他居住，內中一切供張什物，莫不完備。太祖所以這樣厚待孟昶，原是注意花蕊夫人，藉此以買花蕊夫人的歡心，方好於中取事。現在孟昶母子俱已亡故，花蕊夫人又復入宮，心願已遂，便命將邸第中的供張什物收入大內。侍衛們奉了旨意，前去收拾，連孟昶所用的溺器，也取了回來，呈於太祖。

那溺器是個最污穢的東西，侍衛們怎麼還要取來，呈於太祖呢？只因孟昶的溺器與眾不同，乃是七寶裝成，精美無比，侍衛們見了，十分詫異，不敢隱瞞，所以取回呈覽。

太祖見孟昶的溺器也這樣裝飾，不覺嘆道：「溺器要用七寶裝成，卻用什麼東西貯食呢？奢靡至此，安得不亡。」遂命侍衛將溺器撞碎，說宮中何用此物。侍衛們奉旨，「噗」的一聲，化作數塊。

有一日，花蕊夫人在著碧紗窗下對鏡理妝，太祖坐在那裡看著。只見花蕊夫人香雲委地，光可鑑人，那脂粉香氣一陣陣撲入鼻中，令人心神俱醉。太祖心內想道：「原來美人梳妝也有這一種風趣。怪不得水晶簾下看梳頭，古人傳為韻事，詠諸詩篇了。朕戎馬半生，哪

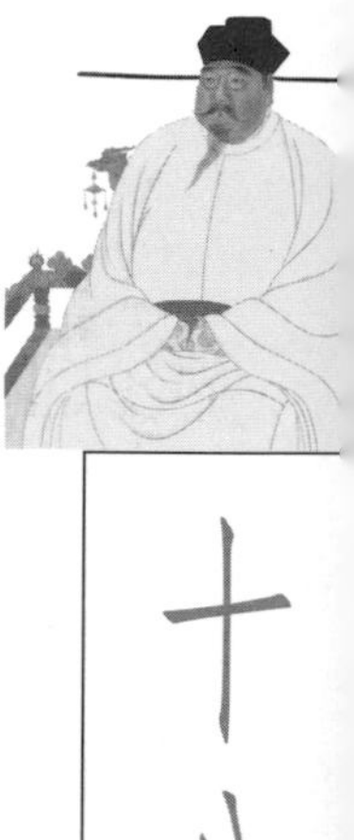

裡領略過此中趣味，若非討平孟昶，得了花蕊夫人，豈不枉為天子，虛生人世麼？」一面想著，一面伸手，將梳妝之具一樣一樣的把來玩弄。

偶然將妝鏡取在手中細細看玩，恰見鏡之背面鐫著「乾德四年鑄」五個小字，不覺驚疑道：「朕前此改元，曾諭廷臣，遍考古前年號，不代與前朝重複。如何這面鏡子上，也有乾德年號呢？」便向花蕊夫人問道：「孟昶在蜀，也曾建號『乾德』麼？」

花蕊夫人道：「孟昶初嗣位時，仍襲前主知祥年號，稱為『明德元年』，後來改元『廣政』，直至滅亡，並未聽說有改元乾德的事情。」

太祖道：「如此說來，一定是前朝的年號了，這倒不可不考究清楚。」

次日便召廷臣，詢問前代有無建號「乾德」二字的？群臣突聞上諭，皆不知所對。

獨有竇儀啟奏道：「前蜀主王衍，曾有此號。」

太祖喜道：「怪不得鏡子上有此二字，鏡係蜀中所製，自應記著蜀主的年號了。宰相須用讀書人，卿可謂具有宰相之才了。」

竇儀叩謝不遑而退。朝中諸臣見太祖這樣誇獎竇儀，都料他不久便要入相，就是太祖也有此意，遂與宰相趙普商議。趙普奏道：「竇儀文藝有餘，經濟不足。」太祖默然。

原來竇儀為人很是清剛。趙普恐他入相不便於己，所以如此回奏。

竇儀聞知此事，曉得趙普懷著忌刻之意，心中怏怏不樂，竟致染傳一病，不久遂歿。太祖聞得竇儀已亡，甚是悼惜！

忽然蜀中有飛報到來，乃是文州刺史全師雄，聚眾作亂，王全斌等屢戰屢敗，所以飛報朝廷，請求救援。太祖吃驚道：「蜀中平定未久，如何又有亂事？此必王全斌等不善撫馭所致。」遂命客省使丁德裕，率兵援蜀，並遙命康延澤為東川七州招安巡檢使，剿撫兼施。這道旨意下去了，丁德裕、康延澤自然遵旨而行。

你道西蜀為何忽然擾亂起來，那全師雄又是何人，因甚王全斌竟不能抵敵，要向朝廷請求救援？原來王全斌自入成都之後，自以為不世之功，便驕恣起來，晝夜酣飲，不問軍務；並且縱令部下，掠取財帛，姦淫婦女，蜀民咸生怨望。曹彬見了這樣行為，甚為不然，屢次請全斌班師回汴。全斌非但不聽他的言語，反而貪財黷貨，嗜殺好淫，更甚於前，把蜀中鬧得處處不安，人民離心。又值太祖下詔，今蜀兵赴汴，命全斌厚給川資。全斌貪婪性成，不遵諭旨，格外剋扣。因此蜀兵不勝憤恨，行到綿州，竟揭竿而起，號稱「興國軍」，協從至十餘萬眾。

文州刺史全師雄，素號能軍，向稱驍勇。亂軍推他為帥。全斌聞報，便遣部將朱光緒，領兵千人前往撫慰。哪知朱光緒也是個貪淫嗜殺之徒。他不去撫慰亂眾，打聽得全師雄有個女兒，生得花容月貌，美豔非凡，蜀人都稱她為賽西施。師雄只此一女，十分鍾愛，視同掌上明珠一般。任是富家公子，官宦大族前來求親，師雄都不當意，因此耽延下來，嬌養深

閨，至今尚未許字。現在師雄為亂兵所逼，推為主帥，心中本不願意背反朝廷。無奈被亂兵包圍住了，若不依從，便有性命之憂，只得勉強順著他們，慢慢地再圖反正。此時恰被亂兵簇擁而進，不在文州。

朱光緒聞得師雄身在軍中，素慕賽西施的美名，垂涎已久，正好乘機取來，便帶了從騎，馳去把師雄全家拿下，說他率眾倡亂，將師雄家口不論大小，一一殺死；只留得賽西施一人，逼她薦了枕席，納為姬妾，反向全斌處報稱全師雄勢甚猖獗，不受招撫，請兵進剿。

那全師雄在亂軍之中，正在設法勸諭，力圖反正，只待有人前來招撫，便可歸順。忽得急報，知道家屬盡被殺死，愛女也為人占作姬侍，直氣得死而復生，咬牙切齒道：「我不殺盡宋兵以報此仇，也難泄心頭之恨。」遂連夜進兵，攻據了彭州，自稱「興蜀大王」。兩川人民因恨宋兵擄掠姦淫，居然群起響應，愈聚愈眾，勢不可遏。

崔彥進與弟彥暉，分道往剿，屢為所敗，彥暉陣亡。全斌得報，又命張廷翰率兵救應，亦戰敗逃回，成都大震！其時城中尚有降兵二萬七千人，全斌深恐這些降兵，也懷著謀叛之意，起而應賊，盡把降兵誘入夾城裡面，殺得半個不留。這殺降的信息，傳將開去，遠近相戒，同拒官軍，西川十六州，同時謀叛。全斌急得手足無措，只得飛奏朝廷，請兵救援。一面仍令劉光義、曹彬相機進討，捉拿師雄。

劉光義廉謹守法，曹彬寬厚有恩，這兩人的軍隊，入蜀以來，秋毫無犯，軍民畏威懷德，甚是心服。這一回奉了將令，從成都出兵，仍舊守著軍律，絕不擾民，沿途百姓望見劉光義、曹彬的旌旗，一齊額手稱慶，爭獻酒食，以犒三軍。

宋兵到了新繁，師雄率眾出敵，才一對陣，前隊士卒已解甲投誠，把個師雄弄得莫名其妙，只得麾眾退去。哪知陣勢一動，宋軍已如潮水一般，直壓將來，口中大呼「降者免死」，亂兵都棄甲拋戈，爭先降順，只剩了幾個不怕死的悍目與宋軍對壘。被劉光義、曹彬麾眾殺來，哪裡抵擋得住，一齊回身逃走。師雄便率領敗殘之眾，投往郫縣，復由宋軍追上，只得又逃至灌口。

全斌聞得劉光義、曹彬大獲全勝，也就星夜前進，襲擊灌口賊眾，師雄勢窮力竭不能支持，殺了一條血路，逃入金堂，身被數十創，口噴鮮血，倒地而死。亂黨退據銅山，又改推謝行本為帥，巡檢使康延澤用兵剿平，丁德裕亦已到蜀，分頭招撫，亂事乃定。

西南諸夷亦多聞風歸附，捷報到了汴京，太祖已略聞王全斌等行為，降旨促令全斌班師回汴，命中書問狀，盡得全斌等貪黷殺降諸狀。太祖念其平蜀之功，只降全斌為崇義節度留後，崔彥進為昭化節度留後，王仁贍為右衛將軍。仁贍對簿時，力詆諸將，以圖自免，惟推重曹彬一人，且對太祖道：「清廉慎畏，不負陛下所託，惟曹都監一人而已。」

太祖查得曹彬行囊，只有圖書、衣服，餘無他物，果與仁贍所言相符，遂優加賞賚，擢為宣徽南院使，並因劉光義持身醇謹，亦賞功進爵，分外優厚。

太祖以乾德年號與前蜀王衍相同，立意要改換年號，且因中宮久虛，擬立花蕊夫人為后，便與趙普密議。普言亡國之妃，不足母儀天下，宜另擇淑女，以主宮政。太祖聽了，沉吟半晌道：「既是如此，宋貞妃為左衛上將軍宋偓之女，久處宮中，賢名素著，朕欲冊立為后，卿以為可否？」

趙普道：「陛下聖鑑豈有謬誤。」

太祖之意遂決，乃於乾德五年臘月，下詔改元開寶，並擬定開寶元年二月，冊立貞妃宋氏為皇后。

那宋皇后十分柔順，每值太歲退朝，必整衣候接，所有御饌必親自檢視，旁坐侍食。那花蕊夫人自入宮中，本求寵冠妃嬪，很有立為皇后的希望，忽被宋貞妃奪取此席，倒也罷了，誰知她又言語不謹，致遭禍患。

你道花蕊夫人怎麼言語不謹，以致遭了禍患呢？

原來每逢令節，遇著皇子德昭入宮朝參，花蕊夫人見德昭生得相貌堂堂，一表非俗。年紀雖輕，進退周旋很中禮節，只因自己未曾生有兒女，對於德昭十分鍾愛，問寒詢暖，很覺殷勤。

德昭是個無母之兒，見花蕊夫人殷勤看待，便也時常到花蕊夫人那裡問候安好。杜太后臨歿之時，金櫃遺詔，命太祖傳位光義的一件事情，早已被花蕊夫人知道，心裡很有些替德昭不服，常常的在太祖面前說：「皇子德昭很有出息，將來繼承大統，必是有道明君。陛下萬不可遵守遺詔，捨子立弟，使德昭終身抱屈。」

哪知太祖孝念純篤，立意要遵守太后的遺詔，並不因為花蕊夫人之言搖動龍心。但是太祖的心雖沒動搖，花蕊夫人在太祖跟前所講的言語，早已被宮人竊聽了，傳播出去。

韓惠妃、劉婉容等一班妃嬪，都與光義有交情的，聽得此事，便暗暗告知光義。光義不知花了多少精神，費了幾許錢財，才博得太后臨歿的幾句遺言，忽然聽說花蕊夫人在太祖面前勸他傳位德昭，推翻金櫃的遺詔，如何不要痛恨入骨呢？便咬牙切齒的罵道：「這賤人不過是亡國的妃嬪，偶得皇上的寵幸，竟敢如此大膽干預國家大事起來，我若不把這賤人活活處死，也不顯我的手段。」

從此光義深恨花蕊夫人，一心要將她治死。暗中串通了韓惠妃、劉婉容等人，在太祖的臨幸時候，迭進讒言。太祖雖然英明，但禁不住六宮的妃嬪通同一氣和花蕊夫人作對，日久月深，沒有一句好話傳入太祖耳內。況且宋貞妃新冊立為皇后，太祖覺得她事事賢淑，處處柔順，格外的敬重著宋后，自然不因不由，慢慢得把寵愛花蕊夫人的心冷淡了點兒。但是太祖對於花蕊夫人雖然略覺冷淡，因為貪戀著她的花容月貌，並沒有厭棄之意，還常常的臨幸花蕊夫人宮內，不過比較從前疏失一些罷了。

光義聞得太祖仍舊戀著花蕊夫人的顏色，並沒厭棄的意思，心下愈加痛恨，誓必除去了

她，方出心頭之氣。

也是恰當有事，太祖忽然高起興來，帶了光義、光美和近御的侍衛往後苑射獵，偏偏又命花蕊夫人隨駕而去。原來花蕊夫人非但才容絕世，並且精於騎射，在蜀中時，常常的隨著後主孟昶出外打獵。太祖平日之間無甚事情，便和花蕊夫人談論孟昶宮中的事情，以為笑樂。花蕊夫人要博太祖的歡心，並不避諱，將後主怎樣娛樂，怎樣荒淫，一一告訴太祖，便是隨著孟昶出獵的話，也曾對太祖說過。

太祖遇事留心，既知花蕊夫人善於騎射，便要試一試她的騎射究竟如何，所以今日高起興來，往苑中射獵，便命花蕊夫人伴駕而行，也不過乘著一時之興，使她獻一獻技藝的意思。哪裡知道竟因此送了花蕊夫人的性命呢！

那花蕊夫人自入宋宮，好久沒有出外打獵。忽聞太祖命她隨往苑中，也覺高興得很。當下換了一身武裝，懸弓插箭，前來隨侍聖駕。

太祖見花蕊夫人頭插雉尾，身穿盤金繡花軟甲，腳登綠牛皮挖雲頭的小蠻靴，尖損損，瘦蹙蹙的不滿三寸，腰間懸著一把寶雕弓，插著一壺狼牙雕翎箭，愈顯出柳眉鳳目，杏臉桃腮，令人見了不勝動情；太祖心中大喜！便也不乘御輦，傳旨在御廄中牽出馬來，揀一匹金鞍珠勒的銀合馬，賜於花蕊夫人乘坐。太祖卻乘了從前出征時用的棗騮鐵腳追風馬；光義、光美也是全裝披掛，各人乘了自己的馬，帶領侍衛，在前引導。一聲吆喝，向苑中而去。

到了苑中，撤開圍場，飛禽走獸驚駭潛遁，眾侍衛控弦走馬，往來馳驟，爭先恐後，勢如奔雷掣電一般，頃刻之間，已獲了不少的獐、鹿、雉、兔。

花蕊夫人也夾雜其中，攬轡控送，嬌捷異常，並且箭無虛發，獲禽甚多。太祖看了，心中大喜道：「不料一個女子，竟有這樣勇敢，若非今日同來打圍，朕哪裡知道她有這樣的絕技呢？」

眾侍衛見花蕊夫人騎射如此精妙，也都佩服，極口稱揚，惟有光義，深恨花蕊夫人，一心要乘著射獵的時候暗中算計她，卻又無從下手，心中正在悶悶不樂。又聽得眾人稱揚花蕊夫人的騎射精妙，勝過男兒，那讚美的言語，幾乎眾口一詞，光義愈加煩惱。暗暗的恨道：「這賤人偏有如此本領，現在被她顯了技藝，眾人同聲讚揚，倒還沒甚要緊，惟恐皇上要格外寵愛，這賤人若得志，於我的前途大有阻礙，不於今日將她取死，以後便沒有機會了。」

正在那裡籌思無策，忽然左首樹林裡面一聲怪吼，奔出了異獸來，其形類虎，其首如獅，尾長一丈，遍體黃毛，爪牙鋒利，連連叫吼，音如雷鳴，在圍場中奔走衝突，勢甚勇猛。眾侍衛不知這獸是個什麼東西，見牠來得十分兇惡，深恐驚了御駕，便一擁齊上，將手中的箭亂放亂射。

此時花蕊夫人瞧見這獸來勢洶洶，也怕危及太祖，趕緊抽出狼牙箭，搭在寶雕弓上，盡力射去，正中那獸的左眼。

這獸的左眼中了利箭，還是咆哮跳躑，吼叫連連。眾侍衛見異獸帶傷，一齊乘機放箭，只聽得「颼颼」滿圍場都是箭聲，如蝗一般，到處飛舞。花蕊夫人正抽了第二枝箭，要想施放出去，哪知弓才引滿，箭猶未發，忽然一聲慘呼，竟從馬上直跌下來。太祖與眾侍衛們，大吃一驚，不知是何緣故，幸虧那個異獸，已中箭如蝟，倒在地上不能動彈。眾人此時也顧不得那獸是死是活，一齊奔向花蕊夫人跟前看視。只見她倒在地上，一枝箭恰恰射中咽喉，已是星眼緊閉，玉碎香消，沒有氣息了，連忙報告太祖。

太祖坐在馬上，遠遠的望著花蕊夫人，一箭射中異獸左眼，心中不勝歡喜！又見眾人箭如飛蝗，滿場中好似狂風疾雨的到處亂舞，甚是好看，覺得很為高興。不料就在這個當兒，花蕊夫人便從馬上直跌下來。太祖還道她急於射那異獸，用力過猛，一時之間坐不穩離鞍，所以跌了下來。及至侍衛前來報稱花蕊夫人在紛亂之際，一箭誤中咽喉，已是死於馬下。太祖得了此報，這一驚好似百尺樓頭，一個失足，跌下地來，連聲叫苦，也顧不得皇帝的體統，飛奔至花蕊夫人屍體之旁。舉目一看，只見她玉容寂寞，一枝利箭從咽喉射響亮，直貫後頸。

太祖用力將那枝箭拔出觀看，並沒什麼姓名記號在上，疑心是眾侍衛亂射異獸，誤中了花蕊夫人。那個時候，個個彎弓，人人放箭，沒有法兒追究兇手。太祖好不悲傷，早已淚如雨下，便抱住花蕊夫人的屍身，號啕大哭，口口聲只說妃子之死是朕害的，若不前來打獵，安坐宮中，哪裡有這樣的變端呢？絮絮叨叨，一面哭泣，一面訴說，直哭得淚乾聲嘶還不停止。

早有光義上前勸道：「妃子之死，乃係前定。想必壽緣已滿，故爾誤中飛箭。死者不能復生，陛下不可過哀，還宜保重龍體，以慰天下臣民之望。」

太祖經光義再三相勸，也就無可如何，只得止住了悲哀。傳旨將花蕊夫人以貴妃禮殯殮，附葬陵寢。從此，一個嬌滴滴、美豔無雙的花蕊夫人就了結了。

但是花蕊夫人所中的這枝冷箭，究竟是誰人放的？就上文的事揣摩起來，也應該知道這個放箭的人了。只是未必個個人都肯細心推究，與其多費腦力，不知多費些墨水，明明白白的寫了出來罷。

原來光義深恨花蕊夫人，立意要把她治死，好容易隨駕出外射獵，有了這個機會，卻沒有傷她的法兒。正在籌思無策的當兒，忽見異獸突出，眾侍衛把弓箭亂放，滿場中好似箭林一般，他便心生毒計，抽出箭來，搭在弓上，假做射那異獸，卻用眼光覷準了花蕊夫人，趁她將放第二枝箭的時候，心心念念都注在異獸身上，不及躲閃，便翻轉身來，「颼」的一箭射去，正中咽喉，跌下馬來，倒地而死。這個時節，恰恰滿場紛亂，並沒一個人瞧見光義施放冷箭，所以被他遮掩過了。

那太祖雖然英明，也料不到光義會幹這樣的事情，只疑是亂箭誤傷，無從追究。回至宮中，惟有日夕悲哀，悼惜不已！
誰知太祖正在悲悼，又有一個消息傳來，便把雄心提起，要去用兵了。

第二十八回　天生尤物

宋太祖正在追悼花蕊夫人，忽地接得北漢主劉鈞病歿，養子繼恩嗣位的消息，便把哀悼花蕊夫人之意，變作了一片雄心，要乘著這個機會削平北漢，遂命昭化軍節度使李繼勳，起兵北征。繼勳進軍至銅鍋河，連戰皆捷，正要圍攻太原。

北漢主繼恩慌了手腳，只得遣使向遼邦乞兵，請求救援。哪知司空郭無為，因與繼恩夙有嫌隙，竟密囑供奉官霸榮，刺死繼恩，立其弟繼元為北漢主，太原很是危亂。太祖得了這個探報，如何還肯放手！一面促令李繼勳進兵，一面使齎詔，諭令速降，並允許於援降之後封繼元為「平盧節度使」。郭無為為「邢州節度使」。

郭無為得了詔書，意欲出降，那繼元卻不肯答應。恰巧遼主兀律發了人馬，前來救援。李繼勳深恐孤軍輕進寡不敵眾，致遭敗衄，遂收兵而回。那北漢主繼元，反結了遼兵，入寇晉、絳兩州，大掠一場，滿載而歸。

這個報告到了汴京，太祖勃然大怒道：「劉繼元釜底遊魂，乃敢猖獗至此。朕不發兵蕩

平北漢，必為天下所笑矣。」遂即下令親征，命光義為東京留守、大內都部署，居守汴京。

太祖親統大軍，直抵太原，圍困了三個月，攻打得很是猛烈，如北漢大將劉繼業，善戰善守，非但不能攻破太原，反傷了大將石漢卿等數員。遼主又復出兵來救。宋營得了探報，便有太常博士李光贊，力勸太祖退軍回汴，再圖後舉。太祖即與趙普商議，趙普亦贊成退兵之議。太祖遂分兵屯守潞州，以防北漢結合遼人進兵侵擾，便領大軍退歸汴京。這乃是宋太祖開寶二年之事。

北漢終太祖之世，未能平定。值到宋太宗太平興國四年，方得討滅，這是後話，此處表過不提。

單說太祖班師回汴，眨眼又到了開寶三年，忽有道州刺史王繼勳上奏南漢主劉鋹，殘暴不仁，人民怨恨，且屢次興兵寇邊，侵擾不已，伏乞速興王師，弔民伐罪等語。太祖覽了此奏，還不肯輕易用兵，遣書南唐，命唐主轉諭劉鋹，令其納貢稱臣。

這時南唐主李璟已經去世，第六子李煜繼位，是為南唐後主。唐主李煜仍舊事宋不怠，且與南漢世通盟好，故太祖命唐主轉諭劉鋹。李煜既得太祖之命，自然轉告南漢主劉鋹。那劉鋹非但不肯降服，且拘住唐使，馳書李煜，語多侮謾，唐主李煜只得將劉鋹的原書上奏。太祖知非用兵不可，遂命譚州防御使潘美，朗州團練使尹崇珂，領兵南征。

寫到這裡，卻不能不把南漢的來歷，略略敘述一番方有頭緒。

那南漢的始祖劉隱，在五代朱梁時，據有廣州，受梁封為南海王，隱歿後，其弟陟襲位。當貞明元年，封錢鏐為吳越國王，劉陟以為錢鏐與自己同據土地，同受王爵，今錢鏐既為吳國王，自己仍為南海王，未免相形見絀，遂上書求封南越國王，朝廷不許。劉陟便對僚屬說道：「如今中國紛紛，孰為天子，安能梯航萬里，遠事偽廷。」遂決意統貢中朝，自稱為帝，因改名為「巖」，又改為「龑」，「龑」讀若「儼」，字書不載，乃劉龑意欲稱帝，取飛龍在天之義，以私意造成的。他改名之後，即要建國稱帝，因憚王定保之威嚴，恐其不從，先命他出使荊南，然後即皇帝位於番禺，建國號曰「大漢」，改元乾亨。

「龑」既即尊，深以身居南方，人皆號稱南蠻王為恥。每遇北人，必言自己世居咸秦，常稱中朝為洛州刺史，自製平頂之帽，戴於頭上，以為美觀。由是國中風俗一變，皆以安豐頂為尚。

龑又召司天監周傑，占卜國運之長短，周傑奉命布筴，遇復之豐，龑問享國究有幾多年數？卿可細細參之，不用隱諱。周傑參詳了一會，早盡南漢的國運只有五十五年，卻恐直言賈禍，便回奏道：「臣參詳復豐二卦，皆以土為應，土之數為五，二五十也，上下皆為五數，可以享國五百五十五年。」

後來傳至劉鋹，為宋所滅，自龑稱帝之年，至鋹出降之日，恰恰是五十五年，周傑恐怕說了實話要被劉龑所害，因此多說了五百年，以避禍患。

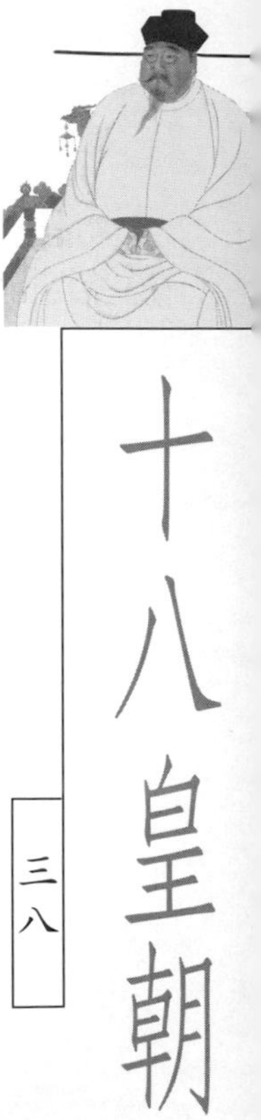

劉龑哪知內中玄奧，聽說可以享國五百五十五年，心下大喜、重賞周傑，命他退去。從此劉龑自以為國運久長，可以有恃無恐，便漸漸的驕奢淫逸起來，起造玉堂珠殿，飾以金碧翠羽，煥麗異常。後人有宮詞詠劉龑稱帝之事道：

萬里梯航一笑休，玉堂殿心造鑾陬；
加尊新尚安豐頂，刺史傳呼到洛州。

南漢主劉龑自造選了玉堂珠殿，心猶未足，又役民伕數十萬，建築南宮，經歷三載，方才成功。真是鬼斧神工，鏤金錯采，異常輝煌。單就那南宮裡的一座南薰殿而言，已是精巧達於極點，那四圍的殿柱，都用合抱大的沉香木，將中間挖通透了，又將碧玉雕鏤的玲瓏剔透，作為礎石；將金爐焚著沉檀龍涎，及各種異香安放在礎石裡面，人坐殿上，但覺香氣氤氳，芬芳撲鼻，不知香味從何而來，任你仔細端詳，也不見什麼形跡。

劉龑日夕在內，宴飲取樂，常對左右近臣說道：「昔隋煬帝論車燒沉水，怎似我二十四個藏用仙人，縱不能上追堯舜禹湯，做個聖主仁君，也不失為風流天子。」

原來南薰殿上的柱礎，共有二十四個，個個都可置金爐，焚香於內，劉龑起個美名，叫做「藏用仙人」。其時王定保奉使前往荊南，事畢回來。劉龑知道他不以自己稱帝為然，便預先差近臣倪曙，迎接慰勞，將建國稱帝的事情告訴定保，免得他不知內中原因又要多費口舌。

定保聽完倪曙之話，知道其事已成，心中雖然不悅，也沒法兒挽回，只得說道：「建國當有制度。我回來的時候，經過南門，見那清海軍的匾額還懸掛在上面，豈不見笑四方麼？」

倪曙聽了定保的話，便去告訴劉龑，除去了清海軍的匾額。到了建築南宮，大興土木，人料定保必要進諫的，哪知定保非但不發一言，南宮造成之後，反作了一篇《南宮七奇賦》，稱揚讚美，淋漓盡致。人家方知王定保從前十分剛正，現在也一變而為阿諛逢迎，貪戀祿位了。

那南漢乃是新創的小國，不過廣南一隅之地，財力有限，怎禁得劉龑這樣的奢靡無度呢？早把地方上弄得民窮財盡，人人嗟怨，天象也就屢示變異了。

乾亨九年八月，天上現出一道白虹，其長亙天，忽地落下，蜿蜒進宮，光華奪目，不可逼視，直入三清殿內。宮人內監，一齊看見，詫為奇事，連忙簇擁著前去觀看。只見那道白虹如龍一般圍著御座，旋繞三匝，便不見了，大家驚異稱怪！議論不已。

劉龑聞知這事，料想天降災異，必有禍患，很為憂懼。當時有個翰林學士承旨王宏，聞說主上因白虹入三清殿，頗懷憂畏，他欲獻媚劉龑，便假說天降白虹，化為白龍，乃是上天降的祥瑞，南漢應該統一天下，還作了一篇《白龍賦》，獻於劉龑。那篇賦作得文采巨麗，

句句都是讚美之詞。劉龑看了大悅，也以為那道白虹，果是白龍了，遂重賞王宏，改元白龍，以應其兆。

後人讀史至此，也作一首宮詞，詠王定保的改變晚節，和王宏的獻媚取悅道：

軍門舊額作貽嗤，旋拜南官獻七奇；
狡獪更傳王學士，白虹現賦白龍時。

那劉龑荒淫無道，直至後晉天福七年，一病而亡。其子劉玢嗣位，為弟劉晟所弒。劉晟弒了劉玢，遂自立為南漢皇帝。

那劉晟性尤暴虐，舉動乖謬，嫌劉龑所築的南宮地方狹小，不甚美麗，難壯觀瞻，便大興土木，役動民夫百餘萬，建築七座行宮。

哪七座行宮呢？一「昌華宮」；二「天明宮」；三「甘泉宮」；四「玩華宮」；五「秀華宮」；六「玉清宮」；七「太微宮」。這七座宮，都用琉璃為瓦，沉香為柱，碧玉嵌窗，珊瑚作砌，玳瑁為梁，珍珠鑲棟；內中都將紅錦泥壁，錦繡鋪地，所有陳設悉是奇珍異寶，光怪陸離。再加以幽房密室，復道層樓，人入其中，迷離惝恍，摸不著道路，便繞來繞去，不能出外。那七座行宮，造到成功，不知害了多少百姓的性命，所役的百餘萬民伕，幾乎死得一個不剩，真個是屍如山積，白骨遍地，好不淒慘。

那劉晟把百姓害到如此地步，他還不肯息手。因為這七座行宮造成之後，都是空的，沒有美貌宮人在內居住，豈不是辜負這些富麗堂皇的琉璃宮麼？遂即傳下旨意，分派內侍，往廣南各地採選美女。這些內侍們，一個個如狼似虎，把廣南各處的人民鬧得馬仰人翻，鬼哭神號，方才選了三千名美女，送入宮中，由劉晟親自過目，分派在七座行宮裡面，侍候御駕遊幸。

選來的美女之中，有兩個女子，最是豔麗，真個有傾國傾城之色，西子、太真之貌，不亞似洛浦神妃、廣寒仙子，而且知書識字，精工翰墨。劉晟見了，好不歡喜！便問明二女姓名，一個叫作盧瓊仙；一個叫作黃瓊芝。劉晟遂命二女隨侍左右，十分寵幸。

只因朝夜宴樂，荒淫好色，對於朝事和文武所上的章奏，哪裡還有心情前去批決。如今得了這盧瓊仙、黃瓊芝兩人，都是出口成章，應答如流的女才子，劉晟遂加封兩人為女侍中，一樣的戴著朝冠，穿著朝服，參決政事。

到了後來，劉晟的精神一日不濟一日，所有政務奏章，一齊付於盧瓊仙、黃瓊芝裁決批發，劉晟絕不寓目。這兩個女侍中，勢傾朝廷，文武百官莫不低頭趨奉，竟致賄賂公行，賣官鬻爵。盧瓊仙、黃瓊芝得了眾官的賄賂，頓時十分豪富，便奢華闊綽起來，兩人都在外面置了邸第，名為侍中府。那侍中府蓋造得樓閣沖霄，宅第連雲，華美異常；府中也一樣的奴

僕成群，姬侍滿前，一呼百諾，好不威武。

自古道逸則生淫，盧瓊仙、黃瓊芝正當及笄之年，情竇初開，性慾方張的時候，雖然得著劉晟的寵愛，時常臨幸。但是宮中的妃嬪甚多，劉晟應酬了這裡，又要去光顧那裡，如何能夠單單守著這兩位女侍中呢？況且這盧瓊仙、黃瓊芝又是天生的尤物，一夜也空過不得的。劉晟又是酒色淘虛的身體，便是夜夜伴著盧瓊仙、黃瓊芝，也不能滿足兩人之意。所以盧瓊仙便和黃瓊芝商議了一個主意，暗中派人在外四處訪尋美貌男子，且要身強力壯、精神充足的，遂即設法引誘來了，藏在府中取樂。

後來又恐走漏風聲，被劉晟知道不當穩便，兩人又湊出了許多銀錢，蓋造了一座花園，樓臺亭閣，花卉樹木，也和普通的花園一般，惟有那座假山，卻是聘了名手前來堆疊的。表面看去，玲瓏剔透，嵯峨崔巍，峰巒挺秀與真山一般，那山洞中卻藏著一座密室，彎環曲折，十分深邃，異常幽奧。並且防備嚴緊，道路迴環，非有知道底蘊的人，領導前行，萬難入內。盧瓊仙、黃瓊芝有了這樣的秘密所在，不憂洩漏風聲，越發放縱起來。添派了許多心腹在外面察訪，無論是官家子弟，富室王孫，只要生得眉目清秀，身體魁梧，就用盡法兒，或是引誘，或是誆騙，甚至於巧取豪奪，無所不為。

這時候廣南境內青年子弟，強壯後生，無故失蹤的，不知凡幾。這些人家見自己的兒子無緣無故不知去向，怎麼不要驚慌失惜呢？少不得派人尋覓四處察訪，有的還出了榜文，懸了重賞，有人知風報信，因而尋獲者，不惜厚贈。只是一失去了，便是無影無蹤，任你怎樣的費盡心力，也莫想找尋得到。

便有人捕風捉影的亂說亂講，道是廣南地方出了妖怪，專門攝取青年男子充他的食料，那些青年人一經失去便找尋不到，一定被妖怪連皮帶骨吞入腹中，所以沒有影蹤。這個議論傳了出去，廣南地方的人家更加驚惶得不得了，凡是有子弟的，一齊把來深藏密室，不敢放他們出外行走，弄得各處人民聞風駭懼，草木皆兵，亂紛紛的沒有個了結的時候。

那盧瓊仙、黃瓊芝雖然淫蕩成性，引誘了幾個青年藏在家中，也就夠她們取樂了，何必要騙取這許多男子呢？況且照寫書的說來，只有騙進去的，沒有放出來的，日積月累，非但那花園內假山洞裡藏不了許多青年男子，便是兩座侍中府內也要人滿為患了，恐怕沒有這個道理罷？

要曉得盧瓊仙、黃瓊芝乃是天生的妖淫女子，比到那春秋時的夏姬，唐朝的武則天還要厲害萬分。那些引誘去的青年子弟，有的外強中乾，表面雖是魁偉，內裡實在不足，一經盧瓊仙、黃瓊芝的播弄，早已頭昏目眩，元精盡喪，沒有用了；便是最好的本領也不過陪伴著兩人，十日半載就要筋疲力盡，骨瘦如柴，成為癆病了。

那盧瓊仙、黃瓊芝更有一樁可惡之處，她們兩人得了青年男子，用過了一兩回，見他精力已疲，就生了厭棄之心，即命家中的心腹奴僕，用繩索綁縛了那人的手足，拋棄在後園一

口深井之內，由他淹死，以滅形跡。遇著強壯的男子，合得來心意的，便讓他多活幾天，到了精盡成病之時，也要照樣綁縛，擲於井內。凡是到兩人手中的男子，沒有一個保得住性命的。所以盧瓊仙、黃瓊芝派人出外尋訪強壯美貌的青年，竟沒有休息的時候，便是這個道理。如今一言表過，不必煩絮了。

單說南漢主劉晟，每日在宮與許多妃嬪晝夜取樂，朝中政事完全交付盧瓊仙、黃瓊芝兩個女侍中去替他辦理，精神固然保存不少，但是劉晟雖然置政事於不問，他對於淫樂仍是不稍間斷的。一個人的精力有限得很，如何禁得日久月長的斲喪呢？劉晟到了這時，實在筋疲力盡，支持不住，他便想到神仙修煉，有個採陰補陽的法子，心想：「學習了此法，非但可以久戰不倦，還可以補益身體，我何不下道旨意，訪求神仙煉丹之術呢？」打定了主意，遂即頒下旨意，命廣南各處，如有深明道家煉丹之術者，由群縣敦聘來京。

那廣南群縣得了此旨，早已紛紛的送了許多道士前來。劉晟便在玉清宮召見這班道士，垂詢他們燒丹煉汞，採陰補陽之法。這些道士，有的說：「我能調精養氣之術」；有的說：「我能健陽御女之法」。紛紛擾擾說個不少。劉晟聽了，甚為欣然！便命他們將所能之術傳授於己。哪知他們異口同音的說道：「陛下要煉各種法術，非積修煉之功數十年不可，若要一旦習成，卻沒有這般容易。臣等另有秘煉之丹藥，情願獻於陛下。倘若服了丹藥，自能添精益髓，增加氣力，然後慢慢修煉，方可有成。」

劉晟道：「既是如此，汝等可將丹藥獻上，待朕試服。如果靈驗，朕當不吝重賞。」這班道士齊稱遵旨。都將葫蘆裡的丹藥獻了上來。劉晟便不問好歹，概收了，把來服用。當晚服了他們的丹藥，果然覺得精神發越，臨御妃嬪，時間竟能耐久，也不覺著疲乏，心中大喜！以為他們所進的丹藥真個靈驗，就天天服用起來。

哪知這些丹藥，都是市間所賣的什麼三鞭壯陽丸，扶陽千健丸一類，盡是用海狗腎和各種金石之藥配合而成，其性燥烈異常，服得久了，心煩口燥，六神無主，坐立不定，在大冷的天氣，亦覺得口乾舌焦，心如火燒一般。劉晟煩燥到無可如何，只得命近侍覓許多西瓜水置在冰桶裡面，時時飲著，方才略解心頭的煩熱。

其時英州官員有奏章前來，說是英州雲華山石室裡面，有一個老人，得長生久視之術，延年益壽之方，居於雲華石室，不知有多少年代。相傳這個老人，不知姓名，地方上的百姓都稱他為英州野人。這英州野人，遇到百姓們有了什麼奇怪的病症，他也施捨些丹藥，替人治病卻很有效驗。只是須要和他有緣，方肯醫治。若是和他沒有緣，任你怎樣的哀告求拜，也是沒有用的。因此英州地方的百姓都把他當神仙一般看待，人人皆知有個英州野人，說起來都十分敬重。

那英州的地方官，接到劉晟敦聘深明道術、善於燒煉丹藥的旨意，便備了聘禮，親自到雲華山石室裡面，去聘請英州野人進京。這英州野人卻再三推辭，不肯應徵。地方官不能相

強，又哪敢隱匿不報？只得繕了奏章，啟明原因，聽憑劉晟如何裁奪。

那劉晟服了眾道士的丹藥，弄得心煩意躁，十分難受，覽了奏章，知道英州野人頗具神術，且善治病，便道：「他既不肯應徵前來，朕何妨親自往訪他呢？」遂傳旨駕幸英州，當即啟蹕。沿路地方官預備供張，迎駕送駕，紛紛忙亂，少不得又是各群縣的百姓晦氣，被那些貪官派了差役，敲剝了銀錢，還要拉去當差，弄得這一方的百姓傾家蕩產，生命俱亡的，不計其數；真是怨聲載道，恨入骨髓。但又懼怕威勢，都是敢怒而不敢言，惟有暗中祝告上蒼，使那劉晟早早滅亡，生了真命天子出來，平定四海，令百姓安居樂業。

慢言百姓們個個嗟怨，人人痛恨，單說那南漢主劉晟，一路行來，並無耽延，這日將抵英州。早有文武官員得了前站飛報，出郭十里迎駕，已在城內預備下一座絕大的行宮，鋪陳得花團錦簇，把劉晟接入裡面居住。

劉晟一心要見那英州野人，求他傳與法術，以縱淫欲，便立刻傳下旨意，命近身內侍，齎經雲華山石室，宣召英州野人至行宮見駕。那個內侍奉了劉晟之命，哪敢怠慢！立刻帶了從人，飛馬來至雲華山麓，見上山的路徑都是蜿蜒小道，甚是彎曲，只得下了坐騎，步行而上。

好容易一顛一躓，到了石室之前，正要入內，卻見那石室雙門緊閉，只得對著門，高聲呼喊。哪知任你叫破了喉嚨，也是無人答應。那內侍沒有法想，遂帶了從人回轉行宮，啟奏劉晟，說那石室雙門緊閉，莫非英州野人不在室內？那官員見問，躬身奏道：「英州野人，靜坐石室，向不外出，便是石室的門也從來不關閉的。今既如此，必是知道陛下有旨，前往宣召，所以閉門不納。」

劉晟道：「朕欲見野人有所垂詢，特地來此。他今閉了雙門，不奉聖旨，是何意思？」

那官員又奏道：「英州野人，乃是有道全真，已經位列仙班，不受人君的管束。陛下欲見其人，必須御駕親臨石室。野人見陛下誠心相訪，不惜紆尊降貴，屈駕枉顧，自然迎見聖駕了。」

劉晟道：「神仙原不是輕易得見的，朕明日御駕親赴石室便了。」

到得次日，劉晟果然輕車簡從，秉著一片誠心，往雲華石室，訪那英州野人。

說亦奇怪！劉晟今日親來，連上山的路徑也不像昨日那般曲折難行了，劉晟的御輦竟可直達山頂。到了石室之前，卻見雙門大啟，一個道人當門而立，見了劉晟，打個問訊道：「貧道山野之人，何勞聖駕親臨。」

劉晟見那道人，頭戴純陽巾，身穿繭綢道袍，腳踏棕鞋，手執拂塵，生得俊眉星眼，鶴髮童顏，五綹長鬚，如銀針一般，披拂胸前，真個是仙風道骨，飄飄然有出塵之概。

劉晟瞧了野人的相貌，知道是當世神仙，不敢輕慢，連忙下輦，和那道人執手相見。這人不慌不忙的，把劉晟讓入石室裡面，坐將下去。

第二十九回　蕭閒大夫

劉晟見了英州野人，同入雲華石室裡面，坐了下來。

野人又打了一個問詢，開口說道：「陛下來意，貧道已經盡知。但貧道雖與陛下有緣，也僅有一瓶丹藥可以獻於陛下。倘若服完之時，便沒有了。望於服藥之後，清心寡欲，屏除酒色，自可使龍體安康，延年益壽。若仍舊不改前行，丹藥服畢，那就無法可想了。」說罷，取出一瓶，內中滿貯丹藥，獻於劉晟。又叮囑道：「願陛下無忘貧道之言，清靜持躬，盡除俗念，服此丹藥，不難壽至期頤也。」

劉晟親手接過丹藥道：「仙長之言，安敢不遵，朕從此當從事清修，不生俗念，以保身體，方不負仙長賜丹之意。」

英州野人道：「能夠如此，實陛下之幸福也。」劉晟遂即取了丹藥，辭別了英州野人，啟駕回歸番禺。

後人有宮詞一首，詠劉晟親受丹藥於英州野人，並以政事付給盧瓊仙、黃瓊芝道：

受得神丹保睿躬，雲華扃閉石堂穹；
甘泉無事勞親決，只付雙雙女侍中。

劉晟自英州返蹕番禺，每日服了英州野人的丹藥，果然不比前後那班道士所獻之物，覺得精神充足，百病俱消。又因在雲華石室當面允許野人此後從事清修，不生妄念，所以回鑾以後，便收拾了南薰殿，在內靜坐，以養身體。

哪裡知道平日娛樂慣了，一旦獨處南薰殿中，如何忍受得來？只覺心中忽起忽落，思了這樣，又想那樣，那顆心好似吊桶一般，七上八下，神魂不定，實在難過。把個劉晟急得直跳起來道：「要是這個樣子，就使真個壽於天齊，成得大羅天仙，我也不願意受這罪的。」說著，便出了南薰殿，仍去與妃嬪們飲酒取樂去了。

劉晟恃著英州野人的丹藥，更是盡力漁色，通宵達旦的臨御妃嬪，絕不疲乏，心內十分歡喜！稱讚英州野人丹藥之妙！

哪知樂極悲生，有一天取那丹藥服時，見這瓶中已將告罄，不覺吃了一驚道：「臨別之時，野人曾經囑咐過，服了此藥，清心寡欲，摒除女色，自可壽享期頤。如果若和從前一樣，貪酒好色，丹藥服完，便沒有他法可想。現在丹藥已完，這卻如何是好呢？」沉吟了一會兒道：「朕的身體此時強健得很，那個野人也未必真是神仙，他說的話，難道總是靈驗的麼？就是丹藥完了，只要多食滋補之品，自然身強力壯，沒有疾病了。」

想到這裡，便不把英州野人之言放在心上，仍舊娛樂不已。

不料丹藥服完之後，未及三日，劉晟便患起病來，臥床不起，奄奄一息，命太醫診脈，都說六脈已絕並無治法。劉晟也知天命已盡，遂不服藥，在床待斃。延至周世宗顯德五年而亡，長子劉鋹嗣位，劉鋹初名繼興，封衛王，即位之後，易名為鋹，改元大寶。

那劉鋹的性情，更比其父昏庸。初登大位，仍以盧瓊仙、黃瓊芝為侍中，參決政事。又信任宦官龔澄樞，國家大政皆由澄樞指示可否，然後畫諾照行。其時宦官專權，百官皆俯首聽命，奔走恐後。

這劉鋹又生成一種脾氣，凡群臣有才能的，讀書的士子中了進士、狀元，皆要先下蠶室，然後進用。就是和尚道士，可與談禪的，也要加以宮刑，方才信任。便有那些不識羞恥的人，居然自己割了陽具，以求進用，於是閹人之數，比到劉晟時增加十倍。

劉晟在世，宮中使喚的內侍，不過三百餘人，劉鋹手裡，竟多至三千餘人，諸內侍盡加使相之銜。

劉鋹又設立內三師，內三公等官，悉以內侍充之，並省紫闥黃樞，判決百司，與三師三公一樣的恩榮。於是時人皆稱未受宮刑之官及讀書之人，為門外人，而稱自宮以求進用者，

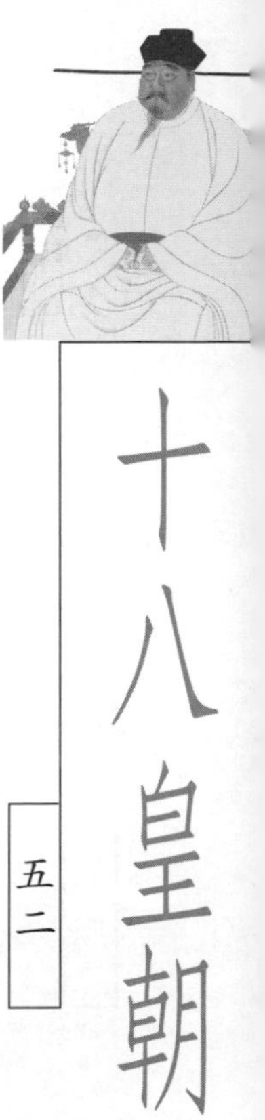

為門內人。

後人讀史至此，也詠宮詞一首道：

內三公並內三師，紫闥黃樞判百司；
聞說狀頭勤自閹，人間無復重鬚眉。

劉鋹既重用內宮，事事皆惟內宮之言是從。其時有個內宮陳延壽，因自己的權力不及龔澄樞，要想邀取劉鋹之寵幸，便舉女巫樊胡子，結連首尾，引進宮內，朝見劉鋹。自言奉了玉皇的使命，特至下界，為南漢之師，輔佐劉鋹，削平四海，統一天下的。

那樊胡子本是番禺小民張二之妻，家中貧苦異常。張二又復生性癡呆，不善生計，專靠其妻樊胡子，為人家看香頭、送神請仙，畫符咒水，醫治疾病，養活全家。後來張二一病身亡，樊胡子更無忌憚，專一的與些青年無賴私下往來。這班無賴子弟，見樊胡子年紀尚輕，相貌又美，便如蟻附羶，如蠅逐臭，爭先恐後的趨奉樊胡子。樊胡子卻似海納百川一般，凡是來親迎自己的，絕不拒卻，總抱著佛家捨身佈施的宗旨，使來者滿意而去。因此樊胡子的黨羽，到處皆是，凡和她親近過的人，便似吃了迷藥的聽候指揮，惟命是從。所以富家宦室的秘事，都被樊胡子的黨羽刺探了來，暗中報告。

樊胡子得了人家秘密事情，便裝著附了神道，附在自己身上，胡言亂語了一會，然後再把人家的秘密宣佈出來。無論閨房戲言，床笫私語，她也有本事探聽了來，一字不遺的當面講說。因此，富家巨室，宦門豪族，都驚以為神，盡說樊胡子乃當世神仙，有未卜先知之術，便搶著迎歸家中，虔誠供奉。

樊胡子出入富家豪室，錢也有了，勢也大了，更加施出手段。不惜金錢買通了人家的家人僕婦，使女丫環，串聯一氣，代她刺探隱私。無論什麼富貴人家，官宦邸第，凡有一舉一動，樊胡子沒有不預先得著報告的。從此樊胡子的名聲愈傳愈大，伎倆也愈演愈奇，竟到宮裡來施展狡獪了。

那個陳延壽沒有下蠶室的時候，原是個無賴之徒，和樊胡子本來要好得很。後來因犯了姦淫婦女的罪案，下了蠶室，便混進宮內，充當一名內侍。只因語言辯給，性情靈巧，善於趨承，劉鋹慢慢的把他信任起來。他要和龔澄樞爭權，便常常在劉鋹跟前，訴說樊胡子怎樣的能夠未卜先知，怎樣的能夠與神靈往來，說得天花亂墜，不由劉鋹不信，便命陳延壽將樊胡子宣進宮來。

樊胡子奉詔而來，見了劉鋹，裝腔作勢，說自己奉了玉皇使命，要輔佐南漢統一天下，陛下如果心中不信，玉皇能夠附在自己身上，親自與陛下說明。劉鋹聽了，便問她請玉皇下降，要如何排場，怎樣施為。樊胡子大聲道：「玉皇乃九天主，總理四海九州，天下萬國，

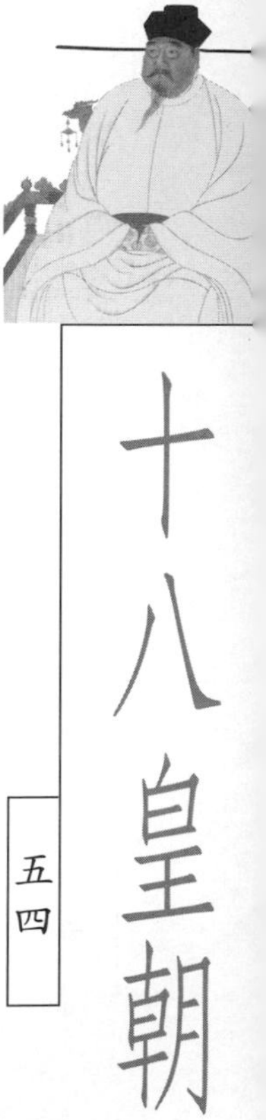

不比別的神聖。要請玉皇下降，須要陛下薰沐齋戒，每夜子時，向天禱告，虔誦玉皇寶誥，七七四十九日，期滿之時，再於內殿設立霧帳、雲幄，遍陳奇珍異寶，搭起雲壇一座，我於壇前通誠默禱，那玉皇感念陛下一點真誠，方肯下降我身，親與陛下問答。這乃是萬劫難遇的事情，若非陛下是個真命帝主，是玉皇的親身太子降臨凡世，我也不敢答應這件事情的。但是齋戒禱告之時，務要虔誠將事，倘若少有不敬，或略存虛偽之意，非但玉皇請不來，還有雷火燒身之患呢。」

劉鋹見樊胡子說自己是玉皇的親太子下凡，乃是真命帝主，心下不勝歡喜，便立意要請玉皇下降，詢問禍福。遂即依照樊胡子的言語，擇了吉期，先赴齋宮，誠誠心心的齋戒了七日。然後，於夜半子時，在宮中設了玉皇的寶座，每天親自望空禱告，虔誦玉皇寶誥。待至七七之期已滿，又在內殿立起了霧帳雲幄，把宮中所有的珍珠寶玉，一切貴重物品都陳立起來，又搭了一座壇場，諸事料理齊備，方去宣召樊胡子。

那樊胡子聞召，知是要自己去請玉皇下降，便格外的裝妖做怪打扮起來。只見她頭戴遠遊冠，身穿紫霞裾，腰束錦裙，足登朱紅履，不僧不俗，不男不女的模樣，令人見了也要發笑。

她在前面走著，後面還有幾個人跟隨著，抬了一張胡床，說是樊胡子的法寶，每逢著要請神靈下降，只要向胡床上仰面臥倒，那神就附在她身上了。所以樊胡子無論到什麼地方去行法，總要令人抬了那張胡床，跟著自己而去的。現在要請玉皇下降，這胡床更缺不得了。來至宮中，見過劉鋹，即命她請玉皇下降。樊胡子口稱奉命，遂至內殿，伏在玉皇壇下，搗了一會兒鬼，便將胡床置於帳內，臥在上面。忽然坐將起來，口中說道：「吾乃玄穹高上帝，玉皇大天尊是也，也可傳南漢主劉鋹前來，吾有要言面諭。」左右聽了，哪敢怠慢，一迭連聲的請劉鋹前來。

劉鋹本在下面看著，見玉皇要和自己說話，連忙走上前來，向著壇上叩頭禮拜道：「劉鋹敬聽聖諭。」

樊胡子在帳中，高坐堂皇，做出玉皇的口氣道：「太子皇帝，可敬聽我諭。」

劉鋹忙再拜道：「臣鋹敬謹恭聽。」

樊胡子即傳玉皇之諭道：「劉鋹本是吾的太子，因憫世道紛亂，民不聊生，所以命汝下界，降生南漢，將來當掃平諸國，統一天下。吾又恐汝缺少輔佐之人，故命樊胡子、盧瓊仙、龔澄樞、陳延壽等降臨人世，輔佐太子皇帝，這四個人皆是天上神聖，乃吾特派下凡的。就是偶然不慎犯了什麼過失，太子皇帝也不得加以懲治。吾念太子皇帝誠心供奉，當時時降臨凡間。若有什麼禍福禨祥，自當預先告知樊胡子，令其轉達太子皇帝，好作趨避。」

劉鋹聽了，躬身道謝。樊胡子又傳玉皇之言道：「吾事甚繁，不能久延，今當返駕。」

劉鋹忙俯伏在地，恭送玉皇聖駕。只見樊胡子在帳中連連打了幾個呵欠道：「玉皇已

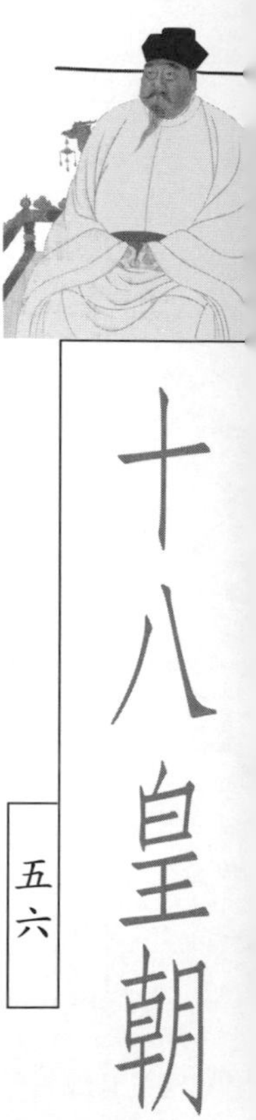

經返駕上天了，命我傳語太子皇帝，陳延壽、龔澄樞、盧瓊仙，將來都是元勳功臣，不可輕視。南漢境內，要有祲祥，玉皇必定預先示知。」劉鋹大喜！

自此宮中的內侍宮人，都稱劉鋹為太子皇帝。劉鋹也自以為是玉皇帝的太子降凡，必得神靈扶助，因此有恃無恐，愈加暴虐起來，造作燒煮剝剔，劍樹刀山諸刑。臣民稍有過犯，即用毒刑處治，異常慘毒。是以文武恐懼，百姓離心，道路以目，不敢多說一句話，劉鋹卻以為自己的威力加於全國，心內不勝歡悅！

後人有宮詞一首，詠那樊胡子藉著玉皇下降，迷惑劉鋹道：

霞裾雲幄坐娥媌，鵠立金鋪聽不淆；
遙見至尊呼太子，祲祥說是玉皇教。

劉鋹又在後苑內養了許多猛獸，如虎豹之類，人民有犯罪者，即令將衣服剝去，驅入苑中，命他赤身露體，與虎、豹、犀、象角鬥。試想那些犯罪之人，也是圓顱方趾的人類，怎能抵禦得猛獸？有的瞧見了虎豹，已經嚇得戰戰兢兢，神魂俱喪；有的膽量稍壯，不甘束手待斃，勉強與虎豹鬥上一回，卻是赤手空拳，哪能抵敵這些猛獸？少不得也被虎豹吞入腹中，當了點心。劉鋹領了左右，在樓上觀看，見那些犯罪之人畏懼的形狀和淒慘的聲音，他便拍手大笑，以為快樂。

又聞得內侍監李托，有兩個養女，都生得如花似玉，十分美麗，便選入宮中，長者封為貴妃，次者封為美人，甚是寵幸。遂加李托為特進開府儀同三司，甘泉宮使，兼六軍觀軍容使，行內中尉事。自此李托的權力無與倫比，朝中政務，皆須諮於李托而後行。

劉鋹日夕同著李貴妃姊妹，或是飲酒歌舞，或是命罪囚鬥虎抵象，以為娛樂。有時心內稍覺不快，見文武諸臣所上奏章略有不合，便命衛士捉了前來，或是燒煮；或是刳剔；或上劍樹；或上刀山，每日如此，不知害了多少人命。那些文武臣工，莫不栗栗危懼，見了劉鋹，好似見閻王一般，如何還敢多言？因此，大小事情都由內侍辦理，就是位列三台，官居宰相，也不過備員而已。

那劉鋹又喜出外微行，聞得番禺蘇氏，有一座花園，擅樓臺之勝，具池沼之美，便攜了李貴妃，不令侍從得知，私自出宮至蘇氏園內遊覽。蘇氏園丁見這一男一女，衣服華麗舉動不凡，知是朝中貴人，不敢攔阻，任他人內隨意遊行。

劉鋹見這座花園，果然佈置得宜，景色清幽，心下其喜！攜著李貴人的手登樓入室，拂柳穿花，來至一處遍植芭蕉，上面懸著一塊匾額，額曰綠蕉林，覺得濃蔭匝地，碧地如洗，身入其間，衣袂都變作翠色，鬚眉亦成為紺綠。劉鋹至此心胸為之一爽，對李貴妃道：「昔唐代有僧人懷素，喜種芭蕉，名其所居為『綠天』。此處芭蕉如此之盛，也不亞於懷素的綠

天了。」口中說著，一眼瞥見對面桌上，有現成的文房四寶，遂提起筆來，在牆上大書「扇子仙」三個大字；後面又寫著「大漢天子攜李妃遊此，偶題。」一行小字，遂擲下了筆，與李貴妃揚長而去。

次日園主到來，瞧見壁上的御書，急喚園丁，問他聖駕何時來至園中，因何不到府內報告？園丁道：「並沒聖駕到園，小人怎敢亂報。」

園主指著壁上扇子仙三字道：「上面明明寫著大漢天子攜李妃遊此偶題，你說聖駕沒有到園，這字又從何而來？」

園丁看了，不覺吃驚，暗道：「昨日這一對男女原來是皇帝同妃子前來遊園，幸而我沒有得罪於他，不然這條性命早就不保了。」心下想著，便對園主說道：「昨天有一男一女前來遊園，我因他們衣服華貴，相貌不凡，恐是貴家眷屬，因此不敢阻擋，一任他們到園內隨戲了半日，方才出去，卻不知是當今天子，御駕降臨。」

園主聽了這話，直嚇得伸出了舌頭，縮不進去，連稱萬幸道：「虧得你昨天見機，沒有阻擋他們；要是開罪了皇帝，今天連我也要拿了去，不是上刀山劍樹，定然去餵虎豹犀象了，這真是天大的幸運呢。」

那園主不敢褻瀆御書，忙取了碧紗，把劉鋹所題的字籠罩起來。又在那綠蕉林造了一座亭子，即取名為「扇子亭」，以表皇帝來遊的榮寵。

這件事情傳了出去，廣南地方，都稱芭蕉為扇子仙了。後人也有詞一首，詠那李托因進獻兩個美女，得蒙寵任，並劉鋹私幸蘇氏花園道：

一雙玉李進軍容，豔雨奢雲寶帳重；
誰更偷陪題扇子，綠天秋淨曉蔭濃。

劉鋹自從在蘇氏園內遊玩之名，更加微行得勤了。有時帶了一二個內侍，相隨出外；有時獨自一人，飄巾豔服，至街市中亂闖，酒店、飯館、花街柳巷，無處不到。倘若倒楣的百姓遇見了他，偶有一二句言語不謹慎，觸犯了忌諱，或是得罪了他，頓時便命衛士捉進宮去，剝皮剔腸，鬥虎抵象，活活的送了性命。

廣南的人民知道劉鋹時常出來微行，從此偶見面生之人，便疑是皇帝來了，一齊張口結舌，連話也不敢多講，那飯館、酒店之內，座間都貼了禁談時事的簡帖，真個弄到了「相視以目，有口難言」的光景了。

這一日劉鋹獨自出宮，偶然走至一座古董店前，見櫃檯裡面坐著一個青年女子，皮膚略帶黑色，身體甚是肥腯，那眉目之間卻現出妖情的態度。劉鋹見了，很是動情，即走上去，和那女子抖攬說話。那女子見了生人，毫不羞怯，居然和劉鋹攀談起來。劉鋹方知她是波斯

賈胡之女，因見此女伶牙俐齒，極其聰慧，心內非常愛惜。到了次日，就降出一道諭旨，宣召這波斯女人入宮。

誰知這波斯女，非但生性聰慧，而且極其淫蕩，床笫之間，放浪異常，把個劉鋹弄得神魂顛倒，大加寵愛。因其黑而肥腯，賜號「媚豬」。媚豬的房術，十分厲害。劉鋹往往被她戰敗，棄甲曳兵而逃，只得訪求方士覓取健陽之法，以與媚豬相抗。乃於殿間另闢一窗，擺列籌碼，命宮人守之，每與媚豬宣淫一次，宮人即投一籌，一夜之間，必投十餘籌，方滿其慾，名之曰「候窗監」。

劉鋹又喜縱觀男女交歡，遂選擇許多無賴青年，匹以雛年宮人，命男女盡去其衣，聚在一起，互相交歡。劉鋹與媚豬往來巡行，記其勝敗，見男勝女，更加以賞賜；女勝男，便說是個廢物，輕則宮刑，重則燒煮剝剔，以餵虎豹。那男女交媾之處，名為「春場」；男女互相交接，名曰「大體雙」。後人有宮詞詠劉鋹的縱淫道：

私署宮司慣候窗，銀壺靜報漏琤瑽；
何來絕慧波斯女，別戀春場大體雙。

劉鋹又有個宮人，生有殊色，名叫素馨，性最愛花，又喜素靜，尚著白夾衫，帶素馨花，雲髻高盤，滿插花朵，遠遠望去好似神仙一般。劉鋹甚是嬖愛，特地為了素馨造起一座芳園林。園內種植名花，到得春間，百花盛開，便命素馨率領眾宮人，為鬥花之會，其律甚為謹嚴。每逢開花之期，劉鋹在天明之時，親自開了園門，放宮人們入內，採擇花枝。待至採擇齊備，遂即扃閉園門，齊往殿中各出花枝，以角勝負；且令內侍抱關至樓，羅列門前，禁止出入，以防傳遞，名曰「花禁」。鬥花勝者，當夜即蒙御駕臨幸；鬥花敗者，各罰金錢，置備盛筵，為勝者賀功。

芳林園中除了眾花之外，又栽著許多荔枝樹，到得荔枝熟時，樹果累累，如同貫珠，顏色鮮紅，燦若雲霞，極為可觀。劉鋹便大張筵宴，令宮人妃嬪，盡皆與席，酣呼暢飲，美其名曰「紅雲宴」。後人也有宮詞，詠劉鋹開花之會，及張盛筵以賞荔枝道：

芳林花事鬥紛紛，買宴揮金勝負分；
又看荔枝三百熟，敕開內苑賞紅雲。

劉鋹性情雖然暴虐，天資甚是聰慧，常用珍珠結為鞍勒，作戲龍之狀，精巧異常。又在東莞縣置媚都川，命人入海採珠，多至三千人，有入水五百餘尺，始能得珠者。在宮無事之時，更煨魚英——即魚腦骨作托子，鏤椰子為壺，皆雕刻精工，細入毫芒，雖有名的雕刻工

匠見了劉鋹所製器物，莫不吐舌，詫為世所罕有。

鋹有廣建別館離宮往來其間，自號為蕭閒大夫。

後人讀史至此，也作宮詞詠之道：

魚英托子鏤椰壺，恰稱蕭閒署大夫；

戲結珠龍情不淺，探波仍課媚川都。

廣南地狹力貧，劉鋹這樣奢侈無度，自然府藏空虛，不敷應用了，劉鋹便增加賦斂，煩重異常，每歲收入盡作建造宮觀之用。陳延壽又勸劉鋹除去諸王，以免後患，於是劉氏宗族屠戮殆盡，舊臣宿將非誅即逃，廊廟之上官員一空，只剩下了李托、龔澄樞、陳延壽和一班內侍，及呵奉內侍，素與通聯一氣的官員，稍秉正氣的人哪裡還能立足？所以，宋朝命潘美將兵前來討伐，也沒有稱報，直待宋軍已侵入廣南境內，方才驚慌起來。

第三十回　歸朝之兆

南漢主劉鋹荒於酒色，不問政事。宋將潘美、尹從珂率領大軍已入南漢境內。劉鋹直待宋軍已抵芳林，距賀州只有三十里路了，方才得著訊息，慌張起來。

此時南漢的宿臣舊將多已讒死，宗族近支，誅戮殆盡，掌兵的人都是些宦官；再加從劉晟手裡就耽於遊宴，城壁壕隍，多設為宮觀池沼，樓艦皆毀，兵械腐敗，所以得了宋軍來侵的消息，內外震駭，不知所措。劉鋹只得命龔澄樞往賀州，李托往韶州；郭崇岳往桂州，抵禦宋軍。

那龔澄樞奉了劉鋹的命令，推辭不得，便領了人馬前往賀州，方才行至中途，聞得宋將潘美、尹從珂已經圍困下賀州，旦夕將下，澄樞只接到個報告，就嚇得面如土色，逃命也來不及了，如何還敢到賀州去抵擋宋兵，便抱頭鼠竄的奔了回來。

劉鋹見龔澄樞逃回，急得沒有法想，大將伍彥柔自請率兵，抵禦宋軍。劉鋹乃遣伍彥柔統帶水師，救援賀州。伍彥柔兵至賀州城外，天色已晚，便在舟中宿了一夜，次日遲明，伍

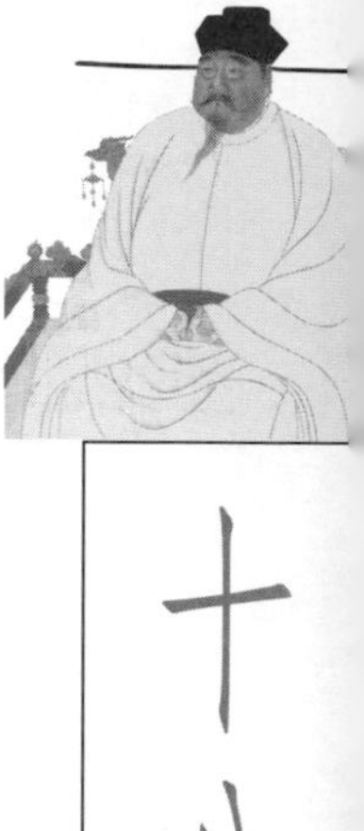

彥柔挾彈登岸，踞坐胡床，指揮三軍。不料宋將潘美，已預先伏兵岸側，一聲炮響，突然殺出，伍彥柔猝不及防，慌忙迎戰。

漢兵已被宋軍衝成數段，潘美、尹從珂指揮兵將，大呼廝殺，鼓聲如雷，眾兵一齊奮勇衝突，把南漢的人馬如同砍瓜切菜，殺死無數。伍彥柔見大勢不妙，方要逃走，已被宋軍追上，一刀殺死，割了首級，懸於竿上，曉示城中。賀州的守卒驚惶失措，遂被宋軍攻破了城池，潘美督率戰艦，便要乘勝而下進取廣州。

那日李托雖然奉命前赴韶州，他如何有這膽量去和宋軍對壘？一味遷延拖宕，仍在朝中，並未赴韶。劉鋹聽說宋軍將要順流而下攻取廣州，早已束手無策，只得與李托商議退兵之計。李托也是沒有主意，只望著劉鋹一聲不響。便有人保薦舊將潘崇徹，統兵迎敵。劉鋹心下尚不願起用崇徹，無如警報迭至，急切之間，無人可用，沒有法想，只得宣召潘崇徹，領兵三萬，出屯賀江。

崇徹本來因讒被斥，居恆怏怏不樂，此時勢已危機，方命統兵退敵，便挾著前嫌，不肯出力，存了坐觀成敗之心，帶了三萬人馬，逗留不進，一任宋軍攻昭州，破連州，下桂州，勢如破竹，進抵韶州。韶州地方乃廣南鎖匙，此城失去，廣州便難保守，盡揀國中精銳，及所有馴象，悉數出發，遣都統李承渥為元帥，赴韶州防禦。承渥兵抵韶州，屯在城北蓮花峰下，列象為陣，與宋師對壘。

那馴象陣，乃是劉鋹平日教練成功的，每象載精卒十餘，均執兵仗，衝殺起來，勢如潮湧，猛不可擋。宋軍見了象陣，也不免心下驚懼，不敢迎戰。潘美忙傳令眾兵休要退怯，自有破陣之策。遂命軍將悉備強弓硬弩，待眾象衝來，即便攢射，自可破他象陣。

將士得令，立刻備齊了強弓硬弩，等到交鋒之時，李承渥吩咐放出象來，衝殺過去，宋軍陣中一聲吶喊，箭如雨發，那象被勁弩射著，紛紛向後面返奔，象背上的銳卒一齊墜地，宋軍乘勢掩殺，眾象奔騰馳突，反把漢兵踐踏而死者不計其數，李承渥不能抵敵，只得翻身奔逃，總算走得快，保全了性命。宋軍遂即攻入韶州。

劉鋹聞知象陣為宋軍所破，李承渥大敗逃回，韶州已失，嚇得戰戰兢兢，不知如何是好。滿朝中都是些宦官和沒用的人，誰能上前打仗？劉鋹見眾人面面相覷，一籌莫展，只得涕泣回宮，對著那些宮人、妃嬪，淚如雨下，連一句話也說不出來。

宮人、妃嬪見劉鋹這般模樣，也都個個驚惶失措。當有宮嫗梁鸞真，上前說道：「陛下不必著急，妾的養子郭崇岳，頗知兵法，熟諳戰術，陛下若命為將，不難退敵。」

劉鋹正因無人領兵出戰，心下十分慌張，聽得梁鸞真保薦郭崇岳，也不問他是怎樣的人，能夠勝任不能夠勝任，遂傳郭崇岳入見，封為招討，使命與大將植廷曉統兵六萬，屯於馬徑，列柵以拒宋軍。

這郭崇岳，絕不知兵，專事迷信，日夜祈禱鬼神，想請些天兵天將來退宋軍。誰知鬼神

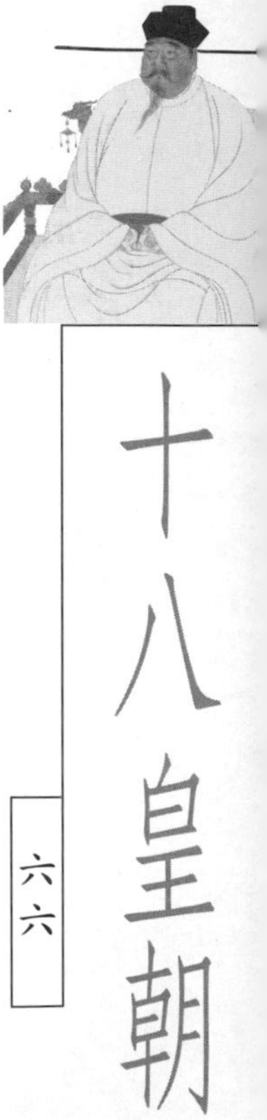

無靈，一任郭崇岳叩頭祈禱，只是沒有應驗。潘美等又破了英州、雄州，潘崇徹率兵降宋。潘美的大軍已抵瀧頭，郭崇岳見宋軍乘勝而進，兵勢甚盛，嚇得膽裂魂飛，連忙退入廣州，對劉鋹說：「宋軍已到瀧頭，十分厲害，看來馬徑也難保全，只有斂兵入城，固守廣州，再圖良策了。」

劉鋹聞言大懼，思索了半日，方才說道：「宋軍如此厲害，無人敢去抵擋，不如求和吧。」遂遣人赴宋營，請求罷兵議和。潘美不允，叱退來使，立即進兵馬徑，紮營雙女山下，離廣州城只有十里遠近。

劉鋹見潘美不允求和，兵臨城下，只得預備逃走。急取船舶十餘艘，悉載金寶妃嬪，意欲浮海逃生。尚未及發，宦官樂範，先與衛兵千餘名盜船遁去。劉鋹這時沒了船舶，愈加窮蹙，只得命左僕射蕭漼，詣宋營乞降。潘美將蕭漼送往汴京，率兵進攻廣州。劉鋹欲遣弟保興率百官出迎宋軍，郭崇岳入阻道：「城內尚有精兵數萬，何不背城一戰？戰若不勝，再行出降，也還不遲。」遂與植廷曉出兵拒戰，據水列柵，夾江佈陣，以待宋軍。

不一會兒，宋軍渡江而來，崇岳與廷曉出柵迎戰，無奈南漢人馬都已亡魂喪膽，見了宋軍，好似遇著虎豹一般，紛紛逃走，自相踐踏，十死六七。植廷曉戰歿於陣，郭崇岳奔回柵內，嚴加防守。劉鋹又遣其弟保興前來幫同崇岳，悉力拒守。

潘美向諸將說道：「漢兵編木為柵，自謂堅固，若用火攻，必定自亂。」遂分派兵士，每人各執二炬，順風縱火，萬炬齊發，一刹那頃，煙焰蔽天，各柵盡已燒著。那些守柵的漢兵，被煙火迷了出路，不能逃走，都成了焦頭爛額之鬼。郭崇岳也走投無路，葬身火窟，只有保興逃回城中。

龔澄樞、李托二人私下商議道：「宋軍遠來，無非貪我金寶財帛，我若先發毀去，使之得一空城，他不能久駐，自然退去了。」乃縱起火來，把府庫宮殿一夜之間燒成灰燼。城內放火，人皆慌亂。宋軍乘亂入城，擒了劉鋹並龔澄樞、李托及宗室文武九十七人，保興逃入民舍，亦為所獲，悉數押送闕下。

潘美既擒劉鋹，有內侍數百人，盛服求見。潘美道：「我奉詔伐罪，正為此輩，尚敢來見我麼？」遂命一一縛住，斬首示眾。廣南悉平，凡得州六十、縣二百四十、戶十七萬。

南漢自劉隱據廣南，至劉鋹而亡，凡傳五主，共六十五年。當時廣州有童謠道：「羊頭二四白天雨。」人莫能解，至劉鋹被擒，南漢滅亡，適值辛未二月四日，識者因謂羊為未之神；白天雨者，取皇師如時雨之義；二四者，課二月四日滅南漢也。又在南漢未亡之前一年，九月八日，夜間眾星皆北流，知天文者謂為劉氏歸朝之兆。後人有詩詠道：

婦寺盈廷召滅亡，王師如雨奏鷹揚；
羊頭戾氣童言兆，天上星流占不祥。

劉鋹等押送汴京，太祖御崇德門親受南漢俘虜，當即宣旨，責問劉鋹在廣州暴虐人民，橫徵賦稅之罪。劉鋹此時反不慌不忙，向太祖叩頭說道：「臣僭位之時，年方十六，龔澄樞、李托等，皆先朝舊人，每事悉由他們作主，臣不得自專，所以臣在廣州，澄樞等是國主，臣反似臣子一般，還求陛下垂憐。」

太祖聽了劉鋹的言語，乃命大理卿高繼申，審訊龔澄樞、李托諸人，盡得奸、貪、諂、諛諸狀，遂引澄樞、李托等，斬於千秋門下；特詔赦劉鋹之罪，賜襲衣冠帶，器幣鞍勒馬，授金紫光祿大夫、檢校太保、右千牛衛大將軍；恩赦封侯。

劉鋹受封，叩首謝恩，太祖已有大第宅賜他居住；其弟保興，亦得受封為右監門左僕射；所有蕭漼以下各官員，均受職有差。潘美等凱旋回汴，載歸劉鋹私財；還有美珠四十六甕；金帛相等，太祖仍舊給還於鋹。又有鋹親手用美珠結成一龍，頭角爪牙，無不畢具，十分巧妙，獻入大內。太祖見了，嘆息謂左右道：「劉鋹好工巧，習與性成，若能移治國家，何至滅亡。」左右聞言，唯唯稱是。

劉鋹體質豐碩，眉目俱竦，有慧才，具口辯，故為太祖所喜，時常召賜御筵，聽其談論，以為笑樂。

一日，太祖乘肩輿，從十餘騎，幸講武池，從官未集，劉鋹先至，太祖以銀卮酌酒賜之。鋹在廣南，群臣有不如其意者，嘗以鴆酒賜飲，以畢其命；今見太祖賜以巵酒，亦疑為鴆，泣而言道：「臣承祖父基業，違抗朝廷，勞王師致討，罪固當死。陛下不殺臣，今見太平，願為大梁布衣，延旦夕之命，以全陛下生成之德。承賜巵酒，臣不敢飲。」

太祖笑道：「你疑此酒有毒麼？朕推心於人腹，安肯作此等事。」說罷，命左右取過賜劉鋹的酒，一飲而盡，覆命別酌一巵賜之。劉鋹飲畢，拜謝聖恩，面上很是慚愧。

太祖卻絕不介意，且加封劉鋹為衛國公，並豐劉鋹月給，增錢五萬；米麥五十斛。太祖的度量，可謂卓越無比了。這卻不在話下。

且說南漢已平，南唐主李煜震恐異常，遣弟從善，詣闕上表，願去國號，改印文為「江南國主」，且請賜詔呼名。太祖准如所請，厚待從善，除常列賞賚之外，更賜白金五萬兩作為贐儀。

太祖為何這樣厚待從善，除常賜之外，還要以白金五萬兩為贐儀呢？只因江南主李煜曾密饋趙普銀五萬兩。趙普不敢私相受授，據實奏聞，太祖道：「卿盡可受之，但覆書答謝，少贈來使就是了。」

趙普道：「人臣無私饋，亦無私受，不敢奉詔。」

太相道：「大國不宜示弱，但當令其不可測度，朕自有計，卿可無辭。」至從善入朝，所以特地賜銀，仍如李煜饋贈趙普之數。

從善回國，告知李煜，君臣們都驚疑不定，深畏太祖英明，更加不敢攜貳了。如今南漢已滅，只剩了江南李煜、北漢劉繼元、吳越國王錢俶了，那北漢，適當西北之衝，太祖欲留了他，以擋邊患，打算在諸國平定之後，方才興師征討。

吳越國王錢俶，是個知時識勢的人，久已降順宋廷，且允不日即便入朝，因此太祖不把這兩處放在心上，一意要討平江南，收其土地，正擬發兵。不料故周主宗訓，自與其母遷居房州，已歷數年，忽然一病而亡。太祖聞報，素服發喪，輟朝十日，謚以周恭帝，還葬周世宗慶陵左側，號稱順陵，把周恭帝葬事料理清楚了，又值同平章事趙普生出種種事情，太祖要更動宰相，無暇征討江南。

但是趙普深得太祖信任，因甚又要調動呢？只因太祖擬發兵討平江南，又微行去訪趙普，行至相府，恰值吳越王錢俶，差人寄書於趙普，且饋贈海物十瓶，置於廡下。忽聞太祖駕臨，倉猝出迎，不及將海物收藏。太祖走了進來，一眼望見，即問瓶中何物？趙普料知難以隱瞞，遂據實奏道：「乃係吳越王錢俶饋臣的海物。」

太祖道：「海物必佳，何不取出一嘗。」

趙普不敢逆旨，便取出瓶啟封，揭開一看，哪裡是什麼海物！瓶內滿滿貯著瓜子金，黃光燦然，耀眼生輝，此時把個趙普弄得手足無措，局促不安，只得頓首奏道：「臣尚未發書，實不知內中都是黃金，乃據來人所言，故以海物啟奏陛下，尚乞恕罪。」

太祖嘆道：「你也不妨受了此物，他的來意，以為國家大事都由你書生作主，所以格外厚贈的。」說罷此言，也不和他商議事情，逕自回宮去了。

趙普匆匆拜送，心內十分懊喪，唯恐太祖降罪，惴惴不安了好幾日，後來見太祖恩禮未衰，方才把心放下。

不料一波未平，一波又起。

趙普因建造第宅，命親吏往秦隴間購取巨木，編成大筏，運至汴京，以備材料。那親吏乘便多辦若干，轉鬻於人，藉博厚利。其時有詔禁止私運秦隴大木，往來販賣。趙普暗地命人往購，已屬違旨，販賣漁利，尤為不法，早為三司使趙玭查出隱情，當將此事奏聞。

太祖大怒道：「貪得無厭至於如此，何以表率百僚，治理天下。」遂命翰林學士承旨，擬定詔書，即日驅逐趙普，幸得故相王溥，竭力解救，才得停止未發。後因翰林學士盧多遜與趙普不協，召對之時，常常在太祖面前陳說趙普的過失。太祖心下更加不悅，看待趙普，益覺疏失。

趙普心不自安，上疏請罷政事。太祖下詔，調普外任，命為河陽三城節度使，盧多遜遂得擢為參知政事。

多遜的父親，叫做盧億，曾經作過少尹，已致仕在家，聞得多遜訐趙普之短，取得參知政事，不禁長嘆道：「趙普是開國元勳，小子無知，輕詆先輩，日後恐難免禍。我得早死，

不致親見就是僥倖了。」果然不多幾時，盧億便以憂抑而死，多遜丁艱去職，奉詔起復，遂即入朝視事，深得太祖的信任。

太祖把內事料理既畢，便要處置江南了，先降詔給李煜，召他入朝。李煜奉了詔書，深恐入宮被留，托疾固辭。太祖見李煜不肯奉詔，且聞他陰修戰略，意在抵抗王師，便決意興兵進討江南了。但是江南李氏的歷史，書中未曾敘過，現在太祖要興師南下，我卻不能不敘述一番，使之略有頭緒。

那江南國號本名南唐，唐主李昪，初為徐溫養子，冒姓徐氏，名知誥。後來徐溫被逼禪位，昪乃僭號於金陵，稱為大齊皇帝，改元昪元。嗣因江西楊化為李，洪州李生連理，李昪以為樹木呈奇，乃是祥瑞，遂謂群臣道：「朕係出唐宗室建王恪之後，今當復姓為李，國號曰唐。」

群臣皆賀，李昪大悅，乃祀圜丘，太史上奏，月延三刻，實是維新鼎命之應。李昪遂慶賀為瑞，賜文武宴於殿內，極水陸之珍，擅山海之奇，所有餚饌，人皆莫識，其食味中有鷺鷥餅、天喜餅、駝蹄餤、密雲餅、鐺糟炙、瓏璁餤、紅頭簽、五色餛飩、子母饅頭等，不下數十餘品。真是奇珍美味，令人食之，齒頰生香，三日不絕。但李昪宴集群臣，雖然異常豐盛，平日自奉，卻甚儉樸，衣服必經浣濯，宮人不曳羅綺，寢殿中夜間所燃之燭，不用脂蠟，灌以烏桕子，燃而取亮。案上捧燭的鐵人，高約五尺，還是吳太祖楊行密馬廄中所用之物。李昇以為棄之可惜，取為燭臺，號曰「金奴」。一日黃昏時候，在宮內夜宴，急須點燭，因呼：「小黃門，掇過朕的金奴來。」其儉樸如此。

後人有宮詞詠之道：

木再呈奇月再延，維新鼎命百靈駢；
內家從識駝蹄餤，夜捧金奴侍御筵。

李昇在位，七年而卒，其長子李璟嗣立。李璟原名景通，即位後，改名為璟，後因臣服於周世宗，避周廟諱，復改為景。

璟對於兄弟備極友愛，以弟景遂為元帥，封太弟，居東宮。景達封齊王，為副元帥。景逷封江王，就李昇柩前，立盟約，日後傳位太弟，誓必兄弟相繼，所有中外庶政，也一切委於太弟景遂參決。每逢遊宴出處，均與諸弟相偕。嘗值元旦日大雪，李璟見六出紛飛，樹頂枝頭，渾如積玉，階前砌畔，宛似堆銀，身處其間，不啻瓊宮見闕，遂道：「如此雪景，何不開宴賞之。」即召太弟景遂，齊王景達，江王景逷，與文武大臣登樓賜筵。

剎時之間，歌舞齊陳，酒餚迭上，李璟命群臣開懷暢飲，今日須要極盡歡娛，不醉不休。酒至半酣，李璟略有醉意，興致翩翩，遂召歌者王感化，親題《浣溪沙》詞二闋，命之

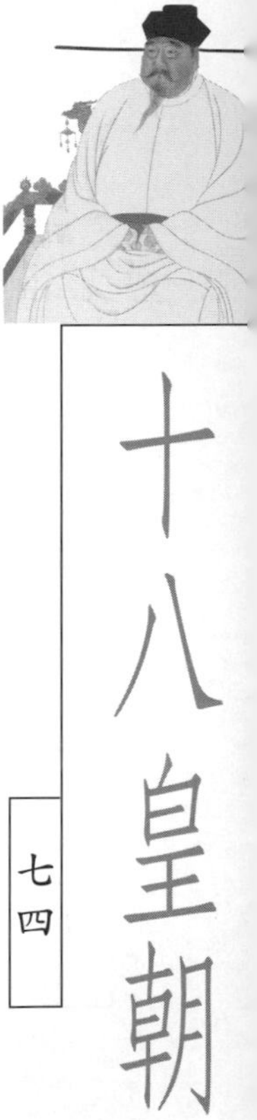

歌以侑酒。感化接過詞來，就在當筵，按譜合調，歌將起來，真個字字鏗鏘，聲聲入拍，十分可聽。其詞道：

菡萏香銷翠葉殘，西風愁起綠波間。還與韶光共憔悴，不堪看！
細雨夢迴雞塞遠，小樓吹徹玉笙寒，多少淚珠何限恨，倚欄干。

王感化歌罷第一闋，群臣聽了，一齊稱揚道：「陛下所填之詞，真是錦心繡口，情韻俱佳，那第二闋一定是更妙的了。」遂又聽感化歌第二闋道：

手捲真珠上玉鉤，依前春恨鎖重樓。風裡落花誰是主，思悠悠！
青鳥不傳雲外信，丁香暗結雨中愁。回首綠波三峽暮，接天流。

感化歌喉抑揚，清振林木。李璟不勝欣悅，命遍席皆換大杯，須得痛飲一場，賞此新曲，方不負感化的檀板輕歌也。群臣不敢逆旨，共換大杯，歡呼暢飲。太弟景遂，又與群臣各賦一詩，以記今日之盛，李璟大悅，直飲至夜深方才散席。

次日太弟景遂，率文武臣僚入內謝宴。行禮即畢，李璟開言說道：「昨日之宴，君臣兄弟共聚一堂，真乃昇平盛事，宜將所詠詩章，裝訂成冊，並繪一圖，以傳後世，使知我君臣同樂，兄弟友愛不比尋常。卿等以為如何？」

景遂奏道：「陛下之意甚善！倘得繪成圖畫。臣等亦可追隨陛下，共傳萬世了。」

李璟立即傳諭，將昨日所詠詩篇，彙集起來，謂徐鉉道：「此編序文，須仗卿生花妙筆，始可傳後。」徐鉉頓首奉命，遂為前後序文。李璟又召精於繪畫者合成一圖，圖中一切佈景皆令各名手分別擔任；如李璟御容，由高沖古擔任；太弟以下侍臣，法部絲竹，由周文矩擔任；樓閣客殿，由朱澄擔任，雪竹寒林，由董元擔任；池沼禽魚，由徐崇嗣擔任，諸人殫心竭慮，各獻所長，精繪成圖，曲盡一時之妙。李璟見了這圖，好生歡喜，遂命裝褙好了，珍藏內府，時時賞玩。

李璟初嗣位時，承李昇恭儉樸素之餘，又值中原多故，盧文進、李金全、皇甫暉等，皆歸於南唐。於是跨據江淮三十餘州之地，擅魚鹽之利，府庫充盈，物力豐厚。李璟又復春秋鼎盛，處在江南繁華地方，自恃國富兵強，便慢慢的驕奢淫逸起來。後宮佳麗滿前，羅綺如櫛，遊玩宴賞，竟無虛夕，走馬擊球，通宵達旦；再加子弟們如從嘉、從冀、從謙輩，少年性情，爭奇鬥異，狗馬聲色，內寵宴私，盛極一時。那從嘉便是後主李煜，從冀乃李璟長子，太弟景遂歿後，李璟即立為太子，不久亦亡。惟有那從謙，年紀最小，生性聰慧，相貌清俊，深得李璟愛憐，封為宜春王，聽其出入宮禁，絕不拘束。從謙上恃李璟的寵愛，下仗自己相貌

美秀，日日在妃嬪隊裡跑來走去，少不得沾花惹草，和一班妃嬪謔浪笑傲，無所不至。

那些妃嬪雖得李璟臨幸，但是六宮之中春色如海，雨露哪能遍及。這些妃嬪正在盛年，春花秋月，未免有情，長夜迢迢，淒涼難耐。忽見宜春王從謙生得風流蘊藉，性情溫和，對於婦女面上更是細膩熨貼，宛轉隨人。那妃嬪們見了宜春王，沒有一個不喜歡的，只要入得宮來，便你推我拉，此爭彼奪，好似見著珍奇異寶一般，把個宜春王弄得分身不開，應酬不及，不知如何方法。

李璟也明曉得宜春王和妃嬪宮人有不乾不淨之事，一則鍾愛宜春王，不肯加以責罰；二則自己妃嬪過多，日久月長，精神疲乏，實在有些支持不住。今見宜春王出入宮禁，眾妃嬪人人推愛，個個歡迎，樂得開一眼，閉一眼，由她們胡廝歪纏，自己可以藉此休養，珍攝精神，也顧不得父子聚餤的醜事了。

這日正當三春的時候，後苑中百花齊放，這些妃嬪值此長日如年，無事可為，好不難受，聽說苑中花事甚盛，便三三兩兩都到後苑來賞花消遣，恰值宜春王也在苑中，騎著馬在花下馳驟。

第三十一回　名門夜宴

南唐後苑正當春日，百花齊放，妃嬪們閒著無事，都帶著宮人來到苑中，如穿花蛺蝶一般，來往賞玩。此時各花雖然俱開，惟有桃花最盛，其色嬌豔，令人見了甚為可愛。眾妃嬪意欲折取花枝插於瓶中，以供賞玩，便命宮人前去採折。

誰知這桃花的枝條生得甚高，宮人們哪裡攀折得來？一齊紛紛擾擾，搶著去搬取彩梯前來折花。恰巧宜春王從謙，騎著一匹綠耳馬，在那裡奔突馳驟，十分高興。忽見宮人紛紛喧嚷，他即拍馬上前問道：「你們為什麼如此忙亂？」

宮人見是宜春王，乃平日嬉戲慣的，便有幾個宮人搶著說道：「眾位妃娘娘要採那桃花，無奈枝條生得過高，我們攀折不來，意欲找覓彩梯，所以如此。」

宜春王道：「採取桃花，何用搬那彩梯，費這樣的周折，待我來替你們採吧。」說著，縱馬至樹下，任意攀折，折了一枝，便抛下一枝來，那些宮人個個要得著桃花獻於主人，便爭先搶奪，滿苑中好像鶯飛燕舞一般，碌亂紛紛，甚是好看。

不上一會兒，早將滿滿桃花採了淨盡，宮人們也個個捧了許多花枝，十分歡喜！

宜春王含笑向宮人道：「我的綠耳梯豈不比你們的彩梯好得多麼？」說著，將座下的馬加上一鞭，如飛馳去。

後人讀史至此，有宮詞一首，詠李璟開筵賞雪，及宜春王乘馬攀折桃花之事道：

圖畫天然摹雪後，交輝棣萼小西樓；
朝元才了芳菲早，又縱宜春綠耳梯。

李璟自接位之後，頗喜道術。各處方士聞得國主尊重羽流，喜愛道術，都紛紛來至金陵自炫其術。有道士譚峭，字景升，曾在嵩山從師修煉，得辟穀養氣之術，夏則服烏裘，冬則衣綠衫，臥於風雪之中，亦復汗出如淋。李璟見其甚有道氣，極加敬禮，號「金門羽客」，每逢御宴，必召景升陪侍，賜之飲酒多至一石，亦不言醉。

一日雪夜，天寒地凍，河冰凝結，李璟飲酒過多，思得鮮魚為湯以解宿酲，卻因天氣寒冷，無從得魚，心甚怏怏。景升道：「陛下要鮮魚醒酒亦非難事，臣當取松江鱸魚為陛下作羹，當較他魚，尤為鮮美。」

李璟不信道：「松江鱸魚必於秋風起時方可取得，此時風雪交加，如何能有鱸魚？況松江距此千里路途，便有鱸魚，一時如何能夠取來？」

景升道：「陛下不信，待臣立刻取來，方知臣言，絕非欺騙陛下。」

李璟道：「未知如何取法？朕倒試一試你的本領哩。」

景升即令內侍取過釣鉤，秉著寶炬，來至池邊，把魚鉤垂入池中竟去釣魚。兩個內侍秉燭照著，心中暗暗好笑道：「這道士真在那裡活見鬼了，如此寒冷天氣，池水結成堅冰，怎樣釣得魚來呢？」

那兩個內侍正在那裡暗暗發笑，恰見景升將釣竿往上提，「噗」的一聲，早已釣起一條尺餘長的鱸魚來，即命內侍取過盆水，把魚養在那裡，那魚還在盆內跳躍不已。

內侍大驚，齊聲稱讚道：「羽客的本領真是不小，這樣冷天，竟能釣得魚來。」

景升也不理他們，又把魚鉤垂下。須臾，又得一尾，這樣的接連釣了四尾。方令內侍連盆捧來，獻於李璟道：「幸不辱命，已取得松江鱸魚四尾，陛下可命御廚速速作羹，前來醒酒。」

李璟見他這般天氣居然釣得鮮魚，心內也覺詫異，卻故意說道：「朕這池內本來養著許多鱸魚，被你釣將起來，怎麼謊朕是松江鱸魚呢？」

景升笑道：「陛下休要胡賴，無論什麼地方的鱸魚，只得兩腮，獨有松江鱸魚乃是四腮。陛下不信，請仔細一看，便知臣言不謬了。」

李璟聽了，即令將魚取過，詳細觀看，果然都是四腮，方才相信景升的法術真是高妙，

從此更加敬禮，加封為「紫霄真人」，當命之宿於宮中。

李璟戲謂之道：「卿是神仙，亦有男女之情麼？」

景升奏道：「神仙有男女之情。臣非神仙，故心如死灰枯木，不知何為男女之情。」

李璟意欲試之，留他宿於殿中，夜間命美貌宮人前往就之。誰知他呼呼大睡，任憑如何搖撼，只是不醒。宮人叫喚了半日，見他愈加熟睡，只得去告知李璟，李璟命人再去按其私處，看是如何，宮人奉命而往，將景升私處捫弄不已，初按時陽具翹然，再三捫搎，已縮至小腹，恍如無物。宮人大為驚異！舉手盡力推之，隨手墜於床下，聲如玩鐵。至天明，始欠伸而起，笑著說道：「一場大夢，墜在床下也沒有覺得。」李璟聞之，頗為驚怪！

又有耿先生者，乃女道士也。玉貌鳥爪，嘗著碧霞帔，往來江淮地方，為人醫治疾病，頗知靈異。宋齊邱聞其名，薦入宮中，嘗於李璟之前，顛倒四時花木為戲，言人禍福，其應若響。宮人重之，皆稱為耿先生。

一日，南海地方貢龍腦漿，說是很能補益身體。李璟便用龍腦漿調入酒內，賜一盞於耿先生。耿先生謝了恩，一飲而盡，說道：「這個酒並不見得好。」

李璟道：「你說這酒不好，要怎麼樣的才好呢？」

耿先生道：「若得龍腦少許，我能製之。」

李璟即命內侍取了許多龍腦，要耿先生製造起來。耿先生遂用縑帛做成一囊，把龍腦裝入囊中，懸在一個玻璃瓶中。不過片刻工夫，已聽得瓶內有滴瀝之聲。過了一會，開瓶看時，龍腦已盡成漿，流入瓶內。

耿先生道：「貯於瓶內，至明日用之，香氣必較南海所進者尤為佳妙。」

李璟至明日發現，果然貯著半瓶龍腦漿，芬芳馥郁，馨烈異常，與南海所貢者大不相同。李璟大喜！命內侍謹密收藏，常常調酒飲之，香沁肺腑。

李璟又於大雪之時，命耿先生獻技，其時正在圍爐禦寒，耿先生就庭中取雪，置於飛紅的炭火裡面，初經投入，灰埃飛起。耿先生手執火箝，徐徐將近灰四面壅蓋住了。過了一刻，從爐中傾倒出來，投入裡面的雪，已經變成一塊銅了，又拿來放在地上，待到火氣退盡，取起觀看，卻是一鋌紋銀，銀之下面，還現出垂酥滴乳之狀。李璟見了，不生驚喜！便要求耿先生多化些銀兩出來，以濟國用。

耿先生連連搖頭道：「這事不敢奉詔，若多化了銀兩，必干天譴。非但貧道獲罪，便是陛下也有不便。」

後人讀史至此，也作宮詞一首，詠譚景升與耿先生道：

裘衫杳渺去青城，無復金門羽客迎；
別試承漿熔雪手，內廷重款耿先生。

那譚景升後來辭別了李璟，飄然而去，徑入蜀之春城山，不復再見，相傳以為成仙而去，所以這首詩的首二句，說是「裘衫杳渺去青城，無復金門羽客迎」，乃是說譚景升成仙而去，不復溷跡塵世的意思。

耿先生在內廷供奉了數年，也就辭了李璟，不知去向，這也不在話下。

單說那李璟在位，專尚浮靡。江南本是個文弱之邦，再加李璟崇尚文詞，用韓熙載、馮延巳等人為相。那馮延巳本是李璟藩邸的舊僚，為元帥府書記時，即以文采風流，為李璟所器重，曾填《謁金門》詞一闋，見稱於世。其詞道：

風乍起，吹皺一池春水。閒引鴛鴦芳徑裡，手挼紅杏蕊。斗鴨欄干獨倚，碧玉搔頭斜墜。終日望君不至，舉頭聞鵲喜。

李璟見了馮延巳這闋詞兒，深為稱揚，說他作得很好。平常時候，兩人互相談論填詞之法。李璟嘗和延巳調笑道：「『吹皺一池春水』，干卿底事？」

延巳答道：「臣的詞句雖好，還不如陛下『小樓吹徹玉笙寒』的句子，來得警策哩。」

李璟聽了，心下大悅，遂以延巳為中書侍郎同平章事。延巳既相，專門拈弄筆墨，不以政事為意，嘗作樂府百餘闋，其中有一章名《長命女》，詞道：

春日宴，綠酒一杯歌一遍，再拜陳三願：一願郎君千歲；二願妾身長健；三願如同梁上燕，歲歲長相見。

馮延巳所作的樂府，都是些風雲月露之詞，兒女私情之事，若說經濟之學，治國之方，連夢也不曾做過一個。這樣的宰相，怎麼不要啟文弱之風，失人民之望呢？

那韓熙載更是放誕風流，不修帷薄，以其頗擅文章，名聞京洛。李昪僭號，任為秘書郎，令事李璟，璟既嗣位，益力加恩體，授為兵部尚書。江東人士重其文章，載金帛以求其銘志碑記的，不絕於道。又因為李璟代撰文章，所獲賞賜不計其數，熙載遂大治府第，蓄養賓客；後堂姬妾多至四十餘人，婢女侍兒披羅曳綈，歌童舞伎分立成行。熙載退朝之後，聲樂滿前，左擁右抱，飲酒取樂，酒醉飯飽，便挾著心愛的姬妾當庭宣淫，也不避人。平常時節，對於姬妾媵侍不加防閑，聽其任意出入外齋，與賓客生徒雜處其間，謔浪調笑，無所不至；姬妾們嘗在大庭廣眾以手探賓客的私處，議論陽具之大小以為笑樂，熙載當面看了，恬不為怪。

熙載又有一種古怪脾氣，所有替人做銘志碑記的謝儀，及李璟賞齎的金銀財帛，到了他

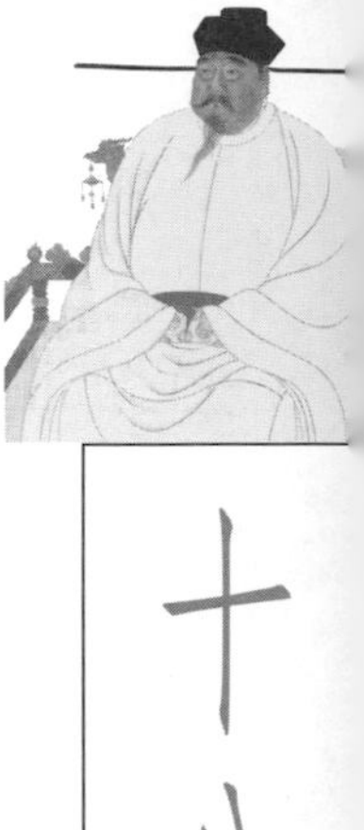

的手內，便完全分散於歌姬妾侍。自己不名一錢，甚至三餐不繼，飲食斷絕，便穿了破爛不堪的衣服，裝成鳩形鵠面，乞丐的樣子，手托瓦缽，向歌姬院內沿門乞食；這些侍妾歌姬看熙載前來乞食，故意把些殘羹冷炙，吃剩的食物打發於他。熙載並不嫌其為殘餘之物，居然大嚼起來，吃罷了時，便拍手大笑，十分快樂！

侍女們待他笑罷，方才取過湯來，代為梳洗，獻上衣襟，替他穿戴。熙載待她們服侍著穿戴已畢，便又大排筵宴，自己居中高坐，姬妾旁坐陪侍，歌童舞伎分列左右，左舞右歌，管弦絲竹之聲，洋洋盈耳。歌舞既畢，遂令歌童舞伎各各脫去衣服，一絲不掛，男女追逐為戲。熙載看得高興起來，連舉數觥，頹然醉倒，方由姬妾們左右扶持，回歸寢室，安然睡覺。每日總是如此，若有一日不向歌姬們乞食，心內便覺不快，晚間睡覺，也不能安枕了。

韓熙載身為南唐大員，放誕不羈到這個樣子，哪裡還能整理國事，安輯人民呢？所以周世宗時節，舉兵南下，勢如破竹，竟把全淮之地盡行取去，李璟出於無奈，只得削號稱臣，遵奉周之正朔了。

至宋太祖受禪，詔書來至江南，李璟自知地蹙兵弱，萬難以一隅之地，抗拒中原。遂即臣事宋廷，十分恭順。但太祖是個雄才大略之主，登基以後，志在削平諸國，統一天下，李璟雖然稱臣降服，江南地方未入版圖，時刻不忘，意欲起兵征討；又因李璟很是恭順，毫無間隙，未便興這無名之師。遂想出一個計較，托言中原擾亂多年，書籍均已散佚，詔諭李璟，欲遣翰林學士承旨陶穀至江南抄錄各種書籍，以備修書之用，實則使陶穀藉抄錄書籍為名，暗中窺探江南虛實，為將來興兵攻取江南的地方。

李璟奉了太祖的旨意，哪敢不遵，即上表奏稱國中所有之書，均已預備齊集，恭候天使駕臨敝國，聽憑抄錄。太祖接了李璟的表文，即令陶穀奉使而去；並暗中囑咐他窺探江南的動靜。陶穀奉了旨意，擇日登程。

有宋臣李獻，與南唐韓熙載乃是文字之交，兩下時有書信往來，相得甚歡。李獻見陶穀已遵旨前赴江南，遂暗中寄書於韓熙載道：「五柳公驕甚，若抵江南，宜善待之。」

陶穀到了江南，見過李璟及文武臣僚，果然以大國使人自處，趾高氣揚，不可一世；且自誇廉隅整飭，操守清廉。李璟與諸大臣見這樣旁若無人之概，心內甚是討厭，卻因他是天朝使臣，不得不以禮相待。當時擺了盛筵，與陶穀洗塵接風，席間都是南唐大臣，如宋齊邱、馮延巳、徐鉉、韓熙載等，列坐相陪。

李璟因敬重陶穀，命宮中承值的歌姬出來奏樂侑酒，那陶穀偏又做出岸然道貌，十分清高的樣子，對於這些歌姬，連正眼也不瞧一瞧。宋齊邱和韓熙載見他如此拘謹，心內甚是好笑，飲至天晚席散，陶穀向李璟謝了筵，送至館驛裡面安歇。

到了次日，陶穀請命於李璟，往史館中抄錄書籍。史館裡面原有南唐的許多翰林在內，陶穀抄錄之暇，便與眾翰林閒談，漸漸的說到韓熙載身上。陶穀便大發議論，譏韓熙載乞食

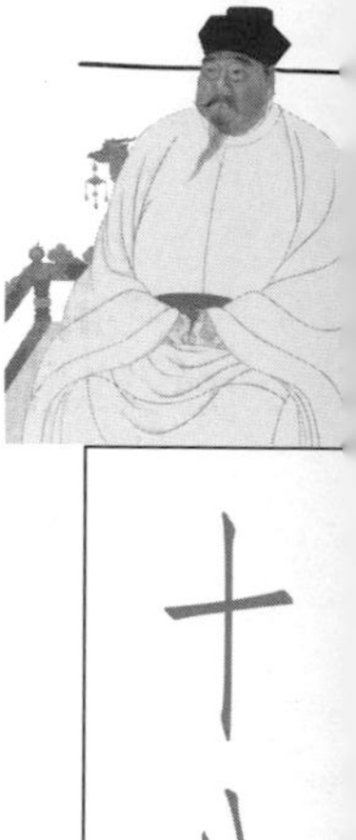

歌姬，失大臣之體。作臣的人，有文無行，實不足取。眾人見他信口雌黃，心中雖然不服，也未便與他爭執，只得嘿嘿無言而散，陶穀自歸館驛去了。

早有人把他譏彈的話前往報知韓熙載。熙載聽了，不覺怒道：「我因他是天朝大臣，故此好好看待，他竟敢這樣無禮，挑削我的短處；我若不設個計策處治他一番，如何知我南唐的厲害呢？」當下又轉念道：「那陶穀在本國的時候，想必也是目中無人，和同僚官員不能相協，所以李獻寄書給我，說『五柳公驕甚，宜善待之。』他這『宜善待之』四字，分明是句雙關話，表面是囑我好好的看承陶穀，不可怠慢，暗中卻是叫我置個善策，處治了他，以儆其驕的意思；我若不用計治服陶穀，也要被李獻所笑了。但是那陶穀做出目不斜視，耳不旁聽的樣子，我卻怎麼樣處治他呢？」

獨自一人沉吟了半日，心內已打定了一個主意。次日便進宮朝見李璟，熙載本是李璟藩邸之舊人，所以君臣之間甚是融洽。參拜已畢，李璟便賜熙載一旁坐下，談了些國家政務，就說到陶穀身上。

李璟語言之下，也有些嗔怪陶穀驕傲太甚的意思。熙載乘機奏道：「陶穀在史館抄書，竟在大庭廣眾議論我朝大臣的短處，那種狂妄的情形，真正可恨。」

李璟怒道：「他既自謂學識優長，怎麼在人國內可以議論人家的大臣呢？也太不知道理了，若不是上國的使臣，朕定降罪於他。」

熙載道：「臣想宋主忽地派遣陶穀來到江南，名雖抄錄書籍，暗中實據窺探內情之意，若不略略給些厲害於他，必謂江南無人，愈加看輕我朝了。」

李璟聞言，不禁連連點頭道：「卿言甚是有理，朕也疑心宋主百忙中怎麼要抄錄起書籍來呢？就是要修輯前代史乘，我國已經奉了他的正朔，總算是南北一家了，何妨降道詔書，命我國把書籍進呈，何用派人前來抄錄呢？內中含有別情，不言可知了。但是陶穀為人雖甚狂妄，並沒什麼過失，怎樣的才可以給他些厲害呢？況且又是宋主差來的使臣，倘若得罪了他，於宋主面上又難免不好看。」

熙載道：「陛下所慮，固是不謬，但臣的意思，也並不要使他十分下不來臺，只令他犯點兒風流罪過，把他的嘴堵塞住了，也就罷了。」

李璟道：「陶穀這人十分正經，大有非禮不言，非禮不視的氣概。卿如何使他犯風流罪過呢？」

熙載道：「臣觀陶穀的為人，外清高而內多慾，他的操守是很容易敗壞的。臣已思得一計，只要如此如此。待事成之後，陛下再邀他赴宴，當著筵宴之前，再這樣的一番施為，既不破他的面，使之不能下臺，又使他暗中慚愧，受了捉弄，只好在肚裡吃苦，口中卻說不出來。豈不很好麼？」

李璟說：「此計固妙！但是知陶穀可能上鉤？卿且去施展起來，看他如何。」

熙載奉了命令，辭退出宮，回至府中，喚了個上等歌伎，名喚秦蒻蘭的，吩咐了一番言語。秦蒻蘭聽了吩咐，遂即換了一身舊衣服，熙載又把驛卒張三傳來，把計畫說個明白，叫他領了秦蒻蘭前往驛中，照計而行，不得有誤。驛卒唯唯連聲道：「小人理會得，包管不會誤事。」

熙載大喜道：「此事成功，我當奏知國主，賞個官兒與你做。」

驛卒張三叩頭拜謝，暗暗的帶了秦蒻蘭到驛中安排起來。我且按下不提。

單說陶穀在史館裡面，抄錄六朝的書籍。他本奉了太祖之命，要窺探江南虛實，表面上卻把抄書當作很要緊的事情，每日清晨便赴史館，直到晚上，方才回至館驛安息。在史館之中除了抄書以外，便和那些在史館值班的翰林，談論些學問掌故。

那些翰林倒也隨問隨答，很覺親近。陶穀便故意的談些現在的時事，慢慢的要探他們的口風。哪知這些翰林，早經李璟囑咐過了，在陶穀面前，不准談論本國的事情。因此陶穀和他們談及時事，他們都守口如瓶，一些口風也不肯吐露出來。陶穀見了這般情形，也沒有法想，只得一天一天度將過去。

早已過了兩個多月，陶穀已把一部六朝書籍抄畢，擬在館驛休息幾日，再往史館，抄錄他種書籍。這日清晨起身，坐在房內，忽見有個人影在窗前晃搖不定，好似在那裡偷覷自己一般。陶穀疑惑道：「什麼人在窗前偷覷呢？」便從座中起立，步至窗前，向外一看，誰知不看猶可，這一看，竟把陶穀的魂靈兒飛去半天，呆呆的立在那裡，動也不動了。

原來窗前偷覷的，乃是一個美貌女子，年約十七八歲，身上雖是穿的破舊衣服，卻生得體態輕盈，風神獨絕，一雙俏眼覷著窗上，向裡面偷看不已。

陶穀遇見婦女，任是怎樣的美貌，他總是正顏厲色的，絕不動心。偏偏今天見了這個女子，竟會神魂飄蕩，把持不定起來，立在窗前，兩眼發直，只是射在那女子粉頰上面，連瞬也不瞬一瞬。

那女子十分乖覺，見陶穀向自己呆呆看著，急把粉頸一低，忙移蓮步，好似驚鴻一瞥，翩然而逝，已去得無影無蹤了。

陶穀看看女子去了，方才慢慢的把飛去的魂靈兒收將回來，心內想道：「我在這驛館裡住了兩月有餘，只因忙著抄錄書籍，朝出晚歸，有這樣神仙般的女子在左近，也不知道。今天若不在館中休息，豈非當面錯過麼。但是這個女子，不知是甚等的人，卻出落得如此美貌，看她身上的衣服甚是破舊，想是貧苦人家的女兒。我生平對於女色漠不關心，今天見了此女，竟是神魂飄蕩，難以自持，須要想個法兒，和她暗通款曲，方了心頭之願。只是女子已去了，又不知她的姓名住處，怎樣和她親近呢？惟有巴望她再來窗前偷覷，我方好細細的詢問。」

陶穀獨自一人在館中思念那個女子，望她再到窗前偷看，不料那女子並不前來。陶穀心

頭悶悶不樂！要想拋將開去，誰知剛才拋去，又上心來，一日之間，神魂若失，連飲食也無心去吃。直到天色已晚，悶悶的飲了兩杯酒，始終沒見女子前來窺覷，心內很覺有些感觸，在房中踱來踱去，填成《醉落魄》詞一闋道：

杏朱黛粉，露華凝碧輕煙潤。紗窗深掩憑誰問。隔個欄干，遠抵天涯恨。別時但願心頭印，見時但願眉頭近。此生便算衿裯分。密約除非，夢裡尋芳信。

陶穀填就這詞，取過筆墨箋紙，就燈寫了，看過一遍，背著手，在房中高聲吟哦。正誦著「隔個欄干，遠抵天涯恨」，忽聽簾鉤叮噹，兩扇門兒「呀」的一聲推了開來。

陶穀猛聽得有人推門，不覺吃了一驚，連忙回頭看時，正是日間在窗外偷覷的女子，悄悄的推開門兒，側身入內，向著陶穀微微一笑，低聲說道：「好一個『隔個欄干，遠抵天涯恨』，卻不料君鬚眉如戟，居然如此風雅。妾閱人多矣，今日見君之容，聽君所填之詞，一往情深，風韻獨絕，妾心竟難自持，故不避嫌疑，效紅拂之投李靖，文君之奔司馬。望君勿以唐突見責，實為萬幸。」

第三十二回　美人計

話說陶穀聽那女子吐屬風雅，心內更加敬愛，也顧不得平日之操守了，便把往時的岸然道貌拋在九霄雲外，笑嘻嘻的攜著那女子的手道：「小娘子必是神仙下降，今日得見，真是三生之幸。」說著，連連作揖不已。

那女子見了陶穀這般形狀，禁不住掩著櫻唇，嗤的一笑道：「妾聞陶學士乃是個目不斜視的正經人。原來也是個假道學，背著人竟是這樣放浪不羈哩。」

陶穀笑道：「我平日見色不迷，頗能自守。今天見了小娘子，不知怎樣把持不定起來，想是與小娘子有宿世緣分，所以如此。未知小娘子貴姓芳名，居住何處，因甚來到館驛裡面？」

那女子答道：「妾乃驛卒張三之女，名喚阿仙，即住在驛館後面。久已聞得學士大名，很想一見，只因學士往史館抄錄書籍，早出晚歸，恨無其便。今日知道學士在館中休息，所以私來窗下，瞻仰尊顏。妾父在此充當驛卒，已歷多年，妾自幼相隨，居住館驛後面，過

路的官員也不知見過多少，皆不能動妾之心。今日見了學士，不知何故，耿耿在心，竟難拋捨，故於晚間瞞著父親來此一會；不料行至門前，學士正在填詞。妾幼年亦曾讀書，聽了學士之詞，十分情重，忍耐不住，推門而進，阻了學士的清興，乞恕唐突之罪。」

陶穀忙道：「蒙小娘子不棄，玉趾降臨，乃是求之不得的，怎麼反說是唐突呢？」一面說著，一面在燈下觀看阿仙的容貌，真是千般嬌媚，萬種風流，雖是裙布釵荊，越顯出國色天香，陶穀眼看著佳麗，如何還能忍耐，便舉步上前，擁抱求歡。

阿仙裝出不勝羞愧的樣子，對陶穀道：「妾雖是驛卒之女，出於寒微，平日守身似玉，頗知自愛；一旦遇見學士，誠心愛慕，遂不自持，蒙恥相就，還望學士鑒妾癡心，勿以為路柳牆花，始亂終棄，使妾抱恨無窮也。」

陶穀聽了，忙指燈立誓道：「蒙小娘子垂憐，我若忘了今日之情，將來必無善果。」

阿仙見陶穀對燈起誓，慌忙攔阻道：「只要學士不忘今日之情就是了，何必起這重誓呢。」陶穀便乘勢將阿仙擁入帳中，阿仙半推半就的成了好事。陶穀和她並枕而臥，細聲喁喁，相憐相愛，十分要好。

從來說歡娛嫌夜短，寂寞恨夜長。陶穀與阿仙一夜綢繆，不覺東方發白。阿仙見天色已明，連忙起身道：「貪歡忘曉，倘被我父得知，如何是好？」

陶穀也恐為人撞見，壞了自己的名聲，遂與阿仙匆匆起身。兩人攜著手，大有戀戀不捨之意。

阿仙低聲說道：「妾蒙學士愛憐，乞賜一詞，以記今日之情。」

陶穀聽得阿仙向他索詞，絕不推辭，便提起筆來，在昨晚所題的《醉落魄》後面，一揮而就，遞於阿仙。阿仙接過看時，卻是調寄《錦堂春》一闋，其詞道：

月照紗廚金枕，花園寶鏡香奩。三山不在滄洲外，隔個水晶簾。
人靜香沉玉兔，夜闌影落銀蟾。阿仙省識相思意，春色透眉尖。

阿仙得了陶穀的兩闋詞兒，心內好生歡喜，連連道謝，辭別欲行。陶穀又約阿仙，今晚務必前來。阿仙點頭答應，逕自出門，往後面而去。

陶穀眼巴巴望著阿仙去得不見影兒，方才回轉身來。因為昨夜未能好好的安睡，此時天光尚早，重又倒在床上，閉著雙眼，細細的想著夜間與阿仙的情味，心內異常酣暢，暗中欣幸道：「不想我來到江南，竟有這樣的奇遇，也不枉了此一番的辛苦跋涉。但是我抄完了書，便要回國。這阿仙與我如此恩愛，怎麼捨得拋棄了她回國去呢？且待她今夜前來，與之商酌，同往汴京，方得天長地久，永遠相守。想那阿仙，不過是驛卒之女，同我前往汴京，做得學士的愛妾。可以安享富貴，諱無不允之理。倘若她的父母不肯答應，只消多給他些金

銀就是了，何患不能如願呢？」

陶穀睡在床上，胡思亂想地在心中盤算，不知不覺沉沉睡去。一覺醒來，已是辰牌時分，命人打了水來，梳洗已畢，一眼瞥見桌子上面，擺著一個紅紙帖兒，隨手取過一看，乃是李璟請去赴筵的帖兒，上面寫出「午刻候駕」。陶穀知道時候不早，忙忙的整冠束帶，前去赴筵。

見了李璟，參拜過了。李璟卻十分恭敬，口口聲聲稱他為陶先生，並說陶先生奉命來到敝國，寡人因國事羈身，未能親與先生把盞，實在簡慢得很，今天特地備了一杯水酒，一則謝罪；二則與先生暢敘衷曲。陶穀見李璟十分殷勤，只得也謙遜了幾句。李璟即命擺筵，一聲傳出，早已整整齊齊的擺了三桌盛筵。李璟乃是國主，體統攸關，自然在正中一席，面南而坐；上首列著一席，面東背西，乃是賓位，讓陶穀獨自一人入座，下首一席，面西背東，乃是宋齊邱、馮延巳、徐鉉、韓熙載，依次而坐，陶穀向李璟頓首謝坐，一同入席。

酒過數巡，李璟便命傳歌伎侑酒，旨意下來，早有一班拖錦裾，曳羅裳的美女，手執樂器，排列階前，歌唱的歌唱，奏樂的奏樂，金石絲竹，與宛轉嬌喉，一時並作。陶穀見李璟命歌伎侑酒，早又正襟危坐，做出那不可干犯的老調來了。李璟和諸大臣見了這般模樣，心裡不覺暗笑，也不去理他，只是吩咐內侍用大杯敬酒。

那些歌伎一曲奏完，樂聲停止，李璟忽向陶穀笑道：「先生乃天朝金馬玉堂之客，敝國所有的歌曲，哪裡聽得入耳。寡人新得一個美女，姿色雖不甚佳，曾得天朝之貴人垂愛，加以寵幸，且填了兩闋詞兒賜給於她。寡人曾經聽她唱過，真是才子之筆，得著佳人，曼聲歌來，格外濃豔可聽。今當傳她前來，歌唱一回，好使先生聽了，開懷暢飲。」

陶穀聽罷李璟一番言語，還沒有明白他的用意，正要開口辭謝。誰知李璟不由分說，即命內侍，傳歌伎秦蒻蘭來敬陶先生的酒。須臾之間，早見一個宮裝高髻，態度如仙的美人，蓮蓮珊珊，走上前來，陶穀覺得這個美人好生面熟，似在哪裡見過一般，便留著心仔細觀看，不覺吃了一驚，暗中叫起苦來，頓時坐立不安，手足無措。

你道陶穀為什麼見這個歌伎要驚慌到如此地步，原來這歌伎秦蒻蘭，便是昨日在館驛中，自稱驛卒張三女兒與陶穀繾綣通宵的阿仙。陶穀初見這歌伎好生面熟，心內已經疑惑，及至走到階前，留心觀看，誰說不是阿仙呢？不過昨夜穿的是破舊衣裳，今日卻是羅綺滿身，愈覺嫵媚動人了。

陶穀此時，方知中了南唐君臣的美人計，料想：「他們必是恨著自己，不肯和光同塵，脂韋隨俗，所以用這樣的毒計捉弄自己。現在命她前來侑酒，必是要當筵羞辱了，倘若在酒席上面，當著大眾，把昨夜的事情明白宣布，自己的名節豈不完全掃地，便有何面目見人呢？」內心想著，十分惶急，面紅耳赤的坐在席中，直急得額上的汗，如黃豆一般大小流將下來。

陶穀正在倉皇無地，那歌伎秦蒻蘭，已嫋嫋婷婷步至李璟席前，向國主行過了禮，侍立一旁，聽候旨意。

李璟見了秦蒻蘭，卻滿面含春的指著陶穀，對她說道：「這位陶學士，乃是天朝的大臣，奉了天朝皇帝的聖旨，來至我國抄錄書籍，是個胸羅錦繡，腹隱珠璣的才子，而且品行端方，舉動循理，又是個不欺暗室的慎獨君子，朕一則敬他的才學；二則重他的品行。今日屈他前來赴筵，眾歌伎所歌的曲子，皆不能動學士的清聽，因知你曾為天朝貴人所寵幸，且蒙貴人賜有兩首詞兒，情文俱佳，濃豔異常，可當筵歌來，勸學士暢飲一杯。朕自有重賞。」

秦蒻蘭口稱遵旨，遂手執檀板，輕啟珠喉，先歌那《醉落魂》一詞。歌聲方畢，李璟已連連稱讚道：「風華曲贍，一往情深，真是才子之筆。陶先生聽了此曲，應該浮一大白以賞之。」說著，又回顧秦蒻蘭道：「你斟一大杯，敬於學士，求其飲乾。」

秦翡蘭奉了旨意，早已滿斟了一大杯，奉於陶穀道：「學士請盡此杯。」

陶穀聽得秦蒻蘭在筵前歌著昨日所填思慕阿仙之詞，心內又羞又急，如坐針氈一般，甚是難受，忽見她又敬自己的酒，如何還敢推讓，連忙接了過來，一飲而盡。

李璟笑道：「若非天朝貴人的佳作，哪能使陶先生如此豪飲。秦蒻蘭還有一詞，可再歌來。」

秦蒻蘭口稱領旨，又把陶穀贈於阿仙的《錦堂春》詞，歌了一遍。

李璟道：「好個『阿仙省識相思意，春色透眉尖』。這一闋更比前闋還要香豔了，學士宜多飲幾杯，方不負此詞之佳妙。」

秦蒻蘭早又斟了三大杯來敬陶穀，陶穀酒量甚窄，如何能飲這三大杯酒？只得起身謝道：「承蒙大王賜酒，理應恭領。無如臣量甚淺，飲此三杯，必致大醉失儀，還求大王免臣飲酒。」

李璟微笑道：「先生今日聽佳詞，對美人理應飲個大醉，方才暢快。如果飲得醉了，朕即送先生歸回館驛就是了。」

陶穀見李璟再三相勸，暗暗想道：「我正怕他還有什麼言語羞辱於我，現既如此勸酒，何不接過飲了，假作大醉之狀，免得他再肆譏諷呢？」遂頓首言道：「大王賜酒，臣何敢辭，但醉後失儀，尚乞寬宥。」說罷，便接過酒來，連連乾了，將身伏在桌上，現出沉醉之態。

李璟說道：「陶先生果然不勝酒力，可命侍衛四名，好好的送他回歸館驛。」侍衛奉了聖旨，立刻扶著陶穀，坐上安輿，送回館驛，扶他好好睡下，方才回去覆旨。

陶穀酒雖過量，心內尚是明白，睡在床上，暗想這件事，明是江南君臣，做成圈套，陷害自己，深悔見色迷心，受了他們的捉弄。現在把柄已落入人家手內，只得低聲下氣，忍讓一時，免得將此事宣揚出來，被朝廷知道，沒有面目回國，從此陶穀把驕傲狂妄的態度完全

收拾起來，再也不敢譏議江南臣僚的短處，匆匆的將書籍抄畢，回到汴京，見了太祖，只說江南君臣，上下一心，無隙可乘。因此太祖又把兵下江南之事暫時擱起。我且按下不說。

單提那南唐主李璟，自從陶穀回汴以後，深恐宋主起兵討伐，因宋齊邱是個智謀之士，召進宮內與他密商道：「宋主志在統一天下，江南地方富庶，尤為所忌。前次遣陶穀前來抄錄書籍，乃是暗探我國虛實，此番回汴，必將我國情形，奏知宋主。倘若宋主貪心不足，起兵南下，難以抵禦，必須籌圖兵餉，預為防備，免得臨期匆促，措手不及。卿智謀深沉，定有良策，為朕分憂。」

宋齊邱道：「陛下不必憂慮。臣觀陶穀的為人，色厲內荏，前番中了韓熙載的美人計，當筵受了羞辱，已知我國君臣並非軟弱可欺之輩；又經陛下預先料著宋主的意思，於陶穀來時，密諭國中，不得洩漏內情，因此陶穀雖在我國數月之久，一些事情也沒有探得。此次返汴，見了宋主，報告我國情形，宋主知我上下一心，無隙可乘，必不敢興兵南下。況且我國臣服宋廷，陛下平素又極恭順。臣料宋主必定先取南漢及荊湖諸處，此時尚無暇顧及江南。即使宋師逕自前來，非臣誇口，即臣一人，可以抵得十萬大軍；長江天險，橫亙南北，也可當得十萬人馬；此外又有精卒十萬可以制敵。合算起來，足有三十萬精兵，何愁不能抵禦宋師呢？臣所慮的，不在外患，卻在內憂。」

李璟忙道：「卿所謂內憂，究係何事？可為朕言之。」

宋齊邱密奏道：「海陵人丁日繁，生聚已歷多年。陛下若不預為之備，他日養精蓄銳，一日崛起，以報復為名，恐勢成燎原，不易制服，故臣深以為慮。願陛下及早圖之，無使滋蔓，國家之幸也。」

李璟連連點頭道：「非卿言及，朕幾忘之，卿可從速派人，暗中查察海陵一族，現有丁口若干，報朕知道，自有處置。」

宋齊邱領了李璟之命，自去暗中查察去了。

你道宋齊邱所言的海陵人丁日繁，究是指什麼而言呢？

原來當初李昪篡奪徐溫的基業，即位之後，以自己是徐溫的養子，徐氏族人皆是自己的昆弟，不忍加害，又恐留在金陵日後必致為患，遂將徐氏一族徙居海陵，傳至李璟的時代，徐氏在海陵地方生聚多年，人丁很是繁昌，族中且有傑出之才，著名於時，宋齊邱聞得這個消息，惟恐徐氏死灰復燃，深以為憂，故奏明李璟，叫他預先防備，以免後患。

李璟聽了宋齊邱的言語，便命他派人往海陵，調查徐氏族中究有多少人丁，宋齊邱奉了旨意，哪裡還肯遲延，立刻遣親校前赴海陵秘密調查，並囑咐道：「此事乃奉了旨意的，須要格外當心，不可遺漏一人。」親校奉命，唯唯而去，不上數日，調查清楚，回來覆命道：「查得徐氏親丁，男婦長幼，一共五百餘口。」宋齊邱得了實數，遂即進宮，奏明李璟，李璟便與宋齊邱商議定了，命一員將校，帶兵一千名，徑往海陵，將徐氏人丁盡行弒戮，不得

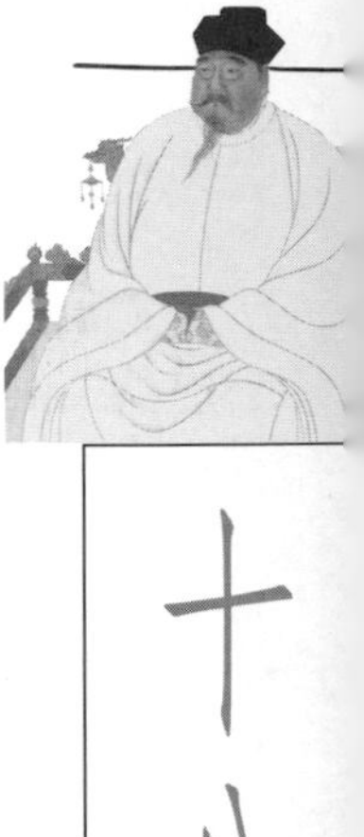

存留一人。

將校得令，統率一千人馬，如飛的奔至海陵，會同海陵州官，將徐氏府第團團圍住，打門而入，見一個殺一個，見兩個殺一雙，無論男女少長，盡皆殺死。可憐徐氏一門，也不知為的什麼事情，要遭此屠戮，真個殺得雞犬不留，屍橫滿地！

事畢之後，海陵州官收斂屍身，見有數十小兒都被殺死，州官見了，也覺甚是淒慘，暗暗說道：「國主也未免太殘忍了，這許多小兒知道什麼，也要橫加殺戮。」嗟嘆了一會，命人將屍首收斂起來，即行埋葬。至今海陵州宅之東，尚有小兒墳數十，皆為當時被殺的徐氏子孫。

那員將校辦理已畢，回去覆旨，李璟大喜，以為徐氏族滅從此可無後患了，深嘉宋齊邱的功績，厚加賞賜。齊邱謝恩回府，攜了許多御賜的金帛，心中好不歡喜！一一貯藏起來。

誰知冤冤相報，來得甚快。不上幾日，宋齊邱最小的兒子忽然生起病來，口中喚著宋齊邱的姓名罵道：「宋齊邱老賊！我有何虧負於你，幫助李親奪我基業，那是氣運當然！我也無可如何，現在為什麼又挑唆李璟殺我子孫至於盡絕？老賊惡貫未盈，暫留你命，先將你的愛子取去，以彰報應。」

宋齊邱聽了，知是徐溫的陰魂作祟，嚇得手足無措，連忙具了衣冠，叩頭求告道：「屠戮大王子孫，乃出自國主之命，與老臣無涉，伏乞大恩，赦臣之罪，饒恕小兒性命，臣當大建功德，超度大王，脫離幽冥，早升天國。」說著，連連叩頭。

他的兒子又作徐溫的口氣說道：「老賊！焉敢花言巧語，希圖卸罪，李璟本無殺我子孫的意思，完全由老賊挑唆而成，我在冥冥之中早已知道，還敢圖賴麼？但李璟惑於奸言，妄殺無干，我亦豈肯放過了他？今已請於上帝，他的氣運已終，不久便有報應了。」說著，宋齊邱的幼子，好似睡醒一般，睜開了眼，只是呻吟。

宋齊邱問他剛才說些什麼？他卻一無所知，只說有個穿了金冠黃袍之人，把自己身體一推，便失了知覺，並不曉得說些什麼，此時醒來，只覺頭痛欲裂，四肢如同被縛一般，很是難受。

從此宋齊邱小兒子的病，便日重一日，延醫診治亦無效驗，急得宋齊邱求神許願，拜佛燒香，忙亂了數日，仍是無效，便請了三十六個和尚；三十六個道士來到府中，起建羅天大醮，超度冤魂，自己卻杜門謝客，守著患病的幼子，一步也不肯離開。

恰值李璟因有國事，要與宋齊邱商議，降旨宣詔入朝。齊邱只推有病，竟不奉詔。李璟見齊邱違詔不來，細細的打聽，方才知道徐溫的陰魂附在齊邱幼子身上，為他子孫索命，不覺也暗中吃驚道：「宋齊邱一心為國，代朕劃策，盡滅徐氏，以杜後患。不料招了徐溫陰靈之怨，害他幼子生起病來。朕素知齊邱最愛幼子，現在遭此禍患，無怪他杜門不出，連朕降旨宣召都不來了。」

李璟心內想了一會，很覺垂念齊邱，即命擺了筵席，宣召齊邱前來赴筵，以便替他解悶。那宋齊邱因幼子疾病已經垂危，在府內哭得喉乾聲嘶，如何還能奉詔赴筵？便託傳旨的內侍，將實情啟奏李璟，乞恕逆旨之罪。內侍回宮，將情形奏明，李璟知道宋齊邱的幼子已經無可挽救，很替他悲傷，嘆息了一會，也就罷了。

其時金陵的人民，都知徐溫顯靈，宋齊邱的幼子已將垂絕，李璟宣齊邱赴筵，他也因捨不得兒子不肯前去，便到處議論，都說宋齊邱意毒心狠，挑唆國主殺了徐氏一族的人丁，理應得此逆報。

這種說法，傳入一個老樂工的耳內，不禁拍手稱快道：「宋齊邱幫著李氏謀奪徐氏河山，已是罪大惡極，今又暗施陰謀，盡殺徐氏之族，少長不遺。死個幼子，他還捨不得麼？待我來譏誚他一番，為徐氏略略出口惡氣。」遂即題詩一首，繫在紙鳶上面，放入宋齊邱家內，其詩道：

化家為國實良圖，總是先生劃計謀；
一個小兒拋不得，上帝當日合如何？

宋齊邱見了這詩，知是徐氏舊臣因自己輔助李璟滅了徐氏之族，心懷怨恨，故以此詩相誚。若在平日，齊邱見了這樣譏刺的詩句，定然不肯干休，必要訪出作詩之人加以罪責，方才快意。無奈這時，徐溫剛剛顯靈，自己的幼子又在垂危，齊邱懺悔還來不及，如何還敢追問這事，所以瞧見這詩，只得長嘆一聲，擱過一旁，置之不理了。

不提宋齊邱在家中杜門謝客，為了幼子病重著急，且說唐主李璟在宮，聽說宋齊邱家內，因徐溫作祟，累及幼子，心內雖也十分驚駭。過了幾日，便把此事忘記，仍舊酣歌漫舞，悠然自得，宋齊邱家中的事情，早又拋在九霄雲外去了。

這一天，因苑中花事甚盛，李璟又大擺宴筵，宣召近臣入苑賞花，命樂工楊花飛，奏水調詞進酒。那楊花飛卻甚作怪，奉命之後，只把南朝天子愛風流的一句詞兒，反覆歌唱。李璟初時並不留心，後來聽楊花飛單這句詞兒，心中恍然大悟，遂復杯嘆道：「使孫陳二主得聞此句詞兒，如何至有銜璧出降之辱呢？」因命內侍，取過金帛，厚賞楊花飛。

李璟此時已覺微醉，乃起坐出席，率近臣同至池邊垂釣取樂，吩咐群臣略去禮節，各自釣魚，群臣奉命，各取魚竿，垂入池內。李璟也令內侍獻上釣綸，一同釣魚。

停了半晌，群臣都已釣得，獨有李璟坐在那裡，池中的魚兒游來游去，隨定了他的釣鉤唼喋不已，偏偏不肯吞他的香餌，惹得李璟發起性來，用力將釣竿往上一提，仍是一個空鉤，反把池中之魚嚇得逃竄開去，再也不肯聚攏來了。

李璟見近臣都已得魚，自己釣了半日，一尾也未獲取，心內好生不快，面上現出不悅

之色。時有優人李家明，隨侍在側，見李璟因釣魚未獲，心甚不悅，他便進詩一首，為之解嘲道：

玉甃垂釣與正濃，碧池春暖水溶溶；
凡鱗不敢吞香餌，知是君王合釣龍。

這首詩獻將上來，李璟看了，大悅而罷。

原來李家明雖然是個優人，卻生得性情敏慧，語言辯給，時時以詼諧之談，諷諫時政，彌補缺失。李璟因其善於諷諫，甚加寵愛，每逢遊宴，必命李家明隨侍左右，大有非他不歡的行徑。那李家明感激知遇，也就拾遺補缺，隨時納諫，挽救不少。李璟因與諸弟十分友愛，把諸弟悉皆加爵。

李家明不以為然，便又想法規諫。

第三十三回　南唐後主

南唐主對於諸弟甚是友愛，如皇弟景遂、景逷、景達皆已封王，李璟尚以為未足，又把景遂等子弟，皆加封爵。李氏一族富貴榮華已達極點，對於外姓之臣，卻絕無恩澤。李家明見了，甚為不然，意欲諷諫。

一日，李璟設筵殿中，俳優雜進。家明乃扮為翁媼，列坐於下，下列許多兒媳，進奉飲食，禮拜甚煩。翁媼嫌兒媳過於多禮，發怒罵道：「自家官，自家家，何用多拜。」（江浙稱翁為官；稱姑為家。）

李璟聽了笑道：「家明以朕恩及於家人，而不及於外臣，所以有此諷諫。」遂重賞家明，加恩文武臣僚，進秩有差。後人因楊花飛、李家明皆能藉事諷諫，遂作宮詞一首，以詠之。其宮詞道：

停觴久為聽歌聲，花外垂鉤空復情；

一笑當筵除拜普，仙僚共話李家明。

李璟因李家明善於諷諫，所以大為寵愛，每遇遊宴，必令相隨。這日在池邊釣魚，家明亦隨侍在側，見李璟垂釣半日，未能得魚，心內甚為不悅。他便作詩，為之解嘲。

李璟覽詩之下，為之釋然，遂散了群臣，回到宮中，睡至三更時分，忽夢徐溫仗劍而來，怒目言道：「李璟賊子，妄殺無辜，我已請於上帝，取你之命，為子孫報仇。」說著，舉劍砍來。李璟躲閃不迭，大叫一聲，驚醒過來，冷汗遍體，側耳聽時，正打三更，侍寢的妃嬪也為李璟喊聲驚醒，忙問陛下因甚大聲叫喚？李璟知道殺了徐氏之族，因此徐溫陰靈作祟，心內甚是驚恐，口中卻不肯說出夢之事，只言忽然夢魘，所以驚喊，並無別故。遂命斟了一杯香茗，慢慢飲下，重行睡覺。

哪知剛一合眼，便見徐溫仗劍而來，並且率領了許多男女小兒，圍繞著李璟，齊呼「還我命來。」你推我搡，把李璟鬧得不敢合眼，心內又驚又怕，只盼望快些天明。不料到得天明，李璟身體已如為炭一般發起熱來，頭眩眼花，四肢無力，動彈不得。從此病勢日漸沉重，醫官診視開方，服藥下去，如石沉大海，絕無效驗。李璟知是冤魂索命，自己大數已盡，料難痊癒，急宣宋齊邱、馮延巳等諸臣入宮，預囑後事。

宋齊邱等遵旨入宮，來到御榻之前，啟請了聖安。李璟說道：「卿等皆國之重臣，輔佐朕躬，已歷多年。今朕大限已盡，料難再與卿等共理國事了。」

宋齊邱、馮延巳齊聲奏道：「聖躬略有不豫，即當痊癒，萬勿以後事，致勞聖慮。」

李璟道：「朕身為一國之君，富貴已極，死亦無恨！惟長子冀，立為太子，不久即逝。至今儲貳未定，朕擬以第六子從嘉，正位東宮，諸卿以為如何？」

眾臣頓首道：「陛下斷自宸衷，擇賢授器，諒必不謬，臣等敢不敬遵聖諭。」

李璟乃命韓熙載就榻前草詔，立從嘉為太子，並命監國；又囑咐太子道：「年紀尚輕，卿等宜善輔之。宋主雄才大略，宜恭順臣事，不可自召滅亡。」

眾臣頓首領命。李璟囑託後事畢，不上兩日，即便薨逝。眾臣奉太子從嘉即位，改名為煜，立母鍾氏為聖尊后，以后父名章泰，故不稱太后；立妻周氏為周后，群臣均進秩有差，遣戶部尚書馮謐，赴宋廷告哀，並請追尊李璟帝號，宋廷答詔許之。李煜乃諡璟為明道崇德文孝皇帝，廟號元宗，陵曰順陵。

李煜年少穎悟，喜讀書屬文，工書畫，知音律，甚有才名，故李璟臨歿，立為太子。那李煜相貌清癯，一目有重瞳子，史家皆稱為南唐後主。

後主自即位之後，不以國事為心，一味的徵歌選舞，譜詞度曲，以風流自命。每當春日，百花盛開，便把殿上的梁棟窗壁，柱拱階砌，都裝成隔篇，密插各種花枝懸榜於殿上，謂之「錦洞天」；令宮中妃嬪皆為纖裳高髻，首翹鬢朵之裝，日夕相偕，飲於錦洞天內。又

命內侍，將後苑所有之花盡行折取前來，當筵賜於宮嬪插戴。一剎那頃，妃嬪入宮，滿頭都是花枝，紅綠相間，上下顫動，後主看了，覺得粉光膩滑，花香拂拂，撲入鼻官，馨芬異常。

其時有個宮人，名喚秋水，生得粉面櫻唇，頎身玉立，甚是美麗，素性最喜簪花，今天也侍立筵前，忽蒙後主折了許多奇異的花枝賜與她們插戴，正是投其所好，心內如何不喜呢？旁的妃嬪宮人不過擇取數枝插在頭上，也就算了。惟有秋水，卻搶著插戴，竟把兩髻插得滿滿的，好似戴著一頂花冠，連她的一頭青絲細髮都遮蓋得密不通風。

恰乃殿庭之中，有一對五彩粉蝶在庭心裡來往飛舞，聞得殿上花香馥郁，那蝶兒便向著有花香的所在飛來，一上一下的直入殿中徘徊旋舞，好似尋找什麼一般。後主和妃嬪們見一對蝶兒驀地飛入殿上，正在看著納罕，誰知那對蝶兒，飛了一會，好似尋著了藏身之地一般，竟向著秋水頭上撲去。秋水正侍立一旁，預備替後主斟酒。忽見一對蝶兒自向自己頭上撲來，連忙將酒壺放下，舉起纖手去趕逐蝶兒。

這蝶兒好生奇怪，任憑秋水舉著一雙玉手，亂趕亂撲，只是在秋水頭上繞來繞去，不肯飛開。眾人見了，齊聲稱奇，把個秋水急得慌了手腳，不知如何是好。眾妃嬪見一對蝶兒，只是繞住了秋水的雲鬢飛舞，把秋水急得面紅耳赤，還是不肯離開，那種形狀十分好看，不覺齊聲笑將起來。這一笑不打緊，卻把個秋水羞得無地容身，幾乎哭將出來。

後主見秋水羞得要哭，心中十分憐愛。忙起身出席，走近秋水身旁，連聲阻止道：「這對蝶兒並不是什麼異怪之物。乃因你生得花容月貌，異常美豔，又戴滿了一頭的花枝，香氣從頭上發出。那蝶兒嗅著花香，所以繞著你雲鬟飛舞不去了，你可任牠停止在鬢上，待到香氣略散，那蝶兒不用你去撲牠，自會飛去的。」說著，攔住了秋水的纖手，一任那蝶兒停在秋水花鬢上面，後主方才重復入席，歡呼暢飲。後人有宮詞詠此事道：

匼匝春陰錦洞天，纖裳高髻鬥嬋娟；
花香拂拂隨人影，凰子紛黏綠鬢邊。

後主有琵琶一面，名叫燒槽，甚為貴重，常親作《念家山曲》，以琵琶彈之，其聲清越嘹亮，不同尋常。周皇后亦通曉書史，精擅音律，尤工琵琶。

一日雪夜，後主與周后設筵賞雪，酒至半酣，周后向後主言道：「素聞陛下善舞，今夜飲宴甚歡，陛下何不一獻身手呢？」

後主笑道：「朕幼年嬉戲之時，常喜為之，今已多年未嘗練習，生疏得極了。卿能於頃刻之間創為新聲，朕當為卿起舞。」

周后道：「陛下此言，可是真麼？莫要使妾製成新曲，陛下又不肯起舞呢？」

後主道：「卿儘管放心，朕為一國之主，豈有失信之理。」

周后聞言，遂即命箋綴譜，喉無滯音，筆無停思。頃刻之間，譜成《邀醉舞》、《恨來遲》兩曲，取燒槽琵琶，親自彈將起來。

後主又命歌姬和著琵琶，歌唱新曲，真是個琵琶悠揚，歌聲宛轉；那新曲之妙果然不比舊時之歌，甚是可聽，更益周后彈著琵琶，輕挑淺撥，聲韻悠揚。後主聽了，心中大悅，待至歌畢，向著周后連聲稱讚道：「卿真才思敏捷，一剎那間即能譜成新曲。朕實佩服得很！這面燒槽琵琶，乃是從前父皇常御之物，極為寶貴。今即以之賜卿，聊酬譜製新曲的勞苦。」

周后連忙拜謝道：「雖蒙陛下賜妾燒槽琵琶，只是適間允妾起舞，亦求陛下克踐前言，使妾一開眼界，那就感恩不盡了。」

後主笑道：「卿既愛觀朕舞，即為卿試之。」遂起身出席，結束衣襟，步至筵前。舞將起來。初時還是慢慢的一起一落，周旋中節，舞到分際，忽然一陣緊一陣，好似鷹隼盤空，龍蛇飛舞。令人看了，目眩神迷，口中說不出話來。後主舞了半日，收住了架式，面不改色，氣不湧出，仍是安安詳詳的入席飲酒。

周后連連稱讚道:「陛下之舞，真乃靈妙已極，宮中那些舞女哪裡能及得陛下這樣的出色。」

後主道：「朕不過略諳手法，未征精妙。卿瞧了已是如此稱揚，若見了宮嬪李窅娘的妙舞，還不知要稱揚到如何地步呢？」

周后忙道：「宮中既有此人，陛下奈何瞞著臣妾，不令一觀呢？」

後主道：「非朕不允卿言，召取窅娘前來，使卿得觀其技，只因窅娘疾病方癒，尚須靜養，此時召令前來，也是病後無力，不能試技的。朕擬製造一件東西，待至七月七夕，當大張筵宴，使窅娘當筵獻技，不但令卿縱觀，且使後宮中人亦知窅娘色藝雙佳，絕非尋常宮嬪所可企及。」

周后聽了這番言語，料知後主必有新鮮娛樂之法，所以必要待至七夕方令窅娘獻技，便也不再多言，陪著後主飲過了酒，方才散去。從此後主日夜與周后率了許多妃嬪，歌舞取樂，飲筵蹴鞠，遂無虛夕。

後主又因宮嬪所歌諸曲均嫌陳舊，聽了甚覺可厭，嘗慕唐明皇與楊貴妃所譜的《霓裳羽衣曲》，乃是明皇同了葉法善遊月宮時竊聽而來。可惜五季兵亂，歌詞盡皆遺失，至今僅有譜而無曲。後主常與周后談及，甚惜《霓裳羽衣曲》絕無傳者。倘得有人依譜尋聲，填出歌詞，必較宮中所歌的曲兒格外動聽。周后聽了後主之言，欲顯才能，也不當面說明，即於暗中翻出《霓裳羽衣曲》的舊譜，花了不少功夫按譜填詞，製成一曲。私自唱了一會，果然聲韻鏗鏘，餘音繞梁，絕非平常之曲所可比擬。

周后心下甚喜，遂將此曲教導宮中歌伎練習，親自指示音節，練了數日，已經熟習，周后又再三復按，並無錯誤，方才啟奏後主道：「陛下素以《霓裳羽衣曲》失傳為恨，臣妾現在按譜尋聲，製成歌詞，已練習純熟，敬獻御前，尚乞陛下俯賜清聽，指點謬誤，以便更正。」

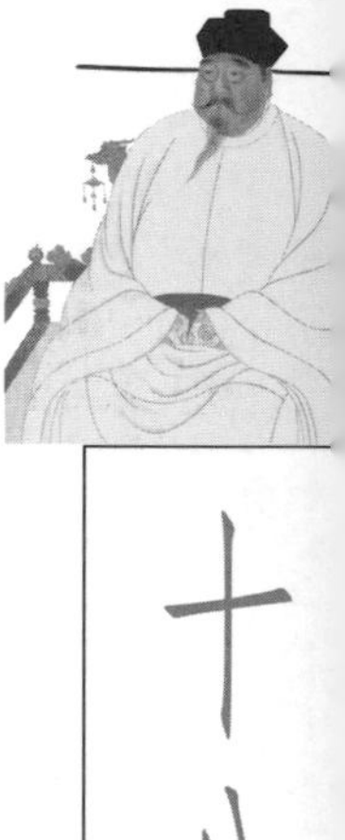

後主不待言畢，已經歡躍起來道：「卿既製成《霓裳羽衣曲》，何不早些陳明，朕思聽此曲，寤寐縈情已非一日。可速於麝囊花下盛設筵席，以歌此曲。」遂命內侍傳出旨意道：「朕今日賞名花，聽仙曲。可令御廚司備給豐盛筵席，設於移風殿內，不得遲延。」內侍傳旨既訖，後主遂攜著周后，同至移風殿內去了。

你道後主聽那《霓裳羽衣曲》，為什麼定要設筵在移風殿的麝囊花底奏曲呢？原來這麝囊花乃是仙種，其色正紫，又號紫風流，江南境內，只有廬山僧人得著一叢，栽於庵中，視同珍寶，不肯傳種於人。

後主聞得廬山僧人有此奇花，遂下詔於僧人，欲傳麝囊花之種，僧人怎敢違逆聖旨，只得分取一叢，交於使臣帶回。後主得此奇花，頗為喜悅，即命種於移風殿，賜名為蓬萊紫。每逢花時，後主必定設筵賞玩，今日正因麝囊花盛開，欲與周后同往看花，恰值《霓裳羽衣曲》已經周后按譜填成，所以欲在麝囊花底奏曲，一則賞名花，二則聽新曲，乃是一舉兩得之事，後主怎麼不要興如癲狂呢？

當下攜定周后來至移風殿前，見那蓬萊紫開得異常茂旺，其花如丁香一般，芬芳馥郁，撲人眉宇。周后細細賞玩了一會兒道：「此花顏色正紫，卻是光芒四射，香氣馨烈，果然與眾花不同，別繞異趣，非仙品哪能如此。」

後主點頭道：「朕聞此花，與揚州的瓊花，稱為雙絕；瓊花是白玉種成。此花乃係五代時候有一仙人，結茅於廬山，修煉多年，成道之後，白日飛升，懷出紫玉，埋於土中，遂生玉花，所以開放時，盡做紫色。天下之人，無不稱為仙品。惟廬山僧寺留得此種。朕聞其異，此詔求之，得這一株，栽培數年，方才開花，很不容易得此異種呢！」

說著，又攜了周后步入移風殿上。見酒席已經擺好，遂同周后入席飲酒，吩咐歌伎們排立在麝囊花旁，奏起《霓裳羽衣曲》來。一時之間，笙簫齊奏，歌聲悠揚，比到那些舊曲，果然大不相同，只覺那歌聲於清越之中，含著柔和之氣，其音韻中正和平，絕不偏激，使人聽了，躁釋矜平，心神怡悅，便是殿階之前養的一對白鶴，聽了這樣的樂聲，也伸頸長鳴，展翅飛舞起來。

後主滿心大悅，極口稱揚，即命宮人斟上酒來，連進數觥。後人有宮詞一首，詠此事道：

燒槽拜賜出東房，新破番番迭和長；
要倩重瞳頻醉舞，麝囊花底按霓裳。

後主自得周后譜了《霓裳羽衣曲》之後，愈加縱情酒色，日日與妃嬪宮人和在一處，追歡取樂，把國家政事完全置之度外。每天除了飲酒聽歌之外，便拈弄詞翰，日夕吟哦，偶見宮人雲鬢蓬鬆，晚妝惺忪，遂戲作雲鬢亂一詞，調寄《鷓鴣天》道：

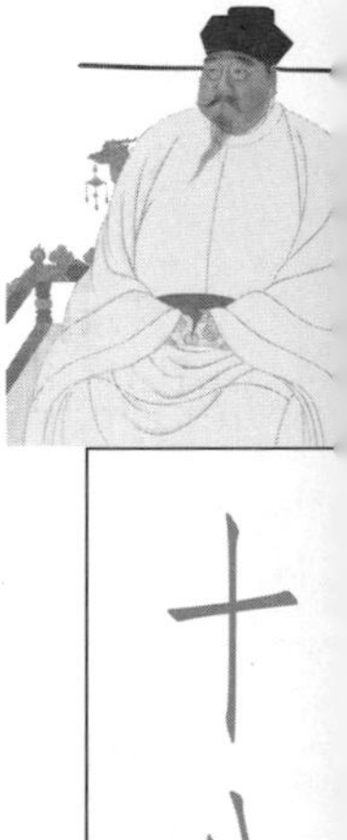

節候雖佳景漸闌，吳綾已暖越羅寒。
朱扇日暮隨風掩，一樹藤花獨自看。
雲鬟亂，晚妝殘，帶恨眉兒遠岫攢。
斜托香腮春筍嫩。為誰和淚倚欄干？

又有保儀黃氏，宮人慶奴，都生得容態華麗，冠豔當時，顧盼顰笑，百媚橫生。又皆能文善書，後主命兩人分掌書籍及墨寶，十分寵愛，嘗題詩於黃羅扇，賜賚兩人道：

風情漸老見春羞，到處魂銷感舊遊；
多謝長條似相識，強垂煙態拂人頭。

那扇上所寫的字跡，皆作顫筆樛曲之狀，遒勁如寒松霜竹。

後主自稱其書為金錯刀。每日在宮歡娛快樂，那時光過得甚是迅速，轉瞬又到七月七日，乞巧佳節，其時宮嬪李窅娘的疾病已經調理痊癒，精神復全。後主擬於七夕這晚命她獻技，先在碧落宮內，張起八尺琉璃屏風，以紅白羅百匹，紮成月宮天河之狀，又於宮中地上，鑿金作蓮花，高約六尺，飾以各種珍寶，細帶纓絡，更於蓮花之內，作品色瑞蓮，佈置好了，即同周后說道：「卿前日聞得宮嬪窅娘，纖麗善舞，曾欲令其獻技。朕因窅娘正在病後，且欲特製一物，令她舞於其上，故允卿於七月七日，當使窅娘獻其平生絕藝，今日已是乞巧良辰，諸事預備停妥，卿可隨朕往碧落宮觀看。」說畢，攜了周后，同乘小輦，偕至碧落宮前，方才下輦，已聽得笙簫盈耳，鼓樂齊鳴，十分熱鬧。

步進宮門，只見紅白相間，現出一座月宮，簷前天河一道，橫亙於上，長約數丈，四面懸著一色琉璃燈，點得內外通明，月宮裡面，有無數歌伎，身穿霞裾雲裳，扮成仙女模樣，各執樂器，奏著《霓裳羽衣曲》，音韻嘹亮，悅耳怡神。後主攜定周后步入宮中，好似真個到了月宮一般。

周后四邊觀看了一會，連聲稱揚道：「陛下巧思真不可及！如此佈置，與廣寒清虛之府一般無二，倘被姮娥知道，恐怕也要奔下凡間，參預這個盛會了。」

後主聽得周后極口讚揚，心中大悅！拍著周后的玉肩，含笑說道：「昔唐人有詩道：『嫦娥應悔偷靈藥，碧海青天夜夜心。』就詩意看來，嫦娥雖得安居月宮，成了萬劫不壞的金身，也未免有寂寞淒涼之感，哪裡及得朕與卿在著凡間，反可以朝歡暮樂，安享榮華富貴呢！」

後主與周后並肩細語，一路遊覽，行入正殿。周后見正殿上面周圍懸了各色彩燈，地上鋪了錦罽，居中設立一座黃金鑿成的蓮花，完全繞著珍寶纓絡，光輝奪目。那蓮花的中心又

生出一朵品色瑞蓮來，周后瞧了，不識何物，便問後主，設此何用？後主道：「此即朕新近為窅娘製成的舞器。卿且觀之，自知其妙。」

周后聽了，不知怎樣舞法，正欲細問，忽聽一派細樂，聲韻悠揚，許多纖裳高髻的宮人，簇擁著一個美貌女子，身穿五色舞衣，一雙小腳，用白綾纏繞，纖細屈上，作新月之狀；外面罩著素襪，由眾宮人細吹細打，引導而前。周后細看那個女子，正是窅娘。只見那輕盈慢步，上前參見了後主與周后，侍立一旁，恭候旨意。

後主點頭含笑說道：「窅娘，朕知你身輕善舞，特地製成金蓮花一座，你可上去舞來。」窅娘口稱領旨，行至蓮花之前，將腳一蹬，已立在當中瑞蓮上面，一時之間，管弦齊奏，樂聲嘹亮，窅娘隨著樂聲，在蓮花裡面舞將起來。忽疾忽徐，忽進忽退，翩若驚鴻，翻若游龍，體態婀娜，腰肢輕盈，舞到緊處，迴旋曲折，飄飄然有淩虛之態。看得後主與周后心眩目蕩，連聲喝采。

那窅娘聽得采聲齊起，她故意立異呈奇，要顯本領。把頭一折，鬢邊的一支玉簪墜於氍毹上面；窅娘乘勢翻轉柳腰，縱金蓮花中，徐徐的把身體彎向後面，將粉頰貼地，張開櫻唇，銜起那支玉簪，仍舊從從容容，氣閒神定的端然立在蓮花上面。

後主與周后瞧了這樣絕技，更是稱讚不絕，就是奏樂的歌姬舞伎和隨從的宮人見窅娘有這等本領，也都不勝佩服！後人有宮詞一首詠道：

紅羅疊間白羅層，簷角河光一曲澄；
碧落今宵誰得巧，凌妙妙舞月新升。

後主與周后看窅娘舞得精妙異常，遂即重加賞賜，並命她坐旁侍宴。窅娘謝恩入席，陪侍後主開懷暢飲，直至天色已明，方才席散。

不料天道忌盈，樂極悲生。周后在七夕夜間多飲了幾杯酒，失了睡眠，忽然生起病來，臥在床上，呻吟不已。後主甚是著急，一面命醫診視，一面召著周后家屬入宮省視。周后的父母得了此信，自然惶急異常，便由后母攜帶次女入宮問候。周后見了母妹，心下甚喜！病勢略覺輕減，遂留母妹在宮略住數日，待自己病癒再行回去。后母因家事繁冗，不能不回去，卻因周后正病中，未便重違其意，即留次女在宮侍疾，她便告辭回去。

周后姊妹之間甚是情重，得著妹妹在宮陪伴，已有起色。後主聞得王姨在宮，他素知王姨秀外慧中，才色比周后尤為佳妙，久已在暗中垂涎，只因無由親近，惟有心中羨慕。現在聽得王姨居住宮中，如何還肯輕輕放過，遂命心腹宮人將王姨引誘至後苑紅羅小亭裡面，逼著她勉承雨露。

你道這紅羅小亭是何等所在？原來後主嘗在群花之中建築一亭，罩以紅羅，押以玳瑁象

牙，雕鏤得極其華麗，面積極其狹小，僅容兩人棲止。後主遇有美貌宮人中了自己之意，便引至亭內，任意臨幸，所以亭中備有床榻、錦衾繡褥，一切完備。此時看中了王姨，暗囑宮人，領著王姨赴後苑遊賞，慢慢的把她引入小亭裡面。那小亭的門是暗藏機關的，不知其中巧妙的人，休想開得。

宮人把王姨引入之後，轉身退出，那門「呀」的一聲，早已闔上。王姨見內中地方甚小，卻收拾得金碧輝煌，設著珊瑚床，懸著碧紗帳，錦衾高疊，繡褥重茵，有一個美貌青年端然坐在那裡。王姨認得正是後主，不覺紅潮暈頰，羞慚無地，慌忙翻轉身來，用手啟門，意欲退將出去。哪知這門閉得甚是堅牢，任你用盡氣力，也不能開。

後主早已起身上前，滿面含春的說道：「難得王姨獨自來此，真是前生緣分。」說罷，走上一步，執定了王姨的纖手。

王姨此時要想躲避，又無處可以藏身，只得含羞帶愧的說道：「陛下請放尊重些。倘被姊姊知道，妾之顏面何存，就是陛下也頗多不便。」

後主笑嘻嘻的說道：「自古風流帝主，哪一個不惜玉憐香呢？唐明皇這樣的英明，他還寵愛虢國、秦國兩位王姨。何況於朕，且此處甚為秘密，宮人們不奉傳宣不敢擅入，萬無洩漏之理，王姨儘管放心。」

第三十四回　金縷鞋

話說王姨生得玉貌花容，慧質蘭心，常常對鏡自憐，深恐自己具有這般才貌，將來落於庸俗人的手內，豈不誤了終身大事？又見自己姊姊嫁得後主，冊立為后，做了南唐的國母，在宮內十分富貴，真個朝朝寒食，夜夜元宵，說不盡的安富尊榮，享不了的歡娛快樂，心裡本來羨慕得了不得；現在見後主看中了自己，引入後園小亭裡面，軟語溫存，願效鸞鳳，一寸芳心早已許可，卻不得不做出嬌羞的樣子，故意推卻，一經後主再三央告，也就半推半就順從了後主。自此以後，王姨與後主鰜鰜鰈鰈，憐我憐卿，十分恩愛。

後主是個風流天子，得著王姨這樣的美貌佳人，與自己有了私情，心中非凡得意，少不得又要形諸筆墨了，便填了《菩薩蠻》詞一闋，把自己和王姨的私情盡情描寫出來。其詞道：

花明月暗飛輕霧，今宵好向郎邊去。剗襪步香階，手提金縷鞋。畫堂南畔見，一晌偎人顫。奴為出來難，教郎恣意憐！

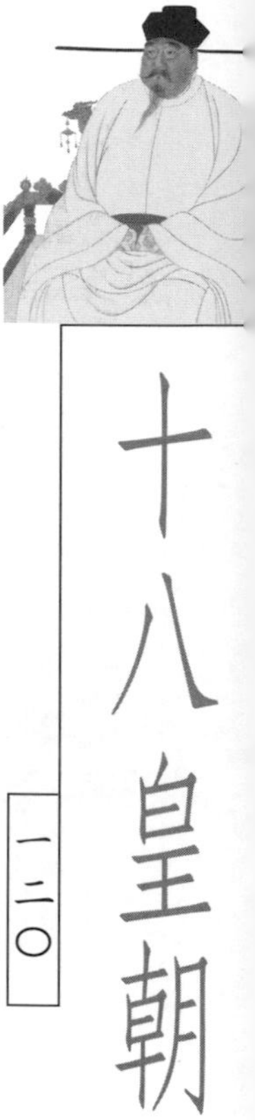

這闋詞兒，填得十分香豔，早被那些宮人妃嬪把這詞傳播開來，到處歌唱；後主和王姨的曖昧事情，連民間也知道了，都紛紛地議論，傳為風流佳話。

幸虧得周后病臥在床，時清時醒，神精衰弱未會知道這事。那後主偏生還不肯謹慎點兒，每天和王姨在紅羅小亭裡面，歌唱酣飲，後主親執檀板，王姨宛轉歌喉，真個是明月風清，良辰美景對佳人，飲美酒，便是天上神仙，也不過如此。

那後主見王姨飲了幾杯酒，略帶微醺，柳腰一搦，玉肩雙削，櫻唇微啟，香氣撲人，不禁趁著酒興，以香口為題，又填《一斛珠》詞道：

晚妝初過。沈檀輕注些兒個，向人微露丁香顆。一曲清歌，暫引櫻桃破。羅袖裛殘殷色可。杯深旋被香醪涴，繡床斜憑嬌無那。爛嚼紅絨，笑向檀郎唾。

後主這一闋《一斛珠》的詞兒，更把自己和王姨飲酒歌唱，及平日間的情趣一齊描寫出來。那些妃嬪們個個都有爭嬌奪寵的心腸，忽然來了一個王姨和後主這樣情濃；後主又是個喜新厭故的脾氣，只在紅羅亭內日夕取樂，早把眾妃嬪拋在九霄雲外，不復記憶。那些妃嬪經了後主這樣的冷落，未免心懷怨意，卻沒有什麼法兒可以箝制後主，使他不與王姨恩愛。恰巧後主填了這兩闋詞兒，把所有的私情都真實描寫出來。就有妃嬪想出個惡毒主意，藉著探問周后疾病的名目，來到中宮，把兩闋詞兒作為證據，將後主與王姨的私情一齊告知周后。

那周后正在病中，深恨自己的妹兒不顧廉恥，來到宮中，不過幾日工夫，便與後主做下不端的事情；心內又氣惱，又懷著一股妒意，三路夾攻，頓時病勢加重起來，哇的一聲，從喉中吐出一口鮮血，立刻昏暈過去。

那個搬弄是非的妃嬪，見周后一氣之下口吐鮮血，昏暈過去，情知弄出禍患，也急得手足無措，忙忙的叫喚宮人幫同施救。過了半晌，周后才悠悠醒轉，長嘆一聲，喘息不已。宮人和那個妃嬪又安慰一番方才退出。

周后經此一氣，疾病愈加重，不上數日，便三魂渺渺，六魄悠悠，竟自撒手塵凡，回歸極樂世界去了。可憐一個如花如玉，才貌雙全的周后，只因胞妹與後主私通，遂致氣恨而亡。那氣量也未免太窄狹了！

後主見周后亡故，倒也大哭了一場，傳旨從厚殯殮，附葬山陵，諡為昭惠皇后。過了些時，便降下旨意，命欽天監選擇吉日，聘定昭惠皇后胞妹周氏為繼后。其實這位繼后，早已在著宮中，與後主恩深義重，十分親愛。那些聞名納采的事情不過是遮掩耳目罷了。直待欽天監擇定了吉期，舉行納采禮，方才暗暗的出宮，送歸家內，靜候迎娶。

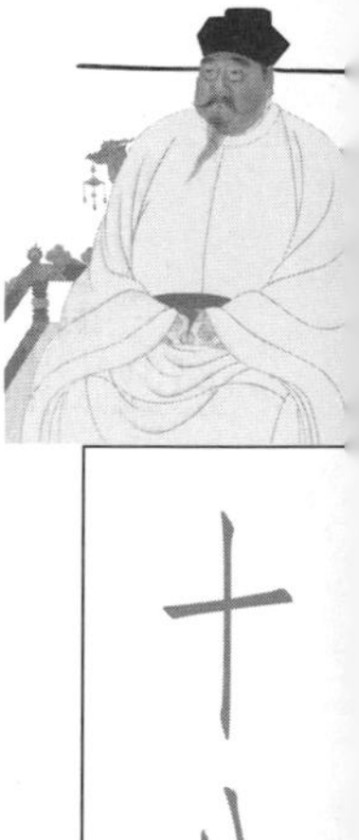

後主因與繼后先行私通，恐妃嬪們不知尊敬，有意鋪張揚厲，鄭重將事。納采已過，到了迎娶這一日，命宰相宋齊邱為納后正使，馮延巳為副使；又以古者有奠雁之禮，遂用白鵝，被以文繡，銜著帛書，二十四名內監，用黃羅亭抬了前行。隨後便是各種彩盤盛著明珠寶玉，珍貴玩器，並皇后的冊寶衣裙，沿路行去，香煙飄渺，鼓樂齊鳴。接著便是國主的鹵簿，皇后的儀仗，排出有數里之遙。最後方是皇后乘坐的沉香龍鳳輦，輦前排列著許多錦衣花帽的宮監，纖裳高髻的宮女，一對一對的都是手內執定上方儀物，並紅紗燈，與金炬提香等類。三十六名皇衣宮監，抬定龍鳳輦，徐徐而行。輦後隨定六百名御林軍，都是頂盔貫甲，腰弓懸箭，持著金刀銀戟，雄赳赳，氣昂昂的騎在馬上，護衛著鳳輦向前進發。

其時早驚動了各處的人民，都說這樣的盛事，自有生以來，沒有見過，哄哄的傳播開來，前幾日便有各地的人民或乘車，或坐船，紛紛地趕來觀看。建康城中頓時添了數百萬人，異常熱鬧。

到了親迎的儀仗出發那街道上，早已擠滿了人民，甚至有登屋觀看墜瓦跌斃的。好容易一對一對的儀仗通行過去，到了國丈府中，由正副二使宣讀了詔書；待周后換了衣服，裝束好了，辭別父母親族，輕移慢步的登上鳳輦，一路之上，笙簫管笛的迎入禁中，受了冊寶，行過了立后禮；然後又參見了後主，行過了夫婦之禮。送入宮中，又依照江南的風俗，坐床撒帳。

你道什麼叫做坐床撒帳？只因江南地方迎娶新人，行禮之後，須將新郎新娘雙雙送入新房，並坐床上，然後用著五色的彩果和許多金錢，向床上四散撒去，口中說著種種吉語，以為祥瑞。後主遵依江南風俗，於納后之前，便已鑄成許多撒帳金錢，錢上的文字，或是長命富貴，或是金玉滿堂，更有忠孝傳家，五男二女，天下太平，封侯拜相等各種吉利文字；當下撒起帳來，那彩果的聲音和著金錢的聲音，豁辣叮噹，甚是可聽。

撒帳已畢，然後行合巹禮。此時天色已晚，正宮之中懸著一顆明珠，光芒四射，如同白晝，映著那金蓮寶炬，更覺得四壁生輝。後主與周后對面坐下，共飲合巹之樽；舉目向周后看時，只見她豐容盛鬋，麗富堂皇，愈加出落得玉樣精神，花樣風韻。後主瞧著滿心歡喜！想起從前香階剗襪，無限恩情。不禁魂飛魄蕩，哪裡還忍耐得住！就草草的飲了幾杯酒，催促宮人替周后卸去裝束，攜手入幃。他兩人雖是新婚，本係舊好。這一夜你貪我愛，恩深之重，自不必說了。

後人讀史至此，也有宮詞一首，詠後主親迎繼后，禮節之盛並合巹時的情形道：

致迎銀鵝被繡成，錢錢四撒帳生春。
明珠依舊深宵展，恰照香階剗襪人。

後主自娶了周后，真是燕爾新婚，不勝恩愛，每日的宮內恣情調笑，十分快樂！合宮之人，皆稱之為小周后。

那小周后，明眸善睞，一笑傾城，惹得後主心迷意醉，和她寸步不離，把六宮粉黛看得如塵土一般，三千寵愛盡在一身了。

小周后不但相貌生得美麗，並且知書識字，素擅音律，較之故后尤為精妙。性喜焚香，愛柔儀殿富麗宏敞，徙居其中，自出巧思，製造焚香之器，有把子蓮、三雲鳳、折腰獅子、小三神卍字、金鳳口罌、玉太古、雲華鼎等數十餘種；每日垂簾焚香，滿殿氤氳。小周后坐於其中，如在雲霧裡面，望去如神仙一般，並派有宮人專司焚香之事，名曰主香宮女。後主復宣徐熙、董元、周文矩等擅於繪畫之人，於又縑幅素之上畫成叢豔疊召，旁出藥苗，雜以禽鳥蜂蟬，靈妙如生，懸掛於宮殿之上，取名為「鋪殿花」。

小周后性愛綠色，所服衣裝，均尚青碧，豔妝高髻，身服青碧之衣，衣裾飄揚，愈覺逸韻風生，妃嬪宮人，見小周后身穿青碧之裳，飄飄然有出塵之氣概，一齊都把雲裳霧裾拋棄不禦，盡都效著小周后，爭穿碧色衣裳。宮人們又嫌外間所染碧色，不甚鮮妍，便將絹帛親自染之。

有一宮人，染成一匹縐絹，曬在苑內，夜間遺忘未曾收取，為露水所沾，次日視之，其色分外鮮明。後主與小周后見了，甚是稱美！自後，妃嬪宮人競收露水，染碧為衣，號為

「天水碧」。後人遂謂天水乃趙氏之望，「碧」字與「逼」同音，「天水碧」三字實是讖言，含著趙氏逼迫，江南滅亡之意。後人亦有宮詞一首，詠此事道：

豐香門日奉柔儀，鋪殿花光望欲飛；
等得秋涼新露滿，忙收天水染羅衣。

後主迷戀著小周后，日日在宮歌舞取樂，飲酒追歡，略有閒暇，便研究填詞度曲，旁及衣服裝飾，專務奢侈；其時昭惠皇后歿已三載。後主偶然記憶舊情，想著當初昭惠后在日，自己會作念山曲，昭惠后欲觀自己起舞，也製《邀醉舞》、《恨來遲》兩破，命宮人歌唱，昭惠親彈燒槽琵琶以和。自從昭惠后病亡，不忍再歌舊曲，今日因追念昭惠后，忽然傳集宮人，命她們重歌昭惠后所製的《邀醉舞》、《恨來遲》兩破。

誰知道這些宮人許久未會歌唱，早已遺忘殆盡，後主要他們重理舊曲，哪裡還歌得出來？都嘿嘿無言的立在兩旁，不敢啟口。後主不覺長嘆一聲道：「『人死如燈火』這句俗語，真是不錯，昭惠后仙去以後，你們連她所製的歌曲，也無一人記得了，還說旁的事情麼？」

後主說罷，愀然不樂，心中甚為悲悼！

忽然宮女裡面走出一人，趨前奏道：「陛下欲重歌舊曲，賤妾還能記得，乞求燒槽琵琶，

待妾鼓而歌之。」

後主聞言，舉目細觀，認得是宮人流珠。便轉悲為喜！忙命將燒槽琵琶取到，交於流珠，令其歌唱。

流珠接過琵琶，坐於一旁，調和絃索，一面輕挑淺撥的彈著琵琶，一面轉珠喉啟櫻唇，歌著昭惠后所製的《邀醉舞》、《恨來遲》兩破，果然一字不遺的歌得抑揚宛轉，音韻悠然。

後主聽了，淒然欲泣道：「流珠非但不忘舊曲，即所彈琵琶亦與昭惠后十分相似，令朕聽曲思人，愈加要追念昭惠后了。」

流珠見後主很是悲感，就捨了琵琶，起身奏道：「皇后已經仙去，陛下徒悲無用，只要心中不忘皇后在生時的恩情就是了；倘若陛下過於悲感，有損龍體，反使皇后在天之靈不能安穩了。」

後主聽了流珠一番言語，稱她很識大體，就命重賞流珠。自此後主常常思念昭惠后，雖有小周后和保儀黃氏、宮嬪窅娘、慶奴，流珠、秋水、宮人喬氏等，想著法替他解愁消悶，後主總覺抑抑無歡，大有坐臥不安的神氣。

一日，坐在宮中，晝長無聊，甚是煩悶，心內想道：「我在藩邸時，常常出外遊覽街市，無拘無束，頗為快意。自即位之後，身居九重，出禁入蹕，哪裡像從前的任意遨遊哩。今日心內如此不樂，何不微行出外，以散心情呢？」想罷，就即換了飄巾黲服，也不命內監跟隨，也不告知小周后和一眾妃嬪，悄悄地徑從後苑門出去，獨自行到街市，見闤繁盛，人民富庶，熙來攘往甚是熱鬧。

後主瞧了甚是高興，隨步向前行去。忽然見一座高牆大門，其中樓閣參差，笙歌聒耳。後主暗暗想道：「這座宅第必是公侯之家。待朕進去，看他們在那裡作些什麼，卻這樣的絲作繁興，笙歌迭奏。」心下想著，也不問三七二十一，大踏步進去。只見中堂上面張著盛筵，一個和尚居中高坐，擁著一個妓女，在那裡歡飲；兩旁立著許多美女，都在那裡歌舞彈唱。

後主見那和尚這樣的風流瀟灑，料知不是尋常僧人，頗合自己心意，就步上堂去，大聲說道：「有不速之客一人來。」

眾妓女聽了這聲叫喊，一齊錯愕顧視，見一個中年人直向堂上走來，並沒有認識他的人，正要開口叱問。那個和尚見後主衣服華麗，品貌不凡，知非等閒人物，立即捨了懷裡擁抱的妓女，出席迎著後主道：「貧衲獨自飲酒，正覺沒有興趣，得施主到來，是最好沒有的了，快來同飲一杯。」說著不用分說，即把後主拖入席內，命妓女斟上酒來，敬於後主。後主見那和尚甚是倜儻，也不問他是何法名，在何處出家，便入席酣飲起來。

眾妓女因和尚邀後主入席，又稱為施主，只道他平素與和尚相識的，便也不敢輕慢，輪流著上來把盞勸歡。後主並不推辭，酒到杯乾，連飲數十巨觥，和尚與眾妓女見他這樣豪

飲，大家看得呆了。

後主此時已有醉意，眼見天色已晚，不便逗留，見側首設著書案，案上擺著筆硯，就即立起身來，取筆蘸墨，在石壁上連真帶草，如龍蛇飛舞，寫了一行，將筆擲下，舉手向和尚一恭道：「我們再會罷。」說了這一句，便回轉身來，大踏步的向外去了。

和尚不識他是什麼人，也不知他在壁上寫些什麼，急至石壁看時，見上面寫道：

淺斟酌唱，偎紅倚翠。大師鴛鴦寺主，傳持風流教法。

二十個大字，和尚不解其意。眾妓女都向和尚問道：「這個人如此狂飲，忽來忽去，大模大樣的，究是何等之人？」

和尚道：「我也不認識他是什麼人。」

就有一個妓女道：「大師既不認識他，怎麼邀他入席飲酒，又稱他為施主呢？」

和尚道：「我因他直至內堂，身上衣服華麗，品貌不凡，只道你們院內的熟客，所以不敢怠慢，邀他飲酒，稱為施主。哪知你們也不認識呢？但不知究是何人，卻這樣放蕩不羈，壁上所寫的字句，又不知他寓著什麼意思，再也猜測不出來。」

眾人正在心中疑惑，互相詫異，只見守門的鴇奴進來說道：「上稟大師及各位姑娘，剛才出去的那個中年人，原來就是國主。」

和尚與眾妓女聽了這話，一齊吃驚問道：「你怎麼知道那人就是國主呢？」

鴇奴道：「那人進來，我因有事偶然走開，所以沒有通報。待他出去的時候，我卻守在門前，只見那人匆匆出去，步至門外，就一個內監，同了四個衛士，牽著一匹馬，迎上來請著安說道：『萬歲微行出宮，不知前往何處，周娘娘十分著急！派遣奴婢等數人帶領衛士，分頭尋覓聖駕。奴婢向這一路來迎接萬歲，不想恰好在此遇見，快請回宮，以安眾心。』說著，便帶過馬來，扶掖著那人，坐上雕鞍，由那內監同著衛士簇擁而去。我在旁邊聽得這番說話，方才知道那人就是國主，因此急急的來報知大師與眾位姑娘。」

和尚與眾妓女聽罷大驚道：「原來那人乃是國主，怪不得這般大模大樣，幸虧我們沒有得罪於他，否則獲罪非輕了。」

不提和尚與眾妓女們私自慶幸，單說後主遇見內監帶領衛士扶上了馬，簇擁著回至宮中。小周后見後主已平安回來，方才放下心腸，便問：「陛下因何獨自一人外出？妾身好不憂慮。」

後主道：「朕在宮中覺得異常煩悶，本擬外出略略遊覽，即行回宮；不料到了一家妓館，有個和尚在那裡面飲酒聽歌，朕便闖將進去。那和尚倒倜儻得很，邀朕入席飲酒；朕一時高興，酣呼暢飲起來，以至回宮遲延，勞卿佇望，心甚不安。」

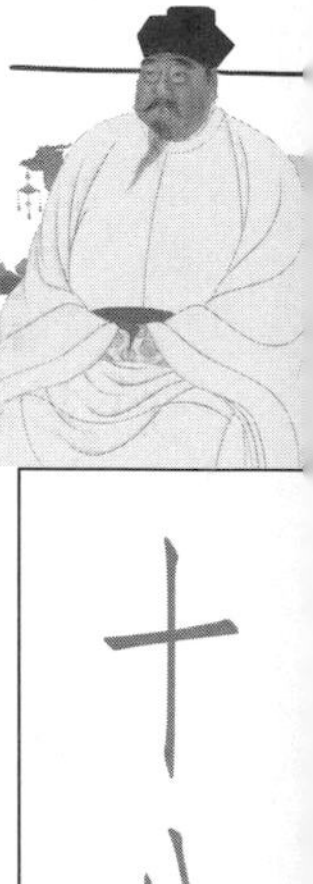

小周后含笑問道：「陛下，今日駕臨妓館，可有美貌妓女，中得聖意麼？」

後主搖頭道：「那些妓女，都是庸脂俗粉，哪裡及得宮內的妃嬪呢？倒是那個和尚甚是風流，佛教中也有此人物，真是不可輕視的。朕當初在藩邸時，曾發願手寫金字心經施捨寺院，以祈福佑，直到現在還沒有書寫；今日遇見這個和尚，倒觸動了朕的心願，從明日起，即當齋戒沐浴，手寫金字心經，了此心願。」

得到次日，後主果然齋戒沐浴，闢了一間靜室，秉著一片至誠心腸，端坐靜室之內，書寫金字心經。小周后因宮人喬氏生得明豔倩麗，小心謹慎，素為後主所愛，就命她專值靜室，侍候茶水。

後主清心寡欲的在靜室中書寫金字心經，其得一百零九卷，計算南朝的大寺院，恰有一百零八處。後主一一命人送去施捨，尚餘心經一卷，因宮人喬氏在靜室內早晚侍候甚為小心，後主賞以金帛，喬氏拜辭不受，願得餘的一卷心經，朝夕持誦，為國主祈福。後主心中大喜道：「你既有此心願，朕又何惜一卷心經呢。」當下即以所餘的一卷賜之。

喬氏得賜心經，叩謝了後主，雙手捧著，回到後宮，果然朝夕虔誠唪誦，雖祁寒盛暑，亦不間斷。後來江南國亡，後主降宋，到了宋太宗太平興國三年，因在賜第，命故妓作樂聲聞於外，為太宗所忌，賜牽機藥而死。那時喬氏已入太宗禁中，聞得後主賜藥而歿，暗中不勝悲傷，便把這卷金字經出捨大相國寺西塔，為後主資求冥福，並於經後寫著一段文字道：

「故李氏國主宮人喬氏，伏遇國主百日，謹捨昔時賜妾所書般若心經，一卷在相國寺院，伏願彌勒尊前，持一花而見佛云云。」

後人見了經後跋語，方知這卷心經乃南唐後主親筆手書，賜於宮人喬氏。再由喬氏施捨於相國寺，為後人祈求冥福的。後人讀史至此，有宮詞一首詠後主，因聽宮人流珠歌舊曲，有感於心，始微行入娼家；因入娼家，得遇和尚，方書心經，並賜喬氏其詞道：

鴛鴦寺主感銷零，譜在流珠指上聽；
還證多生花佛諦，細摹金字施心經。

後主自書寫心經之後，每日仍在宮內與小周后及一班妃嬪酣歌曼舞的快樂不已！那小周后生平最愛的是焚香，雖在柔儀殿內製了數十種焚香的器具，早早晚晚，命主香宮人焚著異香，氤氳馥郁，馨烈無比；只因安寢之時，帳中未便以火焚香，恐有煙焰熏灼之患，所以挖空了心思，又想出了一個法兒，你道是什麼法兒呢？乃是用鵝梨蒸沉香，置於帳中，便有一種香氣發越出來，其味沁人肺腑，令人心醉。

因為沉香這樣東西，遇著熱氣，其香方始發出來，現在用鵝梨蒸過，置於帳中，沾著人的汗氣，所生之香，便變成一股甜香，所以令人嗅了這個香氣，便要心醉神迷了。

小周后創製了這個法兒，心內很是快樂，就取了一個美名，叫做「帳中香」。後主見小周后製成了帳中香，他也要爭奇鬥異，和小周后比賽一番。便在妃嬪宮人的裝束上想出一種新鮮的飾品，乃是將建陽進貢的茶油花子，製成花餅，或大或小，形狀各別，令各宮嬪淡妝素服，縷金於面，用這花餅施於額上，名為「北苑妝」。

妃嬪宮人自後主創了「北苑妝」以後，一個個去了濃裝豔飾，都穿了縞衣素裳，鬢列金飾，額施花餅，行走起來，衣袂飄揚，遠遠望去，好似月殿嫦娥，廣寒仙子一般，另具風韻。後主見了，十分歡喜，更加興致勃勃，與小周后日日商議新鮮法兒消遣時光。

第三十五回　大將曹彬

後主創製了北苑妝，心內尚以為未足，又與小周后日夕研究，將茶乳作片，製出各種香茗，烹煮起來，清芬撲鼻，真個可使盧同垂涎、陸羽停車，其中最著名的叫做京鋌的乳茶、骨子茶等數十種。後主又於食物中，另出心裁，將中國外夷所出產的芳香食品，通統彙集起來，或烹為餚饌，或製成餅餌，或煎做羹湯，多至九十二種，沒有一樣不是芬芳襲人，入口清香。

後主對於每種餚饌皆親自題名，刊入食譜，有和合煎食、佩帶粉囊等名目，多是江南地方所沒有的東西，不知耗費幾許人力，多少金錢，方才製成了這九十二種食品。後主有了這許多芬芳的餚饌，便要在臣僚面前誇耀起來，就命御廚師，將新製食品配合齊全，備下盛筵，盡召宗室大臣入宮赴筵。名叫內香筵，宗室大臣見後主這樣的驕奢淫逸，莫不暗暗嘆息，卻沒有一人敢出言規諫的。

後主平日在宮，到了夜間，未嘗點燭，宮殿之間，都懸掛著夜明珠，到了天色已晚，那

夜明珠自然放出光來，照耀數丈，如同白晝。妃嬪宮人習以為常，見了燈燭，都憎嫌著有油膩氣味，煙焰薰蒸，不是掩著鼻孔，便是閉著雙目，不敢上前。

後主嘗有《玉樓春》詞一闋，詠他宮中的富麗繁華，並及宮內並不點燈燭之事其詞道：

晚妝初了明肌雪，春殿嬪娥魚貫列！
笙簫吹斷水雲間，重按霓裳歌遍徹。
臨春誰更飄香屑？醉拍欄干情未初。
歸時休照燭花紅，待放馬蹄清夜月。

讀了後主這闋《玉樓春》的詞兒，那時南唐宮裡的女寵之多，歌舞之盛，以及後主的奢靡無度，也就可想而知了。

後主只圖目前的快樂，無日無夜的歌舞酣宴，哪裡知道宋太祖已是出兵平了南漢。漢主劉鋹，出降於宋，成了俘虜。宋廷已經調將遣兵，在講武池訓練水師，預備戰艦，要想一鼓作氣，蕩平江南了。後主還算心下明白，聽得南漢滅亡的訊息，震恐異常，便遣其弟從善，上表宋廷，願去國號，改印文為江南國主，並請賜詔呼名。以為這樣一來，總可以免得宋師南下，苟延殘喘了。

哪知太祖心裡念念不忘江南，從善到汴，雖然看待甚厚，暗地裡仍在進行著預備南下。卻因南唐江都留守林仁肇，智勇足備，未可輕敵，要想除了仁肇，再行進兵。正在盤算劃策，可巧江南又遣從善入汴朝貢。其時正在開寶四年，太祖見從善到來，頓時生了一計，便把從善留在汴京，授職泰寧軍節度使，並賜第居住，從善不敢違旨，只得留京任職，修函回報後主。

後主得了書函，上疏乞恩，懇求遣從善回國。太祖卻詔諭後主道：「從善多才，朕將用為輔佐，現在南北已屬一家，卿可無慮。」後主沒有法想，又不知太祖留住從善，不允遣還，是何主張，便時常命人私至從善處，探聽消息。

太祖聽得從善邸第，時有江從使命往還，便暗中預備停妥，等到從善入見，由廷臣引導從善入一別室，室中並無他物，唯上面懸掛一幅圖像。廷臣故意指示從善，問他可認識圖像上的人麼？從善看了，不覺驚詫道：「這是敝國江都留守林仁肇的肖像，為何懸在此處？」

廷臣聽言，又故意囁嚅道：「足下在京供職，已是我朝臣子，就是說了，也屬無妨；只因聖上愛林仁肇智勇足備，遣使諭降。他已遵旨願降，先獻這肖像為信。」說著，又導從善前往一座邸第遊覽，內中供張什物莫不齊備，而且珍寶充盈。

廷臣又向從善道：「這座邸第，乃是聖上預備了賜於林仁肇居住的，將來入朝之後，還怕不得高官厚爵麼？」

從善聽了這番話，心下很是驚疑，退歸邸中，連忙修書，遣人來往江南，告之後主，查訪林仁肇意欲降宋，究竟真假如何？後主得了此書，急宣仁肇入朝，詰問他可曾接到宋主詔書？仁肇回稱沒有。後主只疑仁肇欺誑朝廷，也不細加察訪，當下命仁肇傳宴，暗中置毒。仁肇哪裡知道，待宴已畢，謝歸私邸，毒性發作，七孔流血而死。

這個消息傳到汴京，太祖聞得林仁肇已中毒而亡，心下大喜，一面選將揀兵，預備南侵，一面命從善傳諭後主，命他入朝。後主只推有疾，不肯入朝。太祖便說後主違逆諭旨，心懷異志，就命曹彬為西南路行營都部署，潘美為都監，曹翰為先鋒，領兵十萬，即日南下。

曹彬受命與諸將陛辭，太祖諭曹彬道：「當日王全斌率師平蜀，多戮降卒，朕心至今不寧。卿此次出師江南，萬勿殺戮生靈，暴虐人民，務要恩威兼施，令其歸順，幸得破敵，切莫怒意屠殺，設或城中困鬥，亦當除暴安良；李煜家屬，不可加害，卿其切記朕言。」曹彬頓首領命。

太祖又拔佩劍賜於曹彬道：「副將以下，有不用命者，卿可先斬後奏。」曹彬受劍，謝恩而退。潘美等見了，莫不失色，彼此相戒，各守軍律，不敢抗違軍令。曹彬就率領大兵，浩浩蕩蕩殺奔江南而來。

先是有江南書生樊若水，在南唐考試進士，一再被黜，即謀歸宋，以圖富貴；平常無事之時，藉著釣魚為名，乘了一隻小船，忽來忽往，或東或西，在江中遊行，盡把江南的闊狹，江水的深淺，測量得十分清楚。常把一根長繩，從南岸繫定，用船引至北岸，如此的量過數十次，因此江面的尺寸不差累黍；現在聽得宋廷要出師討平江南，便潛赴汴京，上平南之策，並請造浮梁以濟大軍。

太祖見了樊若水的平南策，立刻召他入朝，當面詢問。若水見過太祖，即取長江圖說以進。太祖接過細看，見長江的曲折險要均詳細載明，至采石磯一帶，且注明江面的闊狹，及水的深淺。太祖接過看罷，大喜道：「得此一圖，江南已在掌握中了。」就授樊若水為右參贊大夫，命赴軍前聽用；又下諭令荊湖造黃黑龍船數千艘，遣使監督，限期造成；且以大舟裝載巨竹，自荊渚東下。

這時江南屯戍的邊將，見宋軍到來，還疑心宋人派兵巡江，預備了牛酒，犒勞宋師，並不出兵攔阻。直待宋軍到了池州，宋將戈產，差偵騎探視，方知宋師並非巡江，竟是南侵；城中毫無預備，如何抵禦？只得棄城遁去。曹彬兵不血刃得了池州，即進軍銅陵，方有江南兵到來廝殺，卻被宋軍乘銳而上，殺得四散奔逃。

曹彬又統領人馬，進至石牌。樊若水已奉命馳赴軍前，製造浮梁，先於江岸隱僻之處督工試辦，然後移至採石，三日即成，不差尺寸。曹彬見浮梁已成，就命潘美帶著步兵，先行渡江。兵履其上，如回平地一般。

就有探馬報入金陵，後主聞報，忙召群臣，會議禦敵之計，學士張洎進言道：「臣遍覽

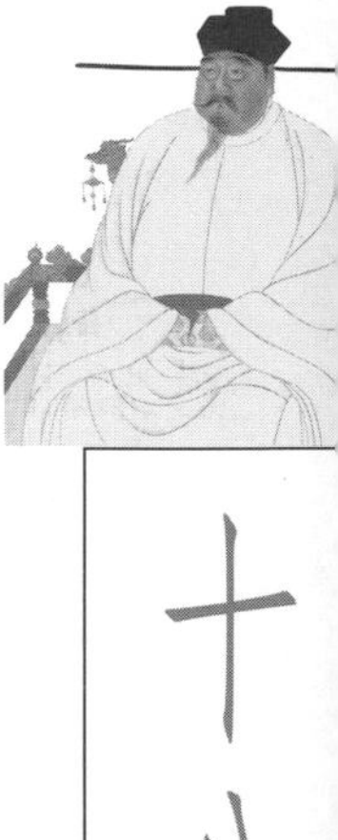

書籍，從沒有江面上造得浮梁的事情，必係軍中訛言，倘若果有此事。那宋軍的主帥，也是個笨伯了，還怕他什麼呢？」

後主笑道：「朕亦疑心沒有這等事情，他們必是故意散佈謠言恫嚇我軍的。」語尚未畢，早有探報前來道：「宋軍已飛渡長江了。」後主聽了，方才有些惶急，就命鎮海節度使同平章事鄭彥華，督水軍萬人，都虞侯杜真，率步兵萬人，協力抵禦宋軍；且面諭道：「我軍必須水陸相濟，方可獲勝，幸勿互相推委為要。」

鄭、杜二將奉命而退。鄭彥華總統戰船，直趨浮梁，鳴鼓而進，意在截斷浮梁，使宋軍首尾不能相顧。潘美聞得有兵來攻打浮梁，即選五千弓弩手，排列兩岸，待江南戰船，駛到分際，一聲鼓響，箭如飛蝗，江南兵射死無數，意切之間難以抵擋，只得倒退下來。

那杜真所領步兵已從岸上馳到，潘美不待他擺成陣勢，便揮兵衝殺過去，勢如狂風驟雨一般。杜真的部下方才跑得血脈沸漲，喘息未定，忽經宋軍驟然殺來，哪裡能抵敵？不上片刻，已被宋軍殺得七零八落，四散奔潰。水陸兩軍盡遭敗衄。

後主聞報，異常著急！只得募民為兵，並諭民間，若獻財粟，得拜官爵。無奈江南百姓向來是文弱不過的，聽得「當兵」兩字，早已嚇得倒躲不及，誰還肯來枉送性命呢？就是有錢人家，貯著財粟，也要留在家中自用，怎肯獻將出來，換取這饑不可以當食，寒不可以當衣的官爵呢？因此迭加勸諭無人應命。

其時宋軍已搗破白鷺洲，進迫新林港，又分兵攻下漂水等地，江南統軍使李雄，有子七人，皆以勇悍著聞。見宋軍所至，勢如破竹，各郡縣望風投降，李雄知不可為，嘆息謂諸子道：「國事如此，吾必死難汝曹亦宜勉之，不可失卻志節，隳吾家聲。」

七子齊聲應道：「父親能夠死忠，兒等難道不能死孝麼？」

李雄乃與七子攻撲宋師，為宋師所圍，戰至矢窮刀缺。父子八人皆歿於陣。

宋師曹彬，直次秦淮，夾河陣。那秦淮河，在金陵城南，水道可達城中。江南兵，水陸數萬，列陣城下，梔河防守。潘美率兵臨河，因舟楫未集，部下未免怯顧。潘美奮然道：「我兵自汴至此，戰無不勝，攻無不克，任是什麼險阻，也不能阻撓我軍，奈何因這一衣帶水，便裹足不前呢？」說罷，縱馬直前，絕流而渡。

各軍見主將躍馬而渡，也就跟著過去，便是步兵，亦復鳧水以達對岸。江南兵見宋師渡河，忙來阻擋，被宋師一陣衝殺，招架不住，只得退入水寨，堅守不出。

巧值宋都虞侯李漢瓊用巨艦滿載葦葭而來，就因風縱火，焚毀南城水寨，寨中守卒，不死於火，即死於水，頃刻間闖破了水寨。這時後主聽信門下侍郎陳喬學士張洎的話說，是宋師到來，只要堅壁固守，待他糧盡，自行退去，可以無慮。城中的守備事宜，專屬於都指揮皇甫繼勳，後主毫不過問，只在宮內召集僧道，誦經禮懺，燒香許願，禱告神靈保佑，且親自寫疏祀告皇天，立願於宋師退後，造佛像若干身，菩薩若干身，齊僧若干萬員，建殿宇

若干所，疏來自稱蓮峰居士，敬告上蒼，速退宋師，保全危城。除了誦經許願，具疏祝禱以外，他卻還有心情拈弄筆墨，相傳有《臨江仙》詞一闋，乃後主在圍城中所做的，其詞道：

櫻桃落盡春歸去，蝶翻輕粉雙飛。子規啼月小樓西。玉鉤羅幕，惆悵暮煙重！
別苓寂寥人散後，望殘煙草低迷。爐香閒嫋鳳凰兒。空持羅帶，回首恨依依！

後主在著圍城裡面，還有這閒情逸致，按譜填詞，絲毫不以軍務為念。你想這座金陵城，還有不被宋師攻破的道理麼？

這日，後主正在宮內看著一眾僧道鐃鈸喧天，香煙繚繞的誦經禮懺，只聽得城外號炮連聲，方才吃驚，命人探聽，始知宋師已逼城下，不禁著急起來，親自上城巡視，登陴而望，但見宋師已在城外，立下營寨，殺氣橫空，旌旗蔽日，這時才知不妙，回問守卒道：「宋師已抵城下，怎麼還不入報？」

守卒道：「皇甫將軍吩咐不要入報，所以不敢上達聖聽。」

後主發怒道：「宋師逼臨城下，尚不報告，必是懷著異志了。」急召皇甫繼勳，問他為何隱蔽軍情？兵臨城下，尚不報聞？皇甫繼勳答道：「北軍氣勢甚銳，難以抵擋，臣即日日報知陛下，亦不過徒使聖心著急，宮廷驚惶，所以不行入報。」

後主聞言，怒不可遏道：「依你這般說來，只好一任宋師進城，也不用禦敵了，明是與宋師通連，賣國求榮，這種背主的賊臣，不即斬首，何以儆尤？」就令左右將皇甫繼勳拿下，置諸死刑；一面飛召都虞侯朱令贇，速率上江兵馬，入援金陵。

那朱令贇接到後主入援的急旨，便率領水師十萬，由湖口順流而下，意欲焚毀採石江南的浮梁，斷絕宋師的歸路，令他軍心搖動，然後縱兵截擊。早為曹彬探知消息，便召戰棹都部署王明，授了密計，命往采石磯防堵來軍。

王明領了密計，飛速前去。那朱令贇帶著戰艦，星夜下駛，將近采石江頭，遙望前面，帆檣如雲，好似有數千艘戰艦排列在那裡。朱令贇瞧了，心下很是驚疑，又值天色已晚，恐為敵人所截，不敢前進，傳令將戰船在皖口停泊一夜，待至天明，再行進兵。哪知到了半夜，忽聞戰鼓如雷，水陸相應，江中來了許多敵艦，火炬照耀得滿江通明，現出一杆大旗，上面有個斗大的「王」字。岸上又到了無數步兵，也是萬炬齊燃，飛出一杆帥旗，寫著「劉」字。岸上江中，兩下夾攻，喊聲不絕，也辨不出有多少宋師。

令贇不知敵軍虛實，惟恐黑夜交兵中了敵人的計策，急命軍士縱火，將船堵住，不令近前。不料北風大作，自己的戰艦都在南面，那火勢隨風捲來，沒有傷著敵船，反向自己的戰艦燃燒起來，全軍頓時驚潰。令贇亦慌了手腳，急命各艦拔椗返奔，無奈艦身高大，轉動不便，早被敵軍乘勢逼近，跳過船來，刀槍齊施，亂砍亂截，兵士的頭顱，紛紛滾下水去，霎

時之間，各艦大亂，只為著逃命。剛才往岸上跳去，又有陸路的宋師，奮力砍殺，只得投入江中，鳧水逃生。

令贇此時束手無策，正想跳入水中，忽然一員宋將奔向前來，一聲叱喝，把令贇拿下，穿索綁活擒而去。這員拿令贇的大將，就是王明；他領了曹彬的密計，在浮浮上下豎著無數長木，懸掛旗幟，遠遠望去，好似帆檣一般，作為疑兵。又預約劉遇，帶了步兵，從岸上殺來，水陸夾擊，果然令贇墜入計中，不戰自亂。只用半夜工夫，便把令贇的十萬水軍迅掃而空，其實宋師不過五千水師，五千步卒，統共一萬人馬，擊敗了江南十萬水師，曹彬也可算善於用兵了。

那後主在金陵城內，只盼望令贇前來，擊退宋師，方可解圍。忽地接得令贇被擒，全軍覆沒的消息，直嚇得後主面如土色，沒法可施，只得命徐鉉星夜馳赴汴京，面見太祖，哀求罷兵。

太祖道：「朕令李煜入見，何故違命不來？」

徐鉉道：「李煜並非違抗命令，實因病體纏綿，不能就道；且李煜以小事大，如子事父一般，並沒有什麼過處，還求陛下愈格施恩，詔領罷兵。」

太祖道：「李煜既視朕如父，父子應該一家，哪有南北對峙之理？」

徐鉉聽了這語，一時難以辯駁，只得頓首請道：「陛下不念李煜，也當顧念江南數百萬

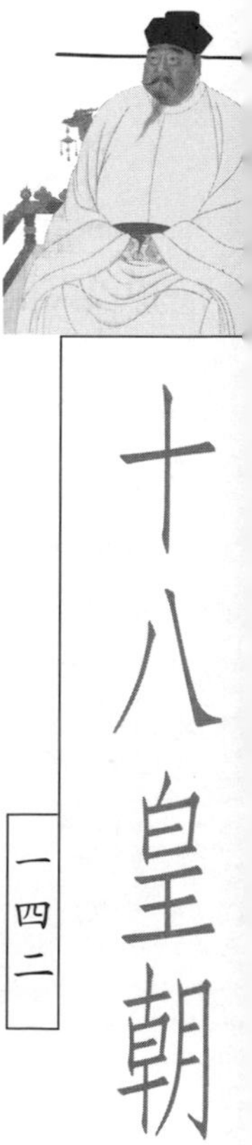

生靈，若大軍逗留，必致生靈塗炭，尚祈陛下體天地好生之德，飭令罷兵。」

太祖道：「朕於出師之時，已諭令將帥，不得妄戮一人。李煜見大軍既至，早日出降，又何至塗炭生靈呢？」

徐鉉又道：「李煜連年朝貢，未嘗失儀。陛下何妨恩開一面，俾得生全。」

太祖道：「朕並不加害李煜，只要他獻出版圖，入朝見朕，便可罷兵了。」

徐鉉見太祖絕無矜全之意，便道：「臣視陛下，如李煜這樣恭順，仍要見伐，也未免寡恩了。」

太祖見徐鉉說他寡恩，不覺動了怒氣，拔劍置案道：「汝休得嘵嘵不休，臥榻之旁，豈能任他人酣睡，能戰即戰，不能戰從速出降。如再多言，可視此劍。」

徐鉉見太祖動怒，無法可想，只辭別而行，不分曉夜奔回江南。

後主聞太祖不肯罷兵，更加惶急，忽地又接到常州急報，乃是吳越王錢俶，奉了宋廷之命，攻取常州。後主此時無兵可以救援，只得寄書於俶道：「今日無我，明日豈有君，一旦宋天子易地酬庸，恐王亦變作大梁布衣了。」

錢俶置之不答，進軍攻拔江陰、宜興，下了常州，江南州郡所餘無幾，金陵圍困愈急。

曹彬令人語後主道：「事已至此，困守孤城，尚有何為？若能早早歸命，保全實多！否則城破之日，不免殘殺，請君早自為計。」後主尚是遲疑不決。

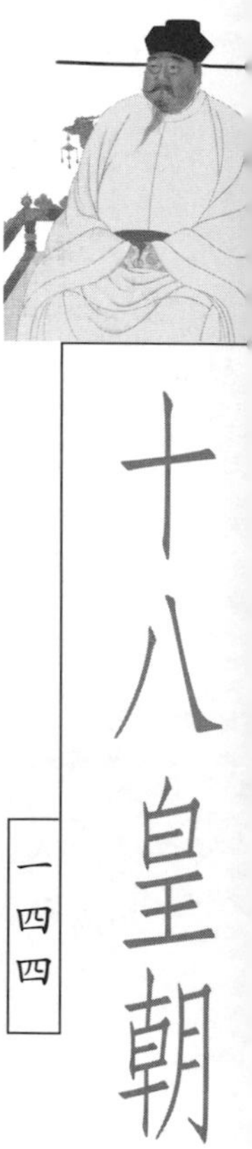

曹彬意欲攻城，又念攻破城池，必致害及生靈，雖出令禁止，也難遍及，就想了一個計謀，詐稱有疾，不能視事，眾將都入帳問候。

曹彬道：「諸君可知我的病源嗎？」

諸將聞言，或說受了感冒，或說積勞成疾。

曹彬搖頭道：「諸君所言，皆非我的病源。」

諸將不覺驚異，便請延醫診視，曹彬道：「吾病非藥石所可醫治，只要諸君誠心自誓，克城之後，決不妄殺一人，我病就可痊癒了。」

諸將齊道：「主帥儘管放心，我等當在主帥之前，各設一誓。」就焚香宣誓而退。

次日，曹彬出令攻城，攻了一日，金陵已破。侍郎陳喬入報後主道：「城已破了，國家滅亡皆臣等之罪，願陛下速加誅戮，以謝國人。」

後主道：「這是國家氣運使然，卿死於事無濟。」

陳喬道：「陛下即不殺臣，臣亦何面目自立於天地之間。」就即退歸私第，自縊而亡。

勤政殿學士鍾茜聞得城破，朝冠朝服，坐於堂上，召集家屬，服毒俱死。學士張洎，初時與陳喬相約同死，後洎仍揚揚自得，並無死志。後主到了此時，已是山窮水盡，無法可施，只得率領臣僚，詣軍前投降。曹彬用好言撫慰，待以賓禮，請後主入宮，治裝。即日前往汴京。

後主就辭別回宮。曹彬帶了數騎，在宮外等候。左右向曹彬道：「主帥放李煜入宮，倘或覓死，如何是好？」

曹彬笑道：「李煜優柔寡斷，既已乞降，怎肯自己覓死，此言未免過慮了。」

後主果然治了行裝，匆匆的辭別了宗廟，與辛相湯悅等四十餘人，同赴汴京。

後主在江南快樂慣了，哪裡經過這路風霜之苦？況且又被監押的軍健，逼著他晚夜奔馳，早起遲眠，甚是辛勞。後主雖沒志氣，到了這般地步，回想從前在江南的快樂，心下也不禁悲酸起來，掩面涕泣了一會。

他生平誤在自命風雅，以致貪戀酒色，不問政事，弄到了國破家亡，身為俘虜，還是不知追悔，在路途之上，悲傷了一會，仍舊不改他的老脾氣，又做出一闋去國詞，道：

> 四十年來家國，八千里地山河！曾幾識干戈，一旦歸為臣虜。沉腰潘鬢消磨，最是倉皇辭廟日。教坊猶奏別離歌，揮淚對宮娥！

後主一路之上，感慨悲歌，同隨從臣僚前赴汴京，這日到了都城，恰巧曹彬亦奏凱回朝。太祖就御明海樓受俘，因李煜嘗奉正朝，詔有國勿宣露布，止令李煜君臣，白衣紗帽，至樓下待罪。李煜叩首引罪就宣詔道：

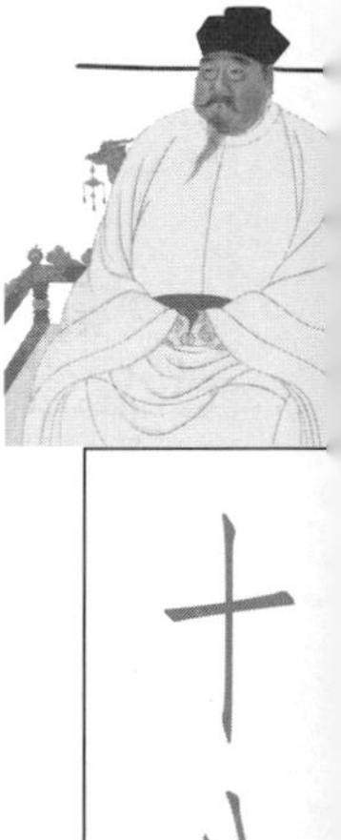

上天之德，本於好生；為君之心，貴乎含垢。自亂離之雲瘼，致跨據之相承，榆文告而弗賓，申吊伐而斯在；慶茲混一，加以寵綏。江南偽主李煜，承奕世之遺基，據偏方而竊號，惟乃先父，早荷朝恩；當爾襲位之初，未嘗稟命，朕方示以寬大，每為含容，雖陳內附之言，罔效駿奔之禮。聚兵峻壘，蓄謀日彰。朕欲全彼始終，去其疑間，雖頒召節，亦冀來朝；庶成玉帛之儀，豈願干戈之役。蹇然弗顧，潛蓄陰謀，勞銳師以徂征，傳孤城而問罪。洎聞危迫，累示招攜，何迷復之不悛。果覆亡之自掇，昔者唐堯光宅，無非丹浦之師；夏禹泣辜，不赦防風之罪；稽諸古典，諒有明刑。朕以道在包荒，恩推惡殺，在昔騾車出蜀，青蓋辭吳，彼皆閏位之降君，不預中朝之正朔；及頒爵命，方列公侯。爾實為外臣，戾我恩德，比禪與皓，又非其倫；特升拱極之班，賜以列侯之號；式優待遇，盡捨尤違。

今授爾為光祿大夫，檢校太傅，右千牛衛上將軍，仍封違命侯，爾其欽哉，無再負德此詔。

李煜聽詔，惶恐謝恩。太祖還登殿座，又召李煜入見。

第三十六回　十錦臨安

話說太祖自明德樓回殿升座，又召李煜入見。李煜奉召趨入，俯伏在地。太祖慰問了一番，賜以冠帶器幣鞍馬各物，並封煜妻周氏為鄭國夫人，子弟等一併授職，所有臣僚，亦量能任用，授秩有差。李煜等謝恩而退。

江南自李昪篡吳，自謂係出唐宗室吳王恪之後，稱國號曰唐；傳子璟，至周世宗時，去帝號自稱國主，傳於李煜，在位十九年，為宋所滅，共歷三世，計四十八年。

初時，太祖命曹彬率師南侵，會面諭道：「俟平江南，當以卿為使相。」潘美等聞之，均向曹彬預賀，曹彬笑道：「此次出師，上承廟謨，下賴眾力，方得集事。我雖身為主帥，僥倖成功，何敢邀賞！且使相職居極品，豈可妄企非分。」

潘美等都道：「天子無戲言，今江南既平，定必加封了。」

曹彬又微笑道：「還有太原未下，如何能遽使相重任。」

潘美等尚不信曹彬之言。倒得受俘畢，飲至策勳。太祖謂曹彬道：「朕前日有言，理應

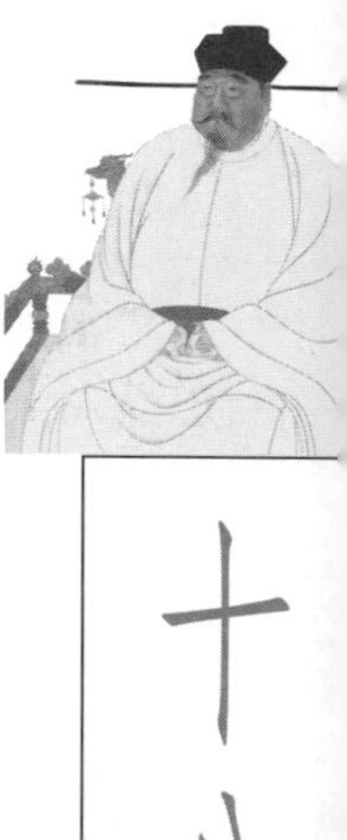

授卿使相，惟北漢未平，容當少待。」曹彬頓首謙謝。潘美等在側，見太祖果不以使相之職予彬，不覺向彬微笑。恰巧太祖回頭顧視，一眼瞥見，便問卿等何故視彬而笑？潘美不能隱瞞，只得從實奏聞。太祖也禁不住笑起來了，遂賜曹彬錢五十萬。

曹彬拜謝退出，謂諸將道：「人生何必為使相，好官也不過多得錢罷了。」未幾得除為樞密使，潘美加升為宣徽北院使。

其時，江州尚未平定，曹翰移師征討。江州指揮使胡則，率眾拒守。翰圍攻五月始下，遂入江州，殺胡則，縱兵屠戮，民無孑遺，所掠金帛以億萬計，用巨艦百餘艘，運至汴京。太祖敘功，遷翰為桂州觀察使，判知潁州吳越王錢俶，因宋廷平了江南，遣使奉表朝賀。太祖面諭來使道：「爾主帥攻克常州，建立大功，可暫時來朝與朕相見，慰朕思慕之懷，即當遣歸。上帝在上，決不食言。」來使領了旨意，回去告知錢俶，錢俶料知不能推卻，只得整裝入汴。

寫到這裡，又不能不把吳越建國的歷史略敘一番了。

錢俶之祖，名錢鏐，世居臨安縣。錢鏐初生之夕，其父錢寬，方自他處歸來，有鄉人迎告之道：「吾家舍後，聞甲馬的聲音甚眾，不知何故？」錢寬聽了，疾速跑歸家中，妻已生子，且有紅光滿室，歷久不散，習以為怪物，要把來棄於井中。寬母得知，力持不允。母子二人正在爭執，鄰嫗聞聲，過舍視之，聞知其故，忙謂錢寬道：「此兒日後必定富貴非凡，所現紅光，乃是祥瑞，決非怪物，汝莫疑心。」

錢寬聽了鄰嫗的言語，方才答應留養在家。因為其父母及鄰嫗所留，得以長成，故取名為婆留，即並亦以此得名。

那錢婆留長大之後，頗具神力，能挽強弓，初時販鹽為盜；唐僖宗時，黃巢為亂，糾眾平定吳越，改名為鏐，唐時封越王，繼封吳王，名聲遠震，即契丹亦聞其名。當石晉天福年間，契丹使臣嘗聞監伴官李泳道：「吳越王每夜不睡，有這事麼？」

李泳聞言道：「你國何以知道吳越王每夜不睡呢？」

使臣答道：「五臺山王子大師，嘗說吳越王是不睡龍降生，因此知其每夜不睡。」

錢鏐封王之後，宮院裡面，夜間派人輪流著監更守院，一夕有敏利老姥，應當監更，忽見有一絕大的蜥蜴，行至銀缸之前，沿缸而上嗡食其油，至缸中油已吸盡，那個蜥蜴已倏然不見了。敏利老姥心中甚為奇怪，不敢對人說及這事。哪知次日，錢鏐卻自己說道：「我昨夜夢至前殿，見敏利老姥監更甚勤，且痛飲麻骨，腹內極飽，及至醒來天色已明。」

敏利老姥聽了錢鏐的言語，方知夜間所見蜥蜴乃是錢鏐元神出舍，乃將昨夜監更時見蜥蜴嗡油之事，告知錢鏐，錢鏐聽了，笑而不言。後人作吳越宮道：

婆留井上夜芒衝，絕域爭傳不睡龍；

白髮宮娥知底事，綠蟠偏話黑甜濃。

錢鏐封王之後，頗知禮賢下士，延攬英豪，物色人才；嘗在宮中造一高殿，名為握髮殿，取周公吐哺握髮之意，表示自己求賢的真誠，且深得相人之術。人的賢愚善惡，不必親見，只要看了肖像，便知道這人有才無才，因此養著二三十個有名畫工，號稱鸞手校尉。凡有士人，自北方流寓而來者，必就畫工，圖貌以進，悉經錢鏐親自披覽，擇清修有福相者，加以任用。

有士人名胡岳者，渡江南下，畫工圖其貌，進入宮中，錢鏐一見其像，便讚嘆道：「此人面有銀光，奇士也。」立即宣召胡岳入見，加以官階，大為信任；胡岳後果有聲於時，因此吳越當錢鏐之世，人才濟濟，頗稱得士。後人也有宮詞詠此事道：

汲引高居握髮頻，相看客面澤於銀；
寫生校尉描鸞手，不貌尋常行路人。

錢鏐不但巨眼識人，並且生性勤儉，雖居皇位，不御紈綺，寢室尤為樸素，所懸布帳已經毀裂，尚不忍棄，王妃因製青練帳一頂，將為更易。錢鏐作色言道：「吾為一國之主，安敢厚自享奉，為人民所訾議，況作法於儉，猶恐為奢，一帳雖微，實啟奢靡之習，可貯藏以賞有功之人。」王妃婉言相請，至於再三，終不為動。宮中夜寢，不用嬪御，常恐貪眠忘曉，未嘗安然寢處，睡時以圓木為枕，光滑易傾，偶遇熟寐，其枕自攲，即便驚寤，名曰驚枕；又恐日久怠玩，或辨事辛勞，雖有驚枕，亦未易醒寤，更以金作彈丸，每夕使人以丸彈於牆樓之外，發一彈丸，值宿者皆手執金鈕，大聲畢應，雖然沉睡，也要驚醒，聽政之暇，退居一室，或習書，或畫墨竹以自遣，但一有政務，遂即棄去，絕不妨阻正事。宮內侍奉者，僅有內監、老嫗，未嘗用青年宮女，嚴申蓄養聲伎之禁，佈告中外，咸使遵守。

其子元瓘，年逾三十，尚未育子，亦不敢納妾。元瓘妻馬氏，深以無子為憂，常勸元瓘納妾，庶可生子，以承宗祧。元瓘雖然心動，終以錢鏐立法甚嚴，未經稟命得其許可，不敢擅納姬妾，一日，馬氏入宮朝見，乘間以請。錢鏐尚不肯允！幸王妃亦以祧宗為慮，從旁相勸。錢鏐始允元瓘納妾，不加禁止。

馬氏得請，欣然而退，遂為元瓘廣置姬侍。其後鄜氏生弘僔、弘倧；許氏生弘佐；吳氏生弘俶；眾妾生弘偡、弘億、弘偓；弘仰、弘信，馬氏皆親自撫養視同己出，常置銀鹿於帳前，喚諸兒坐於其上，以為嬉戲。錢鏐見元瓘納妾生子，亦嘆馬氏之賢，常稱揚馬氏道：「吾家宗祀有主，皆汝之力也。」錢鏐自得諸孫，頗為欣悅，平日宮中未嘗夜宴，因於除夕，設椒盤，燃畫燭，召子孫依次列坐，闔家歡宴，命諸孫鼓胡琴，敘天倫之樂，酒至三行，即命

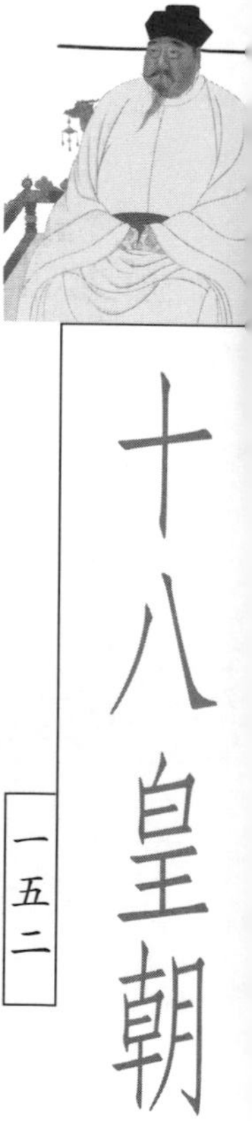

撤宴道：「莫令人稱我為長夜之飲也。」

後人讀史至此，亦作宮詞一首詠錢鏐勤儉樸素道：

驚枕敧聽驚夜丸，長年布帳不知寒；
椒盤畫燭逢今夕，喚取胡琴一再彈。

又有宮詞一首，讚馬氏為元瓘廣置妾侍，得生諸子，且能親自撫養，視同己出。其賢殆不可及，直可垂為壺範，其詞道：

樛木恩推壺化行，玉羊州載夢羆成；
宮闈鎮日喧何事，銀鹿紛紛看戲嬰。

詞中所詠之玉羊，乃是錢鏐生元瓘之時，先有一胡僧，持玉羊來獻道：「國主得此，當生貴子。」錢鏐謝而受之，遂以丁未年生瓘，適符胡僧玉羊之兆，故宮詞中提及此事。

錢鏐以杭州潮水沖激，海濤洶湧，民田受累，無有窮時，遂議定建築捍海塘，以禦海潮，擇期興工，因怒潮急湍，版築不就，屢建屢毀，乃作表申告於天，祝禱於胥山祠，並涵詩置於海門道：「傳語龍王並水府，錢塘借與築錢城。」投詩已畢，興工再築，仍為潮水沖激而毀。錢鏐怒道：「潮神有靈，應顧合郡生靈。我築塘衛民，非有私意，奈何屢次毀壞我的工程；這樣的潮神，我當射之以示罰。」於是，採山陽之竹，造箭三千支，羽以鴻鷺之羽，飾以丹珠，煉火剛之鐵為鏃，造箭即成。

用葦敷地，分箭六處，再齋戒沐浴，陳幣以祭，其幣咸分方位，東方用青，九十丈；南方用赤，三十丈；西方用白，七十丈；北方用黑，八十丈；中央用黃，二十丈；鹿脯、煎餅、時果、清酒、棗脯、茅香、淨水，各具六分，陳列香案，於丁日丙夜三更子時，親自致祭，上酒三行，虔誠祝禱道：

六丁神君，玉女陰神，從宮兵六千萬人，鏐以此丹羽之矢，射蛟滅怪，渴海枯淵，千精百鬼，勿使妄干。唯願神君佐我，令我功行早就！

禱告即畢，撤去香案祭禮，乘馬回宮，獨處靜室，齊心一慮，養神蓄銳，預備明日抗拒怒潮。到得次日，天才微明即便起身，梳洗已罷，更換禮服，頭戴天平冠，身穿赭黃繡龍盤金袍，內衷青猊甲，腰橫碧玉帶，腳蹬粉底烏緞靴，真個是銀盆白面生光彩，耿耿丹心照汗青，由侍從諸臣，率領衛士，擁護著出來。文武僚屬，早已齊集，參見禮畢。傳令登程，一

聲令下，號炮齊鳴，鼓角迭起。錢鏐在階前，跨上了追風逐電能征慣戰的白龍駒，前面列著儀仗，後面隨著僚屬，威風凜凜，志氣昂昂，向錢塘江邊而去。

那杭州城內的人民，早已知道國主因築捍海塘屢次為潮水沖毀，昨日已祭告天地神祇，要和潮神宣戰，為民請命，此番前去，正是乘著早潮的時候，要去射潮神的。眾百姓見了儀仗，已是歡聲如雷，震動天地，待至錢鏐乘馬過來，一齊以手加額道：「國主為了我們，不辭辛勞去射潮神，我們快去助威呀。」一聲叫喊，早就聚集了無數百姓，追隨於錢鏐的馬奔將出來助威。

錢鏐見百姓如此齊心，甚覺歡喜！匆匆來到錢塘江邊，停住了馬，下了雕鞍，傳命將特製的三千支丹羽箭取將過來，已預先選擇五百名強弩手，各執硬弓，在岸旁侍候著。錢鏐吩咐每名強弩手，領箭六支，一字排齊對定江面，待早潮來時，聞梆子響即行動，不得有誤。五百名強弩手，奉了命令，排列齊整，專等潮來，便要發箭，須臾之間，那早潮已經發動隱隱的似有千軍萬馬之聲，向江面湧來，一轉眼，見一座銀山勢同崩裂一般，直捲入錢塘江中。那江水被潮頭激動，也與沒羽的箭一樣，向四面亂射，那聲音比半空中的怒雷還要響上幾倍。

錢鏐見了，傳令放箭。一聲梆子響，那五百名梆子手一齊向怒潮射去，說也奇怪，不過每人射了五支箭，那如山一般的怒潮已是退將下去，頓時風平浪靜，一些聲音也聽不見了。

眾百姓見潮水已退，齊聲高呼道：「主的福音，潮已射退，我們從此可以永慶安瀾了。」那歡呼的聲音，正如雷鳴一般，後人有宮詞詠錢鏐射潮道：

香茅脯棗佐清醅，水府函詩稱霸才，
夜半六丁趨海上，君主親自射潮回。

錢鏐見強弩手，每人只射去五支丹羽箭，那潮頭已直退下去，心中大喜！即命停止射擊，勘定海塘基礎，以錢鏐貫幢，用石建之，不過數月，塘工即成，又置龍山浙江二閘，以遏江潮入河，更闢候潮等門外，以利行旅，人民稱便。

海塘即成，錢鏐因思自己少年時候販鹽為盜，出身微賤，今日身登王位，富貴已極，古人有言：當貴不歸故鄉，如衣錦夜行。況我自唐僖宗時征討黃巢，即離臨安，至今已數十載，祖宗丘墓久未拜掃，現在國事粗定，理應回鄉省墓，撫問親黨，加恩閭里，方不負我這一生的事業；主張已定，遂下令旨，改其鄉臨安縣為臨安衣錦軍，並擇吉日，起節還臨安，省視塋隴。

到了啟程這日，旌旗蔽空，戟鉞映日，鼓吹絲竹之聲，震動山谷。錢鏐張著黃蓋，騎了白龍駒，馬前抓著一對一對的白龍旌鳳節，金瓜銀鉞，以及紅紗燈，金提爐等各種儀仗，那

執儀仗的，都是另行挑選來的青年子弟，錦衣花帽，十分美觀，後面跟隨著六百名水犀軍，保護王駕。原來這水犀軍乃是錢鏐親自訓練的勁卒，一個個都是身強力壯的稍長大漢，武藝精通，弓馬嫺熟，並且深明水性，不論江湖河海，任你水勢如何湍急，都能沒入其中數日不出，真是陸斬虎豹，水斷蛟龍，勇猛異常。

錢鏐仗著這支水犀軍，橫行水陸，到處無敵，所以能夠奠定吳越，化家為國，此時因回鄉省墓，並非行軍打仗，只挑了六名，作為護衛，直向臨安進發。

那臨安縣尹，早已接天吳越王祭掃墓的令旨，已將錢氏祖塋修葺得整齊輝煌，便是錢鏐幼年釣遊之所，亦皆蒙以錦繡，甚至一樹一石，曾經錢鏐當日憩息撫摩過的，也披紅掛彩，以示歡迎，就是舊時賣鹽的扃擔，亦被鄉人找尋了出來，韜以錦繡陳列著誇為盛事。

錢鏐駕到臨安，除了全城的文武官屬與地方人民及錢氏親族都出郊十里，恭迎王駕外，還有一個九十餘歲的老嫗手攜壺漿、角黍，拄著鳩枝。在道迎候。那清道的人役，早經錢鏐傳諭，臨安地方是孤故鄉，老幼婦稚，悉鄰里親戚，任其從旁觀看瞻仰，不准以勢壓迫，所以，這個老嫗年邁龍鍾，迎候著道左，並沒有人敢去驅逐，只不過暗中憎厭這個老怪物不知進退，如此衰頹，還要出外現世。

哪知眾人正在唧唧噥噥憎厭這個老嫗，吳越王錢鏐御駕到來，一眼瞥見這老嫗立在那裡迎候，慌忙跳下坐騎，就在道旁端肅叩拜道：「錢鏐回里，尚未到府請安，反勞太太前來迎接，心下不安之至。」

那老嫗見錢鏐跪拜在地，不急去扶掖，反舉手撫著他的背，口中呼著幼時的小名道：「錢婆留，喜汝長成之後，英勇無敵，創成若大事業，衣錦還鄉，老身心裡也很歡喜哩。」老嫗絮叨了半晌，方把錢鏐扶起，把帶來的壺漿、角黍遞於錢鏐道：「這是老身聞得汝今日歸來，令兒媳們趕做起來的，乃是新鮮的東西。汝可用些，以領我歡迎之意。」

錢鏐忙躬身接過吃了一個角黍，飲了些壺漿，復又頓首謝道：「婆留敬領太太的賞賜，明白謁祭於祖墓，再到太太府上，請安叩謝。」

那老嫗聽了這話，方才扶了鳩杖，顫巍巍的欣然而去。錢鏐還躬身立著，直到老嫗行得遠了，方敢跨上坐騎，赴行轅休息。

你道這老嫗究是何人，見了吳越王，竟敢直呼他的小名，並且大剌剌的生受錢鏐的禮拜。那錢鏐又這樣的恭敬相待，視同尊長一般，豈不令人百思莫解麼？休要疑惑！可記得上文錢鏐初生的時候，紅光滿室，歷久不散，鄰人又聞得舍後有甲馬的聲音，告知他父親錢寬。這錢寬是個不讀書的鄉人，見了這異兆，心內驚惶，便疑錢鏐是個怪物，長大成人必招大禍，立意要把錢鏐拋入門前眢井面溺斃了，以免後患。

錢鏐的祖母不捨得孫兒溺死，再三攔阻，錢寬母子兩人爭執起來，驚動了鄰家老嫗，過舍問明細情，也勸阻錢寬不可溺斃小兒，並說甲馬聲音紅光滿室，乃是富貴的預兆，此兒長

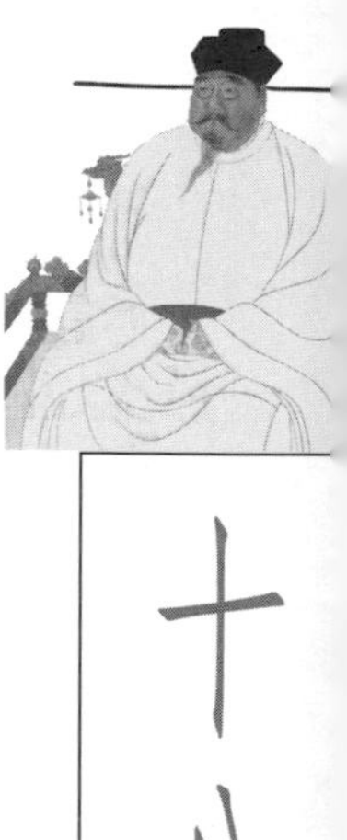

成，必非尋常人物，如何可以溺斃呢？錢寬聽了老嫗的話，方才沒有把錢鏐溺斃，因此取名婆留。

後來錢鏐討征黃巢，平定吳越，受爵吳王，感念老嫗救命之恩，要把老嫗接入宮內供養，以報其德。那老嫗卻推辭道：「老身當日救援吳越王，乃是出於無心，豈可莫作恩德要他供養呢？」遂堅辭不行。使人再三邀請，老嫗只是不允，只得回至杭州告知詳情。錢鏐更加敬重老嫗的風詣，便暗中量田百畝，命老嫗的兒子好好的贍養。到得錢鏐回鄉掃墓，老嫗已是九十歲，還是十分康健，親自至道旁迎接。錢鏐見了這救命恩人，怎麼不要恭迎相待視同尊長呢？閒言休絮。

單說錢鏐在行轅休息一日，到得次日，便輕車簡從，前往祖墓，擺設禮品祭過先塋。此時錢鏐的祖塋已是華表巍峨，樹木蔥蘢，禮堂享室，莫不全備。錢鏐見視已畢，心下大悅，盤桓了一會，大有戀戀不捨之意，直至天色傍晚，方才命駕歸來。

次日即命張蜀錦為廣幄，大陳牛酒，宴飲鄉鄰，凡男女八十以上者，皆用金爵，百歲以上者用玉樽，時黃髮用玉樽者，多至十餘人。錢鏐自起執爵，唱還鄉歌，以娛眾賓，其歌道：

三節還鄉兮掛錦衣，吳越一王駟馬歸，臨安道上列旌旗。碧天明明兮愛日暉，父老遠近來相隨，家山鄉眷兮會時稀，鬥女光起兮天無欺。

唱罷，親為父老斟酒勸飲。錢僔勸過了酒，見父老聽了自己的歌都不懂得，興致未免欠佳，遂又酌酒高唱吳歌道：

你輩見儂底歡喜！吳人謂儂為我，別有一般滋味子，呼味為寐，永在我儂心子裡。

錢鏐歌聲未畢，席間男女皆高聲唱和，拍手歡呼，歌音振席，喜動顏色！錢鏐乃命大爵進酒，暢飲至晚而散。

其時臨安官屬以錢鏐歸來取衣錦還鄉之義，到處皆復以錦，故臨安有十錦之稱，當日傳為美談。那十錦是些什麼呢？一衣錦營；二衣錦山；三衣錦南鄉；四衣錦北鄉；五錦溪；六錦橋；七晝錦望；八晝錦坊；九保錦坊；十衣錦將軍樹。這十錦之中，惟衣錦將軍樹，乃是錢鏐少年時節遇著大雨無處躲避，不得已隱身樹下，藉以避雨。這樹好似具著靈性一般，錢鏐剛入樹下，它的枝葉竟糾結起來，宛然如一柄巨蓋，巧巧蔭庇著錢鏐，使他得以隱匿身體，衣履不致沾濕，所以此次回鄉，特地封這樹為將軍樹。其餘九處，也都是錢鏐幼年釣遊之地，臨安官屬，因錢鏐回里掃墓，都披以錦繡，所以稱作十錦。後人也有宮詞詠道：

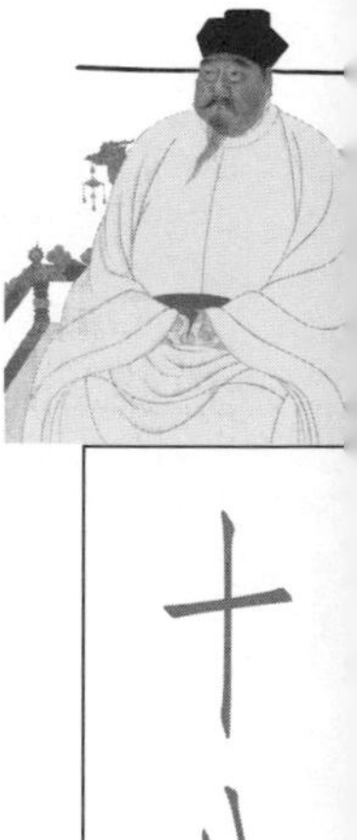

扶鳩翁嫗識真王，照耀臨安十錦張。玉斝金樽齊醉舞，吳喉高揭唱還鄉。

錢鏐與鄉親父老暢飲了三日，方才啟節回歸杭州。父老相送至數十里外，方才珍重而別。

錢鏐即歸，未及兩月，王妃又復啟駕赴臨安了。原來吳越王的王妃，亦係臨安人民，每年必返臨安一次，趁著清明時節寒衣良辰，歸省母家，並掃祖墓，回去之後，在臨安遊覽，依依不捨，常常說道：「杭州與臨安，相距非遙，本可時來時往，惟王爺力崇節儉，恐車駕所至，勞動人民耗費物力，所以每歲只得視一次故鄉之思，殊令人睠睠於懷，不忍抛去。這一次王爺因御駕已經到過臨安，意欲叫我不要前來。只因故鄉景，祖父墳塋，寤寐難忘。是以再三請求，始蒙見允。既已來此，必須要多留數日了。」王妃在臨安住了數旬，尚是不忍捨去，忽然接到錢鏐來信，催促返駕。

第三十七回　燭影斧聲

話說吳越王妃回臨安省親，因戀戀於故鄉風景，盤桓數旬尚未歸去，忽接吳越王寄來一信，立即啟視，上面寫著兩句道：「陌上花開，可緩緩歸矣。」

王妃笑道：「王爺性急，又催我歸去了。」

原來王妃每年以寒食節返臨安，至春色將老，陌上花開方才歸去，歲歲如此，成為習慣，所以錢鏐來書，作此兩語，乃叫王妃循著歸例，不要耽延的意思。臨安人遂用其語，作為吳歌，含思宛轉，聲甚淒切。其歌計有三首，錄之於下道：

陌上花開蝴蝶飛，江山猶是昔人非。
遺民幾度垂垂老，遊女還歌緩緩歸。
陌上山花無數開，路人爭看翠輧來。

若為留得堂堂去，且更重教緩緩回。

生前富貴草頭露，身後風流陌上花。

已作遲遲君去魯，猶歌緩緩妾歸家。

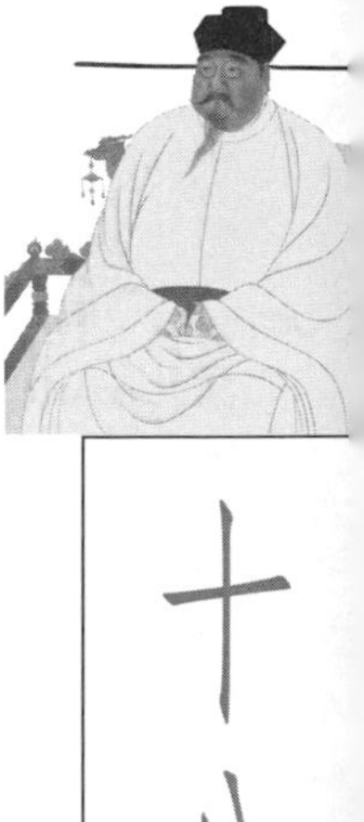

這三首吳歌到處歌唱，音韻淒惻，悲思宛轉動人心肺。

王妃初時接到錢鏐的來信，還要在臨安多住幾日，不願歸去。自從這三首吳歌到處傳唱，被王妃聽見，不覺惻然心動道：「王爺年邁，既有信來命我歸去，安可有違？」遂傳諭即日登程，遄返杭州。

王妃回駕的時候，恰值錢鏐身體不癒，奄床臥床席，聞得王妃已自臨安歸來，喜動顏色，病勢略減。但年紀衰邁終難霍然而癒，自此忽作忽止，延至來年春間，病勢愈沉，醫藥無效，遽爾逝世。子元瓘嗣位，追尊為武肅王。

元瓘既嗣位，頗反錢鏐之所為，內多妾媵，廣蓄聲伎，於越州製窯，燒造磁器，屢燒屢毀，費耗財力，以億萬計，燒成之後，專作供奉之物，禁止臣庶擅用，故民間稱越州所造磁器為秘色窯，以其專作宮內供奉，人民無見磁器之顏色者，所以有這個名目。元瓘又喜各種玩物，珍珠古玩，畫圖玉器，羅列宮中，光怪陸離，觸目生輝。常有海舶，自外洋來浙商販。元瓘盡購其貨，悉係珍品，中有沉香一株，其粗如臂，元瓘命巧匠雕琢為老人之狀，衣冠古樸，鬚眉生動，見者疑為鬼斧神工。元瓘置之座右，呼為清門處士，常謂左右道：「吾得清門處士，晝長無聊，把而玩之，可以伴我沉寂。」

初錢鏐在日，崇尚樸素，力矯奢侈之習，宮中未嘗設筵，每遇節令，僅命西湖漁人，進鮮魚為鮓，且厚償其值。至元瓘時，宴飲幾無虛日，以己意製造餚饌，列為食品，有名玲瓏牡丹鮓者，乃用魚葉斗成牡丹之狀，加用五味入籠蒸之，既熟，置於盎中，其色微紅，與初開牡丹無異，食之肥美可口，芳香撲鼻，又喜以魚作羹，飲酒至醉，輒用鮮魚羹解醒，故每日皆須鮮魚進奉，勒令西湖漁人，每人每日，須進鮮魚數斤，謂之使宅魚。漁人捕魚不足供使宅魚之數，只得自去買了鮮魚，前來獻納，因此受累非淺，頗生怨望。

一日，屬僚羅隱入見。元瓘命之侍坐閒談，壁間懸掛磻溪垂釣圖一幅。元瓘指示羅隱道：「此圖運筆靈妙，聞鄉素擅吟詠，何不吟詩一首，題於圖上呢？」

羅隱原因使宅魚一事，民怨非淺，意欲話事規諫，今見元瓘命他吟詩，遂不假思索，援筆題道：

呂望當年展廟謨，直鉤釣國更誰知，
若教生得西湖上，也是須供使宅魚。

元瓘讀詩笑道：「卿因事納諫，可謂婉而多諷了。吾當為卿盡蠲其役，使漁人亦沾恩惠，以旌卿之忠諫。」遂傳令西湖漁人，自此免除進奉鮮魚之役。此令宣佈，西湖漁人莫不額手稱慶，感念恩德！後人也有宮詞一首詠此事道：

鮮鮓玲瓏出盎初，天然色樣牡丹如，
買來新向漁人網，不是西湖使宅魚。

元瓘在位，雖好宴飲，但遇事納諫，引用文士，量才器使，頗得人心，未幾因病而歿。子弘佐嗣位，弘佐既逝，傳位於弟弘倧，弘倧愚暗無能，權柄下移，大將胡進思驕恣特甚，以弘倧昏弱不堪為主，擬廢弘倧，迎立弘俶，時弘俶奉朝命為台州刺史，下車數月，吏氏愛戴，頗有賢名，故胡進思欲廢弘倧而奉弘俶，適值弘俶在台州，遇異僧德詔，對弘俶說道：「杭州將有紛擾，此地非君為治之所，若不速歸，必失時機，且有大禍。弘俶從其言，表求歸國，拜表即行，馳抵杭州。胡進思聞弘俶已至，遂廢弘倧，迎弘俶為主。

弘俶辭讓再三，嗣奉太妃馬氏懿旨，僚屬勸進，始入城嗣位，徙弘倧居住越州。弘倧臨行，親為置酒餞送，資給豐厚。胡進思以弘倧居住越州，恐為後患，密請弘俶除之。弘俶不

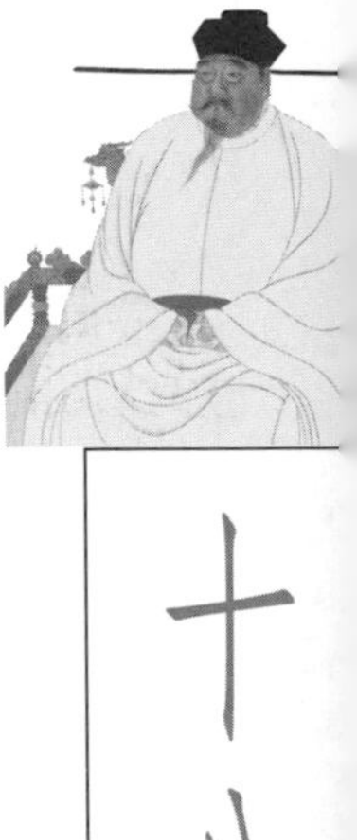

允，進思請之不已。弘俶涕泣道：「若殺吾兄，將來何面目見先君於地下。汝必欲行此事，吾當退避賢路。」進思聞言，懷慚而退。

弘俶恐進思謀害之心未已，因遣心腹將校薛溫，往越州為弘倧守衛；臨行密諭道：「進思意在殺害廢王。汝為吾心腹，故以保全之委任汝，既至越州，當日夕謹防，以死衛之，無使吾有殺兄之名。」薛溫頓首領命，徑往越州，保衛弘倧，甚是盡力。

一日夜間，有二盜扶刃逾垣，欲入弘倧室內，弘倧聞聲大驚，急闔扉力拒，高聲叫喊，徹於外庭。薛溫率兵入衛，擊斃二盜。事後推究蹤跡，知是胡進思遣來害弘倧的。進思自此事發覺後，恐弘俶加罪，心懷憂懼，疽發於背，不久即斃。進思死後，左右尚有勸弘俶誅廢王以杜後患者，弘俶決不肯從，弘倧乃得始終保全，居住越州二十餘年，安然而卒，追謚為忠遜王。

弘俶為人儉素，自奉尤薄，常服大帛之衣，帳幃茵褥，皆用紫絁，衣無羅綺，食不重味，善草書，雅好吟詠，自編其詩數百首，號為《正本集》，會陶穀奉使至杭，求其為序，秉性謙和，未嘗忤物，每遇朝廷有使命赴浙，接待甚厚，凡所上乘輿服物器玩。製作精巧，遣使修貢，必羅列於庭，焚香再拜，然後遣使，其恭謹近世藩臣，無有其匹。惟生平崇信釋氏，在杭州造寺不下百所，甚至以愛子為僧，祈得佛佑。

王妃孫氏亦崇尚佛法，齋僧佈施，歲費無數，常以一物施龍興寺，形如朽木筋。寺僧

得之，不知何物，以是王妃所賜，漫藏之，亦不珍惜。一日，有胡舶至，胡人數輩，入寺遊矚。僧人偶以此物出視。胡人見之，大驚道：「此日本國龍蕊簪也，願以金錢易取。」僧人靳之，增價至萬二千緡，售得而去。

高麗商人王大世，乘海舶貿易浙中，以沉水千斤，造成一山疊為衡嶽七十二峰之狀，上作諸天菩薩、五百羅漢，三世如來之象，雕鏤精工，刻畫入細，名為旖旎山，號稱法苑珍品。人若得之，虔誠供奉，香花頂禮，可獲無量福壽，其靈驗不可思議。

弘俶願以黃金五百兩購之，王大世猶不肯售。其事傳入宮中。弘俶寵妃黃氏竟以黃金千兩易得。又有佛螺髻髮，來自西天佛國，迎入宮內，供養祈福。後因宮闈之中悉係婦女，惟恐有褻尊嚴，致干佛怒，黃妃稟明弘俶，願出私財，於南屏山雷峰顯嚴院，建塔奉藏佛螺髻髮。弘俶欣然允許，命工庀材，大事興作。

初擬建塔十三層，高逾千尺，後以財力不及，僅築七層，已是高矗雲霄，不可紀及，塔成之日，稱佛螺髻髮，入塔供奉，並於塔之周圍鐫刻《華嚴》、《楞嚴》等各種佛經，令巧手工人勒石轉繞入面，此塔係黃妃出私財建築，故名為黃妃塔。世人以地處南屏山雷峰之上，遂稱為雷峰塔。至今傳播，稱作西湖十景之一。後人有宮詞一首，詠吳越王弘俶崇信佛法道：

一枝龍蕊施禪關，法苑珍逾旖旎山？

更與真妃留搭記，細書經尾禮華鬘。

弘俶嗣位之後，知時識勢，臣事中朝，自五代以迄宋朝，兩浙未嘗被兵。至太祖篡周，奉宋正朔，因避太祖父弘殷偏諱，改名為俶，每歲朝貢不絕。太祖以錢俶甚為恭順，賜號開吳鎮越崇文耀武宣德守道功臣，封其妻孫氏為賢德順穆夫人。及曹彬征討江南，太祖特命有司，於薰風門外，建造大第，連亙數坊，棟宇宏麗，儲偫什物，無不悉具，名為禮賢宅，遣使詔諭錢俶，命出兵夾攻江南，功成入朝，當以禮賢宅賜予居住，至江南既平，太祖又召之入朝。錢俶不敢逆旨，與妻孫氏，子惟濬入朝。

太祖聞錢俶抵汴，特命皇子德昭，出郊迎勞，賜居禮賢，恩禮優渥，逾於尋常。錢俶入覲於崇德殿。太祖特賜劍履上殿，書詔不名，並封其妻孫氏為吳越國王妃。錢俶叩首謝恩，太祖特命內侍扶掖以起，賜宴於長春殿，命與晉王光義，敘兄弟禮。錢俶伏地，涕泣固辭，乃止，前後賞賚賜予，不可勝計。

開寶九年四月，太祖將巡幸西京，行郊祀禮。錢俶請隨行護蹕。太祖道：「南北風土異宜，漸及炎暑，卿可早日歸國，賜餞於講武殿。」

錢俶感謝泣下，自願三年一朝。太祖道：「川途迂遠，不必預定限期，只要詔旨東來，卿既入朝就是了。」

錢俶遵旨辭行，太祖特賜導從儀衛，及黃金萬兩，白金十餘萬兩，錦綺綾羅細絹四十餘萬匹，名馬數百匹，另外又有一個黃袱小包，封志謹嚴。太祖親手賜予，且命其於途中方可開視，無致洩漏於人。錢俶拜受而退，行至途中，啟袱檢視，其中盡是群臣乞留吳越王錢俶，勿令歸國的奏章，多至數十百通。錢俶看了，也驚得目瞪口呆，深感太祖恩德，奉表申謝。太祖自命錢俶歸國以後，即日啟蹕，巡幸西京。

原來，太祖沿周舊制，定都開封，號為東京，以河南府為西京，其時江南已平，淮甸澄清，遂西幸河洛，祭告天地，且欲遷都洛陽，群臣皆以定都開封，已歷長久，不宜輕動，相率入諫。太祖不從，晉王光義亦入見太祖，力言不可遷都。太祖道：「朕不但遷都洛陽，還要遷都長安哩。」

光義便問為什麼要遷都長安？太祖道：「汴梁地居四塞，無險可守，徙居關中，倚山帶河，裁汰冗兵盡復周漢之舊，方才可以長治久安，一勞永逸。」

光義道：「在德不在險，何必定要遷都呢？」

太祖嘆息道：「你也如此拘執，無怪群臣了。今日依從你們，恐不出百年，天下民力已盡疲了。」遂悵然啟駕返汴，過了一晌，又因北漢未平，定議北伐，命侍衛都指揮黨進，宣徽北院使潘美，與楊光美、朱光進、米文義等，率兵北伐，分路進攻。黨進等奉了詔命，遂即進兵，連敗北漢兵將，正要進逼太原，忽接汴京急報，太祖病重，促令班師。黨進等奉命回朝，方知太祖自西京返駕，已是聖躬不豫，回汴後醫治痊癒，便隨處遊幸。一日偶幸晉王光義邸第，宴飲甚歡，及至回宮，舊病復發，自此臥床不起，一切政務悉委光義代理。

這日，天色傍晚，大雪紛飛，光義因政事羈身，進宮略遲，忽由內侍宣召，命光義立刻入宮。光義飛馳而入，見太祖喘急異常，對定光義，睜著眼睛，說不出話來，未幾又瞧著外面。光義見了這般樣子，恐有什麼言語囑咐。便命左右內侍一齊退出，獨自一人聽候諭旨。內侍等退出寢門，遠遠的立在外面，只聽得太祖和光義講話，若斷若續，語音過低，一個字也聽不清楚。

過不到片刻工夫，只見燭影搖晃，或明或暗，彷彿光義的影兒連連在窗上晃搖，遂聽得柱斧戳地，其音甚巨，接連著便聞太祖現出很慘切的聲音道：「汝好，自為之……」這一聲叫過以後，光義即步出寢門，傳呼內侍，速請皇后、皇子等到來，內侍奉命而去。不一會，陸續到來，趨近御榻，揭帳而視，不看猶可，一看之下，皇后、皇子齊聲大哭。原來，太祖已僵臥御榻，歸天去了。

這燭影斧聲的疑案，究竟真相如何？我也不敢憑空武斷，歷考稗史，也是議論不一。或說太祖生一背疽十分痛苦，光義入視見一女鬼，用手撫太祖之背。光義吃了一驚，亟舉柱斧，向鬼劈去，那斧反劈在太祖背疽之上，太祖一痛而絕；或說光義屏去左右，有心謀弒太祖，所以太祖很慘切的呼道：「汝好，自為之……」這五個字，並不是叫光義好好去做，乃

是瞥眼見光義謀害自己，因此慘呼這聲，「汝好」二字，應該作一句，「自為之」三字又是一句。意思是說你好得很，竟自己親手做這樣弒君的事情，只因病中說話不能圓轉如意，內侍們聽得好似吩咐光義好好的自己去做一般，至太祖究竟如何致死，我卻不敢亂下斷語。宋史太祖本紀，抱定為尊者諱的宗旨，把燭影斧聲一切傳聞盡都屏去，一概不錄，只說帝崩於萬歲殿，年五十就完了。

閒話休絮，且說皇后宋氏，與皇子德昭、德芳撫床大哭，就是光義，亦十分哀傷，內侍王繼恩入勸宋后，且言先帝奉詔憲太后遺命，傳位晉王。金匱密旨，可以按驗，現在應請晉王嗣位，然後治喪。宋后聞言，愈加哀傷號哭不已。光義見了，只得也上前勸慰。宋后涕泣告道：「我母子性命，託付官家了。」

光義道：「當其保富貴，請毋過慮。」

原來，皇子德芳係宋后所出。宋后欲請立為太子，因太祖孝友性成，遵守昭憲太后金匱遺命，所以宋后無法可施。此時太祖既崩，大權盡在光義掌握，知道爭也無益，只得忍悲含淚，低頭相囑。光義也樂得應承，敷衍目前。次日光義即皇帝位，號為太宗，大赦改元，即以本年為太平興國元年，號宋后為開寶皇后，授弟光美為開封尹，進封齊王。

光美因避主諱，改名廷美。封兄子德昭為武功郡王，德芳為興元尹，同平章事。所有太祖、廷美子女，皆稱皇子皇女。從薛居正為左僕射，沈倫為右僕射，盧多遜為中書侍郎，曹彬仍為樞密使，同平章事、楚昭輔為樞密使，潘美為宣徽南院使。內外各官均進秩有差，次年孟夏，乃葬太祖於永昌陵，太祖在位，共計改元三次，享國一十三年，後人有詩一首，詠太祖死後，孤兒寡婦即受欺凌，也與周室一般，其詞道：

斧聲燭影大限來，嫠婦孤兒也罹災，
比似陳橋篡位日，事雖異轍一般哀。

太宗自將太祖葬畢，即將開寶皇后，移居西宮，降詔改御名為靈，追冊元配尹氏為俶德皇后，繼配符氏，即符彥卿之女，亦於開寶八年病逝，亦追冊為懿德皇后，此時中宮虛位，惟有李妃一人與太宗很為親愛，生女二，相次夭殂。嗣生子，名元佐，後封楚王，又生次子，名元侃，即是將來的真宗皇帝，開寶中封隴西郡君。太宗即位，進封夫人，正擬冊立為后，不料李妃又生起病來，竟於太平興國二年逝世，乃選李處耘第二女入宮，至雍熙元年，始立之為后，這且按下不提。

單說太宗即位，轉眼便是太平興國三年，到了三月內，吳越國王錢俶與平海軍節度陳洪進，先後來朝。錢俶歷史上文表過，這陳洪進又是什麼人呢？待略略敘明，就有頭緒了。

陳洪進，泉州人氏，初隸清源節度使留從效部下為牙將，留從效受南唐冊命，為泉漳等

州節度使，號稱清原軍。加封鄂國公，晉江王，歿後無子。兄子紹鎡嗣立，年尚幼稚。洪進誣紹鎡附吳越，執送南唐，另推副使陳漢思權留後，自為副使，未幾又逼陳漢思將印繳出，遣使赴南唐，稱陳漢思年老，不能治事，眾人推自己權留。唐主李煜即命陳洪進為清源軍節度使。後因宋廷討平澤潞揚州荊湖等處，聲威遠播。陳洪進急遣將校魏仁濟，間道赴汴，上表宋廷，自稱清源軍節度副使，權知漳泉等州軍府事，因節度陳漢思老耄，暫攝節度印，伏候朝旨。太祖授了表章，遣使慰問，從此歲歲朝貢，並不間斷。

乾德元年，太祖下詔，改清源軍為平海軍，即以陳洪進為節度使，賜號推誠順化功臣。開寶八年，曹彬平定江南，李煜降宋，洪進愈加恐懼，遣子文灝，入汴朝貢。太祖遂召洪進入朝。洪進奉詔啟行。方抵劍南，聞得太祖崩逝之信，乃回鎮發喪。太宗三年，加洪進檢校太師，洪進受命入覲，太宗賜錢千萬，白金萬兩，絹萬匹，恩禮隆重賞賚優渥。洪進遂上漳泉二州版圖，有詔嘉納，授洪進為武寧節度，同平章事，賜第居住。

陳洪進納土歸朝的信息，傳至吳越。那吳越王錢俶，正擬入覲，得了此信，大為驚恐，遂得上表乞罷所封吳越國王，及撤銷天下兵馬大元帥，並書詔不名的成命，且請解甲歸田，終老天年。表上，太宗不許，錢俶更加狐疑不定，遂親赴天竺，拜禱於觀音大士之前，祈賜夢以決進退，至夜果夢觀音大士，以彩繩圍繞其宅，次日即以其夢告於僚屬，大家參詳。

崔冀復道：「大王夢彩繩圍繞住宅，乃是納土歸宋，子孫必得腰金衣紫，綿延不絕之意。

況吳越不過千里之地，若不見機納土，怎敵天下之兵了，此觀音大士所以示夢於大王，亦以保全富貴相勸也。」

錢俶聞言，其意乃決，遂治裝入汴，覲太宗。太宗撫慰有加，賜宴迎春苑。次日即上表納土道：

臣俶慶遇承平之運，運修肆覲之儀，宸眷彌隆，寵章皆極，斗筲之量，實覺滿盈，丹赤之誠，輒茲披露。臣伏念祖宗以來，親提義旅，尊戴中京，略有兩浙之土田，討平一方之僭逆。此際蓋隔朝天之路，莫諧請吏之心，然而票號令於闕廷，保封疆於邊徼，家世承襲，已及百年，介者幸遇皇帝陛下，嗣守丕基，削平諸夏。凡在率濱之內，悉歸輿地之圖。獨臣一邦，僻介江表，職貢雖陳於外府，版籍未歸於有司，尚令山越之民，猶隔陶唐之化，太陽委照，不及蔀家，春雷發聲，兀為聾俗，則臣實使之然也，罪莫大焉！不勝大願！願以所管十三州，獻於闕下執事，其間地里名數，別具條析以聞，伏望陛下，念弈世之忠勤，察乃心之傾向特降明詔，允茲至誠，臣俶謹再拜上言。

第三十八回　憶江南

錢俶上表，請獻納吳越十三州版圖於朝。這道表章，正中太宗之意，當下覽了表章，甚為愉悅，即下手詔褒美道：

表悉：卿世濟忠純，志遵憲度；承百年之堂構，有千里之江山，自朕纂臨，聿修覲禮，睹文物之全盛，喜書軌之混同，願親日月之光，遽忘江海之志，甲兵樓櫓，即悉上於有司；山川土田，又盡獻於天府，舉宗效順；前代所無，書之簡冊，永彰忠烈。所請宣依，藉光卿德。

太宗降了褒美錢俶的手詔，即命范質長子范旻，權知兩浙諸州軍事；所有錢氏緦麻以上親屬，及境內舊吏，悉遣至汴，共載舟一千零四十四艘。既抵汴京，太宗盡加恩賚，並下詔封錢俶為淮海國王，推恩官其子弟親屬，也有一篇很美麗的駢體詔書道：

蓋聞漢寵功臣，聿著帶河之誓；周尊元老，遂分表海之邦。其有奄宅勾吳，早綿星紀。包茅入貢，不絕於累朝；羽檄起兵，備嘗於百戰。適當輯瑞而來勤，爰以提封而上獻。宜還內地，別錫爰田，彌昭啓土之榮，俾增書社之數。吳越國王錢俶，天資純懿，世濟忠貞。兆積德於靈源，書大勳於策府。近者，慶沖人之踐阼，奉國珍而來朝。齒革羽毛，既修其常貢；土田版籍，又獻於有司。願宿衛於京師，表乃心於王室。眷茲誠節，宜茂寵光，是用列西楚之名區，析長淮之奧壤，建茲大國，不遠舊封，載疏千里之疆，更重四征之寄。疇其爵邑，施及子孫，永夾輔於皇家，用對揚於休命。垂厥百世，不其偉歟！其以淮南節度管內，封俶為淮海國王，仍改賜寧淮鎮海崇文耀武宣德守道功臣，即以禮賢宅賜之。子惟濬為節度使兼侍中，惟治為節度使，惟演為團練使，惟灝暨姪郁昱，並為刺史，弟儀信並為觀察使，將校孫承祐、沈承禮並為節度使，各守爾職，毋替朕命！

此詔即下，錢俶率領子弟對闕謝恩，每值入朝，太宗必加意看待，禮貌隆崇，冠絕一時。適值中元節，汴京張燈慶祝，太宗特降諭旨，令有司於禮賢宅前，設登山，陳聲樂，以示寵異。錢俶至此安享富貴，直至瑞拱元年，八月二十四日，值錢俶生辰大會親戚，張樂陳宴，慶祝壽誕。正在歡飲，忽朝廷遣使賜生辰器幣，並金樽御酒，且有詔，令使者以御酒勸錢俶立飲三樽，表示朝廷尊禮元老之意。錢俶奉詔謝恩，使者奉上王封御酒，看錢俶飲過三樽，方才回去覆旨。

眾親戚見朝廷這樣恩禮有加，莫不稱羨！就是錢俶也揚揚自得，深感皇恩。哪裡知道到了夜間，忽然暴病起來，腹中痛疼難忍，不到一刻，竟爾去世。

家人們見錢俶暴疾而亡，方疑日間所賜御酒有異；但事無佐證，不敢宣揚，只得以暴卒上聞。太宗聞得錢俶已死，表面上甚為哀悼，為他廢朝七日，追封秦國王，予謚忠懿，命中使護其喪，葬於洛陽。自錢鏐傳至錢俶，世有吳越之地，共歷三世五主，計九十八年。那吳越十三州，一軍，八十六縣，盡歸於宋。東南一帶，從此平定。

太宗意欲興兵討平北漢，混一天下，只因心中還有一事。未能了結，深恐興師北伐，留下後患，反為不美。

你道太宗有什麼事情未曾了結呢？原來江西平定，李煜力竭降宋，舉家來至汴京。太祖特加恩德，封違命侯，賜第居住。到了太宗嗣位，又加封為隴西郡公，仍與其妻鄭國夫人周氏，在賜第內安穩居住，但是李煜不比劉鋹，雖是同一樣的失國投降，劉鋹卻長於口才，能言善道，最工諂媚，在太宗面前典意逢迎，所以太宗對於劉鋹並無猜忌之意。那李煜便大不相同了。他只能拿著一枝筆，吟風弄月，作幾首華瞻哀怨的詩詞，若說口才，是一些也沒有的。所以到了朝見太宗的時候，劉鋹總是談笑風生，極能稱旨，李煜總是垂頭喪氣，嘿然而坐，並不開口。

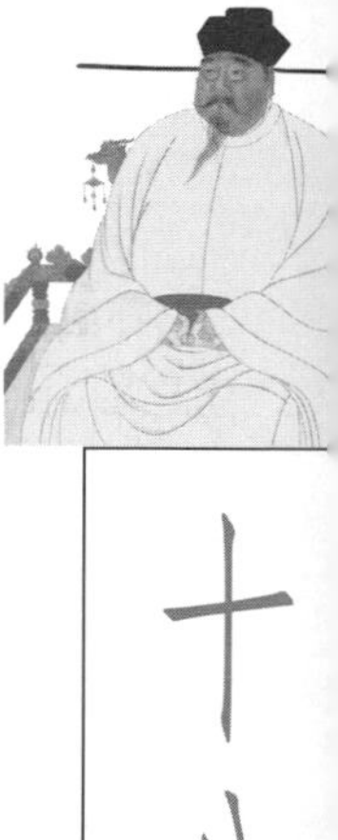

太宗見李煜這般樣子，便疑心他有怨望的意思，胸中一有芥蒂，便處處都覺得李煜的行事皆是不好。因此暗中命人監視李煜，看他平日間做何事情，有無怨望的心腸。偏生那李煜到了國亡家破，身為臣虜的地步，還不肯拋棄筆墨，到了花朝月夕，常常的思念在江南時節的遊宴快樂，不覺涕泗交頤，悲傷不已；又想著那些嬪妃都已風流雲散，心內更是百感俱集，便忍不住提起筆來，把懷思故國，憶念嬪妃的意思，填了一闋詞，調寄《浪淘沙》道：

簾外雨潺潺，春意闌珊。羅衾不耐五更寒。夢裡不知身是客，一晌貪歡。
獨自莫憑欄，無限江山。別時容易見時難。流水落花春去也，天上人間！

李煜填了這詞，獨自吟哦，甚是悲酸。恰遇當初的宮人慶奴，於城破之時逃出在外，隱身民間，現在已做了宋廷派江南鎮將的妾侍；那鎮將遣使入朝，慶奴不忘舊主，帶了封信前來問候。李煜見了慶奴的信，愈覺哀感，不禁長嘆道：「慶奴已得好處安身，倒也罷了，只是我呢？」說到這裡，又涕泣了一會，猛然抬起頭來，見送信的人還在階前，守候回書。李煜便將心中的哀怨寫在書心，到末了，還有「此中日夕只以淚眼洗面」的一句言語，寫罷了，便交付來使帶回江南，返報慶奴。

李煜這一闋詞，一封信，原不過抒發他心裡的哀怨，並沒什麼旁的心思。哪知太宗差來監視的人，早把這一詞一信暗中去報告於太宗。太宗見了詞，還不怎樣，看了那信，便勃然變色道：「朕對待李煜總算仁至義盡了，他還說『此中日夕只以淚眼洗面』，這明明是心懷怨望，才有此語的。」

太宗雖然發怒，還是含忍著，並不發作。

到了太平興國三年，元宵佳節，各命婦循著向例，應該入宮恭賀令節。李煜之妻，鄭國夫人周氏，也照例到宮內去慶賀。不料周氏自元宵入宮，過了數日，還不見回第，直把個李煜急得如熱鍋上螞蟻一般，在家中唉聲嘆氣，走來踱去。要想到宮門上去詢問，又因自己奉了禁止與外人交通並任意出入的嚴旨，不敢私自出外，只得眼巴巴的盼望周氏回來。一直至正月將盡，那周氏方從宮中乘轎而歸。

李煜盼得周氏歸來，好似獲到了奇珍異寶一般，連忙迎入房中，陪著笑臉，問她因何今日方才出宮？她卻一聲不響，只將身體倒在床上，掩面痛哭。李煜見了這般行徑，料知必有事故，當時不便多問，待至夜間，沒有旁人在房，方悄悄的向周氏細問情由。

那周氏仍是泣不可抑的，指著李煜罵道：「多是你當初只圖快樂，不知求治，以致國亡家破，做了降虜，使我受此羞辱。你還要問麼？」

李煜被周氏痛罵了一頓，也只得低頭忍受，宛轉避去，一言也不敢出口。

你道周氏為什麼在宮中這些多日子呢？只因那日進宮朝賀太宗，太宗見周氏生得花容月

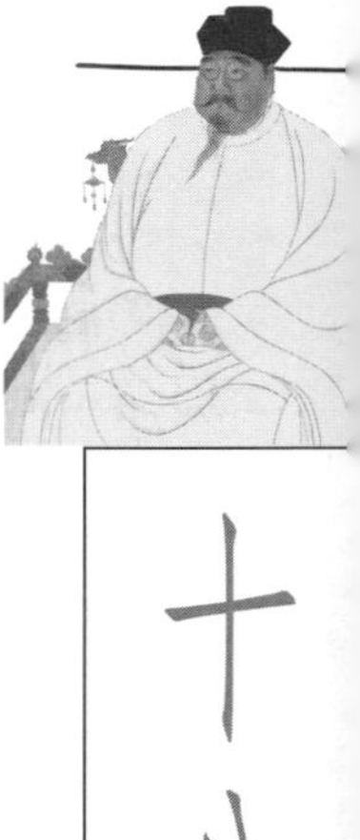

貌，甚是美麗，不覺合了聖意，便把她留在宮內，硬逼著她侍宴侍寢。周氏這時生死由人，哪裡還敢違抗，無可奈何，忍恥含垢的順從了太宗，所以從元宵佳節進宮，至正月將盡，方才放她出外，回歸私第。李煜向周氏詢問何事在宮耽延，她如何說得出口呢？只有哭泣痛罵，並無他言。李煜也是個聰明人，察言觀色，早已明白此中情由，只是長嘆一聲，仰天流淚，也就罷了。

那太宗自逼幸了周氏，愛好美貌，不願放她回去，惟恐永久留在宮中，要被臣僚議論，所以暫時忍耐，任憑周氏重歸私第，再謀良策，以圖永久。這日思念周氏，未知回至私第，見了李煜如何情形；又想李煜本來心懷怨望，如今有了這事，他更加要懷恨的了，何不命人去探視一會呢？想罷，便傳給事中徐鉉入宮。

原來徐鉉自降宋之後，為左散騎常侍，現在升為事中，忽聞有旨宣召，忙驅入宮，朝見禮畢，聽候聖旨。太宗突然問道：「卿近日曾見李煜嗎？」

徐鉉見太宗忽問此言，不知何故，遂即奏道：「臣未奉旨，何敢私自往見。」

太宗道：「卿可前往看望李煜，不可對他說是朕命卿前去的；若有什麼言語，可速來告朕知道。」

徐鉉不敢有違，只得奉命辭出，徑向李煜私第而來。

到了門前，只見門庭冷落，甚是淒涼，徐鉉下了馬，走入門來，有一個守門老卒，坐在一張破凳上，靠著牆壁正在睡覺。徐鉉只得把老卒叫醒。那老卒驚醒轉來，用手揉了揉眼睛，向徐鉉看了半晌，方才問道：「做什麼將我喚醒？」

徐鉉道：「可入告隴西郡公，就說徐鉉請見。」

老卒聽了，才引請徐鉉，徑至庭前，囑他稍待，自己入內通報。徐鉉立在庭下，等候了半日，方見老卒從裡面出來，取了兩張舊椅子，相對擺下。

徐鉉便搖著手阻止老卒道：「你但在正中朝南擺一張椅子就是了，不要用兩張椅子的。」正在說著，李煜已從裡面步了出來，頭戴青紗帽，身穿道袍，腰繫絲絛，面容憔悴，體態清癯。徐鉉見了，向上拜倒。李煜忙趨步下階，親手扶起，引至堂中讓坐。徐鉉惶恐辭謝，侍立於側。李煜道：「今日哪裡用得著這般禮節，快請入坐，不必客氣。」徐鉉無奈，只得將椅子略略移偏，側身而坐。

李煜持著徐鉉的手，放聲大笑。徐鉉不知何故，望著他只是發怔，俟李煜笑罷，方欲向他問候，尚未啟口。李煜又仰天長吁道：「懊悔當初殺了潘佑李平、林仁肇等一般人。」徐鉉聽了此言，十分驚懼，只得用好言安慰了一番，辭別而去；出了李煜私第，遂即前往覆旨。

太宗問道：「卿見李煜，曾說些什麼話來？」徐鉉知道太宗暗裡派遣了人，日夜監視李煜，一言一動，盡皆知曉，因此不敢隱瞞，便將見李煜的情形和所有的言語據實奏聞。太宗

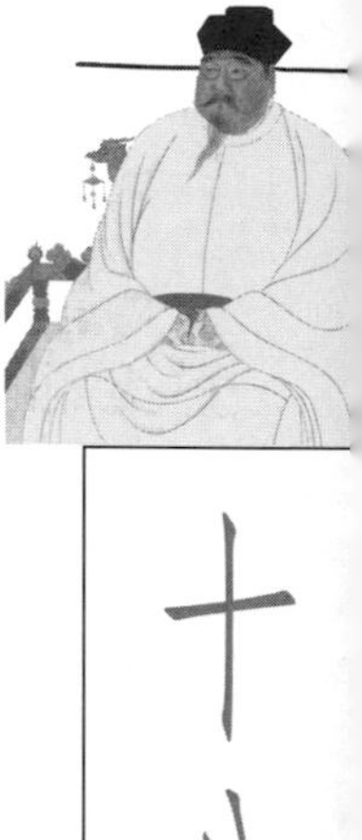

聽了，面現怒容道：「卿且退，朕自有區處。」

徐鉉辭駕退出，暗中替李煜捏著一把汗，深恐太宗便要降罪。不料過了多時，並無動靜，也不見太宗有加罪李煜的意思，以為這事已經過去，可以無甚變動，便不放在心上。

時光迅速，早又到了七月七日，乞巧佳節。那李煜還不知自己的語言舉動犯了太宗之忌，因為七夕這一天，乃是自己生誕之辰，回憶在江南的時節，群臣祝賀，賜酒賜宴，歌舞歡飲，何等熱鬧；現在孤零零的夫妻二人，閒居在賜第裡面，比似囚犯，只少了腳鐐手銬，連侍服的宮女也只剩了兩三個人；其餘心愛的嬪妃，死的死，去的去，一個也不在眼前，思想了一會兒，好生傷感，便又觸動愁腸，把胸中的悲感一齊傾瀉出來，先填了一闋《憶江南》的小令道：

多少恨！昨夜夢魂中。還似舊時遊上苑，車如流水馬如龍。花月正春風。

填了這闋《憶江南》，胸中的悲憤還未發洩盡淨，又背著手，在階前踱來踱去，再填成了一闋感舊詞，調寄《虞美人》道：

春花秋月何時了，往事知多少，小樓昨夜又東風，故國不堪回首月明中。

雕欄玉砌應猶在，只是朱顏改。問君還有幾多愁？恰似一江春水向東流。

李煜正在走來走去，口中吟哦著：「問君還有幾多愁？恰似一江春水向東流。」其妻周氏忽從裡面走出，向李煜說道：「你又在這裡愁思悲吟了，可記得今日乃時七月七日，正值你的誕辰，現在雖然背時失勢，也須略略點綴，不可如此悲怨！況且屬垣有耳，你不過懷思感舊。外人聽了，便疑是缺望怨恨了。從古至今，以詩詞罹禍的，不知多少！你我處在荊天棘地之中，萬再不可以筆墨招災惹禍了。」

李煜嘆道：「國亡家破，觸處生愁，除了悲歌長吟，教我怎樣消遣呢？」

周氏道：「你愈說愈不對了，時勢如此，也只得得過且過，隨遇而安，以度餘生。從前的事情，勸你不必再去追念罷，我今天備了兩樣小菜，一壺薄酒，且去痛飲一杯，藉澆塊壘。」說著，不由分說，將李煜一把拖了，直入房內，推向上面坐下，提壺執盞，勸他飲酒。

李煜見桌上擺著幾樣餚饌，倒還精緻，便道：「承你情！因為是我的生日，備下酒餚，只得要生受你的了。」說罷，舉起杯來，一飲而盡道：「今日有酒今日醉，遑顧明朝是與非，我自來汴之後，將卿的歌喉也忘記了，今日偶然填了兩闋詞兒，卿何不按譜尋聲歌唱一會呢？」

周氏道：「我已許久不歌，喉澀得很，就是勉強歌來，也未必動聽，還是暢飲幾杯，不必歌罷。」

李煜哪裡肯依，親自去拿了那支心愛的玉笛，對周氏道：「燒槽琵琶，已是失去，不可復得，待我奏笛相和罷。」

周氏本來不願歌唱，因為李煜再三逼迫，推辭不得，便將那《憶江南》、《虞美人》兩詞，一字一字的依譜循聲，低鬟斂袂，輕啟朱唇，歌唱起來。李煜乘著酒興親自吹著玉笛相和，雖然一吹一唱，並無別的樂器，相和迭奏倒也宛轉抑揚，音韻悽楚，動人心肺。

李煜與周氏歌吹得很是高高興興，哪知這笛韻歌聲，徹於牆外，早為太宗派來暗地監視的人聽得明白，飛奔至宮中，報告於太宗知道。太宗正疑李煜心懷怨望，大為不快！聞說他今天生辰，在私第飲酒作樂，親自填詞，命妻子按譜歌唱，心中更覺不悅，便道：「李煜所作詩詞，必懷缺望怨恨之意，速取來與朕觀看。」

那報告的人，早就將李煜所填的兩闋詞兒抄了前來，聞得太宗索取觀看，便從袖中取出呈覽。太宗看了，勃然變色道：「他還心心念念不忘江南，若不將他除去，必為後患。」便命內侍，取了一瓶牽機藥酒，太宗親手加封，命內侍傳諭李煜道：「今日為隴西郡公生辰，聖上特賜御酒一樽，以示恩禮。」

李煜接了御酒，俯伏謝恩，內侍即將金杯斟酒送上，看李煜飲罷，謝過聖恩，方才回去覆旨。那李煜飲了御酒，初時並不覺得怎樣，還和周氏飲酒談笑，很是有興。不料到了夜間，忽從床上躍起，大叫了一聲，兩手兩腳，忽拳忽曲；那顆頭，或俯或仰，好似牽機一般，絕不停止。周氏見了這般形象，不知他得了什麼疾病，嚇得魂飛魄散，雙手抱住了李煜，問他何處難受。李煜口不能言，只把那頭俯仰不休，如此的樣子約有數十次，忽然面色改變，倒在床上，已是氣息全無，嗚呼哀哉了！

周氏見李煜已亡，大哭了一場，守至天明，便以暴卒上聞。太宗聽說李煜亡故，心下大喜，表面上卻做出很是哀悼的樣子，下詔贈李煜為太師，追封吳王，並廢朝三日，遣中使護喪，賜祭賜葬，恩禮極為隆重。那周氏葬了李煜，自然也要入宮謝恩，太宗便學著太祖對待花蕊夫人的故智，竟把周氏留在宮內，不放出外了。

再說太宗除去了後患，內顧無憂，便一心一意要去征討北漢，統一天下，遂命群臣會議興師北伐。左僕射薛居正等多說未可輕動，獨曹彬贊成北伐。太宗問道：「從前周世宗及太祖均親征北漢，何故不能蕩平呢？」

曹彬答道：「周世宗時，史彥超兵潰石嶺關，人心驚慌，因此班師。太祖屯兵草地，適值天氣炎熱，又降大雨，是以中輟。今陛下神武，諸將用命，北漢勢已窮蹙，興師往討，何患不克？」

太宗聽了曹彬之言，知他並非誇大的言語，遂力排眾議，決計興師。乃命潘美為北路都招討使，率領了崔進、李漢瓊、劉遇、曹翰、米信、田重進等一班久經大敵，能征貫戰的勇將分為四路。進攻太原。另派郭進為太原石嶺關都部署，駐紮石嶺，阻截燕薊救援之兵。

太宗預備齊全遂賜群臣筵宴，預祝北伐勝利。是日文武諸臣莫不齊集，衛國公劉鋹，因口才辯給，甚得太宗歡心，亦召令預宴。酒至半酣，群臣皆頌揚太宗仁德，獨劉鋹起身言道：「朝廷威靈及遠，四方僭竊之主，今日盡在坐中，太原朝夕亦可削平，劉繼元不久即至。臣劉鋹首先來朝，願得執梃為諸降王長。」

太宗聽了，龍心大悅！不禁放聲大笑，飲酒既畢，遂命厚賜劉鋹。次日便擬派遣諸將分頭出發。不料遼主忽遣使撻馬長壽南來，入見太宗，責問北伐的情由。太宗道：「河東逆命，朝廷自應問罪。貴國如不出面干涉，自然照舊和好，否則有戰而已。」遼使問言，知不能阻，悻悻而去。

太宗見遼使憤憤不平而退，知他必要出來干涉，恐諸將不肯出力，遂親自督兵，以作士氣。當下擬命齊王廷美留守汴京。開封判官呂端入見廷美道：「聖上櫛風沐雨親征太原，以申吊伐。大王地處親賢，當為扈從，職掌留務，恐非所宜，還請裁奪為是！」廷美乃奏請隨營扈從，太宗准了廷美之奏，改命沈倫為東京留守，王仁贍為大內都部署，自率廷美等擇日北征。

這個消息傳到太原，北漢主劉繼元聽了，自然著急得很，一面預備人馬與宋人拒戰，一面遣人飛往幽州，向遼主請求救援。遼主接得北漢的來使，即遣耶律沙為都統，冀王迪裏（一譯作「敵烈」）為監軍，領兵往救北漢，方至石嶺關，被郭進出兵截擊，迪裏戰死，耶律沙大敗而回。

這個捷報傳達行在，太宗御駕已抵鎮州，聞得郭進大獲全勝，遼兵已退，不勝喜悅！催促前軍，從速進戰。潘美等奉了旨意，奮力向前，屢戰屢勝，直至太原城下，築起長圍，將太原城困得水泄不通，城中十分危急，日夕盼望遼兵來援。哪知遼兵已為郭進所敗，哪裡還能前來救援。幸得建雄軍節度使劉繼業，入城助守，悉力抵禦，方得苟延殘喘。

太宗見太原久攻不下，殺傷甚眾，遂遣使詔諭劉繼元，從速出降，又被守城士卒所阻，退了回來。太宗只得督令諸軍，猛力進攻，無奈劉繼業率眾死守，矢石如雨。會北漢宣徽使范超，逾城出降。宋軍疑是奸細，把范超一刀殺死。劉繼元聞得范超出降，又將他的妻子盡行殺戮，懸首城上。太宗聞得范超枉死，妻子受戮，心甚悲憫，傳旨治棺厚殮，親自致祭。城內諸將見太宗厚待范超，大為感動，便有指揮使郭萬超，暗使軍士，縋城約降。太宗當面折箭為盟，誓不相負。郭萬超遂潛行出城，投降宋軍。太宗格外優待，城中守將聞得此信，紛紛出城，投入宋營請降。太宗料知劉繼元勢已窮蹙，又草手詔，諭繼元速降。其手詔道：

越王吳主，獻地歸朝，或授以大藩，或列於上將，臣僚子弟，皆享官封；繼元但速降，必保終始，富貴安危兩途，爾宜自擇。

劉繼元接讀了手詔沉吟了一會，方對來使說道：「宋主果能優待，我當即日迎降。」來使退回覆命。劉繼元即遣客省使李勳，賫表至宋營請降。太宗厚賜李勳，且令通事舍人薛文寶，偕李勳入城，捧詔慰諭。

次日清晨，太宗城北，登臨城臺，張樂設宴。劉繼元縞衣紗帽，待罪臺下。太宗召繼元登臺，傳旨特赦，授為檢校太師，右衛上將軍，彭城郡公，賞賚甚厚。劉繼元叩首謝恩！太宗乃命繼元，領宋兵入城。

忽然城上立定一位金甲銀盔的大將，威風凜凜，勇氣昂昂的大聲喝道：「主上降宋，我卻不降。有本領的，速來拼個你死我活。」

那聲音好似洪鐘一般，震耳欲聾。宋軍聞聲，一齊大驚！

第三十九回　楊無敵

劉繼元奉了太宗旨意，方欲引導宋軍入城。忽然城牆上立定一員大將，不肯降宋。太宗問是何人，左右奏道：「乃是北漢建雄軍節度劉繼業。」

太宗素聞劉繼業忠勇之名，意欲收為己用，即令劉繼元好言撫慰，勸他歸降。繼元遂遣親信入城，把不得已的苦衷告知繼業，勸他解甲出降，保全百姓的性命。

繼業無法可施，只得大哭一場！解甲開城，放入宋軍。太宗入城，首先召見繼業，授為右領軍衛大將軍，賞賜甚厚。那劉繼業本姓楊，太原人氏，在劉崇時節，屢立戰功，賜姓為劉；降宋後仍復原姓，止以業字為名，即俗小說中所稱楊令公是也。

北漢自劉崇立國，傳至繼元，共歷四主，至此遂亡。

太宗既滅北漢，命毀太原舊城，改為平晉縣，以榆次縣為州，遣使分部徙太原人民，前往居住，且縱火焚燒太原廬舍，老幼男婦，遷避不及，焚斃者不計其數。太宗乃出發太原，欲移得勝之師，順道伐遼，恢復故地。潘美等皆以師老餉匱為言，請太宗班師回汴。獨侍衛

崔翰，以為時不可失，勸太宗進取，以免再舉。

太宗大喜！遂從太原啟行，到得易州。遼刺史劉字，及涿州判官劉原德，先後獻城投降。太宗留兵駐守，進取幽州。遼將耶律奚底（耶律希達）率兵來戰，被宋兵殺得大敗而逃。太宗命宋偓、崔彥進、劉遇、孟玄喆乘勝圍攻，另外分兵往徇各地，薊州、順州，依次請降。幽州為遼將耶律學古多方守禦，尚未攻下。太宗親自督攻，晝夜不休，眼看得難以支持，忽報遼相耶律沙來救幽州。太宗遂親統大軍，至高梁河迎戰，將士奮勇格鬥，耶律沙亦揮兵抵禦，一時之間，金鼓齊鳴，旌旗飛舞，遼兵死傷甚多，漸不能支，向後退去。

太宗見遼兵已敗，揮軍急進，忽聽一聲炮響，遼兵分左右兩翼殺來，左翼是耶律斜軫，右翼是耶律休哥（耶律休格）。休哥為遼邦名將，智勇足備，部下的都是精銳之卒。宋軍正戰得疲乏，怎禁兩支精兵，衝殺過來，頓時不能抵敵，紛紛潰散。

耶律休哥乘勢殺入中軍。太宗見了，不覺倉皇失措，幸虧有輔超、呼延贊兩員勇將，死命保護著太宗，衝出重圍，走往涿州。宋將亦陸續敗退而回，檢點兵馬，喪失了一萬有餘。其時天色傍晚，正要入城休息，那耶律休哥帶了遼兵，又復追殺前來。宋軍已嚇得心膽俱碎，一聞遼兵追來，紛紛逃走。

太宗見軍心慌亂，料難抵擋，只得拍馬加鞭，向南奔走。誰知天已昏黑，不辨路徑，太宗聞得後面喊殺的聲音，急於逃走，將馬韁收緊，用鞭亂捶，那馬急了，向前亂奔，忽然撲塌一聲，陷入泥淖裡面，連忙高聲呼救，前後左右，已無一人，不禁仰天嘆道：「朕誤信崔翰之言，親蹈危機，今雖追悔，已無及了。」正在急迫之際，忽見前面火光照耀，一隊人馬到來。

太宗未知是敵軍，還是自己人馬，心中更是惶急！直待人馬已至附近，見大旗上寫著一個斗大的楊字，太宗喜道：「來的正是楊業了。」連忙大聲呼救。來將聞聲而前，正是楊業。原來楊業奉了太宗之命，往太原搬運糧草，接濟軍需，去了好幾日，方才回來，適值太宗遇險。楊業慌忙躍入淖中，將太宗拽上岸來，又把御馬牽引登岸，方才回身率一小將，拜見道：「臣救駕來遲，應該死罪。」

太宗道：「朕非卿來，性命難保，何罪之有。」又指著小將問是何人。

楊業躬身答道：「這是臣子延朗。」

太宗連連誇獎道：「此子真千里駒也。」正在說著，後面塵頭大起，太宗驚道：「追兵又至，如何是好？」

楊業道：「請御駕先行一程，由臣父子退敵便了。」遂即去牽太宗的御馬，那馬已倒臥在地，不堪乘坐了。乃啟奏太宗道：「御馬不復可乘，請陛下乘臣馬先行。」

太宗道：「大敵當前，卿家何可無馬。朕看裝載餉械的驢車，可以騰一乘出來，由朕暫坐而行。」楊業聞命，急急騰出驢車請太宗坐上，命士卒保護前行，所有餉械亦一律同行，

自與延朗勒馬待敵。

不上片刻，那隊軍馬趨至，乃是孟玄喆、崔彥進、劉廷翰、李漢瓊等一班宋將，帶著敗殘人馬，退將下來。未見潘美亦垂頭喪氣，狼狽趨至，見了楊業，便問可見聖上。楊業即將前事告知。潘美道：「後面將有追兵怎生是好？」楊業道：「我父子二人正思退敵，今有元帥與諸位將軍前來，怕他甚的。」

潘美聽了這話，甚覺慚愧，只得命楊業整頓殘兵，預備廝殺。

部署方定，遼兵果然追到，當先二將，一名兀環奴；一名兀里奚，勒馬飛出陣前。楊業躍馬橫刀，大呼道：「狗羯奴，快來納命。」兀環奴、兀里奚大怒，雙馬齊上。楊業力敵二人，毫無懼怯。延朗恐父有失，急忙挺槍助戰。兀里奚見了，即便迎往延朗。楊業與兀環奴對敵，戰不數合，被楊業一刀揮成兩段。兀里奚心內一慌，被延朗槍挑下馬，重復一槍，結果了性命。眾將見楊業父子獲勝，一齊上前助戰。遼軍喪了兩員大將，不敢對敵，慌忙退去；當為宋軍追殺一陣，奪還器械無數，方才收兵。回至定州，遇見太宗。太宗命孟玄喆屯定州；崔彥進屯關南，劉延翰、李漢瓊屯真定，又留崔翰、趙彥進等援應各鎮，駕返汴京，從此與遼人絕好。

當太宗伐幽州的時候，太祖長子武功郡王德昭，隨侍營中。軍馬戰敗，不見了太宗，全營驚惶，盡疑太宗被難。諸將議論紛紛，便有人倡議擁立德昭，以安眾心。未及實行，已將太宗尋獲。這件事情傳入太宗耳內，心中老大不快！接連著損兵折將，班師而回，愈加憤怒！因此回京兩月，竟把太原的事情擱置起來，並不行賞，諸將皆有怨望之意。德昭還未覺察太宗的心事，只道是忘記了這件事情，便入宮朝見，請太宗論功行賞。

太宗聽了，愈加動怒，大聲叱道：「戰敗回來，還有什麼功賞可行？」

德昭仍不見機，重又說道：「征遼雖然無功，北漢究屬蕩平，還請陛下分別行賞，免得將士缺望。」

太宗見他堅請論功行賞，更加疑他有意籠絡將士，收買人心，便拍案怒道：「等待你做了皇帝，再賞他們也還不遲。」這兩句話，已把疑忌的心思和盤托出。

那德昭的性子素來剛烈得很，如何忍受得住？嘿嘿的退出宮來，回至邸第，愈想愈惱，由惱而悲，想起了父母俱亡，無可依賴，雖有繼母宋氏，兄弟德芳，一個徙居西宮，無異幽禁；一個年僅弱冠，未知人事。思來想去，一切悲慼之事陡上心來，覺得活在世上毫無生趣，竟硬著心腸，向壁上拔下青鋒寶劍，自刎而亡。

等到他人得知，已是碧血模糊，陰魂渺渺，死了長久了。只得前去報告太宗，太宗聞報，佯作大驚之狀，亟刻命駕往視，只見德昭僵臥榻上，雙目不瞑。太宗故作悲哀，揮淚說道：「癡兒！癡兒！朕不過一時之怒，出言無度。你又何至如此呢？」說罷，又抱著屍首，大哭一場，即命家屬好好殯殮，回至宮中，頒下詔來，贈德昭為中書令，追封魏王。遂追論

太原功，除賞生恤死外，加封皇弟廷美為秦王，總算是依從德昭的意思，這且不提。

單說遼兵殺敗了宋軍，大獲全勝，奏凱而回。遼主賢因宋人無故侵犯，意欲報怨，料定宋軍新敗，必然喪膽，正可乘機進取，遂命南京留守韓匡嗣，與大將耶律沙、耶律休哥，領兵五萬，入寇鎮州。

劉廷翰聞得遼兵入寇，忙約崔彥進、李漢瓊等，商議戰守之策。崔廷翰也道：「我軍方敗，元氣未復，今若與戰，勝負難以逆料，我想用詐降計，賺他入內，然後設伏掩之，必定獲勝。」

劉廷翰道：「耶律休哥，乃遼邦名將，未必肯上圈套。」

李漢瓊道：「先去獻他糧餉。他必信為真情，料無不納之理。」

廷翰也就點頭答應。當下計議已定，便差人至遼營，獻糧請降。韓匡嗣見有糧餉，諒非詐降，便約定明日入城。

差人去了，耶律休哥諫道：「南人多詐，恐是誘敵之計。」

匡嗣道：「他若有詐，如何肯獻糧餉？」

休哥道：「這正是欲取先與的計策。」

匡嗣道：「我兵前次殺敗宋師數十萬，人人奪氣，個個驚心。今聞我軍前來，所以投降。我料他必是真情，可以無用多疑。」

休哥見匡嗣不納良言，只得退出帳來，吩咐部下，不可妄動，須待自己將令，方可出發。

那韓匡嗣、耶律沙，見定宋將納降，只道鎮州垂手可得。到了次日，領了人馬，直向鎮州城而來，將至城下，見城門大開，並無一人。匡嗣即欲拍馬入城，護騎尉劉武雄，上前諫道：「元帥不可輕進，既然請降，如何不來迎接？」

匡嗣聞言，也甚疑心。忽聽一聲炮響，城西殺出劉廷翰，城東殺出李漢瓊，大叫：「胡奴休走，快來納命。」匡嗣方知中計，拍馬便走。部下人馬見元帥已走，一齊往前亂奔，反把耶律沙的後隊衝動，耶律沙哪裡遏禁得住？只好倒退下來。突然又是一聲炮響，崔彥進引著一彪宋軍，從斜刺裡殺出，攔住去路。韓匡嗣、耶律沙的兵馬，腹背受敵，只好拼命衝突，要想殺條血路逃生。

不料宋將崔翰、趙彥進，得了遼人入寇鎮州的消息，各領一支兵前來救應，恰巧遇個正著，奮勇殺上，把韓匡嗣、耶律沙困在核心，再也衝殺不出。正在萬分危機時，忽見宋軍陣後喊聲大起，一將挺刀躍馬，領了健卒，從北面殺入，正是耶律休哥。

韓匡嗣、耶律沙見了救兵，滿心大喜！遂跟著休哥殺出重圍。宋軍追趕一陣，斬首萬餘級，奪得糧草輜重無數，直追至遂城，方才收兵而回，各還原地，報捷宋廷。

太宗得報，與廷臣計議道：「遼人此次入寇鎮州，不能得志，必定侵犯他處。朕想代州一路，最關重要，須遣良將鎮守，才保無虞。」

群臣齊稱：「陛下明見萬里，應遣良將，預防遼兵入寇。」

太宗道：「朕有一人，必定勝任。」遂命宣楊業上殿，楊業奉召前來。

太宗道：「卿熟悉邊情，智勇兼備。今任卿為代州刺史，往防遼人。」楊業頓首謝恩，太宗敕賜橐裝，令其即日赴任。

楊業辭駕而出，率子延玉、延昭，星夜前往代州。延昭即延朗，隨父降宋，授職供奉官，改名延昭；楊業嘗說此子類我，因此屢次出兵，必令相隨。既抵代州，適值天寒地凍，楊業修繕城池絕不懈怠，轉眼之間，臘盡春回，又是太平興國五年，遼邦乘著天氣和暖，塞草已茁，又復大舉入寇。由耶律沙、耶律斜軫等，領兵十萬，徑趨雁門。雁門在代州北面，乃是最緊要的關隘，雁門有失，代州亦不能守。

楊業得了遼兵大至的探報，便對延玉、延昭道：「遼兵號稱十萬，我軍僅有一二萬人，就是以一當十，也難獲勝，只可用智，不可力敵，先要殺個下馬威，使他知道厲害，方才不可輕視我軍。」

延昭道：「兒意欲從間道出兵，襲擊遼兵後路，出其不意，必可獲勝。」

楊業道：「此言正合我意，人馬不必過多，只要夤夜掩擊，令他自相驚潰，便可制勝。」當下議定，便挑精兵數千，由雁門西口西陘關出去，繞至雁門北口，正值更鼓沈沈，星斗黯黯，遙見雁門關下，黑壓壓的紮下數座大營，便命延玉率兵三千人，從左殺入；延昭帶兵三千人，從右殺人；楊業自領健卒百騎，獨踹遼兵中營，三支人馬，銜枚疾馳，到了遼營，一聲吶喊，衝殺進去。

耶律沙、耶律斜軫等，只防關內兵馬前來襲營，不料宋軍忽從營後殺來，驚疑飛將軍從天而下，大家嚇得東躲西逃，哪裡有心抵敵？

中營裡面，有一遼邦駙馬，官居侍中節度使，名喚蕭咄李，素稱驍勇。見宋軍衝入營來，便持著利斧，上前廝殺，大喝：「俺蕭咄李在此，誰敢前來送死。」

恰巧楊業一馬馳到，兩人戰在一處。蕭咄李哪裡是楊業的對手，戰不數合，只聽得楊業大喊一聲，如半空中起了一個暴雷。蕭咄李吃了一驚，手中的斧慢了一慢，已被楊業兜頭一刀揮於馬下。遼兵見蕭咄李陣亡，嚇得魂膽俱喪，抱頭亂竄，自相踐踏，死者不計其數。耶律沙、耶律斜軫見部兵潰散，不可收拾，也只得逃命而去。

楊業父子追趕一陣，便整軍入雁門關，檢點帶去的兵馬，只傷了數十個人，當即休息一日，馳回代州，露布奏捷。遼人經此一場挫折，從此皆稱楊業為「楊無敵」，望見了楊字旗號，即便驚嘩，不敢迎戰了。

遼主賢聞得大軍敗回，不勝憤怒，竟親自督軍，大舉侵宋，命耶律休哥為先行，入寇瓦橋關。守關將士聞得遼兵兩次敗退，料他沒甚伎倆，竟自開關迎戰，面水列陣。耶律休哥率領精騎，渡水南來。宋將欺他兵少，並不截擊，待到遼兵渡過岸來，始與交鋒。那休哥的部

下，都是曾經百練的勁卒。宋軍如何抵敵得住？被他殺得大敗而逃，連關門都不能守，一哄逃走，奔入莫州。休哥直追至莫州城下，緊緊圍住，盡力攻打。

敗耗到了汴京，太宗又下詔親征，調齊了兵將，向北進發，途中又接到官軍連次敗績的消息，連忙背道前進，行至大名。遼主聞得宋主御駕親征，料知兵勢其盛，恐難抵禦，便率兵退去。太宗聞報遼兵已退，乃令曹翰部署諸將，自回汴京。過了數日，又欲興師伐遼，廷臣皆迎合上意，奏稱應速取幽薊，恢復故土；獨左拾遺張齊賢，上書諫阻，其言甚為剴切。

這張齊賢乃是曹州人氏，為人饒有智略，頗具膽識。太祖巡幸洛陽，曾以布衣上書。條陳十事已有四事稱旨，尚有六條，未合太祖之意。齊賢堅執以為可行，太祖發怒！命武士將他牽出，等到回至汴京，便對太宗說道：「朕這次巡幸西京得一張齊賢，日後可為汝之輔相，慎勿忘懷。」太宗謹記此言。

太平興國二年，考試進士，齊賢竟至落第。太宗不見張齊賢中選，特開創例，一榜盡賜京官，齊賢始得出仕。歷任知州，入為左拾遺。此時因太宗又欲興師伐遼，上書直諫，太宗甚為嘉納，暫罷征遼之師。

且說趙普自從太祖時候罷了相位，出為河陽三城節度使，當時見太祖不加信任，知道再用無期。但他是個患得患失的鄙夫，一旦丟了相位，心內如何不惱。卻因太祖識破了自己的行徑，料想恩寵必無恢復之望，到了任所，便想出了一個狡獪主意，為將來再相的地步。就上了一道本章，略言皇弟光義，忠孝兼全，外人謂臣輕議皇弟，臣怎敢出此；且曾預聞昭憲太后顧命；寧有貳心，知臣莫君。願賜昭鑑等語。一道表章，卻有兩層用意：一是挾制太祖，不便再加他的罪；二是討好太宗，將來可以再用。

當日太祖見了趙普的表章，果然上了他圈套，便親手將這表封好，同昭憲太后的遺詔，藏在金匱裡面。太祖賀崩，太宗繼位。趙普入朝，改封為太子太保，因為盧多遜所制，命奉朝請，閒住在京，鬱鬱不樂！欲想運動再入樞府，重柄朝政，偏偏那盧多遜十分厲害，令人散佈謠言，說他本不願立晉王為帝。太宗聽了這話，雖不深信，心內卻甚是不樂！

趙普見勢頭不對，更加不敢輕動。他有個妹丈，名叫侯仁寶，曾經在朝供職。盧多遜因和趙普嫌隙甚深，知道侯仁寶是他的妹丈，便調仁寶往知邕州。邕州地方，在南嶺以外，與交州相近。交州就是交趾，唐末為大理所併，遂入於唐。五代時歸屬南漢。太祖平了南漢，交州師丁璉，嘗入貢宋廷。璉死，弟璿襲職，年尚幼稚，為部將黎桓所拘禁，自稱權知軍府事。趙普恐仁寶久居邕州，數年不調，老死嶺外，即設法上書，言交州可取之狀。太宗見了普奏，果然惹動了好大喜功的心思，擬召仁寶入京，面詢邊情。

那盧多遜何等奸刁，早知趙普之意，如何肯令仁寶入朝，急急面奏太宗道：「交州內亂，正可往取，先召仁寶，不但誤了時機，且恐洩漏秘密。不如密令仁寶，整兵直入，較為萬全。」

太宗深然其言，遂降旨命仁寶為交州水陸轉運使，孫全光、劉澄、賈湜等為部署，進

取交州。仁寶奉了詔旨，不敢有違，只得整頓兵馬，偕同孫全興等，先後出發，行抵白藤江口。適值交州水軍靠著江駐紮在那裡，江面上排列著戰船數百艘。侯仁寶率領人馬，當先衝入，交兵未及防備，大驚潰散。宋軍奪得戰船二百，大獲全勝，正要乘勝流入，仁寶自為前鋒，約孫全興等為後應，全興等屯兵不進，只有仁寶獨自殺入，沿路進去，勢如破竹，忽然接黎得桓來書，願意投降。

仁寶道是真降，不甚戒備，到了夜間，一聲吶喊，黎得桓前來劫營，宋軍從睡夢中驚醒，人不及甲，馬不及鞍，連兵器也尋找不著，如何能夠抵擋？被交州兵一陣亂殺，仁寶死於亂軍之中。轉運使許仲宜據實奏聞，太宗降詔班師，拿問孫全興，立斬劉澄、賈湜以徇於軍；全興入京，亦復棄市，後來黎得桓遣使入貢，並上丁璿自請讓位的表章。太宗因懲前失，也就含糊過去。

獨有趙普用計不成，反害了自己妹丈的性命，內心愈加怨著盧多遜，恨不能立刻將他梟首，以出心頭之氣。無如多遜方膺主眷，哪裡尋得到間隙，況且多遜防備也十分嚴密，恐怕趙普運動廷臣，上章參劾，所有群臣奏疏必令先行稟白自己，又要至閤門署狀，親書不敢妄陳利便，希望恩榮十字；因此朝右諸臣盡皆側目。趙普沒有法想，鎮日裡恨聲嘆氣，怨忿填胸！及至皇子德昭自刎而亡，皇子德芳未幾亦因病而歿。趙普已瞧料了太宗的心事，不覺大喜道：「機會來了！」

果然不到幾日，便有晉邸舊僚柴禹錫、趙鎔、楊守一等，直入內廷，密奏太宗，說秦王廷美驕恣不法，勢將謀變，盧多遜交通秦王，有溝通情事。太宗聽了，甚是疑惑，密召趙普入朝詢問。趙普居然效著毛遂自薦道：「陛下如果使臣備位樞府，方能體察奸變。」並且叩頭自陳道：「臣忝為舊臣，預聞昭憲太后遺命，備承恩遇，不幸贛直招憂，反為奸臣所沮，耿耿愚忠，無可告語。臣前次被遷，有人說臣訕謗陛下，臣曾上表自訴，極陳鄙悃，檔冊俱在，可以復按的。」

太宗初聽趙普要備位樞府，體察奸變的話，知道他要把宰相做掃除廷美的交換品，後來又聽他有表自訴的一層話說。太宗即命取過金匱，打開一看，果然得著趙普的一道自訴表章，便對趙普說道：「人誰無過，朕不待五十，已知四十九年之非了。」乃面授趙普為司徒兼侍中，封梁國公，並密諭訪察廷美的反跡。

這時他的第一步計畫已經如願，便要進行第二步計畫，除去盧多遜，以洩心頭之恨了，便在室中獨自一人，以口問心，暗中思想道：「主上的行為，立意要背金匱遺命，欲除盧多遜。我也顧不得秦王廷美了。必須如此如此，方可一網打盡，報復前仇。」主意既定，便在暗中著進行起來。

你道趙普怎樣陷害廷美，連盧多遜也可一網打盡呢？原來廷美並非昭憲太后親生之子，乃是太宗乳母耿氏所生。那耿氏生得年少妖豔，為宣祖所愛，遂生廷美。及宣祖既歿，耿氏

又出嫁趙氏，生子名廷俊，為軍器庫使，耿氏封陳國夫人。廷美秉性粗率，凡事任意而行，不避嫌疑，因耿氏是自己生母，廷俊又是同母之弟，所以時常往來。

其時太祖次子德芳，年才二十三歲，身體甚為強壯，忽然暴病而亡，距德昭自刎，不過一年有餘。廷美見德芳好好的暴疾逝世，想起太宗對待李煜的手段來，便疑及德芳之死，亦有曖昧情事，料是太宗要背金匱遺言，所以下出這樣毒手；自己是金匱內第一個應該傳位的人，深恐不能免禍，心內甚是憂懼；又因德昭、德芳俱遭慘死，心下頗覺悲憤，便不知不覺的形於口角，常對人說：「太宗有負兄意。」

從來說的「言出如箭」不可妄發，廷美無意中一句話，便被一班諂諛小人火上加油的入奏太宗，說廷美謀反。太宗本因金匱遺言懷著鬼胎，得了此奏，恰好藉此發作，遂罷廷美開封尹，出為西京留守，特擢告變的柴禹錫為樞密副史，楊守一為樞密都承旨，趙鎔為東閤門使，這樣一來，太宗的心事已是顯而易見；又有趙普在暗中主張，那班小人樂得趁著機會，你也說廷美的歹話，他也說廷美的壞處。太宗又拿定主意，要除去廷美，就此一來，便生生的把個廷美置於死地了。

第四十回　自畫供招

趙普與秦王廷美本來無甚嫌隙，只因恨著盧多遜，要想扳倒他，便不得不昧了良心，連廷美也一齊陷害在內。

那太宗又有意要背金匱遺詔，眼前卻礙著趙普，因他是預聞昭憲太后顧命的，不得不徵求他的同意，便於談話的時候，有意無意地提及金匱遺詔，試探趙普的心。趙普早已知道這件事情，和自己的功名富貴大有關係，立刻啟奏道：「有天下者，父以傳子，及不易之常經；太祖已誤，陛下安可再誤。」

太宗聞言大喜，頓時賞他許多金帛和內府珍品，這明明是買趙普的心了。

太宗見趙普已爬到自己一邊來了，就準備著下廷美的毒手，先把告變的柴禹錫等升了官爵，料知臣僚中貪圖富貴的，明白了內裡情由，必定要攻擊廷美，自己就可乘機下手。

果然不出太宗所料，又有人告訐廷美，與盧多遜互相溝通，中書守堂官趙白，嘗奉盧多遜命，以中書機密中，報告廷美。太宗得了告訐，立命趙普詳細察訪。

趙普奉命，正好報盧多遜的仇恨，如何還肯放鬆，故意地遷延了一兩日，算是密加察訪，遂去啟奏太宗道：「盧多遜遣堂吏趙白，私告秘密於秦王，乃是實事。還有秦王府孔目閻密，小吏王繼勳、樊德明等，朋比為奸。秦王與盧多遜交好，都是這幾個人往來介紹。趙白非但替盧多遜私泄中書秘密，且傳盧多遜之語，告秦王道：『願宮車早晏駕，盡力事大王。』廷美亦令樊德明報多遜道：『承旨言正合我意，我亦願宮車早些宴駕。』又私贈多遜弓矢等物。」

趙普將這些事情訪察明白，逐件入告。太宗覽奏道：「兄終弟及，雖有金匱遺詔，但朕尚強壯，廷美竟這樣的性急麼？朕待多遜可謂厚矣，乃敢如此無禮，真是罪不容誅了。」遂頒詔降多遜為兵部尚書，次日即下手諭捕趙白、閻密、王繼勳、樊德明等，令有司秉公審訊。趙白等哪裡抵賴得來，一一伏罪。又令盧多遜對簿，多遜料知遇著了對頭，萬難再活，只得誣伏。審訊官李昉等，具獄以聞。

太宗又召文武諸臣，議於朝堂。太子太師王溥等七十四人，聯名具了表章，上奏道：

謹案兵部尚書多遜，身處宰司，心懷顧望，密遣堂吏，交結親王，通達語言，咒詛君父，大逆不道，干紀亂常，上負國恩，下虧臣節，宜膏鐵鉞，以正刑章，其盧多遜，請依有司所斷，削奪在身官爵，准法處斬。秦王廷美，亦請同盧多遜處分，其所緣坐，望准律文裁遣！謹奏。

太宗見了文武諸臣所議罪案，故作不忍之色道：「廷美自少剛愎，長益兇惡。朕因手足之誼，不忍加誅，當寬宥之。」

諸臣早已知道太宗的心事，一齊俯伏奏道：「廷美罪在不赦，萬無寬宥之理，望陛下斷自干剛，以彰國法。」

太宗見諸臣再三相請，乃不得已下詔道：

臣之事君，貳則有闢；下之謀上，將而必誅。兵部尚書盧多遜，頃自先朝，擢參大政，洎予臨御，俾正臺衡，職在燮調，任當輔弼，深負倚畀，不思補報，而乃抱藏奸究，窺伺君親；指斥乘輿，交結藩邸；大逆不道，非所宜言。爰遣近臣，雜治其事，醜跡盡露，具獄以成。有司定刑，外廷集議，僉以梟夷其族，汙瀦其官，用正憲章，以合經義。尚念嘗居重位，久事朝廷，特寬盡室之誅，止用投荒之典。實汝有罪，非我無恩。其盧多遜在身官爵，及三代封贈，妻子宮封，並用削奪追毀，一家親屬，並配流崖州，所在馳驛發遣，縱經大赦，不在量移之限。期周以上親屬，並配隸邊遠州郡部曲，奴婢縱之！餘依百官所議，列狀以聞。

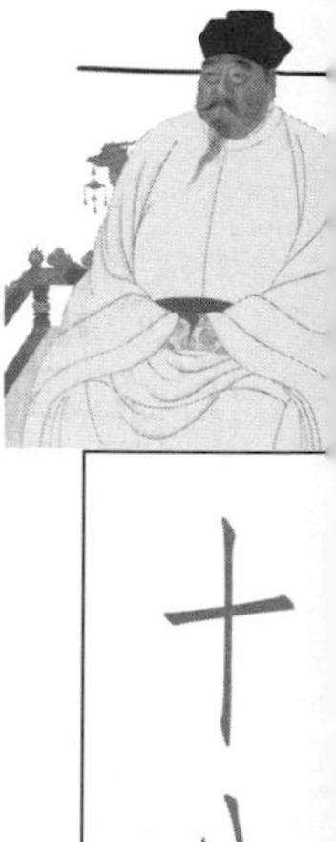

這詔下後，盧多遜遂即遣發。又由群臣議定趙白、閻密、王繼勳、樊德明等罪狀，並斬於部門外，仍籍沒家產，親屬流配海島。廷美勒歸私第，所有子女均不得稱皇子公主。又責廷美僚屬，輔導無狀，貶西京留守閻矩為涪州司戶參軍，前開封府推官孫嶼與融州司戶參軍。

那盧多遜竄謫之後，竟死於崖州。當此禍未發以前，多遜的祖墓都在河南。有一夜忽然天降雷火，將多遜祖墓前的樹木盡皆燒去。及至禍作，方知是上天預示譴謫之兆。

那趙普雖把盧多遜貶往崖州，報了宿怨。但是廷美猶存，深恐他死灰復燃，又授意開封府李苻，上書說廷美不肯悔過，終日怨恨，請徙居邊地，以免他變。

太宗下旨，降封廷美為涪陵縣，公房州安置。又命閻彥進知房州，袁廓為通判，各賜白金三百兩，命他們暗中監察廷美。廷美到了房州，舉動不得自由，氣鬱成疾，遂患肝逆等症，不久即死。趙普聞得廷美已死，心中大喜！惟恐李苻仍在開封，將來要洩漏了計策，就藉椿事兒，把李苻貶做寧國司馬。

哪知趙普拿這個法兒待李苻，太宗也就拿這個法兒來待他了，真個是螳螂捕蟬，黃雀在後，一報還一報，絲毫也不得錯的。

太宗因廷美已死，沒有什麼事要用趙普了，況且他做了宰相，自己有好多不便，又防著他洩漏語言，便想了一個主意，對群臣道：「趙普為開國元勳，又是朕多年故交。朕正深倚畀，只是看了他齒落髮白，衰邁之狀，不忍再以樞務相勞。」遂降旨命趙普罷政，出為武勝軍節度使，並賜宴長春殿，又御筆題詩一首，以示寵異。詩中就把趙普有開國大功，現在年老，不忍再把政務煩勞他的意思，做在裡面，命翰林繕寫好了，親自賜於趙普。

趙普捧著詩，哭泣謝恩道：「陛下賜臣這詩，臣下去必定刻石以藏，將來與臣朽骨同葬泉下。」

太宗聽了，面色略變，只把頭點了幾點，算是答應他的意思。

趙普這兩句話，就是願保首領以歿的隱語。太宗何等聰明，心中早已明白，便點了點頭，表示心照，酒宴已畢，趙普辭謝而出。太宗親自送至殿外，又命宋琪等代送出都。

那趙普到了武勝軍，做了幾年節度使。太宗又讓他為西京留守。直至淳化二年春日，趙普以年老多病，令留守通判劉昌言，奉表到京請求致仕，乞賜骸骨。太宗遣中使馳驛撫慰，授他為太師，封魏國公，給為相俸，命他好好養病，待痊癒後，赴闕相見。

趙普接了詔書，感激涕零；還想力疾辦公，勉圖報稱。哪知衰體已難支持，冤魂又來纏繞，每夜夢中看見廷美率了多人，向他索命，往往在睡酣之時，口中呼著太后娘娘及秦王殿下，或紛爭不已，或哀泣求告，及至左右侍妾將他喚醒，問他夢中看見什麼？他總是支吾其詞，不肯明言。等到朦朧睡去，又復呼號起來，因此晝夜不得安寢，精神恍惚，飲食減少，

漸漸地臥床不起，甚至略一閉眼，便見秦王廷美坐在床側，戟指而詈。

趙普此時弄得無法可施，只得延請了許多道士和尚建醮誦經，上章禳禱。道士和尚是問為著何事上表？所建齋醮，是超度哪一個的？趙普又不便說出，睜著眼想了一會兒，就索取紙筆，伏在枕上，親書數句道：

情關母子，弟及自出於人謀，計協臣民，子賢難違乎天意，乃憑幽祟，遽稱陽強，瞰臣血氣之衰，肆彼魔呵之厲。信周祝霾魂於鳩愬，何普巫雪魄於雉經。倘合帝心，誅既不誣管蔡，幸原臣死，事堪永謝朱均。仰告穹蒼，無任祈響！

書罷了，署上自己的姓名，親手密緘，吩咐向空焚禱。眾人遵命焚化，火才燃著，忽起一陣狂風，吹起了這道封章，飄飄揚揚，直向半空而去。眾人見了，不勝驚異！

後來有人經過朱雀門，拾得一函，外面似乎被火爇焦，中間尚還完好。拆開看時，即是趙普禱天的表章，字跡存在，看了之後，才知秦王廷美之死，完全由趙普構成的，到了臥病，因冤魂來纏，所以上表告天。因此一傳十，十傳百，都知趙普暗害秦王廷美。這道表文不啻趙普自畫供招了。

閒話休絮，單說趙普自焚表禱天之後，並無靈驗。那秦王廷美的冤魂更加來得厲害，就是日間，也在趙普眼內出現，口口聲聲要他賠還性命，並說奉了昭憲太后、太祖皇帝的旨意，要捉他去對質，那病勢也日漸沉重起來。趙普實在禁受不起，只得又解下所佩的雙魚寶犀帶，命親吏甄潛，持往上清太平宮，建醮齋天。

有個道士姜道元，素精扶鸞之術，就替趙普扶乩，乞求神語，但見乩上寫道：「趙普為開國元勳，可奈冤累相纏，不能再避。」姜道元又叩問道：「冤累為誰？切賜示知，以便解讓。」乩筆又畫出一面巨牌，牌上亂書數字，多不可識，惟牌末有一火字，卻還看得清楚。姜道元還要問時，乩筆停止不動，仙已去了，只得告知甄潛，令他返報趙普。

趙普聽了嘆息道：「這必是廷美無疑了，但他與盧多遜勾結，以致遭禍，與我有甚相干，何故祟我呢？」說罷，涕泣不止，到了半夜，大叫一聲，手足有如被縛，氣絕而亡，年七十一歲。

太宗聞知，大為震悼！對廷臣說道：「趙普事先帝，與朕故交。自朕君臨以來，頗為效忠，真社稷臣也！今聞溘逝，殊為可悲。」遂輟朝五日，為出次發哀，贈尚書令，追封真定王，賜諡忠獻，御筆親撰神道碑，作八分書以賜，並遣右諫議大夫范杲，攝鴻臚卿，護理喪事，賻絹布各五百匹；米麵各五百擔，葬日，有司備鹵簿鼓吹如儀，總算恩禮備至了。

再說遼邦，本是鮮卑別種，初居黃河附近，自稱神農氏後裔聚成部落，號為契丹。朱梁初年，契丹主耶律阿保機，併吞諸部，僭稱帝號，遼人稱為太祖。阿保機死，子耶律德光嗣

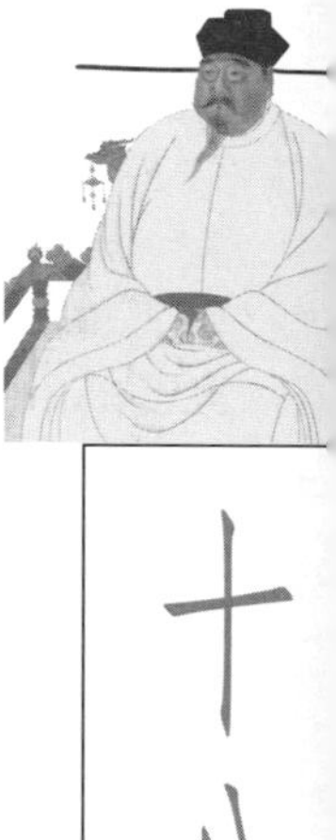

立，助晉滅唐，得幽薊十六州地。至晉出帝，不願稱臣。德光舉兵滅晉，改國號曰遼，縱兵飽掠而歸，死於殺狐嶺，是謂遼太宗。

侄兀欲嗣位，更名為阮，在位五年遇弒，稱為世宗。德光子兀律入繼，改名為璟，嗜酒好獵，不恤國事，又為近侍謀斃，稱為穆宗。兀律子賢繼立，是為景宗。用蕭守興為尚書令，即立其女燕燕為后。燕燕色技過人，且通韜略，既立為后，遂干預國政。景宗素有風疾，諸事皆委燕燕代理，國人只知有蕭后，不知有景宗。

太宗七年，遼景宗賢殂，子隆緒繼立，年尚幼沖，由蕭后攝政，史稱為蕭太后，仍復國號為大契丹。用韓德讓為政事令，兼樞密使，總宿衛兵。耶律勃古哲（耶律博郭濟），總領山西諸州事。耶律休哥為南面行軍都統。號令嚴明，威震朔漠。夏主李繼遷，又復投降，契丹便使他窺伺宋邊，陰圖南下。

宋三交屯將賀懷浦，與其子賀令圖意欲立功，也不打聽打聽契丹的內容，以為遼主賢故後，新主年幼，母后專政，寵幸用事，機有可乘。遂上表奏請速取幽薊，並力陳可取之狀。

太宗見了這道奏章，恰中心懷，也不和廷臣商議，令曹彬為幽州道行營都部署，崔彥進為副；米信為西北道都部署，杜彥圭為副，出雄州；田重進為定州路都部署，出飛狐；潘美為雲、應、朔等州都部署，楊業為副，出雁門。諸將臨出發時，請示方略，太宗道：「潘美可帶一支兵，直往雲州；諸將帶領數十萬大軍，但聲言進取幽州，路上可緩緩而進，不許貪利。敵人聞得大兵到來，必悉眾救范陽，不暇顧及山後，那時掩殺過去，就可獲勝了。」曹彬等叩辭而退，分道並進。

曹彬的先鋒李繼隆，北向攻入，連拔固安新城兩縣，進攻涿州。不上三天，已經打破，殺其守將賀斯。契丹兵來攻新城，恰遇米信，麾下只有三百人，契丹兵有一萬有餘，眾寡懸殊，被契丹重重包圍。米信拼命廝殺，衝突不出，十分危急。幸虧崔彥進、杜彥圭兩路宋兵殺到，將契丹兵趕散，曹彬亦趨向前來，會集名將，並赴涿州。

田重進出飛狐，部將荊嗣，率五百騎先行，遙見契丹人馬，漫山遍野而來，看去有兩三萬人，統兵的大將，乃是契丹西面招討使大鵬翼。荊嗣見來勢甚盛，急急報知田重進。田重進聞報趨至，列陣嶺東，命荊嗣出嶺西，乘暮薄敵，大鵬翼越崖而來，荊嗣用短兵相接，彼此捨命爭戰，直到半夜，始收兵。契丹兵結營崖上，宋軍安營崖下。

次日再戰，契丹兵自崖上殺下，有似建瓴之勢，荊嗣如何抵擋得住，幸得田重進派兵相救，方免敗退，荊嗣見敵勢頗張，很難取勝，因想譚延美屯兵小沿，可資臂助，急遣使馳書，請他列隊平川，另遣二百人，手執白旗，馳騁道旁。大鵬登崖遙望，見山下旗幟綿亙，疑是援兵已至，意欲遁去。荊嗣急率所部，疾驅往戰，一面催促田重進出兵。大鵬冀正與荊嗣拼命相持，不意田重進殺到，驚慌無措，率眾奔走，荊嗣拈弓搭箭，颼的射去，大鵬翼中箭落馬，宋軍上前獲住，契丹兵見主將被擒，紛紛潰散，飛狐靈邱相繼而降。

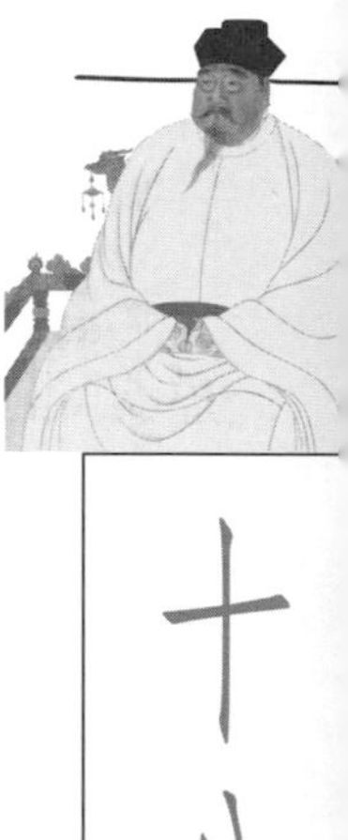

那潘美從西陘進兵，與契丹大戰於寰州城下，契丹兵敗退；寰州刺史趙彥章出降，進取朔州，節度副使趙希贊亦舉城降，遂轉攻應雲諸州，所至皆克。各路將帥，十分得意，個個爭先恐後，誰肯將現成的功勞讓於他人，早把太宗臨行時囑咐的言語，忘在九霄雲外了。

捷報到京，太宗大為驚訝道：「何其如此迅速呢？」路途遙遠，不能控制，只得聽憑他們前進。忽地接到曹彬急奏，說是兵餉不繼，暫退雄州就餉。太宗見了，不覺變色道：「大敵當前，如何可以退師，倘被襲擊，豈不要前功盡棄麼？」忙飛詔去阻止曹彬。

時潘美已盡得山後之地，與田重進合取幽州。曹彬部下見他人得功，自己落後，皆請於曹彬道：「三路出師，我軍乃是正路，如今逗留不進，望著他人立功，豈不可恥！元帥何不統兵急進，襲取幽州呢？」

曹彬道：「朝廷有詔，不得急進。」

崔彥進道：「將在外，君命有所不受。元帥克了幽州，難道還有譴謫麼？」

曹彬被逼不過，只得與米信復趨涿州。契丹大將耶律休哥，初因部下兵少，不敢輕敵，專令輕騎綴其後，一夜數驚，不得休息。一面截宋糧道，一面又報知遼廷，請發援兵。

蕭太后燕燕，本來具有膽識，接得休哥稟報，遂自統雄兵，同了幼主，出都南援。曹彬人馬為休哥所擾，晝夜不寧，更加天氣炎熱，沿途無井，人馬多半渴死，糧草又復告盡，正在十分危急，忽探馬來報，契丹主同了蕭太后帶兵來援，已抵駝羅口，轉眼就要到了。曹彬、米信知不能敵，正要退回，被休哥截住大戰，士卒饑疲之餘，如何能敵？紛紛潰退，無復行五。夜間要渡拒馬河，又為休哥迫上，落水而死者，不計其數。

曹彬、米信帶了殘兵，急趨易州，到了沙河，埋鍋造飯，忽聞人喊馬嘶，耶律休哥領著契丹兵，漫山遍野而來。宋軍大驚！棄食而遁。人馬大半墜入沙河，河小為之不流，拋棄的盔甲戈矛，輜重機器，堆積如山。耶律休哥還要乘勝追趕，被蕭太后止住，方才退兵回燕。蕭太后因耶律休哥立了大功，封他為宋國王，改遣耶律斜軫，調集生力軍，再行南下。那曹彬逃至易州，計點兵士，傷亡大半，只好據實上聞，自行請罪。

太宗聞得敗耗，甚為懊悶，乃下詔召還曹彬等，命田重進屯定州，潘美還代州，徙雲應寰朔四州人民，分置河東京西，安布未畢。契丹將耶律斜軫已率兵至安定，賀令圖與戰大敗，死者無數。耶律斜軫進攻蔚州，潘美領兵往援，戰於飛狐，又大敗，於是應寰諸州，仍入契丹之手。

潘美退至代州，再議出兵保護雲朔諸州。副將楊業入諫道：「今虜兵益盛，不應與戰，戰亦難勝。朝廷止令徙數州人民，入居內地。我軍但出大石路，先遣人密告雲朔守將，俟大軍離代州時，雲州人民即可先出。我師進次應州，虜兵必來拒戰。那時朔州人民，亦可乘間出城，我軍直入石碣谷，遣強弩千人，陣列谷口，再用騎兵援應。三州人民可保萬全，虜亦無從殺掠了。」

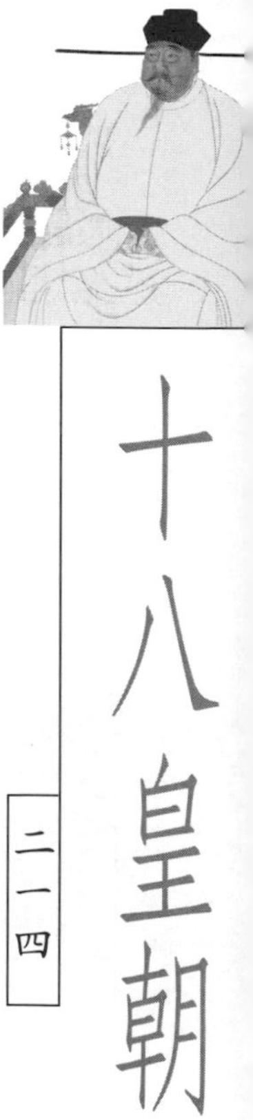

潘美聞言，正在沉吟，護軍王侁大聲說道：「我軍多至數萬，乃畏葸如此，豈不令人恥笑！為今日計，惟有徑趨雁門，鼓行而進，堂堂正正與他交戰，未必契丹總是勝，我軍總是敗。」

楊業搖首道：「勝敗雖難預料，但彼已兩勝，我已兩敗，再遭挫衄，後事就不堪設想了。」

王侁冷笑道：「君侯素號無敵，今忽逗留不進，莫非懷有他志麼？」

楊業奮然道：「我何敢避死，不過因時尚未至，徒令士卒死亡，無益於國。今護軍疑我有貳，我當為諸公先驅，須知楊業不是怕死之人。」遂號召部兵，準備出發。臨行時向潘美涕泣道：「我本太原降將，蒙主上不殺，反加信任，並非縱敵不擊，實欲伺便立功，藉報恩遇。今諸君責業避死，尚敢自愛麼？恐此去不能再見主將了。」

潘美聞言，裝著笑臉道：「君父子皆負盛名，今乃未戰先怯，無怪他人疑心，儘管放心前去。我當派兵救應。」

楊業道：「虜兵機變莫測，須要預防。此去有陳家谷，地勢險峻可以駐守，請主帥派兵埋伏，待業轉戰至此，出兵夾擊，方可援應，否則恐無遺類了。」

潘美又淡淡地應道：「我知道了。」

楊業遂領兵從石碣口出發，延玉、延昭隨父同行，途遇契丹，兵當即上。耶律斜軫稍戰即退，楊業揮兵追去，沿路盡是平原，料無伏兵，只管盡力窮追。斜軫且戰且行，誘至中途，一聲炮響，四面伏兵蜂擁而至，斜軫又回兵來戰，把楊業困在核心。

楊業帶了二子，捨命衝突，殺出一條血路，退至狼牙村，兵士已傷亡過半。敵兵尚不肯捨，一齊追來，只得驅兵南奔。楊業自己斷後，戰一陣，退一陣，好容易到了陳家谷口，巴望援兵殺出，哪知谷中並無一人，忍不住大哭道：「這遭死了。」延玉、延昭亦涕泣不已！

楊業道：「父子俱死，於事無益。我身受國恩，為奸臣所害，除一死外，更無他法。你們可自尋生路，歸報主上，若蒙昭雪，我死亦無恨了。」

延玉道：「孩兒願隨父親同死，不願逃生。」

延昭道：「元帥前允援救，哥哥可保護父親，據住谷口，待我前去乞援。若肯發兵，尚可父子俱全哩。」

說話之間，契丹兵已經追到，萬弩齊發，箭如飛蝗。延昭慌忙衝出，早已流矢中於左臂，血流如注。他也不顧疼痛，奔往求救去了。

楊業自延昭去後，同了延玉，率領部下，捨命血戰。無奈矢如雨下，延玉已中了數十箭，忍痛不住，大聲叫道：「孩兒不能保護父親了。」墜馬而死。

楊業心如刀割，痛淚直流，回顧部下，只剩得數百騎了。便道：「汝等皆有父兄，與我俱死，有何益處。可各自逃生，歸報天子。」

士卒皆流淚道：「我們蒙將軍厚待，生則俱生，死則俱死，豈肯拋了將軍，獨自逃命。」

楊業聽了，又捨身忘命向前殺去，力殺百餘人，身上已受了數十傷，衣甲都被血染紅了，再看部下時，只剩得寥寥數十人，還要向前時，無如馬亦受傷，難以再進，只得退至林中暫避。

被契丹副將耶律希達窺見了袍影，一箭射來，正中馬腹，馬仆於地。楊業早已墜下，契丹兵上前擒住。只因契丹君臣上下甚是欽慕楊業忠勇，未戰之先，便下命軍中，要生擒他，不准傷害。所以雖然被獲，士卒們都不敢失禮，預備擁他去見主將。

楊業長嘆道：「主上待我恩典不薄，今日為奸臣所害，兵敗被擒，還有什麼面目活在世上呢？」從這日起，便水漿不絕於口而死。部下人馬，竟無一人生還。

第四十一回　宦官掌兵

話說潘美自楊業父子出發後，倒也同了王侁等來至陳家谷口，列陣以待，預備救應。自寅時待至巳時，不見楊業退回，王侁便向潘美道：「楊業此時不回，必已獲勝。主帥何不領兵上前，乘機圖功呢？」

潘美沉吟一會兒道：「且待一二時再定行止。」

王侁退出，對眾將道：「此時不去爭功，尚待何時？我可要先去了。」說著，即率兵逕自出口。

眾將見王侁已行，也都想立功，一齊要去。潘美哪裡制得住，也只得相隨同行，沿著交河向西而進，約摸行了二十餘里，忽見王侁領兵退回，向潘美道：「楊業已敗，契丹兵十分厲害，元帥快退兵罷。」

潘美聽了，很覺驚慌，早把陳家谷的預約拋在腦後，竟退兵直向代州而去，以致楊業敗死。邊境大震，雲應朔諸州的將吏，都棄城而遁。驚報傳達宋廷。

太宗聞得楊業戰死，邊境又失，大為悲憤，下詔追贈楊業為太尉，大同軍節度使，賜其家布帛千匹，粟千擔。潘美削去三官，王侁革職除名。曹彬到了京師，亦因喪師失律，貶為右衛上將軍。崔彥進、米信，各各降調。惟李繼隆、田重進能保全部下，整隊而歸，升田重進為馬步軍都虞侯，李繼隆為馬軍都虞侯，知定州。自此宋廷與契丹結下仇怨，無一年沒有戰事，已是不勝紛擾。偏生那夏州地方，也有蕃眾擾亂，不能安寧。

敘述契丹的事情，一枝筆不能寫兩處，現在把契丹的事情暫時擱下，又要將西夏的來由補敘一番了。

且說秦隴以北，有銀、夏、綏、宥、靜五州，為拓跋氏所佔據。唐初，拓跋赤辭入朝，賜姓李。至唐末黃巢作亂，僖宗奔蜀，拓跋思恭糾合蕃眾，入境討賊，受封為定難軍節度使，復賜姓李。五代時據境如故，周顯德中，李彝興嗣立，受周封為西平王。宋太祖初年，彝興遣使入貢，太祖授彝興為太尉。

彝興歿，子克睿嗣立，克睿未幾即歿，子繼筠立。太宗伐北漢，繼筠曾遣將李光遠等，渡河路太原境，遙為聲援。既而繼筠復歿，弟繼捧嗣位。太平興國七年，繼捧入覲，獻銀、夏、綏、宥四州地，且自陳與親族不睦，願居汴京。太宗乃遣使至夏州，迎接繼捧親屬，授繼捧為彰德節度使，另派都巡檢曹光實，往戍四州。獨繼捧族弟遷，為定難軍都知蕃落使，留居銀州，不願入汴。聞宋使到來，詐言乳母病故，出葬郊外，竟與同黨數十人奔入地斤澤。

這地斤澤，離夏州東北三百里遠近，繼遷號召部落，聲勢日盛。曹光實恐為邊患，率師襲擊，斬首五百級，焚毀四百餘帳，繼遷倉皇遁去，母、妻均為光實拿往夏州。

繼遷輾轉遷徙，連娶豪族之女為妻，日漸強大，遂召集眾部落，慨然說道：「李氏世有西夏，數百餘年，一旦拱手讓人，豈不可恥！汝等若不忘李氏，幸大家努力，共同興復。」

蕃眾齊聲應道：「我等誓必盡力。」

繼遷道：「用力不若用謀，我當設詐降計，誘殺曹光實，一則可報前仇，二則可復故土，汝等意下如何？」

蕃眾應聲道：「悉聽調度。」繼遷大喜！乃率眾向夏州進發，先遣入致書曹光實，自述願降之意。光實信以為真，即與來人面約，會於葭蘆川，收納降眾。光實屆期只帶領百餘騎徑往葭蘆川。見繼遷已領了數十人迎候於道，待至光實到來，繼遷拜謁馬前，執禮甚恭，邀請往撫餘眾。

光實見繼遷十分恭順，漫不加察，昂然同往，乃至營帳之前，蕃眾約有數千，一齊盡出，繼遷舉手中鞭一揮，大聲喝道：「仇人已到，與我動手。」喊聲未畢，蕃眾刀槍齊舉，直向光實殺來。光實只帶得百餘騎，如何敵得來，被蕃眾殺得一個不留。繼遷乘勢襲據了銀州。

邊報傳來，太宗亟命知秦州田仁朗，會師進討。仁朗奉了詔命，立刻調集各路軍馬，

陸續會齊，啟程北行。到了綏州，聞得繼遷圍攻三族寨，有眾數萬。仁朗恐寡不敵眾，飛章赴京，請求添兵，並不往救三族寨。不到幾日，三族寨為繼遷攻破，寨將折裕木殺死監軍使者，投降了繼遷。蕃眾又進攻撫寧寨，將士請速赴援，仁朗反笑道：「不要緊，蕃人烏合之眾，勝則進，敗則退。今繼遷嘯聚數萬，進攻孤壘。撫寧寨地勢險峻，甚為堅固，決非數日所可破，待其勞敝，然後出兵撩擊，可一鼓而擒了。」

將士見他大言不慚，一齊默然退出。仁朗不問軍事，日在營中，縱酒樗蒱，晝夜取樂，故示閒暇之狀，副將王侁，恐遭連累，將細情奏報宋廷。

太宗得知情形，即召仁朗還京，下御史獄，訊問三族寨被陷，及無故奏請添兵等事。仁朗反大聲答道：「銀、夏、綏三州守兵，均托詞守城，不肯出發，故奏請添兵。三族寨相距過遠，待臣勉強湊集人馬，行抵綏州，已經失守，臣不能負責。況臣已定下良策，可擒繼遷，因奉詔旨，促臣來京，計不得行。臣知繼遷，頗得蕃眾之心，此時不能擒，只好優詔懷徠，或用厚利啗餌他酋，令圖繼遷，及早除之，乃為上策，否則必為大患。」

太宗聞言大怒道：「朕聞得汝在營縱酒樗蒱，不問軍事，難道繼遷肯來就擒麼？」

仁朗道：「這正是臣誘敵之計。」

太宗愈加怒道：「明是畏葸縱敵，還敢巧言誘敵之計，希圖免罪。朕偏不用你，看繼遷能猖獗麼？」遂傳旨將仁朗貶竄商州。

那副將王侁，自仁朗召回汴京，即統兵出銀州北面，連破敵寨，斬蕃酋折羅遇，麟州諸蕃大為惶懼，皆請納馬贖罪，助討繼遷。王侁大集諸軍，入濁輪川，大敗蕃眾，生擒折裕木。繼遷親來救援，又被王侁殺得大敗而逃，蕃眾十成中喪折了六七成。

王侁奏凱而回。適有詔令郭守文到邊，與王侁共領邊事，守文與知夏州尹憲共擊鹽城諸蕃焚燒千餘帳。自此，銀、麟、夏三州，所有蕃眾，一百二十五族，盡行內附，戶口計萬六千有餘，西北一邊總算暫時無事。惟繼遷雖然得命，窮蹙無歸，只得奉書遼廷，願作外臣。遼人冊封他為夏國王，並將宗女義成公主嫁於繼遷。繼遷既得榮封，又婚遼女，便慢慢地養精蓄銳，徐圖報仇，因此邊境不得安寧。

太宗沒有法想，暗思李繼捧留京無益，反恐洩漏機密，不如令他歸鎮夏州，招撫繼遷。定了主張，便召繼捧入見，賜他姓名為趙保忠，並厚加賞賚，遣往夏州，勸繼遷歸誠。哪知繼捧到了夏州，非但不勸諭繼遷，反倒與繼遷同謀，共為邊患，這是後話，暫按不提。

單說太宗自即位以來，用的宰相，如趙普、李昉、宋琪等人。此時趙普已死，宋琪亦復罷免，遂用呂蒙正為首相；張齊賢、陳恕、王沔為參知政事；張遜、溫仲舒、寇準，為樞密副使；王沔聰察敏辯，呂蒙正嘗倚以為重。惟沔過於苛刻，未免與同僚齟齬。張齊賢、陳恕與沔不和，互相疑忌。太宗乃罷陳恕、王沔並及蒙正，遂重任李昉與張齊賢同平章事，賈黃中、李沆為參知政事。嗣又用呂端參政，未見又罷張齊賢，仍用呂蒙正。

那呂蒙正，河南人，父名龜圖，曾為起居郎，素多內寵，與妻劉氏不睦，甚至出妻逐子。蒙正為父所逐，無家可歸，流落在外，常就食於僧寺。寺中僧徒甚眾，每飯必敲鐘會食。僧徒憎厭蒙正在寺寄食，不欲與餐，故意於飯後方始敲鐘。

蒙正聽得鐘聲，又來就食，僧徒揶揄之道：「呂相公既要吃飯，也須早些前來，現在飯已吃過，難道還替你燒煮起來麼？」說罷，又故意喝著小和尚道：「我們出家人，蒙十方施主捐助錢財，很不容易。你們吃了白米飯，也須替我做些事情，怎麼在這裡閒坐著呢？難道和尚的飯應該給你們白吃的麼？」

那和尚絮絮叨叨，罵個不了。蒙正知道是罵於自己聽的，也只得微微地嘆一口氣，並不與僧徒爭論，忍著餓，自去讀書去了。

直至太平興國二年，擢進士第一，通判升州，入為翰林學士，擢左諫議大夫，參知政事。蒙正既貴顯，因母劉氏，雖被父出，矢志不肯重嫁，蒙正乃恭迎父母，同堂異室，奉養備至。父母相繼逝世。蒙正服闋，得為參政。有朝士指點著說道：「此子亦得參政麼？」蒙正佯為不聞，從容趨過。同列皆為不平，欲究問朝士姓名，蒙正連忙阻止道：「不必，不必，若一知其姓名，便終身不能忘記，還是不知的好。」同列相率嘆服。

及登相位，守正不阿。有僚屬以家藏古鏡，擬獻於蒙正，自言此鏡光照二百餘里，乃是稀世之寶。蒙正笑道：「我的面孔不過碟子大小，何用照二百里的鏡子呢？」堅決辭卻。

平居常儲一夾袋，無論大小官吏，進謁時必詳詢才學，書藏袋內，及朝廷用人，即從袋中取閱，按才奏薦，所以用人無不適當。

太宗嘗有志北伐，蒙正諫阻道：「隋唐數十年中；四征遼碣，民不堪命。隋煬帝全軍覆沒，唐太宗自運土木攻城，終歸無效。可見治國大要，總在內修政事，內政修明，遠人自然來歸，便足致安靜了。」

太宗點頭稱然！所以蒙正為相，不聞勞師遠征。惟淳化四年，青神民王小波作亂，免不得調兵遣將，西向用兵。

那青神縣令齊元振，性尤貪黷，專事敲剝，百姓怨聲載道，恨入骨髓。土豪王小波乘機糾眾，揭竿倡亂，對眾人說道：「貧的貧，富的富，很不平均，使人痛恨！我今日起事，並不是要爭城奪地，不過要把貧富平均一下罷了。」

貧民聽了這話格外贊成，不到幾日，已集眾萬餘，攻入縣城，捉住齊元振，指斥罪狀剖腸挖心，將心肝肚臟一齊取出，用錢盛入，陳屍門外，揭示罪狀，遂旁掠彭山，所過響應。

西川都巡檢使張圯，調兵往剿，與賊戰於江原，射中小波左目，亂黨敗走。張圯恃勝而驕，夜不設備，被小波襲擊，殺死官軍無數，圯亦遇害。小波因左目受傷，痛不可當，未幾亦死。亂黨便推小波妻弟李順為主，寇掠州縣，陷邛州永康軍，有眾數十萬，又轉陷漢鼓諸州，乘勝進攻成都。

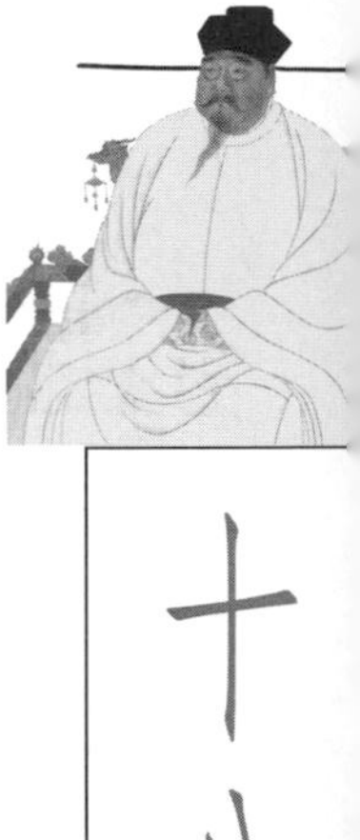

轉運使樊知古，知府郭載，及一切官屬，出奔梓州。李順遂據成都，僭號大蜀王，並遣黨四出騷擾，兩川大震。其時李沆、賈黃中、李防、溫仲舒，均已罷免；改用蘇易簡、趙昌言參知政事。太宗接了蜀中亂耗，召集廷臣會議。或請派遣大臣，入川撫諭。

趙昌言毅然道：「潢池小丑膽敢弄兵，若非命將速討，如何整肅天威且恐滋蔓難圖，養成大患，宜從速進討。」

太宗聞言，乃決意進兵，遂命內侍王繼恩為兩川招安使，率兵西行。雷有終為陝西路轉運使，管理餉務。

繼恩等尚未到蜀，李順已遣黨羽楊廣，率眾數萬，進逼劍門。都監上官正，只有疲卒數百人，遂即勉以忠義，登陴拒守。

楊廣圍攻三日，均為矢石擊退。會成都監軍宿翰，引兵來援，與楊廣戰於城下。上官正亦領數百騎，出城殺敵，兩下夾攻，賊眾披靡，斬首幾盡，只剩殘賊三百多人，奔還成都，李順大怒，責楊廣挫動銳氣，挪出斬首，又將逃回的三百多人，盡行殺戮。賊眾因此心懷不服，漸漸內潰。李順再率眾攻劍門，王繼恩已從劍門馳入，長驅至研石寨，殺退賊眾，斬首五百級，遂北過青疆嶺、平劍州，進抵柳池驛，又大破賊眾。李順聞北路失敗，擬向西路進攻，遂率眾圍梓州。

知梓州張雍，聞王小波作亂，早已募練士卒為城守計；一面修城鑿壕，備糧繕械，專待賊黨到來。果然賊眾大至，約有十餘萬，猛撲城壕。張雍率練兵三千人，盡力守禦，無隙可乘，相持兩月有餘，賊眾已竟疲乏。王繼恩又遣將來救。李順料知攻打不下，因此退去。未幾王繼恩連獲勝仗，直搗成都，李順尚有數十餘萬，開城迎戰，被官軍殺得大敗虧輸，遁入城中，死命守住。官軍晝夜攻打，四面架起雲梯，冒險登城，遂攻破。

李順還率眾巷戰，力竭被擒，斬首三萬級，恢復了成都，李順解陝伏法。賊黨張餘，潰走出城，收合殘眾，復攻陷嘉、戎、瀘、渝、涪、忠、萬、開八州。開州監軍秦傳序戰死，川境復震。王繼恩方奏捷宋廷。中書敘功論賞，擬授王繼恩為宣徽使。

太宗道：「朕讀前代史，宦官預政，最干國紀，就是我朝開國，掖庭給事，不過五十人，且嚴禁干預政事，今擢繼恩為宣徽使，既是參政的被基，如何使得。」

參政趙昌言，蘇易簡等，又上言王繼恩平寇，立有大功，非此不足以酬庸。太宗怒道：「祖宗等例，何人敢違。」遂命學士張洎、錢若水，別議官名，創立了一個宣政使的名，自賞給繼恩，進領順州路防御使。

王繼恩既握兵權，便小人得志起來。久處成都，每日飲博戲出遊的時候，前呼後擁，音樂齊奏，美女孌童，左執捕局，右執棋枰，手下僕役，驕傲橫暴，肆行無忌，擄掠財帛，姦淫婦女，任意而行。州縣遣使乞救，置諸不理，以致張餘的勢焰，日漸坐大，較之李順，更為猖獗。事聞宋廷，太宗知道王繼恩不足恃，乃命同知司事張詠，出知益州。益州便是成都

府，李順亂後，降府為州。

張詠奉詔，不分曉夜，馳驅至蜀，召集上官正、宿翰等，勉以大義，諸將盡為感動。即日出師，臨行之時，張詠舉酒相餞，遍及軍校，涕泣言道：「爾等受國厚恩，此行各能掃平亂黨，朝廷自有賞賚。倘若勞師無功，貽誤戎機，非但不能回來；即使脫身而回，軍法俱在，亦不寬貸。」

軍校皆唯唯而去。張詠又親自下鄉，勸諭人民，各安生產，毋得從盜，且傳語道：「昔李順協民作賊，我今化賊為民，可好麼？」又稱得城中屯兵，尚有三萬人，無半月糧，民間舊苦鹽貴，倉廩卻有積餘，遂採鹽至城，令民得以米易鹽，不上一月，得米萬斛，兵民咸安，並禮賢士，刑獄，遠近謳歌，益州大治，上官正、宿翰等奮勇前進，屢戰屢捷，所失州縣，依次恢復，張餘敗退嘉州，被官軍追至中途，生擒了來，蜀亂遂平。太宗急召王繼恩還京，以雷有終；上官正為兩川招安使；且下詔罪己，自言委任非人致有此敵，自後當慎選官吏。與民更始，由是蜀民大悅！

哪裡知道西蜀才平，西夏邊境又復擾亂了。

原來李繼捧還鎮夏州，原是奉了太宗之命，去撫諭繼遷的。他到了夏州不上數月，即上言繼遷悔過，情願投誠，太宗遂授繼遷為銀州刺史，其實繼遷哪肯投降，不過藉此休息，以便召集部落。過了一年，便召繼捧一同叛宋，入寇邊境。繼捧不從，繼遷即攻繼捧，幸得已有防備，將繼遷擊敗，飛馬遁去，後又入寇夏州，繼捧上表乞師。太宗命翟守素往援。為繼遷偵悉，恐勢不能敵，又與繼捧講和。繼捧落了他的圈套，又替他上書宋廷，說是繼遷決計歸誠，誓不復叛。太宗降詔，授繼遷銀州觀察使，賜姓名趙保吉，並用其子德明，為管內蕃落使，行軍司馬。

不上幾時，繼遷又脅誘繼捧道：「降服契丹，可封王爵。」繼捧心動，答覆之詞，模稜兩可。繼遷即為代請於契丹，果得契丹冊封為西平王。轉運副使鄭文寶，因繼遷狡詐特甚，設法預防，查得銀夏一帶，舊有鹽地，每年產鹽頗巨，繼遷收為己利。文寶令歸官賣，不得私占。繼遷失了絕大利源，如何不恨，遂率邊人四十二族，寇掠環州，後來又要徙綏州民至夏州，部將高文岯等，不願移徙，竟將繼遷逐去。繼遷又糾集部眾，入敗保寨，擄掠居民，焚燒積聚，講寇靈州。

太宗聞得繼捧繼遷兄弟同叛，乃命李繼隆為河西都部署，調兵征討。繼捧聞得李繼隆將至，先攜母妻子女，屯營郊外，上言與繼遷解怨，獻馬五十匹，請求罷兵。

太宗道：「二豎反覆無常，朕豈為彼所給。」即諭繼隆進兵，繼隆貽書繼捧，約其共討繼遷，一面又與繼遷書，令其共討繼捧。繼遷乃夜襲繼捧，繼捧方才夢中，孑身逃出，回至城中，為指揮使趙光嗣誘入別室，禁錮住了，開城迎接繼隆，繼隆入城即將繼捧押送汴京。繼捧到汴，由太宗當面詰責，特赦為右千牛衛上將軍，封宥罪侯，賜第都中，並削保吉姓

名，隳夏州城，遷居民至綏銀，飭兵固守。

繼遷志不得逞，又獻馬謝罪，遣弟延信入覲。太宗溫言慰諭，賜賚甚厚。旋遣中使張崇貴，招諭繼遷，並賜茶藥器幣衣物，及至道元年，繼遷復遣押衙張浦，貢獻良馬橐駝。太宗命張浦為鄭州團練使，留居京師，另遣使持詔授繼遷鄜州節度使，繼遷佯不敢受，上言鄭文寶誘他部屬，屢加逼迫。太宗欲以恩信邀結繼遷，為弛鹽禁，且貶鄭文寶為藍山令。哪知繼遷狡猾異常，豈肯甘心降服，休息了數月，養足氣力，又復入寇清遠軍。幸得守將張延預先防備，設伏要道。繼遷兵到，發伏出擊，繼遷驚惶而遁，會太宗命落苑使白守榮等，護送芻粟四十萬，前赴靈州，行至浦洛河，盡為繼遷劫去。

太宗聞報，遂命李繼隆為環慶州都部署，再討繼遷；適值四方館使曹璨，自河西還汴，上言繼遷率眾萬餘，圍敗靈武，請速發兵救援，方保無虞。太宗乃交樞臣覆議，時呂蒙正罷相，呂端繼任。請分道出師，由麟府、鄜延、環慶三道會攻平夏，直搗繼遷巢穴，繼遷不顧根本，靈武之圍自解。太宗深以為然！但主張五道出師，與呂端之義大同小異。乃詔李繼隆出環州，丁罕出慶州，范廷召出延州，王超出夏州，張守恩出麟府，五路進兵，直趨平夏。

繼隆因環州道迂，擬從清岡峽出師較為便捷，遣其弟繼和馳奏，自率部兵，竟從清岡峽出發。太宗得了繼隆奏報，立召繼和厲聲叱道：「汝兄不遵朕旨，必定敗績，朕命之出環州，因與靈武相近，欲令繼遷聞風解圍，馳救平夏。汝速回去，告知朕意。毋得違旨獲罪。」繼和奉命，星夜回去，那繼隆已是去得遠了。

繼隆出清岡峽，與丁罕合兵，行了十日，不見一敵，遂率軍回來。張守恩與敵相遇，不戰而走。獨范廷召與王超兩支人馬，行抵烏白池，卻遇敵兵蜂擁而來。王超便對廷召道：「敵勢甚銳，我軍宜各守營寨，堅壁不動，免為所乘。」廷召應諾，彼此依險立寨，飭軍士不得妄動，敵人來攻，只准射箭，不准出戰。繼遷率眾到來，分左右兩路進攻，都被飛箭射回，相持一晝夜之久。

王超之子，名喚德用，年方十七，隨侍在營，入帳請戰。王超怒道：「汝敢故違軍令麼？」德用道：「兒非故意違令，但是我不出戰，敵兵未必肯退，此處道迂路險，轉餉艱難，不能持久。不若殺將出去，擊退賊兵，方可從容班師。」

王超沉吟了一會兒道：「汝言亦是有理！但賊人氣勢方張，且再待半日，俟其銳氣稍衰，方可出擊。」德用乃待至日昃，請了軍令，挺身殺出。

繼遷見宋營先驅是個少年，欺他年輕，即揮兩翼圍了上來。德用舞動銀槍，如蛟龍出水，猛虎離山，槍鋒所及，賊兵紛紛落馬。繼遷方識得他的厲害，連忙悉銳來敵。不料王超又來救應。廷召營中，亦出兵夾擊，賊兵如何能支，繼遷只得向北遁去。德用揮軍追趕，繼遷又回身再戰，三戰三敗，乃率眾遠揚。

王超鳴金收軍，德用始收兵回營。次日班師欲回，德用道：「歸師遇險必亂，應整飭戎

伍，休為虜襲。」

王超與廷召皆以為然！乃令德用開道，所經險阻，偵而後進，且下令軍中，亂行者斬，全軍肅然。繼遷早就令輕騎埋伏要道，預備邀截，因見宋師嚴陣而退，才不敢逼。

王超、范廷召退回泛地，沒甚死傷。惟繼遷仍舊抗命，太宗再議進討，適值聖躬不預，只得暫時停止。先是至道改元，開寶皇后宋氏駕崩，太宗不成服，連群臣亦不令臨喪。翰林學士王禹偁，大為不平，常對同僚言道：「后嘗母儀天下，應遵用舊禮為是。」太宗聞得此言，說他謗上，少不得又要降罪了。

第四十二回　倫常缺憾

話說開寶皇后宋氏，乃是太祖冊立的正宮，駕崩之後，自應成服。太宗非但不成服，且不令群臣臨喪，滿朝文武竟無人敢出言規諫，惟有翰林學士王禹偁，心內不平，對同僚們說道：「宋后曾經母儀天下，應尊用舊禮為是。」

這話被太宗聞知，便大怒道：「王禹偁敢訕謗君上，如何恕得。」遂謫禹偁知滁州。

這事過了沒有幾時，又有廷臣馮拯疏請立儲，太宗斥他多事，貶置嶺南，自此以後，宮禁中事，簡直無人敢言了。

太宗到了這時，金匱緘名的人，俱已死亡，傳子之局已成，為什麼不立太子呢？只因為內中還有一段隱情。

原來太宗有子九人，長子元佐，次子元僖，三子元侃，四子元份，五子元傑，六子元偓，七子元偁，八子元儼，九子元億。元僖、元億早逝。太宗於諸子中，最鍾愛的是長子元佐，因他從小時候，生得聰明機警，性情又仁慈寬厚，相貌復與太宗相類，真是個龍鳳之

姿，天日之表。

到了年紀稍長，善騎劣馬，能開硬弓。十三歲時，常隨著太宗出獵近郊，忽有一個兔兒，打從長輿之前走過，太宗命元佐射之。元佐奉了旨意，從容不迫，拈弓搭箭，覷準射去，早把個兔兒射倒在地。其時適有契丹使臣在側，見元佐小小年紀，矢無虛發，不勝驚異，大為讚揚，隨駕諸臣亦皆伏地，向太宗稱賀。太宗因此更加喜愛！

到得征伐太原，元佐隨駕在營。平了北漢回來，拜檢校太尉，加職太傅，晉封楚王，另營新第於內東門，賜於居住。

太宗有意要立他為太子，卻因有金匱遺詔的一層關礙，只得暫時耽延。後來德昭自刎，德芳暴亡，廷美又獲罪而死，太宗沒了顧忌，正可立元佐為太子。不料元佐見太宗逼死德昭，心中甚不為然！後來廷美獲罪，元佐更加覺得太宗刻薄寡恩，沒有手足之情，並負太祖傳位之德。他便竭力諫阻太宗，營救廷美。無如太宗立定主意，要除去廷美；又有趙普等人在旁慫恿，因此救護不來。到得廷美安置房州，憂鬱而亡。

那消息傳來，元佐十分悲恨！暗中想道：「父皇處死皇叔，不過要違背金匱遺言，所以下這般毒手。現在皇叔病歿，必然要立我為太子，我若承受了大位，如何對得起太祖皇帝和死去的皇叔呢？」

他心下想著，又氣又惱，又沒有善處之法。不知不覺，神經錯亂，發起狂疾來，時時和左右侍候的人尋事，執刀弄杖，鬧過不了。有個近侍偶然觸怒了元佐，他便發起性子，舉刀將近侍斫傷，幸虧逃走得快，方才保全了性命！

這個信息傳入太宗耳內，十分著急，忙召御醫前往診治。御醫診過了脈，太宗召問是何病症？御醫奏道：「楚王之病乃因平時憂憤惱恨，積鬱於心，無可發洩，故得此癲狂症候，只要好好地調理，便可痊癒。但要囑咐左右侍候的人小心謹慎，切不可把什麼事情去激惱他了。」

太宗聽了御醫的言語，便疑心元佐身旁侍候的人，不能先意承順，把所有近侍都傳了來，大加責罰。那些近侍明知楚王是為了廷美被逼身亡的緣故，哪裡敢說出來，只得含屈負冤地受了一頓責罰，回到楚王府中，格外地小心侍候。那元佐自御醫診視，用藥調理，又經左右近侍百般勸慰，曲意承迎，居然慢慢地痊癒起來。

太宗知道元佐的病逐漸告痊，心中大喜！立刻降詔，大赦天下，替他邀福。又因時值重陽佳節，御苑中菊花盛開，五色繽紛；花光爛漫，甚是可愛，便命諸王皆至長春苑，賜宴較射，除元佐因病新癒，恐怕勞動了舊疾復發，不去宣召，其餘諸王皆陸續到齊。

太宗因元佐病有起色，分外高興，諸王見太宗心內歡喜，自然有意承順，在席間談笑議論，異常歡暢，那說笑的聲音，連隔院都聽得見，皆因諸王賦詩射箭都能稱旨。太宗便命近侍，取出許多上方珍物厚賜他們，所以這一次的筵宴，直到夜分方散。諸王謝過宴，各自捧

著賞賜的珍品回去，由內東門出去，經過元佐府前。

元佐病體新癒，雖不出外，太宗宣召諸王賜宴的事情早已知道，不見有旨傳宣自己，心內不覺發惱道：「他人都得與宴，我有何罪不聞宣召，這明明是棄我了。」左右見他發怒，忙上前勸解。元佐命擺上酒來，左右哪敢不從，立刻陳列酒餚。

元佐自斟自飲，愈飲愈惱，連舉數十觥，已覺有些醉意。恰值諸王宴罷散去，打從元佐府前經過。元佐正在冒火的時候，聞得諸王回去，便走出來攔住道：「你們都巴結父皇，朝歡暮樂，要爬上高枝兒上去，卻把我拋在腦後，不是明明地欺負我麼？」

諸王聽了，摸不著頭腦，又因他疾病初癒，不敢觸惱他，只得好言敷衍，預備要走。元佐哪裡肯放他們過，雙手攔在路上，一定要陪他吃過了酒，方准回去。諸王見他這般行徑，不敢違拗，只得進去，果然見擺著現成的酒餚，元佐便自己踞在上座，也不讓客，只顧一杯一杯地痛飲，口中說的都是些牢騷不平的話。諸王見他醉了，不敢兜搭，便一個一個暗中溜之大吉。元佐已是酩酊大醉，還不肯甘休，直著生氣，只叫斟酒，左右無法，惟有依著他的話說，連連斟酒。

元佐直飲到更深人靜，方由左右扶入寢室，倒在榻上。那些侍候的人總道他已經熟睡，一齊退出，預備安息。哪裡知道元佐並未睡著，他等左右退出，便放起火來。一時之間，煙霧迷漫，紅光燭天，內外侍從慌忙入救，哪裡還救熄得？只把元佐和所有眷屬搶救出來，總算沒有損傷人口，只可惜一座楚王府，竟燒成了白地。

太宗聞得楚邸被焚，正在驚疑，向左右查問起火原因，方知是元佐醉後自己縱的火，平日雖然十分愛憐他，到了此時，也禁不住大怒起來，立刻命御史捕治，將他廢為庶人，安置均州，並不准逗留，即日出都。宰相家琪，約了百官，聯名上表，再三請求！說楚王原有狂疾，望恕他罪名，召還京都居住。太宗心內本捨不得元佐遠去，表面上不得不這樣地做作一番，今見百官再三請求，也就順水推舟地下了詔書召還。元佐已抵黃山，才奉到詔書，回轉汴京，發往南宮居住，另外派人看管。太宗因元佐遭了這事，不便立為太子。

諸王當中，還有第五個皇子元傑，封為益王，自幼生長深宮保姆之手，雖也生得聰明伶俐，太宗心內很是鍾愛！元佐得罪被廢，便想立他為太子。無如元傑少不懂事，哪知道物力艱難，一味地驕奢淫逸。太宗見他如此，便要選個好好的師保輔導他，將來好承繼大位。因見姚坦為人端方謹慎，遂派為王府翊善。姚坦自為翊善之後，倒也十分盡忠，遇事規諫。

這日元傑在益王府裡，造了一座假山，高峻玲瓏，與真山無異。元傑看了，好不得意！特命備下盛筵，召集各府官僚，宴賞假山。各官僚莫不稱揚讚美！獨有姚坦，低頭悶坐，不言不語，好似有甚心事一般，元傑便呼令觀看，姚坦道：「我因為但見血山不見假山，所以不敢觀看。」

元傑聽了，十分驚訝，禁不住立起身來問道：「明明是座假山，你何以看做是血山，莫

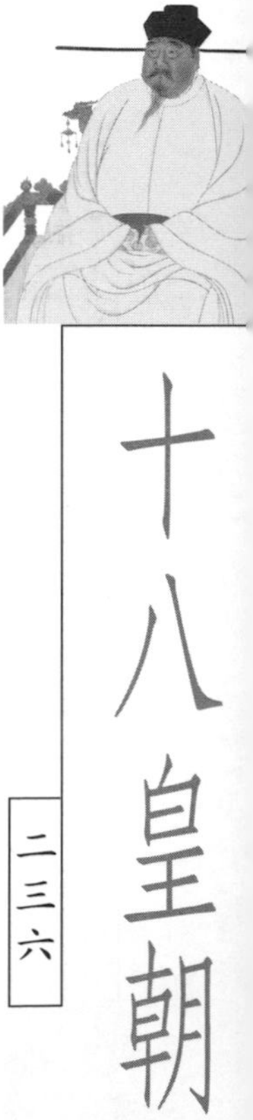

非眼花了麼？」

姚坦嘆息言道：「大王生長宮中，不甚出外，哪知道民間的疾苦呢？臣自鄉間來，卻深知鄉間的事情，每見州縣派了官吏，到鄉間去催徵租稅，百姓們還不起租稅，便捉了來，敲打鞭撲血流滿身，任是呼號哀求，也是沒用，總要想著法子，或賣田產，或鬻兒女，湊集銀錢，還了租稅，方得無事，否則就有性命之憂了。這假山都是用民間租稅來築成的，怎麼不是血山呢？」

元傑聽了這番議論，知是托詞規勸的。到了次日，入宮定省，便把姚坦的言語告知太宗。太宗也正在御花園裡添築假山，聽得這話，連忙傳旨停工，並厚賞姚坦。從此姚坦每逢元傑有了過失，總是盡力阻礙，把個元傑束得很覺難受；就是左右侍候的婢僕小人，也因姚坦正直無私，凡事抑制他們，也是心內懷恨！一齊要想著法兒推翻了姚坦，藉便私圖，都攛掇著元傑，叫他趕走姚坦。

元傑道：「他深得父皇的信任，如何趕得去呢？」

就有個近侍獻計道：「大王只要裝著生病，令人去報知主上。主上平日深愛大王，聽得有病，必然放心不下，傳宣乳母宮婢去詢問大王的病情。那時乳母宮婢只要如此這般地回奏，主上憐愛大王，自然可把姚坦趕去了。」元傑聽了，連聲道好，便一面裝病，一面令人報告太宗。

太宗聞得益王生病，果然放心不下，傳了乳母宮婢和近身侍候的人來問道：「你們為什麼不小心保護，以致五王常常生病？」乳母等人，異口同音地奏道：「王爺何嘗有病來？都是被姚坦先生逼迫著，使他舉動不能自由，自然要不爽快了。」

太宗聽得此言，早已明白他們的意思，便發怒道：「朕派人去輔導王爺，原要他遇事規諫，補缺拾遺的。你們不遂私圖，就不能容他，想出這個法兒來挾制朕躬。五王年紀尚輕，必定沒有這樣的詭計，定是你們指使的。」說著，愈加憤怒，喝令左右，一齊拖往後園，每人重責一百，以後再敢出壞主意挑唆五王，決不寬貸。

這些人吃了這個大虧，方才不敢捉弄姚坦，元傑的病也就立刻好了。太宗就因為這樁事情，瞧出元傑也不是可以繼承天位的，心內很是不悅，暗中察看諸子：第四子元份、第六子元偓，皆不甚鍾愛；第七子元偁、第八子元儼，又年紀太小，不能立為太子；惟有第三子元侃，現封襄王，人還穩重可靠，欲思立為太子，只因馮拯奏請建儲，充發嶺南，廷臣沒人再敢開口提及此事了。太宗又不便自己開口。現在聖躬不豫，患著足疾，知道太子是國之根本，不能夠再遲延了。看那些廷臣都是畏首畏尾，不敢提及此事，想起寇準為人很是可靠，以剛直獲罪，出知青州，何不宣召還朝和他商議呢？決定主張，便把寇準從青州召回。

寇準到了汴京入朝回見，太宗便褰衣給他看道：「朕年衰多痛，今又患著足疾，如何是好？」

寇準奏道：「臣非奉詔不敢到京，既已到來，切有一言上達陛下，願陛下加以採納，勿施罪責，天下幸甚。」

太宗知道他要請建儲，遂霽顏問道：「卿有何事，不妨直陳。」

寇準才敢奏道：「儲君為國之根本，陛下還須早日建立。」

太宗道：「卿看諸子中，何人足付神器？」

寇準答道：「太子為天下之君，必要復天下之望。陛下建儲，宜斷自宸衷，不應謀及近臣，尤不應謀及婦人宦官。只要選擇得宜，就可付託無憂了。」

太宗故意想了一會兒，屏去左右，密語寇準道：「襄王可好麼？」

寇準又答道：「知子莫若父，陛下既以為可，請即決定。」太宗點首稱善。建儲之議遂定。

那襄王元侃，乃太宗第三子，只因長子元佐病廢，次子元僖早夭，所以太宗自與寇準商議之後，已決定立為太子，遂於至道元年八月，立襄王元侃為皇太子，改名為恆，大赦天下。

太子受了冊寶，自然有許多儀注，參叩社稷，謁見太廟，忙個不了。

中國自唐天祐以來，亂離擾攘，將及百有餘年，不看見這立皇太子的禮節。這一天太子謁廟還宮，眾百姓都扶老攜幼，在道旁觀看。見太子生得英年玉貌，堂皇富麗，一齊鼓舞歡迎，遮道拜伏，高聲呼道：「這才是真天子哩。」

眾口一詞，都是如此，傳入太宗耳內，大為不樂！立刻宣召寇準入內，未曾開口，先長嘆一聲道：「朕今天又做錯一件事了，你看還有挽救麼？」

寇準聽了這幾句話，摸不著太宗是何事情，忙問陛下因為何事，如此不樂？

太宗道：「你沒有見今天這種景象麼？人心都歸向了太子，把朕放於何處呢？不是成了個贅疣了麼？快去想個主意才好。」

寇準連忙再拜稱賀道：「這正是國家之幸，社稷之福。陛下應該歡喜才是，為何反出此言呢？」

太宗聽了，心內總是將信將疑，不甚快樂！回到宮內，見后妃、宮嬪都一齊叩頭稱賀，說陛下付託得人，民心歸向，將來後福無窮，太宗方才感悟，不覺大喜！又重復出外，賜群臣筵宴，盡歡方罷。

次日又命李沆、李至，並兼太子賓客，令太子以師傅禮事二人。太了每見二李，必先下拜。李沆與李至上表辭謝。太宗不許，手諭二李道：

> 朕旁稽古訓，肇建承華，用選端良，資於輔導，藉卿風望，委以調護，蓋將勖以謙衝，故乃異其禮數，勿飾當仁之讓，副予知子之心，特此手諭。

李沆、李至復相偕入謝！

太宗又面諭道：「太子賢明仁孝，足固國本，卿等可盡心規誨，有善應勸，有過應規，至若禮樂詩書，係卿等素習，不煩朕諄諄囑咐了。」李沆、李至叩謝而退。

太子年逾弱冠，姿性聰明，相傳母妃李氏，常於夜間夢以裙承日，因此有娠。及產生後，左足指紋成一天字，五六歲諸王嬉戲好作戰陣，自稱元帥。又常登萬歲殿，上升御座，太宗撫其頂，笑顏問道：「這是皇帝的寶座，兒他日亦願做皇帝麼？」

太子答道：「天命攸歸，兒亦不敢辭。」太宗暗暗稱奇！

及長，就學受經，一覽即能成誦，至是立為儲貳，入居東宮，人皆稱為天授。太宗立了太子，一生心事俱已放下，但是外間人言，卻也不可不慮，想起太祖勞苦一生，手創天下，授之於己，總算是個開國元勳，子孫也該同享富貴。如今他的嫡長孫，名喚惟吉，年紀已經不小，終日拘禁宮內，也不是件事情，何不給他個官職，諒他也無能為，又可以掩飾外人的耳目，豈不很好麼？

那惟吉原掛著一個左驍衛大將軍的虛銜，太宗現在授他為閬州觀察使，又命一切宅第供俸，車馬衣服都與諸王一樣，不准稍有上下。太宗的佈置，也總算周到了，但不知將來的天命是怎樣呢。

閒話少表，單說太宗到了至道三年三月，疾病漸漸不起，內監王繼恩，因平蜀亂有功，授為宣政使，暗中很想弄權，因太宗抑制宦官，不能得志。現在見太宗將近彌留，他忌太子英明，若被他繼了大位，日後仍難如願。好在太子的生母李妃，久已亡故，宮內無人援助。寇準又已謫到登州去了，外面亦無反對之人，盡可於天子駕崩之後，假傳一道聖旨，改立故楚王元佐為帝。那元佐是個有狂疾的，就可任意施為了。

想定主張，就把立嗣之後的話去蠱惑皇后。宮中都是些婦人女子，自然似從王繼恩的言語，只要再聯絡幾個大臣，事情就不難成就了，將來論起定策功來，還怕不是推我為首麼？便去與自己最要好的李昌齡、胡旦，聯絡好了，等到太宗晏了駕，皇后便命王繼恩宣召呂端進宮。

呂端早料到其中必有變故。王繼恩前來宣召，就邀他到內書室商議秘密事情，等到繼恩進入書室，呂端急將房門反鎖起來，吩咐家人看守好了，無論可人前來，不許開門。囑咐已畢，跨上了步，匆匆入宮來見皇后。皇后見呂端顏色之間很是莊嚴，又見王繼恩沒有同來，心內早就有些懼怯，便哭著說道：「皇上已經晏了駕了。」

呂端聞言，也就泣下，問道：「太子何在？」

皇后道：「立嗣以長，方謂之順。今召卿來，正為商議這事。你意下如何？」

呂端收淚正色言道：「先帝選立太子，正是為的今日，還有什麼商議呢？請皇后不可聽信人言，有誤國家大事。」

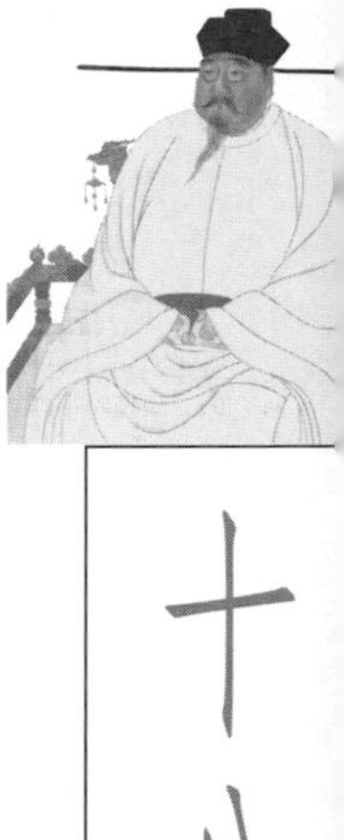

皇后默然不語。呂端即命內侍速迎太子，等太子到來，親視大殮，立即伺候太子更衣，於福寧殿垂簾引見群臣，文武百官都排班行禮。呂端平立殿階不遽下拜，請侍臣捲簾審視然後退降殿階，率眾臣跪下，高呼舞蹈，是為真宗皇帝，大赦天下，尊皇后李氏為皇太后。晉封弟越王元份為雍王；吳王元傑為兗王；徐國西元偓為彭城郡王；涇國公元偁為安定郡王。王季弟元儼為曹國公；侄惟吉為武信軍節度使。追復涪王廷美為秦王；追贈兄魏王德昭為太傅；岐王德芳為太保。復封兄元佐為楚王，加授同平章事呂端為右僕射，李沆、李至並參知政事。冊立繼妃郭氏為皇后；真宗元配潘氏，乃潘美之女，端拱元年病歿。繼妃郭氏，宣徽南院使郭守文第二女，郭氏冊立為后；元配潘氏亦追贈為莊懷皇后。追贈生母李氏為賢妃，進上尊號為元德皇太后。葬後考大行皇帝於永熙陵，廟號太宗，以明年為咸平元年。

總計太宗在位二十二年，改元五次，壽五十九歲。後人有詩詠宋太宗辜負太祖授位之恩，以致倫常缺憾道：

寸心未許乃兄知，虎步龍行飾外儀；
二十五年稱令主，倫常缺憾總難彌。

真宗皇帝即位之後，所有施賞大典一律舉行，惟王繼恩、李昌齡等，謀立楚王元佐，應該坐罪。真宗特降旨，貶李昌齡為行軍司馬；王繼恩為右監門衛將軍，安置均州；胡旦除名，長流潯州。到了改元以後，呂端因老病乞休；李至亦以目疾求罷，乃均免職。特進張齊賢、李沆同平章事；向敏中參知政事。越年樞密使兼侍中，魯公曹彬，以疾卒。彬在朝，未嘗忤旨，亦未嘗言人過失，征服西蜀、南唐二國，秋毫無私，位兼將相，不矜不伐，俸祿所入，多半周濟貧弱，家無餘財。病危時，真宗御駕親臨省視，問及契丹事宜。

彬答道：「太祖手定天下，還與契丹罷戰言和，請陛下善承先志。」

真宗道：「朕為天下蒼生計，當屈節言和，但此後何人足膺邊防之任？」

彬又答道：「臣子璨、瑋，均足為將。」

真宗又問二子優劣。彬道：「璨不如瑋。」

真宗見他氣喘不已，不便多言，宣慰數語而出，及歿。真宗異常痛悼！贈中書令，追封濟陽王，諡武惠。又越年，太子太保呂端卒，端為人持重，深知大體。太宗用端為相時，廷臣有說呂端遇事糊塗的。太宗道：「呂端小事糊塗，大事不糊塗。」後來王繼恩趁太宗晏駕，欲謀立楚王元佐。呂端病歿的時候，真宗也親自慰問，撫勞備至。歿後，贈司空，諡正惠。

咸平二年，契丹聞得太宗駕崩，曹彬又歿，宋朝宿將凋零，真宗年紀尚輕，以為有機可乘，遂即興師入寇。鎮定高陽關都部署傅潛，擁兵八萬有餘，畏葸不前，閉營自守，將士等

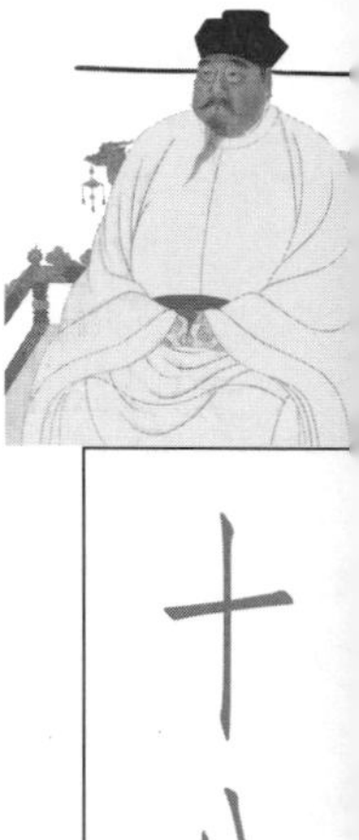

請發兵逆戰。

傅潛勃然道：「你等要去尋死麼？」將士不敢多言，忿忿而退。

恰值副將范廷召到來，眾將遂向他述說傅潛之言，廷召道：「我入見，再作計較。」

廷召進帳，傅潛一見，知道他必定進戰，便裝出鐵青的面孔，與廷召相見。廷召見他這副模樣，心中甚是好笑！參謁禮畢，不待坐定，即大聲問道：「虜兵到來，總管從容坐鎮，不動聲色，必有退敵的妙策？」

傅潛淡淡地答道：「我主守，不主戰。此外要用什麼法兒呢？」

廷召道：「請問總管主守，可保定守得住麼？」

傅潛道：「你怎麼也和眾將一般見識，敵勢甚大，如何戰得？」

廷召道：「公擁兵八九萬，很可一戰。今若發兵扼定險要，與敵兵開仗，只要一鼓作氣，將士齊心，定可得勝。」傅潛只是搖頭不語。

廷召禁不住發怒道：「公恇怯至此，何異婦人女子呢？」說罷，也不作別，逕自出外，恰遇鈐轄張昭允，便道：「傅總管如此畏懦，邊防有失，朝廷必加譴責，連你也難免罪了。」張昭允道：「我有一法使他不能不戰。」廷召忙問有何妙法？

第四十三回　御駕親征

范廷召聞得張昭允說，有法兒使傅潛出兵攻敵，廷召忙問鈐轄有何妙法，使這懦夫出兵？昭允道：「現有廷寄到來，飭本部從速發兵。昭允正要進報朝廷旨意，諒總管難以違逆了。」

昭允說罷，入見傅潛，捧遞朝旨。

傅潛見了旨意，暗想：「必是諸將要出戰，密奏朝廷，才有旨意，催我出戰。他們既不要性命，我又何必顧恤呢？」便冷笑道：「范廷召正要出戰呢，我就撥騎兵八千，步兵二千，湊成一萬之數，令他去拒敵就是了。」

昭允退出，把傅潛的話告知廷召。廷召道：「這明明是借刀殺人了。敵兵有十餘萬，我兵只有萬人，就是以一當十，也恐不敷，如何能敵呢？」說罷，大踏步趨入帳，大聲說道：「總管要我先驅，我不敢辭，但萬人卻是不敷，應再添三萬人馬，方才敷用。」

傅潛道：「將在謀不在勇，兵貴精不貴多。況你不過是先行，我領兵隨後前來援應，還

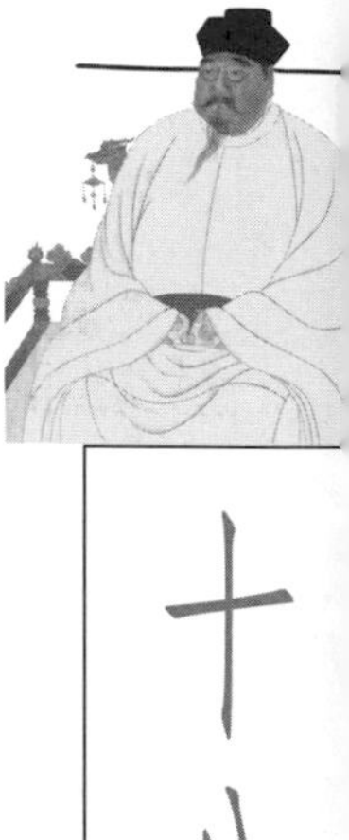

怕什麼呢？」

廷召道：「公果來救應麼？」

傅潛道：「你知忠君，我就背國麼？儘管先去便了。」

廷召退出，暗想傅潛之言一定靠不住，不如另行乞師，免得孤軍無援。遂修書一通，命人往并州都部署康保裔那裡乞師。

那康保裔乃洛陽人氏，祖父皆歿於王事，因屢承世蔭，得為武職。常從諸將至石嶺關，戰敗遼兵。太祖嘉其勞績，任為馬軍都虞侯，領涼州觀察使，真宗初，調任并代都部署，并州一帶，地接高陽，因此，廷召前往乞師。康保裔生成的忠肝義膽，屢經戰陣，未嘗敗北，身上傷痕數十處，血跡淋漓，也不知道痛苦。既接到范廷召乞師的書，如何還肯遲延，亟點起一萬人馬，背道赴援。

其時契丹已被破狼山寨，悉銳深入，四處都是敵兵，保裔直抵瀛州，約廷召夾擊契丹，哪裡知道廷召兵尚未到，契丹早已大隊殺來。康保裔率領部下，血戰兩晝夜，盼望廷召的兵馬前來救援，竟是杳無音信。

康保裔直殺得矢窮力盡，血染征袍，陷入敵陣，為亂槍戳死。保裔戰死，全軍皆歿，那范廷召方才率兵到來。聞得保裔已死，契丹兵乘勝而來，聲勢甚盛，廷召不敢再進，只得據住瀛州的要隘，暫行駐紮。

契丹又進取遂城。遂城小而無備，聞得契丹大隊殺來，眾情恟懼，楊業之子延昭，方為緣邊都巡檢使，駐節遂城。當即召集丁壯，慷慨曉諭道：「爾等身家全靠這城做保障，城破敵入，身家俱陷，不如彼此力戮，憑城固守，倘得保全，豈不是家國兩益麼？」

大家聽了此言，齊願死守。延昭即編列隊伍，各授器械，按段分派，登陴固守。契丹猛撲數次，均為矢石擊退。時值天氣嚴寒，延昭命汲水灌城，一夜北風吹來，把這座城池凍成堅冰，比鐵打的還要牢固，而且滑不可上。契丹兵知道難以攻破，便改道從德隸渡河，進掠淄齊。

真宗聞得寇已深入內地，下詔親征，命同平章事李沆為東京留守，王超為先鋒，車駕隨後進發，直抵大名。聞得康保裔血戰身亡，震悼輟朝，下詔優恤，追贈為侍中，官其二子一孫，又聞得傅潛逗遛不進，即命高瓊往代，召傅潛回京，命集賢學士錢若水等按訊審得種種逗撓妒忌罪狀，依法當斬，真宗特詔貸死，削其官爵，徙流房州。張昭允亦坐罪削職，流於道州。

契丹的本意不在戰，不過劫掠些財帛，藉此試探新皇帝的舉動，看他有無膽量，現在聽得真宗御駕親征，已至大名，料知是個英明果決之主，倘若與戰，必難取勝，早已帶了沿途擄掠的子女玉帛遁將回去。

宋兵追到莫州，乘勝邀擊，契丹大敗，被斬萬餘級，所獲財帛，一齊拋棄淨盡，方得逃

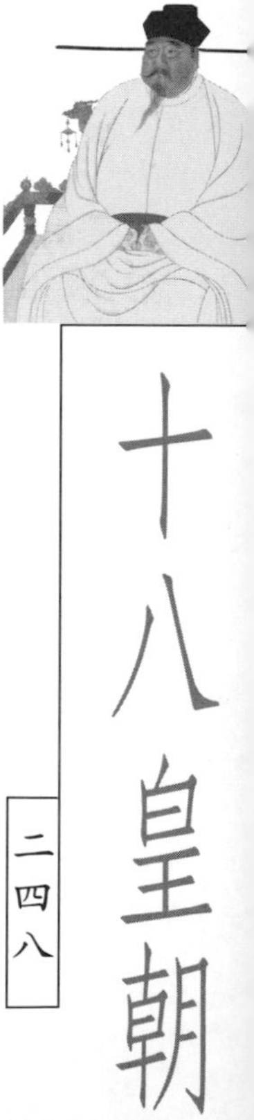

去。真宗接得捷報，論功行賞，擢范廷召為并州都部署，楊延昭為莫州刺史，李重貴知鄭州；張凝為都虞侯。並召楊延昭至行在，面詢邊防事宜，延昭奏對稱旨，真宗大喜！指示群臣道：「延昭之父業，為本朝名將。延昭治兵護塞，綽有父風，真不愧將門之子。」遂厚賜金帛，令其赴州，真宗即日回京。

到了這年的冬天，契丹又發兵南侵。楊延昭設伏於羊山，自率老弱兵丁誘敵。契丹不知是計，追至羊山，伏兵齊起，把契丹兵殺得大敗而逃。延昭追殺敵將，函首以獻，進宮本州團練使。契丹望風生畏，都呼延昭為楊六郎。尚有登州刺史楊嗣，亦因屢戰有功，擢為本州團練使，與延昭同日下詔，邊人稱為「二楊」，一言表過不提。

且說西蜀益州地方，自李順叛後，太宗命張詠知益州，雷有終為兩川招安使，文武得人，蜀境大治。至真宗初，張詠雷有終相繼調去，改用牛冕知益州，苻昭壽為兵馬鈐轄。那牛冕懦弱無能，苻昭壽驕恣不法，部下兵士大多懷怨，陰圖異謀。

牛州戍兵，由都虞侯王均、董福分統，董福部勒有法，兵士皆得優贍。王均喜歡飲博，軍餉盡飽私囊。恰值牛冕苻昭壽會同閱兵，蜀人相率往觀，但見董福的部下，甲仗鮮明；王均的部下，衣甲敝陋。蜀人都稱揚董軍，指責王軍。

王軍部下趙延順等，深以為恥，且銜怨主將，遂於咸平二年脅眾為亂，戕殺苻昭壽。次日正是元旦，益州官吏方在慶賀，忽聞兵變，全城驚惶。牛冕縋城遁去，轉運使張適亦聞信而逃。只有都巡檢點劉紹榮在城，亂兵殺入城內，欲奉劉紹榮為主。紹榮怒叱亂兵，揮刀格殺，眾寡不敵，敗回署內，投繯自盡。監軍王澤，因亂兵是王均部下，令其出外招安，亂兵就擁王均為主，王均竟直受不辭，僭號大蜀國，改元化順，用小校張鍇為謀士，出兵陷漢州，進攻綿州。雖有知劍州李士衡，知蜀州楊懷忠等，連將叛兵殺敗，亂終難平，便飛報宋廷，請師救援。

真宗聞得西蜀擾亂，即命雷有終為川陝招安使，李惠、石普、李守倫皆為巡檢使，撥給步騎八千名，往平蜀亂，所有留蜀官員，如上官正李繼昌等，都歸有終節制，雷有終等到了益州。恰值都巡檢使張思鈞已克復漢州。雷有終遂駐軍升仙橋，匪首王均率眾攔截，被官軍殺敗，繞道遁去。官軍來至城下，劫掠民居，搶擄婦女，飲酒取樂，正在十分暢快。忽地一聲炮響，喊殺聲連天，官兵毫無預備。慌忙覓路逃生，到了路口，又被些破床敗榻，堵塞住了，不能前行，好容易搬將開去，成了一條狹衖，奔走出去。

叛兵候個正著，刀槍亂上，殺死無數，有幾個漏網出去，逃至城闉，城門上又有叛兵把守。雷有終、石普、李守倫知道城門上一定難以出去，忙忙地跑上城頭，緣堞而下，幸虧沒有跌死。李惠略慢得一慢，被王均率眾追上，一刀送了性命，一場廝殺，官軍死了大半。

雷有終、石普逃至漢州，張思鈞接入城中，慢慢地整頓兵馬，等到元氣恢復，方敢進

兵。官軍到了升仙橋，雷有終深恐叛兵眾多，難以抵敵，便與石普等計議定了，設伏以待。王均不知就裡，分路而出，掩殺過去，四面伏兵齊起，將叛兵殺得落花流水。王均捨命殺出，逃回城中，不敢出戰，一意堅守。

官軍進抵城北，命將校等分東西南三面環攻。適值大雨兼旬，城不能克。直待至雨霽天晴，雷有終吩咐用火箭火炬，拋射城頭，將敵樓盡行燒去，城內慌亂，官軍乘勢攻入。王均尚有二萬餘人，潰圍夜走。雷有終恐叛兵仍有埋伏，縱火焚燒廬舍，光焰燭天，通宵達旦，人民被焚死者不計其數。次日又搜獲偽官二百餘人，一齊推入火中，方命巡檢使楊懷忠，往追王均。

王均逃至富順監，招集蠻酋，在監蜀飲酒，吃得酩酊大醉。所有羽黨，亦皆酒氣醺醺，猛聽得官軍追來，嚇得不知所措。王均料不能脫，解下腰帶，自縊而死。亂黨無主，悉行潰散。楊懷忠殺入監署，生擒亂黨六千餘名，割取王均首級，率兵回至益州。雷有終申報朝廷，真宗下詔，進有終懷忠等官爵；流牛冕至儋州；張適至連州。遣翰林學士王欽若，知制誥梁顥，往撫蜀民。過了兩年，仍命張詠知益州。蜀民聞得張詠再來。歡呼相慶，父老扶杖迎接。張詠到蜀之後，威惠兼施，政績大著。真宗下詔褒美！且令巡撫使謝濤傳諭道：「得卿在蜀，朕西顧無憂了。」此時西蜀已定，可已無虞。惟契丹西夏，時來侵擾，邊疆總不安寧。

那西夏的李繼遷，自真宗即位，上表稱賀求請封藩！真宗知他狡詐，只因國有大喪，姑予羈縻。遂命李繼遷為定難軍節度使，且把夏、綏、銀、宥、靜五州，一併給與，並將從前太宗留下的張浦也資遣回去。繼遷上表申謝真宗優詔慰答，仍賜還趙保吉姓名，真宗以為這樣的相待，總可以知恩報德，不再侵犯邊境了。哪知李繼遷狼子野心，陽奉陰違，仍然抄掠邊境，四出為患。

恰值同平章事張齊賢，與李沆不相能冬至朝會，被酒失儀，坐免相位。真宗命他為涇原諸路經略使。齊賢臨行陛辭真宗垂詢邊情，齊賢答道：「臣看靈武，孤城陡懸塞外，萬難固守，徒使軍民陷入危境。不如棄置，捨遠圖近，徙守環慶，較為便利。」

真宗沉吟半晌道：「卿且去巡閱一番，可棄則棄，可守必守。」

齊賢方才領旨前去，就有通判永興軍何亮，上安邊書，言靈武決不可棄。真宗見了此奏，詔令群臣會議，知制誥楊億，引漢業珠崖故事，請速棄靈武徙守環慶。輔臣又言靈武為必爭之地，萬不可棄。議論不一，把個真宗弄得狐疑不定，便與李沆商議。

李沆道：「保吉不死，靈武必不可守。臣意不如密召諸將，部署軍民，空壘而還，庶幾使關右可以息肩。」

真宗嘿然不答，竟命王超為西面行營都部署，率兵六萬，往援靈武。

過不幾時，李繼遷寇清遠軍，都監段義，叛降繼遷。都部署楊瓊，擁兵不救，城遂被

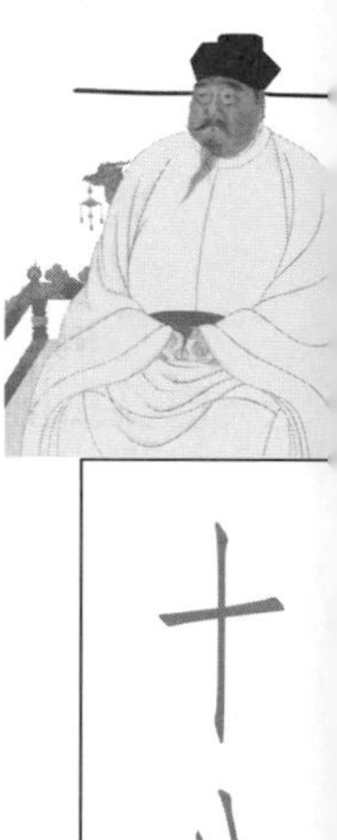

陷。繼遷進攻定州，且及懷遠，都部署曹璨，召集蕃兵，出外邀截，方把繼遷殺退。

到了咸平五年，繼遷又進攻靈武，截斷城中糧道，守兵乏食，靈武遂陷。知靈州裴濟，巷戰而亡。繼遷即得靈武，改為西平府，占作都城。真宗得報，優恤裴濟，且悔不棄靈武，致喪良吏。未幾有六個酋長巴喇濟，願討繼遷。知鎮戎軍李繼和，請授為刺史，俾得效力。張齊賢且上書請巴喇濟為六個王，兼招討使。真宗降旨，授巴喇濟為朔方節度使，兼靈州西面都巡檢使，巴喇濟奉了詔命，表稱感激圖效，已集騎兵六萬，靜待王師，合討繼遷，收復靈州。真宗優詔嘉許。

既而李繼遷進攻麟州，又轉寇西涼殺西涼府丁惟清，踞住城池。巴喇濟所居六個，本是西涼蕃屬，便去繼遷營內詐降。

繼遷未知他已受職宋廷，便傳見巴喇濟。巴喇濟稱說繼遷威德，並言六個蕃部盡願投誠。繼遷聞言大喜！令他招徠六個蕃部，巴喇濟欣然領命，招了部落，共至西涼，進謁繼遷。繼遷親往校場檢閱，各番兵負弩挾矢，魚貫而入，報名應選。

繼遷正在留心察核，猛聽得弓弦聲響，抬頭四顧，可巧一箭射來，正中左眼，大叫快拿匪徒。左右上前擁護，番兵已各出短刀，來殺繼遷。幸賴幾個悍目保護著，且戰且逃。

番兵奮勇追殺，險些兒將繼遷拿住，好容易奔回靈州，左目暴痛，睛珠突出，無法醫治，一命身亡。子德明遣使赴告契丹，贈繼遷為尚書令，封德明為西平王，環慶守吏。因德明新立，部落方衰。奏請降旨招降。真宗遂下詔令，德明審去就，德明乃遣人奉表歸誠。真宗授德明為靖難軍節度使，統轄銀、夏、綏、宥、靜五州，尋聞契丹封德明為西平王，也就援照契丹之例，封為西平王。德明乃進誓表，請藏盟府，西夏自此略略平靖。

咸平六年殘臘，真宗下詔改次年為景德元年。元旦令節，朝賀禮畢，京師地震越日又震。過了十幾天，又復大震。真宗乃蠲租緩逋，力加修省。

方交夏季，皇太后李氏崩，喪葬已畢，尊謚為明德皇太后，到了新秋，首相李沆病歿。沆字太初，洺州人氏，太宗常稱他風度端凝，不愧正士，因擢為參政。真宗初元，進任右相，居位慎密，遇事敢言。及歿，真宗親臨吊奠，痛哭移時，謂左右道：「沆忠良純厚，始終如一，怎料他不享遐齡呢。」回到朝中，追贈為太尉，中書令，謚文靖，改用畢士安、寇準同平章事，相位方定。

忽然邊報似雪片飛來，契丹主隆緒，與其母蕭氏，率兵二十萬前來入寇。先遣其統軍將軍，順國王，蕭撻覽，攻北平保州一帶地方。真宗忙召廷臣會議，寇準主戰，畢士安贊成其議。參政以下，王欽若等主和主守，紛紛不一。後聞契丹攻威虜安順各軍，盡皆敗去，真宗略略放心。嗣接定州捷報，王超在唐河擊退敵軍；岢嵐軍捷報，高繼勳力戰卻敵；瀛州捷報，李延渥接戰獲勝。寇準入奏道：「契丹入寇，不過恐嚇我們，請速命將出師，扼守要轄，與他決一勝負。」真宗口內雖然應著，心下仍是狐疑不決。

過了些時，契丹主見中國無隙可乘，遂派李興帶了中國降將王繼忠的書信，到莫州都部署石普營中來講和。石普不敢專主，具本進京，請示辦法。真宗又召廷臣討論辦法，滿朝大臣，都不知講和的利弊如何。不敢開口。畢士安身為首相，不能不出個主意。當下奏道：「據臣看來，答應他講和暫時羈縻拖延，免得目前的兵連禍結，也未始不可。」

真宗道：「敵人如此強盛，他肯受我的羈縻麼？」

畢士安道：「契丹內情，臣略略有些風聞，他這一次起了傾國之兵，遠道深入，不能得志，意欲退兵，又恐無名為人恥笑！臣所以略地講和，乃是實情。」

真宗即下詔，許其通和。王繼忠又乞石普復奏請遣使契丹，共議和約，真宗遂遣閤門祇使曹利用，往契丹軍中議和。

臨行的時候，真宗又當面囑咐道：「契丹請和，不是求地，便是索賂，關南地方，久歸中國，萬萬難輕許，惟金帛一層，昔漢用玉帛，賜於單于，尚有故例可循，但須酌量數目，方可答應。」

曹利用道：「臣此去見機而行，契丹若狂妄不肯就範，臣便死在他營內，決不有辱君命的。」

真宗道：「卿能竭誠報國，朕有何言。」利用奉命而行，尚未到契丹營中，契丹又變了前議，率領大兵，攻陷德清軍，直逼冀州，進抵澶州，邊報飛遞，急如星火，一夜之間，連到五次。急得滿朝文武，和居民人等，莫不驚惶失色。

真宗叫人去看寇準時，他卻坐在中書省裡，連邊報也不看，手裡拿著酒杯，淺斟低酌，有說有笑，和沒事的人一般。內監便把這情形報告真宗。真宗好生詫異！立刻宣召寇準入宮，問他有何佈置。

寇準道：「陛下如信臣言，不過五日，即可退敵。」

真宗喜道：「卿有何妙計？」

寇準道：「若要退寇，莫如御駕親征。」

真宗道：「寇勢方張，親征恐亦無用。」

寇準道：「前歲契丹入寇，聲勢亦異常厲害。陛下御駕方至大名，彼已驚怕遁去，這便是個先例。」

眾大臣聽了這話，都以為皇帝御駕親征，倘有閃失，那還了得，大家都不敢擔這個責任，一齊要退下去。

寇準早喝住道：「你們到哪裡去。御駕啟行，不要扈從麼？」

真宗見寇準要實行親征，口內不得推辭，心下卻十分懼怕，便想避進宮去。才立起來，寇準已牽住龍袍道：「陛下一進後宮，臣等不能入見，大事就不可收拾了，須請立時決定。」

畢士安見寇準力主親征，料得他必然成竹在胸，便也從旁贊助，勸真宗依從寇準之言。

真宗只得仍舊坐下，詔群臣各抒所見，共議退敵之計。群臣都以為寇兵深入，都城萬不能守，只有避敵一法，可以不驚垂輿。王欽若是臨江人，便勸真宗幸金陵；陳堯叟是閬州人，便勸真宗幸蜀。

真宗聽了這話，更加沒有了主意，又和寇準商議，寇準明知是王欽若、陳堯叟的主意，故意大聲道：「誰為陛下劃這個計策，先請斬此人，取血釁鼓，然後北伐。方今陛下神武，諸將齊心，御駕親征，敵必自退。既不然，堅壁老敵，出奇兵以撓之，彼勞我逸，可操勝算。此時若一動搖，拋棄宗社，搖惑人心，天下且不能保，金陵成都又有何用？」

真宗尚是沉吟，畢士安也在旁奏道：「寇準之言甚是，請陛下俯允。」

真宗道：「兩卿既然意思相同，就下詔親征罷。」

寇推深知王欽若的為人，小有聰明。真宗很是親信他，深恐夜長夢多，被他從中阻撓，誤了大事，遂又奏道：「敵兵深入，天雄軍最為重鎮，萬一陷沒，河朔皆為虜有，請陛下簡大臣出守為要。」

真宗道：「卿以為何人可任？」

寇準道：「莫如參政王欽若。」

欽若在朝班內，聽得寇準前面的一番話說，已氣得面紅耳赤，忽聞寇準薦他出守，不由得面目失色，連忙趨至座前，正要跪奏。寇準急道：「主上親征，臣子不得畏難，我已薦參政出守天雄軍，參政應即領敕啟行。」

欽若道：「寇相是否居守？」

寇準道：「老臣應為王前驅，怎敢偷安。」

真宗便向欽若道：「王卿應善體朕意。朕命你判天雄軍兼都部署，卿其勿辭。」

欽若不敢推卻，只得叩頭領敕，辭駕而去了。天雄軍見契丹大軍壓境，束手無策，惟有堅閉城門，在營內誦佛念經，祈禱佛天保佑，就是他的韜略了。

再說契丹兵臨澶州，李繼隆將兵抵禦，打聽得契丹統軍蕭撻覽，要來劫營，繼隆將計就計，分派人馬四面埋伏，等得契丹兵來。蕭撻覽當先衝入，乃是一座空營，連忙退出，已是號炮齊起，宋將張環等，領了一班弓弩手，伏在營門，吶喊一聲，萬弩齊發，蕭撻覽躲閃不及，一箭正中咽喉，死於亂軍之中。

其餘的兵將自然潰散而遁。蕭撻覽乃契丹名將，謀勇兼全，手下的兵又都是精銳，遭了敗衄中箭而亡，全軍為之氣奪。

那真宗啟蹕之後，行在路上，又有人奏稱，前進一步，便很危險，不如改往金陵較為穩當。真宗心裡又不禁活動起來，召寇準來和他商議。

寇準奏道：「陛下只可進尺，不可退寸。河北諸將，日夜望乘輿，如大旱之望雲霓。若後退一步，敵人隨後追躡，人心瓦解，如何得到金陵呢？」

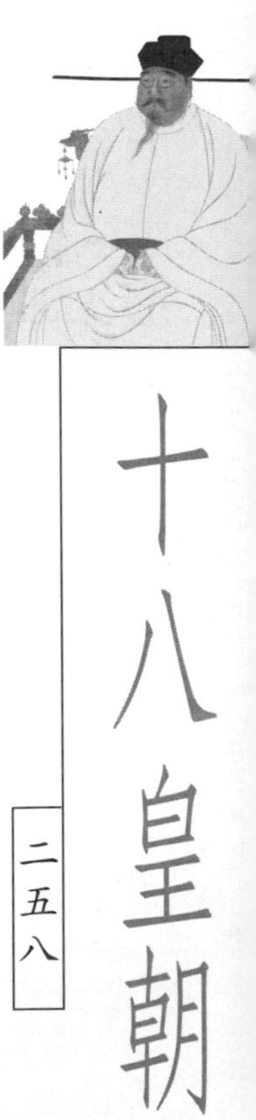

真宗道：「卿且退，容朕細思。」

寇準退出，恰遇殿前都指揮，晉職太尉高瓊，便對他說道：「太尉受國厚恩，今日應該報國。」

高瓊慨然道：「瓊一介武夫，蒙恩超擢，應當效死。」

寇準攜了他的手道：「我與你一同入奏，請天子即日渡河殺敵。」

高瓊點頭稱善！兩人入見，高瓊先立在階下，寇準上前奏道：「陛下如果不信臣言，現有高瓊在此，可召問之。」

高瓊即趨前道：「寇準所言甚是，陛下不必再疑心了。」

寇準又道：「陛下在此，仍不足以厲將士之氣，寒賊人之膽，請速渡河，免失機會。」真宗方一心向前，不再畏怯。

時值朔風凜冽，天氣嚴寒，左右進上貂帽毳裘。真宗道：「朕安居帳中，還要用此。那些將士們露宿曠野，應該用什麼東西呢？」吩咐快拿下去。將士們知道了，更加感激！一齊奮勇前進。

行至澶州城南，只見河北一帶，契丹的營寨星羅棋佈，真宗心內很覺慌張！左右邊請駐蹕靜覘敵勢，再決行止。寇準忙趨前固請道：「陛下若不過河，敵氣未懾，人心亦危，安能取威決勝。現在王超領著精兵，駐紮中山，可以扼敵。李繼隆、石保吉東西列陣，可制敵之左右肘。四方鎮將相率來援，還怕什麼呢？」

高瓊亦請道：「臣願保駕渡河，前途決無可虞。」

寇準不待上諭，亟揮衛士備輦。真宗只得渡河，進至澶州城北，親御城樓。遠近將士望見御蓋，知道駕已渡河，一齊踴躍鼓舞，高呼萬歲，聲聞數十里。

契丹主隆緒與蕭太后正因蕭撻覽戰歿，在那裡商議軍務，忽聞宋軍中三呼萬歲，震動天地，不覺吃了一驚！

第四十四回　墜入迷途

話說契丹主隆緒，正同蕭太后在營中商議軍情，忽聞宋軍三呼萬歲之聲，震動大地，不覺吃了一驚！命人探視，見澶州城樓上，隱隱地打著黃蓋，知道真宗御駕已至，契丹兵益加氣沮。蕭太后還不肯就此甘休，令精騎數千，徑來撲城。

寇準對真宗道：「這是來試我強弱的，請詔將士痛擊一陣，免得為他輕視。」

真宗既已到此，也就無從退縮，便將軍事全權委託寇準道：「一概由卿為朕調度。」

寇準奉了旨意，便整飭部伍，嚴明賞罰，開城出敵。一場大戰，將契丹軍斬獲大半，餘眾一起逃去。真宗聞捷，自回行宮住宿，留寇準宿於北城上面。

真宗身雖在於行宮，究竟放心不下，使人打聽寇準做甚事情。回來報告道：「寇準邀了楊億，正在歡吹飲博。」

真宗大喜道：「寇準如此從容，朕可無憂了。」

過了幾天，契丹遣使臣韓杞，同了曹利用回來求見。真宗將利用傳入，參謁禮畢。利用

奏道：「契丹欲得關南地，臣已拒絕；就是金帛一層，臣亦未嘗輕許。」

真宗道：「要求割地，寧可決戰。金帛不妨酌許，尚與國禮無傷。」遂命韓杞進見，朝拜過了，呈上國書，並言奉國主命，索還關南地即可訂盟。

真宗道：「這卻不便，國書權且留下罷。」又謂利用道：「外使來此，總當以禮相待。卿可領其出宴，待朕熟商之後，遣之回去。」

真宗即召寇準商議。寇準奏道：「現在他來求和，非但不與金帛，且要他上表稱臣，獻還幽薊之地，方是長治久安之計。否則數十年後，他必又來生事了。」

真宗道：「果如卿言，非戰不可。但勝敗究難預料，就是戰而獲勝，也要傷亡許多生靈。朕心總覺不忍，且數十年後，子孫果能英明，自有防禦之策。此時且許通和，暫使目前過去就是了。」

寇準還要堅持不允，與韓杞爭論數次，未能決定，又欲出戰。忽然有人進了讒言，說寇準挾主邀功，希圖久掌兵權，所以不允和議。

寇準得了這個消息，不禁長嘆道：「忠而被謗，尚有何言？」遂命曹利用往契丹營內，磋商歲幣，利用臨行請訓。

真宗道：「只要不失土地，歲幣不妨多給，就是增至百萬，亦所不惜。」利用退出。

寇準召利用至帳前，正色說道：「敕旨雖許多給歲幣，我意不得過三十萬，你若多許，當斬首號令，休得後悔。」

利用暗暗咋舌，忙忙應道：「歲幣是少一些好一些的，我此去自當力爭。」遂即辭別而行，徑往契丹營中。

契丹正事舍人高正始問道：「和議如何？」

利用道：「歲幣或可酌給，割地萬難允許。」

正始道：「我們出兵前來，原是要恢復故地的。若只得金帛回去，如何對付國人？」

利用道：「君身為大臣，也應為國熟計利害；倘執意不允，兵連禍結，亦非貴國之福。」

正始無言可折，便引利用入見蕭太后。蕭太后道：「關南之地，本屬我國，被周世宗恃強取去，自應歸還我們。」

利用道：「前朝的事，與我朝無涉。若要求些金帛，那還可以商酌；割地的話，萬不能允。」再三磋商，到底以銀十萬兩，絹二十萬匹，定約回來。

契丹主也遣丁振，帶了誓書前來，互用國寶，議定兩國境界如舊。契丹主以兄禮事宋，議既成，契丹引兵北去。真宗也就回朝。從此南北議和，邊境略略平靖，這且不表。

單說那王欽若，出知天雄軍，因為兵事已息，仍舊召回京內，任為參知政事，欽若與寇準不睦，欲思報復，又因寇準新立大功，明知鬥他不過，便自請罷政，要在暗中覷個方便，好下手推翻寇準。真宗乃命欽若為資政殿學士，以馮拯為參知政事。那寇準乃是個質直的

人，如何去防備這些事情，再加立了大功，真宗尚且另眼看待，遇事未免專斷，因此同寅中得罪的人很是不少。

一日會朝，寇準奏事已畢，退將出去。真宗在御座上，目送寇準出去。王欽若便趨前奏道：「陛下敬準，莫非因他有功社稷麼？」

真宗點首稱是。欽若道：「澶州一役，陛下不以為恥，而反目為寇準的功勞，臣實不解。」

真宗愕然道：「這是何故？」

欽若道：「城下乞盟，春秋所恥！陛下為中國天子，反與外夷作城下之盟，豈不是可恥的事情麼？」

真宗聽了，突然變色。欽若又逼進一步道：「澶州之役有個極明顯的譬喻，猶之賭博，輸錢將盡，傾囊一擲，叫做孤注。陛下竟做了寇準的孤注，其危孰甚！幸而量大福大，才得無事哩。」

真宗面上發赤道：「朕知道了。」從此真宗看待寇準，禮意日衰。不多幾時，罷為刑部尚書，出知陝州。

寇準也知為欽若所讒，只得赴陝州去。恰巧知益州張詠，自成都還京，道出陝州，寇準至郊外歡迎，臨別時問張詠道：「公治蜀有年，政績卓著。準方仰慕，敢問何以教我？」

張詠徐徐答道：「公言未免過謙！但《霍光傳》不可不讀。」寇準聞言，莫明其意，只得答稱領教。張詠乃執手為別，逕自回京。

寇準回到署內，亟権漢書《霍光傳》，隨讀隨想，至「不學無術」一句，不禁笑道：「張公之語，必是指此了。」未幾，又徙知天雄軍，契丹使臣過大名，與寇準相見，問道：「相公望重，何故不在中書？」

寇準道：「天子以朝廷無事，差我到此執掌北門管鑰。你又何必起疑。」契丹使臣方才不敢多言，自向汴京而去。

原來寇準生得相貌魁梧，頗有雅望。初生時，兩耳垂有肉環，數歲方合，自疑前世為異僧，故好遊佛寺，遇虛窗靜院，惟喜與僧談禪說法；生平抗直無私，歷富貴四十年，無田園第宅，每入覲，常寄居僧舍，或賃屋棲止。詩人魏野獻詩稱揚，有句道：「有官居鼎鼐，無宅起樓臺。」時人以為稱揚得實，因此名震中外。

契丹畏威，使臣經其轄境，必問道：「這莫非『無宅起樓臺相公』麼？」

平生好讀書，善作古樂府，其思淒惋，一往情深。在青州日，因早春宴客，自撰樂府長短句，使樂工歌以侑酒。其詞道：

春早柳絲無力，低拂青門道。暖日籠啼鳥。初坼桃花小。遙望碧天淨如掃。曳一縷輕煙

縹緲。堪惜流年謝芳草。任玉壺傾倒。

看他所作的詩詞，情致纏綿，不像個剛決明斷的人；到了決策廟堂，氣概不可一世，所以世人稱他為仁者之勇。寇準是宋朝有數人物，故將他的生平，略表一番，亦是表彰人才之意。

閒言按下不提。

且說真宗罷免了寇準，用參政王旦為相。王旦乃大名人氏，識量宏遠，有宰相器度，當時稱為得人。獨有真宗為王欽若讒言所惑，想起澶州的事，常常不樂！要欽若想法子洗雪此恥。

欽若深知真宗厭兵，故意奏道：「陛下欲雪此恥，只有選將命師，恢復幽薊，所有恥辱就可洗雪了。」

真宗道：「河北生靈，方免兵革，朕何忍又動干戈呢？須要另想他法才好。」

欽若道：「陛下既不忍勞師動眾，惟有封禪，可以鎮服四海，誇耀外國，但自古封禪，必要先有祥瑞，或是稀世絕倫的事，方好舉行。」

真宗聽了，便道：「天降祥瑞，哪能必得定有呢？這不是件難事麼？」

欽若回顧左右，做出不肯洩漏的樣子。真宗知道他的意思，即命左右暫退。欽若啟奏道：「天降瑞，原不可必得，但古來的祥瑞，有幾件是真的呢？也是用人力造出來，哄動愚民的，只要人主能夠尊信崇奉，也就與真的無異了。陛下以為上古的河出圖，洛出書，也真有此事麼？不過是聖人神道設教，藉此誘服人心罷了。」

真宗沉思半晌道：「王旦為人，甚是正派，恐他不肯依從。」

欽若道：「聖上若果決定，臣可出去，轉囑他遵旨而行的。」真宗點了點頭。

欽若退出，便把真宗的意思，說知王旦，叫他臨時不可作梗。王旦因出自上意，只得勉強答應。欽若到了次日，又入見真宗，奏稱王旦已遵旨。真宗心下輾轉思維，做這樣騙人的事，總覺有些不安，所以尚未定奪。

這日偶然親臨秘閣，直學士杜鎬等迎駕首意。杜鎬年紀最長，故為學士首列。真宗忽然問道：「古所謂河出圖，洛出書，可真有這事麼？」杜鎬未知上作所在，只得叩頭奏道：「這不過是聖人神道設教罷哩。」

誰知言者無心，聽者有意。真宗見杜鎬有年紀的宿儒，也與欽若的話如出一口，便不疑心了。當即命駕回宮，次日便召王旦入內，特別賜宴。宴畢，王旦起謝！真宗又取出一個很美的酒瓶，親自賜給王旦道：「此酒極佳！卿可帶回與妻子共用。」

王旦慌忙雙手接過，叩頭謝恩！回至家中，見瓶口封得甚是嚴密，啟封看時，哪裡有什麼美酒，內中滿滿的裝了一瓶珍珠，都有黃豆大小，王旦不覺怔了一怔，低頭一想，不覺大

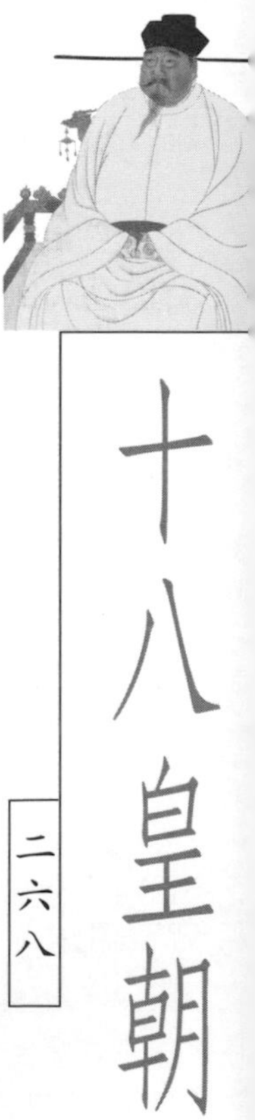

悟道：「定是欽若前次所囑之事，要實行了。」便命妻子將珍珠收去，口中也不多言，只看真宗怎樣的玩那把戲，自己預備見機而行。

真宗賄囑了王旦，又與欽若密密地商議，將各事預備妥當，已是景德五年正月。皇城司上奏道：「守卒涂榮，見左承天門南鴟尾上，有黃帛曳著，約長二丈，因此奏聞。真宗一面命中使往視，一面對群臣說道：「去冬十一月初三夜，朕剛就寢，忽然室中滿屋放光。朕正在驚異，即有一神人，皇冠絳衣，入室向朕說道：『來月宜在殿上，建黃籙道場一月。上帝當降賜天書《大中祥苻》三篇。』朕正要起問，這神人已經不見。朕自十二月朔日，已虔誠齋戒，在朝元殿建設道場，以待天貺，因恐宮廷內外，反啟疑言，所以沒有宣佈，現在帛書下降，莫非就是天書麼？」

正在說著，那奉命往視的中使，已來奏道：「承天門上，果有帛書，約長二丈，緘物如書卷，外用青縷纏住，封處隱隱有字。」

真宗悚然道：「這一定是天書了。」王旦等齊集殿階，再拜稱賀！

真宗道：「既有天書，朕須親往迎接才是。」當下帶了文武官員，步行至承天門，先對著天書拜了一會兒，然後令兩個內侍到屋頂上去，恭恭敬敬地捧了下來。

王旦接過跪下，捧獻於真宗，真宗又拜了三拜，接將過來，親手安置在彩亭裡面，鼓樂喧天地送至道場裡面，命知樞密院事陳堯叟啟封，先讀帛上的字。真宗跪著敬聽。乃是篆文，遂宣讀道：

趙受命，興於宋，付於眘。居其器，守於正；世七七，九九定。

共計二十一個字，幸而都還認得。

讀畢，真宗又向書跪拜，然後打開書卷看時，共分三幅，元色絹上，寫著黃字，語句類似洪範又似《道德經》。第一幅上，大概說皇帝能以至孝至道紹世；第二幅告以清淨簡儉又治；第三幅即是國祚綿長的話。

陳堯叟讀畢，真宗跪受，仍用那黃帛裹好了書，貯於金匱之中。群臣又復至崇政殿稱賀，真宗與輔臣皆茹齋戒葷三日，遣官祭告天地、宗廟、社稷，大赦天下，改年號為大中祥符元年，遍宴群臣，並賜京師大酺五日，改承天門為承天祥符，遇有大禮，即命宰執近臣，兼領此職。

陳堯叟、陳彭年、丁謂、杜鎬等人，爭先競言符瑞，附和經義。就中惟有杜鎬，最是興頭，無意中一句話奏了全功，因此揚揚得意，自居首功。肚內的經書，又是爛熟的，便東塗西抹，做了一篇洋洋灑灑的大文章，說得有情有理，有憑有據，那天書竟像是他親眼瞧著上帝頒發下來的一般。王欽若代他奏了上去，真宗重加賞賜，一時之間，傳遍天下。人人都想

富貴功名，到處去搜尋祥瑞，居然變成了一種風氣。

在這舉國若狂的當兒，偏有個不識起倒的龍圖閣待制，名喚孫奭，當面奏道：「天何言哉，豈有書也？」

真宗只作沒有聽見，不去理他。孫奭碰了這一鼻頭灰，嘿然退下，群臣都笑他不識時務。不到幾日，宰相王旦又率了文武百官，諸軍將校，官吏蕃夷，僧道耆老，二萬三千二百餘人上表請真宗封禪。真宗不便遽然答應，暫時留中，直待上表五次，方召權三司使丁謂問道：「經費可否敷裕？」

丁謂答道：「臣早已籌備，可以綽綽有餘。」

真宗乃決計封禪，命翰林太常詳定儀注，以王旦為大禮使，王欽若等為經度制置使；馮拯、陳堯叟分掌禮儀；丁謂計度糧草，不勝忙碌，足足籌備了好幾個月；遂令王欽若作為前站，先去佈置。欽若沿途注意祥瑞，行到乾封縣，已經得了好幾種了，如泰山醴泉現錫山蒼龍出，一一上表奏聞。

又有一個董木匠，山東人，名叫董祚，家住泰山腳下。這天出去做工，走至醴泉亭北，猛抬頭見樹林裡面，拖出一幅黃帛，上面寫著許多字，他便走到汴京，報告皇城使王居正。王居正便修書與王欽若，囑他就近查看。欽若接了此信，如獲異寶，星夜趕去調查，見黃帛上寫著御名，知道又是天書，親自上去捧了下來，交於中使，馳驛獻上。

真宗御崇政殿，向群臣說道：「五月某日，夜半子時，又夢見前次的神人向朕言道：『來月上旬，當在泰山頒降天書。』朕即密諭王欽若，隨時留意凡有祥瑞，無論大小，立刻上聞。如今果有天書下降，與夢相符，足見上天保佑。惟朕德涼薄，無以仰答天庥。」

王旦又率領群臣稱賀，將天書供奉在含芳園正殿，一切迎授宣讀的禮節，都照前次一般，那書上的篆文，乃是：

汝崇孝奉，育民廣福。錫爾嘉瑞，黎庶咸和。
秘守斯言，善解吾意！國祚延永，壽歷遐歲。

共八句三十二個字。陳堯叟謹敬讀畢，捧書升殿。百官遂上表真宗尊號，為崇文廣武儀天尊道寶應章感聖明仁孝皇帝。接連著便有許多祥瑞出現，如王欽若獻芝草八千根，趙安仁獻五色金玉丹、紫芝草，八千七百多根，其餘各州縣獻的芝草嘉禾、瑞木、靈禽、三脊茅尊，不可勝計；又因供奉天書，特詔建造王清昭應宮一座，規模宏麗，極土木之盛。知制詔王曾、都虞侯張旻，上書諫阻。

真宗問丁謂道：「工程應該停止麼？」

丁謂答道：「陛下富有天下，建一座宮，算得什麼呢？再有諫的，陛下只要說是為處祈

皇嗣起見，他們自然不敢多言了。」

真宗用了丁謂這個法子，果然沒有人再敢開口了。

不到幾時，前次派出去的封禪典禮各使，都次第復奏，一切儀注，及應用物件，俱已備齊，請真宗擇吉啟鑾。真宗乃擇定十月初二日，啟蹕登程。

不料契丹忽地遣使臣前來，請在歲幣之外，多借些錢幣。真宗便和王旦商議對付之策。王旦奏道：「契丹知道陛下東封，特來試探我們，我們須要放得輕鬆，不可被他小看了。」便諭在歲幣之外，另發銀三萬兩，絹三萬匹，還問他可夠麼？契丹得了銀絹，果然好生愧悔！到了來年，真宗又命使臣對契丹說道：「前次所借，數目甚是微細，不足措意。所在歲幣，仍舊照發，不必扣除。」

這是後話，暫且不提。

單說真宗到了十月初二日，由汴京起程，用玉輅載了天書，在前行走，所有鹵簿儀仗，都是新製的，光彩鮮明，耀目生輝，途中歷十七日，方至泰山。王欽若率領典禮各使，迎謁道旁，又獻上芝草三萬八千餘本。真宗慰勞有加，在行宮歇下，齋戒了三日，然後上山，道經險阻，降輦步行。享祀昊天上帝，左陳天書，配以太祖太宗。命群臣享祀五方帝及諸神於山下封祀壇，禮成，出金玉匱，由大禮使王旦親手將封禪書，放入裡面，謹敬封識，藏於石篋，將作臨親督工匠，將石篋封好，真宗又親自登圜臺，巡視一周，方還御幄，受群臣朝賀。

次日又禪祭地祇於社首山，一切儀節，均與封祀相同。王欽若等連上頌詞，說是彩霞起嶽，黃雲復輦，瑞靄繞壇，紫氣護幄，到了封祀的時候，又見日暈重輪，月現黃色，真個是天花亂墜，凡自亙古至今所有的祥瑞，一齊出在今日，真宗見了，好不歡喜！又御壽昌殿，受百官朝賀，上下傳呼萬歲，振動山谷，下詔大赦天下，令開封府及所過州郡，考選舉人，賜天下酺三日。改乾封縣為奉符縣，大宴穆清殿，又宴泰山父老於殿門。真個是皇恩浩蕩，帝德汪洋！

過了數日，又幸曲阜，謁孔子廟，酌獻再拜，令近臣分奠七十二子，加諡孔子為玄聖文宣王。真宗謁聖之後，又率領群臣，遊覽孔林。到了興盡思歸，方才回鑾，仍用玉輅載了天書，按驛還京。王欽若護駕西歸，又聯合了一班逢迎小人，朝奏符瑞，暮頌功德，把個真宗弄得昏天黑地，墜入迷途，自以為三皇五帝也不過如此。

丁謂又上《封禪祥圖》，揭示朝堂。因此東封才過，又議西封。恰值徐兗大水，江淮亢旱，無為烈風，金陵大火，各郡縣災祲迭見，依次入報，真宗只得把西封暫時停止；到了次年，中外略略安靖，又由群臣奏請西祀汾陰，一切典禮，仍照東封一般，命廷臣預備。

陝州又奏稱黃河清，集賢院校理晏殊，獻《河清頌》。真宗親製奉天庇民述，宣示相臣。轉眼間冬盡春來，命群臣戒備祭儀，毋得懈怠！適值京師大旱，穀米騰貴，龍圖閣待制孫奭，毅然上疏，諫阻西封，章至再上。真宗非不知孫奭很有忠心，言言當理，但已經入了

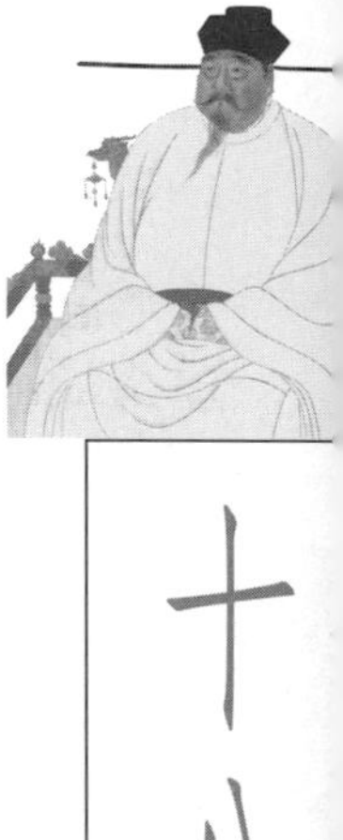

迷途，哪裡還能挽回，便將孫奭很有忠心，言言當理，但已經入了迷途，哪裡還能挽回，便將孫奭的奏疏留中不發，置之高閣。

仲春吉日，又趁著天氣晴和，啟鑾西幸，仍用玉輅，奉了天書，從京師出發，過潼關，渡渭河，遣近臣祀西嶽。進次寶鼎縣，奉祀后土地祇，一切典禮與前略同。又召隱士李瀆、劉巽、鄭隱、李寧見駕。李瀆托言足疾，不肯到來。鄭隱、李寧赴行在朝見，受賜茶果粟帛，堅請回山。只有劉巽，受職為大理評事。真宗至閿鄉，召見道士柴又玄，垂問無為要旨，又玄略對數語，不能稱旨即令退出。及抵陝州，又徵召隱士魏野，魏野亦托疾不至，先是咸平五年，張齊賢聞京兆隱士種放之名，奏請徵召。真宗下詔往御，種放即赴京，受官左司諫，直詔文館。後來東封西祀，莫不隨從，時論頗加鄙薄！此時李瀆、魏野，並辭不至，名盛一時。李瀆與魏野原是好友，均遯跡草茅，終身不仕。魏野先歿，李瀆痛失良友，不過六日，亦即逝世。

又有杭州隱士林逋終身不娶，隱居西湖，結廬孤山，女梅子崔。真宗料知林逋必不肯應徵，但賜予粟帛的，以示優禮。林逋到仁宗時始卒，臨歿時，口吟自挽詩，有「茂陵他日求遺稿，猶幸曾無封禪書」二語，傳誦一時。這且不必提他。

單說真宗自西封回鑾，尚有餘嶽未封，又命向敏中為五嶽奉冊使，加上五嶽帝號並作會靈觀，奉祀五嶽，又任王欽若為樞密使，擢丁謂參知政事，另用林特為三司使，三人互相勾結；專言祥瑞經度制置副使陳彭年，素性奸猾，綽號九尾狐，與內侍劉承珪，通聯一氣，廣修宮觀，迎合上意，朝中目為「五鬼」。

那時有個汀州人，名喚王捷的，平日以小販為生，往來江湖，頗多閱歷，聞得朝廷朝符暮瑞，東封西祀的鬧個不了，他便異想天開，要從這個上頭謀取富貴，遂捏造一片謊言，對人說道：「我於某日路過南康，遇著一個披頭散髮的道士，自言姓趙，同我一路行走，教了我許多安鼎煉丹的法兒。他說：『當今天子，乃是他的裔孫，他乃是姓趙的始祖。』臨別時，又送我一個小環，一柄神劍，忽然平地飛升，就不見了。後來向人家打聽有博學的人，知道他的根由，說這道士，就是司命真君。現在小環、神劍還藏在我家裡呢。」

這王捷信口亂說，傳入劉承珪耳內，心下好不歡喜，如飛的入告真宗，又惹出一番事情來。

第四十五回　花鼓女

劉承珪聽得王捷的一派荒唐之言，心下大喜，也不暇問他的話是真是假，便如飛地報知真宗。真宗就命劉承珪把王捷找來，當面垂問。

那王捷本是捏造出這番謊言，求取富貴的，見真宗已落圈套，召見詢問，心中暗暗歡喜，格外說得圓轉動聽，好似真個遇見了神仙一般。真宗聽了這一派話說，十分高興，立刻賜王捷改名中正授為左武衛將軍。一個小販居然朝衣朝冠地做起官來，真可算是平步青雲了。這事傳播開來，滿朝文武，莫不驚異！

真宗臨朝面諭群臣道：「朕常夢神人傳玉皇說，曾令汝始祖趙玄朗，傳汝天書。次日，又夢神人傳聖祖之命道：『吾座西偏應設六位候著。』至時自有道理。朕清晨醒來，便依照聖祖之諭，在延恩殿設立六個坐位，建立道場伺候。至五鼓一籌，果然黃光滿庭，異香遍室，聖祖先降，朕下階叩拜，復有六人到來，依次坐下。聖祖即諭道：『我乃人皇中九人之一，正是趙姓始祖，再降為軒轅皇帝，後唐時復降生趙氏，今已百年，願汝後嗣，善撫蒼

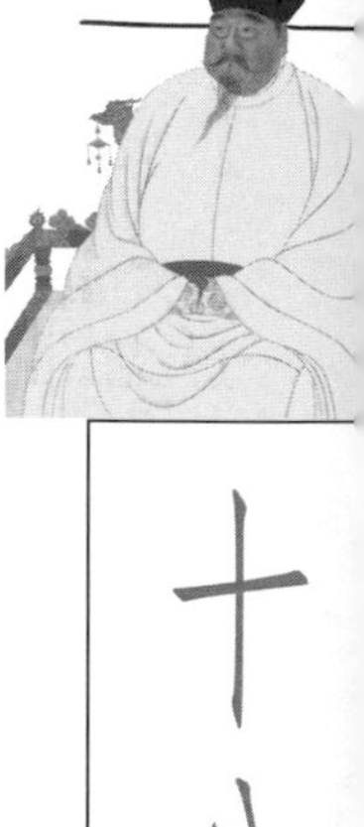

生，毋墜先志。』說畢，各離座乘雲而去。王捷所遇，想就是這位聖祖了。」

王旦等聽了，又黑壓壓的跪了一地，再拜稱賀。因頒詔尊趙玄朗為聖祖，加封司命天尊，詔天下人民敬避聖祖諱，「玄」應作「元」，「朗」應作「明」，載籍中如遇偏諱，應各缺點畫。後復以「玄元」二字，聲音相近，改「玄」為「真」，故稱玄武為「真武」，命丁謂修訂崇奉儀注，加上聖祖尊號，為上靈高道九天司命保生天尊大帝，聖母懿號為「元天大聖后」，敕建景靈宮，太極觀於壽邱，供奉聖祖聖母，並詔建康軍鑄玉皇，聖祖、太祖、太宗神像。

這神像乃選精銅鑄成，各有數丈之高，授丁謂為奉迎使，迎入玉清昭應宮內。真宗又親率百官郊謁，再命王旦為刻玉使，王欽若、丁謂為副，把天書刻隸玉籍，謹藏宮中。此後玉清昭應宮祀事，均歸王旦承辦，即賜他一個官名，叫做玉清昭應宮使。王旦雖自覺得可笑，但帝命難違，也只得隨著他一天到晚地玩那把戲了。

且說真宗自登極以來，專門忙這些虛無飄渺的事情，此時玉清昭應宮雖未告成，天書已刻隸玉籍，聖祖的神像也供奉妥當，總算料理已畢，慢慢的清閒下來，才想起正宮虛位已久，須得從嬪妃之中挑選一人，冊為正宮，主持內政，但是真宗即位之時，不是說冊立郭氏為皇后麼？怎麼現在又說宮中虛位，這不是前後矛盾麼？只因忙著敘述真宗迷信符瑞，東封西祀，各項事情沒有工夫去敘及宮闈之事。現在真宗既要冊立皇后，正可乘勢敘述一番了。

原來，真宗皇后郭氏，謙約惠下，性極儉樸，族屬入謁禁中，服飾稍華，即加戒飭，母家間有請託，亦從來不允。真宗因此甚加敬意，素無間言，景德四年，隨駕幸西京拜謁諸陵，途中偶冒寒氣，回至宮中，即得疾病，以致不起，及崩，諡為章穆皇后。真宗後宮雖多寵幸，並無中意之人。現在想從妃嬪中挑選一人冊為正宮，想來想去，只有劉德妃最為合意。

這天臨朝，便把欲冊劉德妃為皇后的話，與群臣商議，不料朝臣中卻是諫阻的多，贊成的少。你道朝臣為何都不贊成？只因內中也有個小小的原因。

那劉德妃乃是成都人氏，父名劉通，做過一任小小的武職，曾隨太祖征伐太原，死於途中。那時德妃生方數月，跟著母親在外祖家長大的，到了十三四歲，便出落得身材婀娜，相貌美麗，再加性情又很是聰明機警，一切書畫文字，絲弦彈唱，一學便會，最擅長的乃是鞀鼓，這鞀鼓乃是一種古樂，久已失傳。德妃天生的聰明資質，能用自己的意思變化運用，撥將起來，鏗鏘動人，使人聽了她的鞀鼓，愈加覺得她麗質翩躚，嬌豔異常，大約如今通行的打花鼓，就是她流傳下來的。

可惜她少年時候，運氣不佳，母親一病而亡，外祖家中也是門庭衰弱，所有的人丁漸漸死亡已盡，只剩了個德妃，孤零零的無依無靠，有了朝餐，沒有下頓，如何能夠存活。幾次要想尋個自盡，到陰間去尋找父母，免得在人間受這饑寒之苦。卻於無意中立在門前閒望，

遇見一個相士走將過去，瞧見了德妃的玉容，便立定了腳，從上至下，看個不已。

德妃見這相士只管瞧著自己，連眼也不眨一眨，心內好生奇怪！不覺臉上一紅，對那相士說：「你好沒道理，從來說的男女有別，你不走路，向我看些什麼？」

那相士聽了，陪笑說道：「我並非存著什麼歹意，只因你的品貌，乃是個大貴之相。我一生相人甚多，今天遇見你這相貌，還是第一次呢。」

德妃正在窮極無聊的時候，聽了相士的話，心中不覺一動，便問他道：「你相我怎樣的大貴呢？須知我是貧寒之人，沒有相金與你的，休要講謊話騙人了。」

相士道：「我並不要你的相金，請你將手伸出與我一看，就可斷定家身了。」

德妃被他打動了心，便也不避什麼嫌疑，竟將一雙春蔥似的玉手伸將出來。

相士看了一看，連連稱揚道：「你竟是后妃之相，到了中年，還要執掌天下的大權，富貴真個達到極點。但目下尚未交運，務要耐定了性子守候，並且一生與姓李的不對，所遇佳運，幾乎被姓李的打破，幸而有貴人扶持，還可逢凶化吉，沒有大礙。」

相士這一席話，旁人聽了，莫不暗笑，說他在那裡夢囈。便是德妃也似信不二的，以為那相士的話毫無影響，自己一個女子，貧困到這般田地，又伏處在鄉間，無人知道，哪裡來的大貴呢？但是自從聽得相士之言以後，卻把自盡的念頭打斷了。每到無可奈何的時候，就把相士的話拿來自己寬解一會兒，也就過去了。

不到幾時，聞得鄰舍家有個做銀匠的，名喚龔美，要到京師去做生意，德妃想道：「我枉自生得相貌美麗，滿肚才學，埋沒在窮鄉僻壤，怎的有個出頭的日子呢？不如也到京師去碰碰機緣？或者應了相士之言，有個發跡的日子也說不定的。」定了主張，便走去找著龔美，說出結伴同行的意思。

龔美起先也不肯答應，說一來我盤費無多，只夠一人的澆裹；二來孤男寡女，一路同行，甚為不便。德妃笑道：「你說的兩層意思，我早就打算到了。頭一件，盤費不用憂慮，我有隨身本領，到處都可以吃飯，決不累你；第二件，我們可以認做兄妹，沿路上有人查問，我自有話回答，必無意外之虞。」

龔美見她這般說法，沒法推辭，只得答應了，攜帶她一同上路。

德妃到了路上，便打起花鼓來，看的人見她生得花容玉貌，唱得珠喉宛轉，花鼓又打得高下疾徐，別有節奏，格外多給銀錢。起初德妃一個人打著唱著，後來龔美見打花鼓很可以賺錢，也就十分高興，便製了一面小小的銅鑼，幫著德妃歌唱起來，居然成了男女合演的花鼓戲了。一路之上，逢州過縣，轟動了不少的人，收入的銀錢，不但德妃吃用不完，連龔美也沾了不少的光。

不日到了京師，龔美仍去做他的銀匠，德妃把沿路賺來的幾個錢用完了，只得又去賣藝。京師地面不比得別的州郡，內而宮廷，外而官宦來往不絕。忽然來了個打花鼓的女

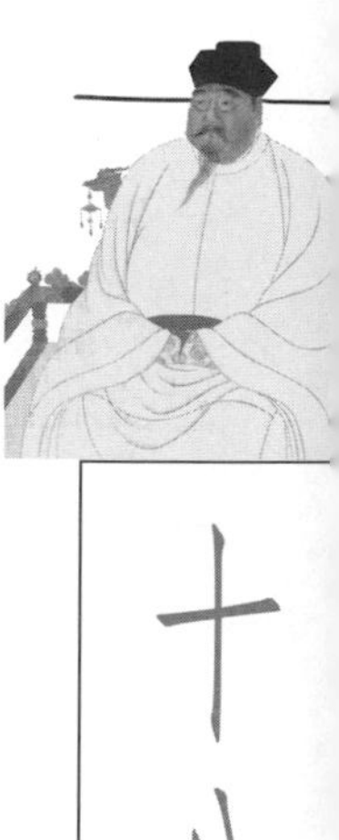

子，大家都沒有瞧過這玩藝兒，爭著前來觀看。德妃見生涯不惡，格外高興！那花鼓打得格外可聽。

這一天正在賣藝，恰巧有個襄王邸的貼身內監看見了德妃的色藝，便回到邸中，向一般同夥說了。並稱讚這女子生得怎樣標緻，唱得怎樣好聽，內監們都是一窩風的性兒，便不約而同地前來瞧德妃打花鼓，瞧了之後，人人稱揚，個個讚美！因此，一來襄邸中人都被他哄動了，漸漸地傳入真宗耳內。

真宗此時尚未立為太子，年少好奇，聽說有個外路來的打花鼓女子，便帶了幾個近侍，微服往遊。此時德妃的年紀尚只十五歲，仍與龔美住在一寓。真宗由近侍領導，直至寓中，恰巧德妃收拾好了，正要上街賣藝，忽有幾個人闖將進來，見中間一人，年紀甚輕，身穿華服，生得龍眉鳳目，相貌堂堂，隨身跟著四個人，都是太監的形象。德妃是何等聰明的，早已知道不比尋常，連著迎著他們，殷勤讓坐。

真宗便在上面坐下，四個跟隨站在旁邊，內中就有一個先開口對德妃說：「咱們小爺，聽說姐兒的花鼓打得很好，所以親來嘗鑑，你可打一套來給小爺聽？」

德妃連忙答應，取了花鼓，連打帶唱，把平生的絕藝都獻了出來。

真宗初見德妃的芳容，已是目眩神迷，暗中稱賞，及見她打起花鼓來，身材嬌小玲瓏，聲調悠揚鏗鏘，更加憐愛！

德妃早知真宗不是平常之人，有意地目挑眉語暗暗傳情，惹得真宗意馬心猿，一刻也忍耐不住，回至邸中，立時令內監把她召入，作為侍女。當下真宗細細地問她家世，據德妃自己說，先家太原，後徙成都，祖名劉延慶，曾在晉漢間做過右驍衛大將軍。父親劉通，太祖時曾任虎捷都指揮使，從征太原，中途病歿。因家世清寒，六親無靠，所以同了表兄龔美，轉徙來京的。

德妃一面訴說，一面著淒慘悲切的態度，愈加楚楚可憐！真宗正在少年時候，怎肯將她輕輕放過。那德妃又生性聰明，機變異常，想著從前相士之言，更加移篙近岸，圖個終身富貴。一個是解佩水邊，不啻神女，一個是行雲夢裡偏遇楚王，兩下裡相憐相愛，如膠似漆，片刻也分離不開。

真宗有個乳母秦國夫人，秉性甚是嚴厲，見他們這般行徑，料知必有情弊，乘間入白太宗，太宗即傳真宗當面申飭，令他速速屏斥德妃，不得存留在邸，真宗不敢違逆，便把她暗中託付了王宮指使張耆，命他暗中收留著。到得太宗晏駕，真宗即位，重新召入宮內，封為美人，破鏡重圓，愛憐倍至。屢次要晉封貴妃，俱為李沆諫阻。不久又封為修儀，進位德妃。

德妃性情極其靈變，在郭皇后面前，侍候十分殷勤，就是於同列楊淑妃，也甚為和好，御下又寬嚴得體，因此宮中盡皆稱她賢德，真宗越發寵幸。

德妃進位修儀的時候，因自己母族寒微，終鮮兄弟，前次進京，與龔美結為兄妹，現在

便奏知真宗，要將表兄龔美認作親兄，接續劉氏香煙。此時德妃寵冠六宮。真宗哪有不從之理，即令龔美改姓為劉，賞了個四品官職。

初時郭皇后連舉三子，長名禔，次名佑，又次名祇，皆生而早殤。楊淑妃生子祉、祈，又都夭折。真宗望子心切，又選納宰相沈倫孫女為才人。沈才人之父，名繼忠，亦曾任光祿卿，就是楊淑妃，家世亦復通顯，乃是天武副指揮使楊知信之幼女，比德妃先入襄邸，德妃封修儀，淑妃亦封修儀，到得郭后駕崩，德妃與淑妃名位相埒，都有繼位中宮的希望。沈才人雖係後進，乃是將相後裔，望重六宮，倒也是個勁敵。德妃表面雖是謙和，內裡甚是忌刻，只巴望產生一個皇子，皇后的位置就到手了。

無如熊夢難期，祈禱無靈，便想出一個移花接木、李代桃僵之計，暗令侍兒李氏充當司寢，每天疊被鋪床，侍候真宗。

這李氏生得容貌婉麗，性情柔和，乃是杭州人氏。祖名李延嗣，在吳越王時，曾任金華主簿。父李仁德，為左班殿值。錢椒納土歸朝，所有親屬官僚均徙至汴京，李仁德亦在徙中，攜帶兒女至汴，未幾仁德染疫身亡。繼母攜所生子他適，剩下李氏，孤零零的無以為生，遂流入空門，削髮為尼。

劉德妃斥出襄邸，寄居張耆家內時，偶至庵中禮佛，見李氏相貌嬌美，舉止從容，知是大家閨閫；與之談論，又復知書識字，應答得體，德妃心內甚為喜愛，問明了家世，知道是官宦後裔，舉目無親，遁跡空門，因與自己同病相憐，很覺惋惜，又因出了襄邸，住在張耆家內，雖然有侍候的人，並無可以托得心腹的，就與李氏說明，要將她帶在身旁，蓄起髮來，將來不愁沒有富貴的時候。

李氏本因無可奈何才做尼姑的，現在劉德妃情願帶攜她，哪有不應之理！又知劉德妃是襄王寵愛的人，此時因不能自主，所以寄居外面，遮人的耳目，日後總要重召入宮的。李氏動了富貴之念，便拜謝了德妃，隨她回去，慢慢地蓄起髮來。到得真宗即位，重召德妃入宮，李氏也跟隨進去，做了侍兒。

德妃因為自己沒有生育，要想邀結天寵。思來想去，只有李氏是親手提拔起來的，而且性情柔順，膽量很小，不怕她爭嬌奪寵，倘得生下一子，自己取來撫養，只要事情做得秘密，也就與親生的一般了，因此命李氏為司寢，暗中囑咐了一番言語。李氏的生死榮枯，都在德妃掌握，自然如命而行。真宗見李司寢嬌媚動人，婉轉柔順，心內也甚愛他，竟得當夕，一度春風珠胎孕結。真宗知道李司寢懷娠，心中大喜，每逢宴飲遊覽，常命侍駕。

一日，隨著真宗臨幸砌臺，因為金蓮瘦小，偶然一絆，將頭上的玉蕪釵震落下來。李司寢驚得面目失色，恐受譴責。哪知真宗暗地藉墜釵卜禱道：「釵落無損，當生男子。」及至左右拾起獻上，果然絕無毀損。真宗更加歡喜！

十月滿足，產生一子，便是仁宗了。真宗替他取個名字，叫做受益，進李司寢為崇陽縣

君。德妃便從襁褓中把受益抱去，作為親生，並與楊淑妃言明，同心保護，又囑咐左右，以後只說皇子是自己親生，不得洩漏於外廷，一面暗求真宗，冊立為后。

那真宗本來很寵愛德妃，哪有不允之理，次日便與群臣商議。哪知朝臣都不贊成，第一個就是翰林學士李迪，出班諫阻道：「劉妃出身寒微，不足母儀天下。」

真宗不防他說出這句話，即變色道：「妃父劉通，曾任都指揮使，如何說是出身寒微。」此言未畢，又有參知政事趙安仁奏道：「陛下欲立繼后，莫如沈才人。才人出自相門，足孚眾望。」

真宗哪裡肯聽，遂答道：「後不可以僭先，且劉妃才德兼全，不愧母儀。朕意已決，卿無多言。」

李、趙二人不敢再諫，只得退下。

真宗還要選個有名望的草詔，裝些體面。乃令丁謂傳諭楊億，命他草詔冊后。楊億搖頭不應，丁謂道：「你若草了這詔，還愁不富貴麼？」

楊億道：「如此富貴，非我所願。」

丁謂返報真宗，只得命別的學士草詔。竟冊劉氏為皇后，並晉授楊氏為淑妃，才人沈氏為修儀，崇陽縣君李氏為婉儀，一切典禮概從華贍。

劉后繼位中宮，想起從前貧苦時相士的言語果然靈驗。並聞得李沆曾經阻止自己晉封貴妃，現在又有個李迪諫阻冊立自己為后，生平與姓李的不合這句話也是不錯，就暗暗地將李沆、李迪記在心上，不肯忘記。又因自己母族無人，雖然有個龔美，改叫了劉美，在朝做官，算是哥哥，只是人丁過少，掙不來面子，心中暗暗懊恨！

劉后的心事雖然不曾出口，早有人窺測了內情，傳將出去，一時之間，就有多少姓劉的都來認做劉后的本家親族。劉后竟是來者不拒，一一地加以恩賞，汴京城內姓劉的，頓時成了大族。

那劉后又緊記著相士的話說，自己日後還要掌握大權，就仗著心性聰明，留心時事，本來知書識字，此時又旁覽經史，每當真宗退朝，展閱天下章奏，輒至夜半，劉后也陪著坐在一旁，得以預聞，一經過目，就不遺忘。

真宗有時不能記憶，或是有些疑狐的地方，向劉后詢問，竟能原原本本的回答，且能援古證今，滔滔不絕，替真宗解決事情，真宗愈加敬愛，凡事都和劉后商酌而行，因此竟干預起外政來了。

真宗仍是不改本性，專門相信符瑞仙道，每日裡東祀西禱，談神說怪。忽然聞得亳州有個太清官，供奉著老子神像，頗有靈感，遂尊老子為太上老君，混元上德皇帝，御駕親征朝謁，少不得又是一番鋪張揚厲。並且改應天府（應天府，即太祖舊藩歸德軍，在宋州，故真宗改為南京。）為南京，與東西兩京鼎立為三。敕南京建鴻慶宮，奉太祖、太宗神像，真宗亦

親去巡閱。

到得還宮，卻值玉清昭應宮告成，監修官乃是丁謂，初建築的時候，據將作監計算工程，須要十五年方能告竣。丁謂嫌他太慢，監督工人，晝夜趕做，不准休息，徹夜點起巨燭，照耀得如同白日，果然七年告成。內中共有房屋二千六百一十楹，製造宏麗，金碧輝煌，由內侍劉承珪幫同監工，略有不合，便要改造，拆了重造，造了重拆，不知耗費了多少財力，才得造成。

宮中造著一座飛閣，高入雲霄，取名寶符，供奉天書，又仿真宗御容，鑄一金像，侍立右側，真宗親製誓文，刻了石，列於寶符閣下。

張詠從益州還京，入樞直密，見了這般景象，深為嘆息！上疏劾丁謂道：「賊臣丁謂，誑惑陛下，勞民傷財，乞斬謂頭，懸諸國門，以謝天下，然後斬臣頭，懸於丁氏門，以謝謂。」這數語，傳誦京師。無奈真宗信任丁謂，非但不從張詠之言，反命他出知陳州，沒有多少時候，染病而亡，謚為忠定，其餘如太子、太師呂蒙正，司空張齊賢等，亦已凋謝。呂蒙正謚文穆，張齊賢謚文定。

王旦此時也年衰多病，屢次告退，真宗只是不准，因此尚在朝中。他本是有智量的人，明知真宗所行多不合於理，但為五鬼所挾制，只得隨聲附和，不敢立異。當李沆為相時，每取四方盜賊水旱諸事，上奏朝廷。王旦參政，以為事屬瑣碎，不必多瀆。

李沆笑道：「人生少年，當使知道四方艱難，免起驕侈之心，否則血氣方剛，不留意聲色犬馬，即旁及土木神仙之事。我年已老，不及見此，參政日後，或見及此事，那時才憶及我的言語哩。」

李沆歿後，果然東封西祀，大營宮觀。王旦常私自嘆道：「李文靖不愧聖人，我輩抱愧多多矣。」祥符九年殘臘，真宗又要改元，次年元旦，遂改元天禧。御駕親詣玉清昭應宮，上玉皇大帝寶冊袞冕。次日上聖祖寶冊，又過數日，謝天地於南郊，御天安殿，受冊號，御制欽承寶訓述，頒示廷臣，命王曾兼會靈觀使。王曾轉推欽若，固辭不受。

曾青州人，咸平中由鄉貢試禮部，廷對皆列第一，有友人作賀道：「狀元及第，一生吃著不盡了。」

王曾正色答道：「平生志不在溫飽，求功名豈是專為吃著的麼？」未幾入直史館，遷翰林學士，擢任右諫議大夫，參知政事，此時命兼會靈觀使，堅辭不受。

真宗疑其示異，當面責問。王曾跪奏道：「臣知所謂義，不知所謂異。」奏畢，從容退出。

王旦在旁聽罷，出朝對同僚道：「王曾詞直而氣和，他日德望勳業，不可限量，我卻不及見了。」遂決計辭職，連表乞表。真宗哪裡肯依，反加任太尉侍中，五日一朝，參決軍國重事。一日，召見福滋殿，別無他人，真宗見王旦老病日增，不覺黯然道：「朕方欲托卿重

事，不意卿疾若此，轉滋朕憂。」

因召皇子受益出見，真宗命拜王旦，王旦慌忙趨避。皇子已拜於階下，王旦跪答畢，對真宗說道：「皇子盛德，自能承志。陛下尚有何憂。」言罷，又頓首乞求避位，且薦寇準、李迪、王曾等數人，可任宰輔重任。真宗乃允其罷相，仍命領玉清昭應宮使，兼職太尉，給宰相半俸，命乘肩輿入朝。王旦奉詔，不敢推辭，遂力疾入內廷。真宗降旨，令王旦子雍，與內侍扶掖入見。

真宗婉言問道：「卿今疾亟，萬一不諱。國事之重，何人可任？」

王旦道：「知臣莫若君，惟聖主自擇。」

真宗固問道：「卿又何妨直陳？」王旦乃舉笏薦一個人來。

第四十六回　垂簾聽政

王旦因真宗命他推薦可以擔任國家大事的人，便舉笏奏道：「以臣所知，莫如寇準。」真宗搖頭道：「寇準性剛量狹，且常說卿短處。卿何故一再薦？」

王旦道：「臣蒙陛下恩遇，久參國政，豈無過失。寇準事君無隱，臣所以欽佩他的正直，屢次保薦。他人非臣所知，不敢妄言。」遂告退而出。

真宗自王旦免職，竟任王欽若同平章事，先是欽若為樞密，每入朝，必預備奏疏數本，伺真宗意旨，方出奏章，餘多懷歸。

樞密副使馬知節，平素深惡欽若，便在真宗駕前當面責他道：「懷中各奏，何不盡行呈覽？」

欽若面色改變，力奏知節虛誣；知節抗爭不屈，從此兩人結了死冤家，時常面折廷爭。

知節退朝，見了王曾，猶恨恨不已道：「我若用笏擊死這賊，又恐驚了聖駕。這賊不除，朝廷沒有安寧的日子。」真宗因王、馬兩人時時爭執，遂一同罷免。欽若出樞密院，知節徙

為彰德留後。至是又念及欽若，遂任為同平章事。

欽若入相，時人因其狀貌短小，項有肉瘤，都呼之為癭相。他卻毫不知恥，常常對人說道：「為了一個王子明，遲我十年作宰相。」那王子明就是王旦的表字。

王旦聞得欽若入相，愈加忿恨，病更加劇。真宗遣中使馳問，每日必三四次。有時親自臨問，御手調藥，並煮薯蕷粥賜之。

王旦並無奏對，只說負陛下聖恩一句言語。到了彌留之際，請楊億至榻前，託他選遺表，說道：「我參為宰輔，過處甚多，遺表中但敘我生平遭遇，感謝隆恩，並請皇上日親庶政，進賢黜佞，切勿為子弟求官，致滋後累。君為我多年好友，故託辦此事。」

楊億依言撰成，付於王旦觀看。王旦還親易數語，方命繕正；又召子弟等囑咐道：「我家世清白，槐庭舊澤，幸毋遺忘，此後當各持儉素，共保家門。我一生無甚大過，惟天書虛妄，我不能諫阻，甚為抱愧。死後削髮披緇，依僧道例殮葬，還可以對祖考。」說罷，闔然而逝。原來，王旦之父，名為王佑，太祖太宗朝，曾為兵部侍郎，平生多陰德事，常手植三槐樹於庭中，自言後世子孫，當有作三公者。所以王氏至今稱為三槐堂，便是那時流傳下來的。

家人都要尊奉王旦遺言，從僧道例殯殮，楊億再三阻止，仍照常例殯殮。遺奏進呈，真宗臨喪哀慟追贈太師、尚書令、魏國公，予謚文正。還宮後，又輟朝三日，錄王旦子孫外孫門客十餘人。諸子服闋，皆進一官，生榮死衰，可稱達於極點了。

那王曾因不受會靈觀使，欽若說他示異，在真宗前，進了讒言，出知應天府。忽然西京地方訛言四起，互相傳說：有個妖物，形同席帽，夜間飛入人家，變成大狼之形，傷害人民。百姓驚慌非凡，一齊關閉門戶，深居簡出，慢慢的傳到汴都，都下也就喧嘩達旦。又漸漸地傳到南京，王曾正出知應天府，聽得這個謠言，即命夜開裡門，如有倡言妖物的人，立時捕來治罪。

被王曾這樣施為，妖物並沒出現，百姓也就安寧了。真宗知道此事，也稱王曾很有膽識，就存了個召回之意。又因皇子年紀尚長，自己常有疾病，降旨立皇子受益為太子，改名為禎，大赦天下。

到了天禧三年，永興軍巡檢朱能，結連內侍周懷政，詐稱天書降於乾佑山。時寇準方判永興軍，乃將偽書上奏，有旨迎入禁中。諭德魯宗道上言奸臣妄誕，熒惑聖聰。知河陽軍孫奭，亦請斬朱能，以謝天下。真宗不從，反召寇準入京。

寇準奉詔啟行，有門生勸道：「先生若至河陽，稱疾不入，力請外補，策之上也。如果入覲，面發乾佑天書之偽，尚不失為中策；若再入中書，便是下策了。」

寇準不能從，竟入都朝見。恰巧商州拿獲道士譙天易，私藏禁書，說是能驅遣六丁六甲。欽若坐與往來，以致免相。真宗即命寇準繼任，用丁謂參知政事。寇準平素與丁謂相

善，常稱其才。

時李沆還沒有死，笑謂寇準道：「此人何可使之得志。」

寇準道：「才如丁謂，相公安能久遏。」

李沆又微哂道：「他日當思吾言。」到得寇準這次入相，已略知丁謂奸邪，因是故交，仍加禮貌。丁謂對於寇準，也甚殷勤。某夕會食中書，寇準飲羹汙鬚，丁謂起身代拂。寇準已有酒意，便戲語道：「參政國之大臣，乃替長官拂鬚麼？」

這兩句話，說得丁謂無地自容，面頰發赤，一時不便發作，心中懷恨不已，從此有意傾陷寇準，暗暗伺隙而動。未幾，寇準與向敏中均加授右僕射。寇準素性豪奢，賀客盈門，笙歌鼎沸，向敏中卻杜門謝客。真宗命中使覘視，極口稱揚敏中不及寇準。

天禧四年，真宗患風疾，不能視朝，政事皆決於劉后。寇準深以為憂！一日入宮問安，乘間奏道：「皇太子關係眾望，願陛下以宗社為重，傳以神器，擇方正大臣為之輔翼，方保無事。」

真宗道：「卿言甚是。」

寇準既得真宗許可，遂令楊億草表，請太子監國；不意酒後漏言，為丁謂所聞，大驚道：「皇上略有不適，為何便令太子監國呢？」便去告知李迪。

李迪從容答道：「太子監國，乃是古制，有何不可？」丁謂愈加疑忌，便運動內侍，入奏劉后，只說寇準謀立太子，隱懷異圖。

劉后本來懷著奢望，竟矯制罷寇準相位，授為太子太傅，封萊國公，以李迪、丁謂同平章事。真宗尚不知此事，深恐一病不起，常臥宦官周懷政股上，言太子監國之事。懷政告知寇準，請寇準竟立太子為帝。寇準連連搖手道：「此事萬不可行。」

懷政奮然說道：「劉可幽，丁可殺，公可復。相由懷政一人去幹，事成大家受福，不成我一人受禍便了，請公毋慮。」寇準再三阻止，懷政不聽而去。

寇準自懷政去後，杜門不出，暗偵宮廷舉動。過了數日，已聞懷政被拿下獄。又過一日，懷政發樞密審訊，竟伏了法。

寇準當懷政下獄時，頗為驚惶，後來打聽只有懷政一人伏法，並未株連他人，方才略略放心。

原來懷政密謀，為客省使楊崇勳所悉，告知丁謂。丁謂與崇勳連夜坐了犢車，到曹利用家計議，要乘勢除卻寇準。曹利用也因澶州議和，受了寇準的申飭，心中懷恨，便商定奏章，待旦陳進，有詔捕懷政下獄，命樞密院審訊。恰好這日的審訊官，派的是簽書樞院事曹瑋。瑋係曹彬之子，屢立戰功，入副樞密，不肯多事株連，只訊懷政罪狀。懷政也挺身自認，並不妄扳他人，具案復奏，罪止懷政一人。丁謂等大失所望，復結聯宮禁，擬興大獄。

適值真宗疾瘉，劉后不便專擅，便乘間激怒真宗，力疾視朝，面諭群臣，且要徹查太子有無情弊，廷臣見上意甚怒，都面面相覷，不敢出言。

獨李迪從容奏道：「陛下有幾個皇子，乃有此旨？太子仁孝，臣敢保決無異心。」真宗聞言，連連點首，所以只將懷政一人正法。丁謂等還不肯罷手，復與劉后通謀，訐發朱能懷政偽造天書，因寇準欺主入奏，遂貶寇準為太常卿，出知相州，一面捕拿朱能。寇準奉詔，暗自嘆息道：「不遇大禍，還算萬幸。」立即束裝出都，徑赴相州。

不料朝旨捕拿朱能，朱能竟擁眾拒捕，後經官軍進剿，朱能惶懼自殺，連帶罪及寇準，再貶為道州司馬。及真宗病瘉，顧語群臣道：「朕目中何久不見寇準？」群臣方知以前的諭旨都非上意，盡是劉后的矯制。

寇準既貶，丁謂攬權用事，黜陟專擅，除官也不使李迪預聞。李迪忿然道：「我自布衣為宰相，受恩深重，有可以報國，雖死不恨，豈肯附於奸黨，為自安計。」便留心伺察，不使丁謂妄行。

其時陳彭年已死，王欽若外調，劉承珪亦復失勢，五鬼已十分寥落，惟有林特尚在朝中，丁謂欲引林特為樞密副使，李迪不允，丁謂悻悻與爭。李迪遂入朝面劾丁謂：「罔上弄權，私結林特、錢惟演、曹利用、馮拯等，相為表裡。臣不願與奸臣共事情，甘同他罷職付。御史臺勘正。」

這幾句話，頗為激烈，惹得真宗發怒，命翰林學士劉筠草詔，左遷李迪知鄆州，丁謂知河南府。

次日丁謂入謝。真宗道：「身為大臣，如何與李迪相爭？」丁謂跪奏道：「臣何敢爭論？李迪無故詈臣，故不得不辯，如蒙陛下恩宥，臣願留侍朝廷，以酬萬一。」真宗道：「卿果矢志無他，朕何常必欲出卿。」丁謂竟謝恩而出，自傳口詔，復至中書處視事，且令劉筠改草詔命。劉筠不允道：「草詔已成，非奉特旨，不能更改。」丁謂遂令學士晏殊草制，仍復相位。劉筠慨然道：「奸臣用事，何可一日與居。」遂表請外用，出知廬州。

未幾，真宗下詔：「此後軍國大事，取旨如故，余皆委皇太子同宰相樞密，參議施行。」太子固辭，不許，遂開資善堂議政。其時太子年才十一，縱使聰明仁孝，未免少不更事，劉后與丁謂等內外弄權，其勢愈危！

恰巧王曾奉詔回京，仍任參知政事，他卻不動聲色，以保護太子為第一要著。密語錢惟演道：「太子幼沖，非中宮不能立，中宮非倚太子，人心亦未心歸附，為中宮打算，能加恩太子，太子自安。太子既安，劉氏豈有不安的麼？」

惟演很贊成此言，遂即答道：「參政此言，真是國家大計。」

當下入告劉后。劉后亦深以為然，從此對於太子將護惟謹，方得無事。

你道錢惟演是何等人物，竟能得劉后的信任呢？

那錢惟演，乃吳越王錢俶之子，博學能文，曾任翰林學士，曾樞密副使，性善逢迎，將自己的同胞妹子嫁於劉美（即銀匠龔美，與劉后同入京，改姓劉，劉后認以為兄。）為妻。與劉后乃是親戚，王曾利用他入告劉后，所以深信不疑。

過了天禧五年，真宗又改元乾興，大赦天下，封丁謂為晉國公，馮拯為魏國公，曹利用為韓國公。

元宵佳節，真宗還御東華門觀燈。到了仲春，舊病復發，臨崩時，詔太子即皇帝位，並面諭劉后道：「太子年幼，寇準、李迪可託大事。」言畢晏駕。

總計真宗在位二十六年，改元五次，壽五十五歲。

劉后召丁謂王曾入直殿廬，恭擬遺詔，並說：「奉大行皇帝特旨，由皇后處分君重事，輔太子聽政。」王曾即援筆起草，於皇后處分軍國重事中間，添入一個「權」字。

丁謂道：「中宮傳諭，並沒有『權』字，此處如何添入了呢？」

王曾正色道：「我朝無母后垂簾故事，今因皇帝幼沖，特地從權，已是國家否運，加入『權』字，尚足示後，且增減制敕，本相臣分內事，祖制所特許的，公為當朝首相，豈可不鄭重將事，自紊典型麼？」

丁謂無言可答，只得嘿然。草詔既定，入呈宮禁，劉后已先聞得王曾的議論，不便改易，就將這道詔書頒示中外。

太子禎於柩前即位，便是仁宗皇帝了，尊劉后為皇太后，楊淑妃為皇太妃。中樞密兩府，因后臨朝乃是宋朝創例，會集廷議。王曾請如東漢故事，太后與皇帝五日一朝，太后坐於皇帝右首，垂簾聽政。

丁謂道：「皇帝沖年，凡事須由太后作主。每月朔望，由皇帝召見群臣。遇有大政，由太后召輔臣議決。尋常小事，可由押班傳奏禁中，蓋印頒行就是。」

王曾勃然道：「兩宮異處，柄歸宦官，必召禍機，如何使得。」

丁謂不以為然，群臣也紛議未決。

那丁謂因要從中弄權，便串通押班內侍雷允恭，密請太后手敕，依照丁謂之議，大眾不敢反對，丁謂萬分得意，雷允恭此擅權驕恣，百官屏息，不敢與爭。還虧得王曾正色立朝，宮廷內外，尚無他變，加封涇王元儼為定王，贊拜不名。

元儼即太宗第八子，素性嚴毅，不可干犯，內外憚其丰采，皆稱為八大王。加丁謂為司徒，兼侍中、尚書、左僕射；馮拯為司空，兼侍中、樞密尚書、右僕射；曹利用為尚書、左僕射兼侍中。三人朋比為奸，丁謂尤其驕傲。

太后因記著李沆阻封貴妃，李迪諫冊立為后的怨恨。李沆已死，倒也罷了，李迪現在，恆思報復。丁謂與事要求太后歡心，且與寇準有隙，便乘機說寇準、李迪互為朋黨，奏請一一坐罪。太后正中下懷，即命學士宋綬草詔，貶寇準為雷州司戶參軍，李迪為衡州團練副使，連曹瑋也謫知萊州。

王曾便對丁謂道：「罰重罪輕，還當斟酌。」

丁謂捋著幾根鼠鬚，帶笑說道：「居停主人，恐亦不免。」原來王曾常將第舍假於寇準居住，所以有此言語。王曾因此不便多言。

丁謂又授意宋綬，命他於詔中添入「春秋無將，漢法不道」二語，宋綬不敢有違，其餘尚還含糊。丁謂看了，甚不愜意，又援筆添了四句道：「當丑徒干紀之際，屬先帝違豫之初，罹此震驚，遂致沉劇。」

這道詔書頒示出來，都下人士莫不呼冤，也就編成四句俚詞道：「欲得天下寧，須撥眼前丁；欲得天下好，不如召寇老。」

丁謂竟不恤人言，遣使迫促李迪速行，又令中官齎敕赴道州，特賜錦囊貯劍馬前，示以誅戮之狀。

寇準在道州，方與郡官宴飲，命妓歌柘枝曲以侑酒。忽報中使到來，且有懸酒馬前情形，郡官不禁失色相顧，寇準形神自若，與郡官迎中使入庭。從容問道：「朝廷若賜準死，願見敕書。」

中使無言可對，遂登堂宣敕。寇準北面拜受，徐邀中使入宴，抵暮始散，次日即赴雷州。

其時真宗陵寢尚未告成，丁謂充山陵使，與雷允恭同辦梓宮奉安事情。山陵將近完工，有判司天監邢中和，對雷允恭說道：「山陵上百步，即是佳穴，於子孫大有利益，但恐下面有石與水。」

雷允恭道：「先帝嗣育不多，若令後世多生子嗣，何妨移築陵寢。」

中和道：「山陵關係重要，踏勘復按，動須時日，必誤葬期，如何是好？」

雷允恭道：「你儘管督工改造，我立刻去奏知太后，必蒙俞允。」

此時雷允恭勢傾朝野，哪個敢違拗他，邢中和唯唯答應，自預備去改築，雷允恭便去告知太后。太后道：「這是何等大事，如何輕易更改。」

允恭道：「奴婢是為先帝子孫興盛起見，有何不可改動呢？」

太后很不為然，便道：「可去與山陵使商議，再來回話。」

雷允恭出去與丁謂商議。丁謂哪敢不從允恭之意，便唯唯答應，同去奏請改築。太后方才答應，命監工使夏守恩，督領工役數萬名，改穿穴道。初時掘土數尺，就有亂石重疊，好容易搬移去了。再掘下去，約有一丈多深，忽然一泓清水變成小池，工役大嘩。夏守恩很覺驚懼，不敢再令動工，即遣內侍毛昌達奏聞。太后責問允恭、丁謂，丁謂還袒護允恭，請另

派大臣按視。

王曾挺身請往，不及三日，已復勘回京。時已近夜，入宮求見，且請獨對，太后即宣王曾入宮，當面垂詢復勘情形。

王叩首密奏道：「臣奉旨按視陵寢，萬難改易。丁謂存心叵測，結連雷允恭，將梓宮遷移絕地，罪無可逭。」

太后聞言大驚道：「先帝待丁謂恩重如山。他竟敢如此存心，那還了得？」即命左右擬旨降罪，將丁謂、雷允恭斬首。

馮拯聞知，入諫道：「斬一丁謂，固無足輕重，但皇帝初登大寶，遽誅大臣，恐駭天下耳目。」太后聽了，怒猶未已，即命先拿問雷允恭，再行定奪。

馮拯只得遵旨，將雷允恭拿下，訊問定讞，勒令自盡。邢中和亦一同伏法，並查抄雷允恭家產，查出丁謂託允恭令後苑工匠造金酒器密書，又有雷允恭託丁謂薦保管轄皇城司，及三司衙門書稿。

太后乃召集廷臣將原書出示，遂宣諭道：「丁謂身為大臣，甘心與宦官交通，奉派陵寢要差，又敢擅自改移，幾誤大事。從前他與允恭奏事，都說與卿等商議過的，所以多半照允，究竟可是這樣麼？」

馮拯等伏地奏道：「自先帝上賓，凡事均係兩人專主，說是已經奉有太后旨意，所以臣等不敢不從。今賴聖明察出其奸，真乃宗社之福。」當下召中書舍人草詔，降丁謂為太子少保，分司西京。擢王曾同平章事，呂夷簡、魯宗道參知政事，錢惟演為樞密使。

呂夷簡為蒙正從子。當真宗封岱祀汾的時候，兩過洛陽，皆幸蒙正私第，垂問蒙正諸子可否大用？蒙正奏稱諸子無能，惟侄夷簡有宰相才，真宗返汴，即召夷簡入直，累擢知開封府，頗有政聲，至是入為參政。魯宗道常為右正言，剛正不阿，真宗稱為魯直，故此連類同升。王曾請太后匡有新君，每日垂簾聽政，太后允行。

先是丁謂，最喜媚事鬼神，聞得有女道士劉德妙，專會裝神扮鬼，便請入家中，占卜休咎，因此時常出入丁謂私第。劉德妙頗有姿色，與丁謂第三子丁玘通姦。丁謂未及覺察，反向她說道：「你專靠著做女巫，能尋幾個錢呢？何不假託老附體，說是能知人生過去未來，豈不動聽麼？」

劉德妙自然十分願意，當下丁謂就在花園裡面打掃了三間房屋，作為劉德妙焚修之所，掛起許多神像。又招好些徒弟，請了幾個客師，都是年輕女子，每日裡誦經拜懺，鐘鼓喧天，鐃鈸震地，走進去宛然是個廟宇，哄動了汴京城裡的男男女女，都來燒香許願。雷允恭便是內中的大施主，沒有一天不到的，又知道拜神求佛這些事情，是婦女們最相信的，便把劉德妙帶進宮去參見太后。

那太后倒還有些見識，並不受她的迷惑。丁謂心終不死，在山陵上掘土的時候，得著一

個綠毛龜，一條靈蛇，帶了回來，交與劉德妙，叫她帶進宮去。太后見了，必定要問，就說從我花園中假山洞得來的。倘若太后問起老君如何情形，你就說丁相公不是凡人，乃是天上星宿降世，請太后問他，自然知道。

誰知太后見了龜蛇，只當絕無其事，也不問牠從何而來，所以丁謂枉用心機，竟不能迷惑太后。這是以前的話，現在丁謂獲罪，太后正要調查他平日的所作所為，那劉德妙還不知死活，這一天又搖搖擺擺地到宮內去參見太后。

太后見了劉德妙，忽然想起她住在丁謂家中，丁謂所做的事情，一定知道。便不動聲色，喝令左右拿下，交於領班太監，就在內廷審問。劉德妙要想抵賴，哪禁得嚴刑拷打，就把以前的事情一一招認，問她別的事情，一概只推不知。

太后又派人到她住的地方，抄出丁謂親手寫來贈劉德妙的一篇頌文，面上題著「混元皇帝」四個字，內中言語尤其怪誕不經。太后見了大怒道：「就這身為宰相，交通女巫，左道惑眾一件事情，已夠辦他的罪了。」遂命將劉德妙永遠監禁，神像全行焚毀，貶丁謂為崖州司戶參軍，家產抄沒入官。在他家中抄出金錢珠寶不計其數，都是這兩年中，內外官員送與他的。

貶丁謂的詔書，仍由學士宋綬起草，首四語便是「無將之戒，歸典甚明；不道之辜，常刑罔赦。」都下人士見了這詔書，莫不稱快，都說報應昭彰，絲毫不爽！

那崖州地方，比雷州更遠，丁謂奉旨起身，必要打從雷州經過，寇準還在那裡做司戶參事，聽得丁謂將到，便煮好一隻全羊，命人送於他做路菜。丁謂將全羊收下，還老著面皮，要求見寇準。寇準固辭不見。

寇準雖然不想報仇，那班家人都是年少氣盛的，見主人受了他的害，弄到雷州來受苦，現在冤家路窄，劈面相逢，都要前去報仇。寇準知道這事，忙將家人一一叫齊，放他們賭博一天，親自把大門下了鎖，一個人也不許出去，等丁謂去遠了，方才放開。

那丁謂到了崖州，猾狡性質仍舊不改，外面裝著誦經懺悔，心內依然打主張。這一天，忽地寫了封家信，先說自己怎樣自怨自艾，中間歷敘深受國恩，未了戒忌家人，不許怨望。寫罷了，叫過一個老家人，差他將信送往西京，不許直送到家裡，須要請洛陽太守劉耀卿轉交，並且要打聽得太守宴客的這一天，方可直遞進去。老家人奉命，自然照辦。

那劉太守接信在手，很覺詫異，況且當著眾人忽與犯官通信，恐受奸黨的惡名，便想出個主意來。

第四十七回　魚頭參政

洛陽劉耀卿太守正在大宴官僚，忽然丁謂有家信請他轉交，深怕受了與奸黨通連的惡名，當下定了一個主意，把丁謂的原信申奏朝廷。

太后與仁宗看丁謂說得可憐，果然不過三年工夫，便把他調移了雷州。又過了五年，復徙移道州，後來以秘書少監致仕，病歿光州，尚有詔賜錢十萬，絹百匹。宋廷對待丁謂，總算寬厚的了。

那寇準自從丁謂貶謫以後，過了一年，就徙為衡州司馬，尚未啟行赴任，忽然病亟。寇準自知不起，忙遣人至洛中取了通天犀帶前來，沐浴更衣，束帶整冠，向北再拜，命僕役拂拭臥具，就榻而逝。那通天犀帶乃是太宗所賜，夜間發光，照耀人目，是件稀世之寶，所以寇準一定要用它殉葬。

靈柩回西京時，道出公路，百姓皆設路祭，插竹燒紙。逾月，枯竹生筍遂成為林。地方人士，因其地為之立廟，春秋祭祀，稱為竹林寇公祠。

寇準少年富貴，性喜奢華，往往挾妓飲酒，不拘小節。有侍妾蒨桃，以能詩名深得寵愛。寇準死後十一年，方奉詔復官，賜諡忠湣。

寇準、丁謂，一忠一佞，皆為書中重要人物，所以一言表過，交代清楚，免得遺漏。

再說仁宗即位，於乾興元年十月，葬大行皇帝於永定陵，廟號真宗。

仁宗知道天書是個無用之物，留著它未免導民趨於虛偽；若是燒毀了，又恐對不住先皇，所以把來殉了葬，倒也收拾得很是乾淨。到了次年，改為天聖元年，罷錢惟演為保大節度使，知河南府；馮拯亦以老病免職，復召王欽若任同平章事。

欽若再相，毫無建樹，只言皇上初政，用人當循資格，不宜亂敘，編成一幅《官次圖》，獻入宮廷，未幾亦因病逝世。

仁宗後來對輔臣道：「朕觀欽若所為，真宗為邪。」

王曾答道：「誠如聖諭。」

仁宗乃用參知政事張智同平章事，召知河陽軍張耆為樞密使。那張耆毫無勳績，只因太后微時，曾得張耆照應，所此得寵命。樞密使晏殊諫道：「張耆既無功績，又無資望，不堪重任。」此言大拂太后之意，適值駕幸玉清昭應宮，晏殊扈從。家人持笏後至，晏殊發怒，舉笏力擊家人，至於折齒。太后藉此因由，責晏殊出知宣州，令學士夏竦繼任。夏竦小有才，善事逢迎，遂得遷副樞密。太后稱制數年，事無大小，悉由裁決。

一日參政，魯宗道進謁，太后問道：「唐武后如何？」

宗道正笏奏道：「武后為唐室罪人。」

太后道：「何以為唐室罪人？」

宗道奏道：「幽嗣主，改國號，幾危社稷，故為罪人。」

太后嘿然無語。有內侍方仲弓，請立劉氏七廟。太后以問輔臣，魯宗道亟奏道：「天無二日，民無二主。劉氏立七廟，將何以處皇上？」太后為之改容。

會太后與皇上同幸慈孝寺，太后鳳輦先發。魯宗道挽輦諫道：「夫死從子，古之通議。太后母儀天下，不可以紊亂大法，貽譏後世。」太后聞言，立命停輦，俟帝駕先發。

樞密使曹利用，自恃勳歸，氣勢甚盛。太后亦加畏憚，稱為侍中而不名。魯宗道每與爭執，不稍屈撓，因此宮廷內外，都稱宗道為魚頭參政。可惜天不假年，老成凋謝，天聖六年，竟以病歿。太后親臨賜奠，稱為遺直。未幾同平章事張知白亦卒，曹利用保舉尚書左丞張士遜同平章事。

利用的侄兒曹訥，為趙州兵馬都監，常於酒後，身著黃衣，令人呼為萬歲。朝廷聞知，遂興大獄，將曹訥斃於杖下。內侍羅崇勳，亦在太后前說利用的壞處，連帶著發交廷議。

張士遜奏道：「此事乃不肖子侄所為，與利用無涉。」

太后怒道：「你感利用舉薦之恩，應作此言。」

王曾亦前奏道：「此事實與利用不相干涉。」

太后道：「卿常言利用驕橫不法，今亦何故助之？」

王曾道：「利用恃寵而驕，故臣舉其過失。今若牽連侄案，說他謀逆，臣實不敢附和。」

太后意乃稍解，遂罷利用為千牛衛將軍，出知隨州。張士遜亦坐是罷免。

曹利用奉旨出都，復因私貸官錢，安置房州。原來利用自澶州與契丹講和有功；累蒙恩寵，甚為驕橫，平日瞧不起內侍，遇有內降恩典，皆力持不與，因此結怨宦官。現在獲罪貶謫，內侍羅崇勳，令其同黨楊懷敏，押解利用，沿路之上，詬辱交加。利用氣憤不過，至襄陽驛，投繯自盡。太后遂任呂夷簡同平章事，夏竦薛奎參知政事，姜遵、范雍、陳堯佐，為樞密副使。

獨王曾為首相，任職如故。先是太后受冊，欲御大安殿，受百官朝賀，曾力言不可。到了太后生日上壽，又要御大安殿，曾又以為不可。太后雖從其議，就偏殿受賀，心內很是不快！太后左右姻戚稍通請謁，曾又多方裁抑，太后愈加不樂，只是再三含容，不便發作。

不料天聖七年六月內，驟降大雨，雷電交至，忽有一團火飛入玉清昭應宮內，霎時之間，火星爆烈，烈焰飛騰，直穿屋頂，衛士慌忙赴救，哪裡撲滅得來，延燒了一夜，把這座玉清昭應宮燒成一片白地，只剩長生、崇壽兩座小殿沒有燒去。

太后聞報，立刻降旨，將守宮官吏繫獄問罪，並召集廷臣，流淚說道：「先帝造此宮時，費盡心力，一旦延燒俱盡，如何對得住先帝呢？」

樞密使范雍見太后這般做作，料知她只要藉端罪人了，不待言畢，即抗聲奏道：「如此大宮，忽成灰燼，乃是天意，非由人事，不如將長生、崇壽二殿亦一併毀去，免得日後再議修葺，致勞民力。」

中丞王曙也道：「天意示戒，應除地罷祠，挽回天變。」司諫范諷又奏與人無關，不應置獄窮治，太后拗他們不過，只得下詔，不再修葺，改長生、崇壽二殿為萬壽觀，減輕守宮官吏之罪，並廢諸宮觀使。惟首相王曾，以不能燮理陰陽，致召災異，出知青州。宋朝自仁宗以前，宰相有小過罷免，多出為節度使，王曾以首相罷知州事，可見太后對於王曾，銜恨甚深了。

那仁宗已是二十多歲，太后還是臨朝聽政。秘閣校理范仲淹，因皇帝年長，疏請太后還政。太后非但不聽，反將仲淹出判通州。翰林學士宋綬，又請軍國大事，及除拜輔臣，由皇上稟請太后裁奪，餘事皆殿前取旨。此奏又大忤太后之意，出宋綬知應天府。仁宗又改元明道。

過了月餘，生母李氏患病，十分沉重。可憐那李氏，枉是生了仁宗，混在先朝宮娥裡面，一聲也不敢言語，看著太后這等榮耀，心裡未免氣憤，所以疾病一天重似一天，直至臨

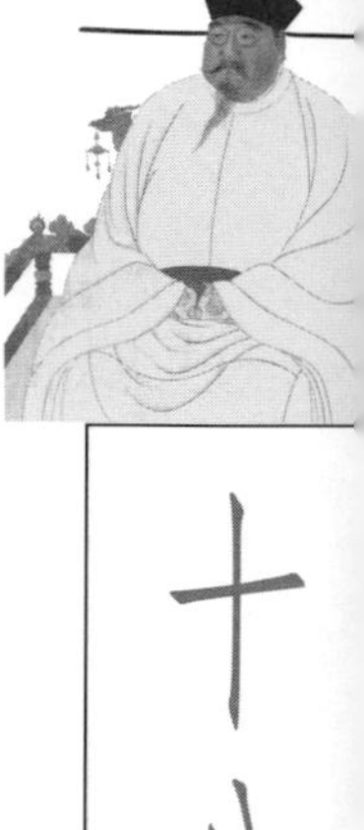

終時，才有人奏知太后，方進封宸妃。冊寶送來，已是不省人事，當晚就死了。

太后只當抱養仁宗的事情，外廷無人知道，使命照宮人例殯殮，移棺出外。呂夷簡入奏道：「臣聞得有宮嬪病歿，如何不聞內旨治喪？」

太后聽了，勃然變色，知道語出有因，礙著仁宗在旁，不便追問，即便立起，引了仁宗入內。不到一刻，重又出外，立在珠簾之下，召夷簡問道：「死了一個宮嬪，乃是平淡之事，還要你們大臣干預麼？」

夷簡道：「臣待罪宰相，宮內宮外，事無大小，都應該知道的。」

太后將臉一沉道：「卿要離間我母子麼？」

夷簡不慌不忙地奏道：「太后不顧念劉氏，臣不敢多言。若欲使劉氏久安，宸妃葬禮，萬難從輕。」

太后心性本來靈敏，聽了此奏，不禁點頭，遂命用一品禮殯殮宸妃。

夷簡又對內侍押班羅崇勳道：「宸妃入殮冠服，你怎樣預備？」

崇勳道：「自然遵依太后諭旨，用一品冠服殯殮。」

夷簡道：「據我的意思，要用后服殯殮，棺中還要滿滿地貯著水銀，你可照此辦理。」

崇勳連連搖頭道：「太后諭旨，誰敢更改？」

夷簡道：「你不從我言，他日辦起罪來，休要後悔。」說罷自去。

崇勳見夷簡說得如此厲害，只得到太后跟前把夷簡的話一一奏知。皇太后低著頭想了一會兒，便命依了夷簡之言，用后服盛殮，停柩於洪福院中。

到了次年春季，太后欲用天子袞冕入祭太廟。薛奎諫道：「太后若用袞冕，將用什麼拜禮？」太后不從，吩咐尚衣，預備了平天冠，袞龍袍，到了致祭這天，穿著起來，備齊法駕，至太廟主祭。

皇太妃楊氏、皇后郭氏，隨賀而行。太后行初獻禮，拱於上香。皇太妃亞獻，皇后終獻。禮畢，群臣上太后尊號為應天齊聖顯功崇德慈仁保籌皇太后，太后覺得穿了袞冕，很是好看，從此臨朝辦事，也就穿起來了。

就有那些善於趨奉的小人都疑心太后要自己做皇帝，三司使程琳，便畫了一幅《武后臨朝圖》於太后，以為總合了太后的心意。哪知太后瞧了一眼，即擲在地上道：「我不做這樣的負祖宗的事情。」其餘的人，今不敢前來嘗試。

但是太后雖不想做武后，她母家劉氏想做武三思的，很不在少數，那些冒認宗族的都位，諸請要十分得意，還有那劉美，更是盛極一時，居然甲地齊雲，田連阡陌。一個做銀匠的，富貴雙全，在他倒也心滿意足了。但劉美雖不去招攬權勢，一班奔競貪綠的人，自會找上門來。如趙積因為走了他家中丫鬟的門路，便升到參知政事，當時的勢力，也就可想而知了。

正在炙手可熱的時候，太后忽感寒疾，甚是沉重。仁宗徵召天下名醫詣京診治，終無效，逾月而崩，年六十五，謚曰章獻明肅，歸制后妃皆二謚，稱制加曰謚。自劉太后為始，太后臨朝十一年，政令嚴明，恩威並用。左右近侍不稍假借，內外賜予亦有節制。漕使劉綽，自京西還都，奏稱在庾儲粟，有羨餘糧千斛，乞付三司。太后道：「卿識王曾、張知白、呂夷簡、魯宗道麼？他四人曾進獻羨餘麼？」

劉綽懷慚而退，至晚年，稍進外家。宦官羅崇勳、江德明，始從中弄權，所有被服袞冕等事，皆是二人慫恿出來的。

太后臨歿之時，口不能言，還用手牽扯衣服，若有所囑。仁宗看了，未免懷疑，出問群臣。參政薛奎奏道：「太后命意，想是著了袞冕，不便見先帝於地下。」仁宗恍然大悟，遂用后服殯殮；且因太后遺囑，尊楊太妃為太后，同議軍日重事。

御史中丞蔡齊，入白相臣道：「皇上春秋已富，習知天下情偽，今日親政，又嫌太晚，如何還要母后稱制呢？」

呂夷簡等皆不敢決。八大王元儼，入宮與喪，聞得此事，朗聲說道：「太后是帝母名號，劉太后已是勉強，尚欲立楊太后麼？」

夷簡等面面相覷，不敢出聲，仁宗也十分驚疑。

元儼又道：「治天下莫如孝，皇上臨御十餘年，連本生母還沒有知道。這也是我輩臣子不能盡職之過。」
仁宗愈加驚疑，急問元儼道：「皇叔所言，令朕不解。」
元儼道：「陛下是李宸妃所生，劉、楊二后，不過代育。」
仁宗不待說畢，便道：「皇叔何不早言？」
元儼道：「先帝在日，劉后已是用事。至陛下登基，四凶當道，內蒙外蔽，劉后又諱莫如深，不准宮廷洩漏機關。臣早思舉發，惟恐一經出口，臣遭譴責，固不足惜，且與聖躬及宸妃有礙。臣十年來杜門養晦，不預請謁，正欲為今日一明此事。諒舉朝大臣，意亦相同。只可憐宸妃誕生陛下，終身莫訴。就是當日身死，亦復人言藉藉，說是劉后暗中謀害哩。」
仁宗聞言，忍不住痛淚雙流，回顧呂夷簡道：「這事可是真的麼？」
夷簡答道：「陛下確是宸妃所生，劉太后與楊太妃共同撫育，視若己子。宸妃薨逝，實由正命。臣卻深知底納，今日非八大王奏明，臣亦當待時舉發。」
仁宗此時見證據確鑿，絕非謬誤，竟大聲號痛，亟往宸妃殯所，親視遺骸。
夷簡復奏道：「陛下應先盡公義，後及私情，且劉太后與楊太妃撫養聖躬恩勤備至，陛下亦不宜忘。」
仁宗只是悲傷，嘿無一語。
元儼對夷簡道：「楊太妃若為太后，李宸妃更宜尊為太后了。」

夷簡轉告仁宗，仁宗略略點頭，遂即議定尊楊太妃為皇太后，刪去同議軍日重事一語。李宸妃亦追尊為太后，諡曰章懿。一面為劉太后治喪，一面下詔罪己，又親自至洪福寺祭告，撫棺慟哭，嫌棺木不好，另外備了楠木梓宮，開棺觀看，見宸妃身上全是皇后冠服，棺中貯水銀，而容如生。

仁宗心中始略略寬慰，回到宮內，私自嘆息道：「人言究不可盡信。」因此待劉氏恩禮如故，但召還宋綬、范仲淹，放逐內侍羅崇勳、江德明，罷修寺觀，裁抑幸進，朝政清明，中外稱慶。

呂夷簡揣摹仁宗心理，頗欲勵精圖治，他便乘機取悅，上一道奏章，條陳八事，他條陳的是哪八事呢？一議正朝綱，二議塞邪經，三議禁貨賂，四議辨佞幸，五議絕女謁，六議疏近習，七議罷力役，八議節冗費。這八個條陳，卻也說得語語得體，言言懇摯，仁宗看了，很為愜意，即召呂夷簡入宮商議，將張耆、夏竦、范雍、晏殊等，盡行罷職。

夷簡自然贊成上意，到了次日，正在洋洋得意，押班唱名，罷免張耆等人，哪知營門宣詔，到了末了，忽然霹靂一聲，自己的大名也在其內，卻是同平章事呂夷簡，著授武勝軍節度使，檢校太傅，同中書門下章事，出判陳州。這詔宣罷，驚得夷簡呆呆發怔，不知何事忤了上意，致有此變。當下只得領旨告退，暗話內廷太監打聽原故。有個內侍副都知閻應文，告訴他細情，方知是郭皇后弄出來的事情。

那郭皇后，乃是平盧節度使郭崇的孫女，與石州推官張堯封的女兒，同時入宮。天聖二年，擬冊立皇后。仁宗愛張女秀麗敏慧，欲選為正宮。劉太后不以為然，遂致立郭氏為后，恰不甚得仁宗的歡心，偏是這日步入宮中，與郭后談起把從前諂附劉太后的人一一罷免，又稱讚呂夷簡忠誠可靠。

郭后與夷簡並沒嫌隙，無意中說道：「陛下以為夷簡不諂附劉太后麼？不過他的為人很是機警，所以瞧不出來。」

仁宗聽了，不免動疑，遂不令中書草制，用手敕罷免夷簡。夷簡既罷，復召李迪入相，用王隨參知政事，李諮為樞密副使，王德用簽書樞密院事。

不到幾個月，有諫官劉渙，疏陳時事道：「臣前請太后還政，觸怒慈衷，幾投四裔。幸陛下用呂夷簡言，察臣愚忠，准臣待罪闕下。故臣不避斧鉞，瀆陳一切之語。」

仁宗覽疏暗道：「夷簡究竟不附劉太后，這一晌委屈他了。」遂又召夷簡為相，擢劉渙為右正言，又命宋綬參知政事，王曙為樞密使，王德用、蔡齊為副使。

夷簡再召入相，深怨郭后，欲圖報復，日復窺伺，乘機而發。

那仁宗雖然是寬仁之主，卻甚好女色，因為郭后不甚稱自己之意，心內很不喜愛，但阻著劉太后做了主，立為正宮，仁宗並不到昭陽院內去。好在宋朝那時的制度，後宮中還有三千佳麗，仁宗既不喜皇后，就在後宮任意挑選，揀那中意的封為美人。

那時劉太后雖然尚在，卻不便干涉這些事情，因此除了張美人以外，還有許多美人，最寵美的乃是尚美人、楊美人兩個。這兩個美人深得仁宗之心，真個是承歡侍宴無閒暇，春從春遊夜專夜。郭皇后見尚、楊二美人如此得寵，心內未免懷著妒意，便依仗劉太后的勢力，常常地拿出皇后身份，要壓服這兩個美人。尚、楊二美人都在仁宗面前，撒嬌撒癡慣的，如何肯受皇后的欺負，少不得爭鶯叱燕，指桑罵槐，彼此鬧個不了。仁宗不好偏袒哪個，只得裝癡作聾，不去理睬他們。但礙著劉太后的情面，尚、楊二美人，也略讓皇后一步，現在劉太后已崩，這些美人愈加肆無忌憚，不把皇后放在眼內。

這日正是臘八日子，眾嬪妃都隨了仁宗在宮內閒談，皇后也在座中，尚美人得意洋洋，手內拿了一隻哥窯茶杯，一面吃茶，一面談笑，說得忘情，偶不當心，將茶濺在皇后衣服上面。皇后便責備她鹵莽。尚美人不服，反與皇后頂撞起來。皇后憤怒已極，也顧不得什麼禮節，遂上前力批尚美人面頰。

尚美人到底因她是個皇后，不敢對打，便哭著向仁宗身後躲閃。仁宗見尚美人為皇后所打，心內好生憐惜，又不便責備皇后，遂用全身遮蔽著尚美人。那皇后見仁宗助著尚美人，更是火上添油，哪裡遏制得住，又舉手一掌批去，卻打在仁宗頸項上，指爪銳利，劃成兩道血痕。仁宗不禁動怒，呵斥了皇后幾句，遂帶了尚美人自往西宮。那尚美人還撒嬌撒癡，哭個不了，逼著仁宗替她出氣，惹得仁宗越發動怒。

內侍閻應文與呂夷簡平日甚相友善，夷簡正託他窺伺宮中的間隙，有了這個機會，如何還肯放過。遂入奏仁宗道：「尋常民家，妻尚不敢凌夫，陛下貴為天子，竟受皇后如此欺侮，還當得了麼？」

仁宗半晌無言，應文又道：「陛下頸上，血痕宛然，明日指示頸痕，並言皇后潑悍情形。」

夷簡答道：「皇后太覺失禮，恐不足母儀天下。」

仁宗道：「廢后一事，惟恐有干清議，不知古來有這個辦法嗎？」

夷簡道：「漢光武乃英明之主，因郭后怨謗，即行廢黜，何況傷及聖禮呢？」

仁宗聽了，意思乃決，遂與夷簡商定，只說皇后自願修行，封為淨妃玉京衝妙仙師，出居長寧宮。

夷簡知道台諫必要來諫阻的，就勸仁宗傳諭有司，不得受台諫章奏。果有中丞孔道輔、諫官范仲淹、孫祖德、宋庠、劉渙、御史蔣堂、郭勸、楊偕、馬絳、段少通等一班人，聯名具疏，入呈不納，遂同至垂拱殿，俯伏階下，請賜召對，只見殿門緊閉，絕無聲息。

孔道輔見了這般景象，如何忍耐得住，乃扣環大呼道：「皇后被廢，有累聖德，奈何不令台諫進言。」

仁宗傳旨，令至閣中與宰相相話。道輔率同諸人來至中書，吳夷簡已守候在那裡，就對

夷簡說道：「大臣之與帝后，獨人之子與父母。父母不和，只可諫勸，斷無順父出母之理。」

夷簡道：「皇后傷及帝頸，失禮太甚，且廢后亦漢唐故事，有何不可。」

道輔厲聲道：「如此說來，廢后乃是你的主意了。大臣當導君為堯舜，如何效法漢唐失德之事呢？」

夷簡無言可答，拂袖徑入，對仁宗說道：「伏闕請對，不是太平景象，非加貶謫，恐他們還不肯停止諫諍。」

仁宗深以為然，遂決意貶黜台諫。

次日孔道輔要齊集百官，與呂夷簡廷爭。哪知剛到待漏院，即有詔旨道：

伏闕請對，盛世無聞。孔道輔等冒昧徑行，殊失大禮。孔道輔著出知泰州；范仲淹出知睦州；孫祖德等罰俸半年，以示薄儆。自今群臣，毋得相率請對。

道輔等奉了旨意，只得嘆息而退。郭后既廢，仁宗更加寵愛尚楊兩個美人，每夕當御，貪戀淫樂，不到幾時，把個仁宗累得形神俱疲，漸就尪羸，竟至不能起床。

這個消息傳將出來，中外憂懼！楊太后聞後情由，即命仁宗斥退二美人。仁宗奉了慈諭，心戀二美，如何捨得，只是含糊答應，遲遲不遣。

楊太后見仁宗不遵懿旨，心內動怒，立刻召了閻應文，當面發作，命他傳諭仁宗，速斥二人，否則要召集百官，宣布二美人迷惑皇上的罪狀。

閻應文見太后動怒，方才著急起來，便再三向仁宗勸道：「太后發了怒，若不遣美，一定不肯甘休。尚真個召集群臣，宣布罪狀，非但尚、楊二美人難逃罪譴，就是陛下面上，也不好看，還自動地把兩個美人遣出為妙。」

仁宗聽了，只得恨恨地道：「既然太后不肯容留，你就叫她們出去罷。」閻應文奉了旨意，即去令她們出宮。尚美人與楊美人哭哭啼啼，哪裡肯出去。

第四十八回　金面狄青

仁宗因楊太后發怒，不敢有違慈意，將尚楊二美遣出宮去。閻應文奉了旨意，即喚入兩乘氈車，逼迫二美人出宮。二美人哭哭啼啼，不肯出去，還要央求應文，帶去面見仁宗，希望顧念舊情，免遣出宮。應文哪肯用情，大聲叱道：「宮婢休得饒舌。郭皇后身為正宮，也被你兩人弄出宮去，做了道姑。你們還要在宮內迷惑皇上麼？」遂勒令上車，驅出宮去。

次日仁宗下詔，命美人尚氏為女道士，居洞真宮；楊氏別宅安置。過了月餘，仁宗沒有這兩美人纏繞，果然病體痊癒，就另冊曹氏為皇后，令廢后郭氏出居瑤華宮。曹皇后乃已故樞密使曹彬孫女，係出名門，寬仁大度，馭下有方。自冊立為后，見仁宗身體孱弱，恐無皇嗣，深以為憂，遂勸仁宗於宗室中取一幼子，作為螟蛉，素知太宗之孫，商王元份之子允讓多男，其第十三子名宗實，年方四歲，便召入宮內，由曹后撫養，後來就是英宗了。

那郭氏自出居瑤華宮後，仁宗想起結髮之情，未免心中記憶，常常叫太監去問候，又命宮女送些東西給她，無事之時，還作兩詩賜與她。郭氏也依韻和答，念思淒婉，悲涼動人，

仁宗瞧了，更加想念，悄悄命人備車去接郭氏進宮，大有好夢重圓之意。郭氏卻對來使說道：「陛下要我進宮，卻也不難，只要百官立班，重新受冊就可以了。」

仁宗聽了來使之言，便道：「這也沒有什麼不可以的。」

哪知這句話不打緊，竟送了郭氏的性命。因為當初廢郭氏時，乃是內侍閻應文激動仁宗的，現在聽見這話，深恐仁宗真個實行起來。郭氏復了位號，自己的性命難保，心下甚是憂慮！恰巧過了兩天，郭氏忽然患起病來，仁宗聞知，便命應文帶了御醫，前往看視。應文得了機會，好不歡喜，便賜囑了御醫，下了些不對症候的藥。郭氏服了，不到幾日，一命嗚呼。仁宗不免哀悼一番，無可如何，只得付之天命。外面卻紛紛議論，都說廢后死得可疑，閻應文難辭其責，只是拿不著他弒后的證據，無從舉發罪狀。

此時范仲淹正調做開封府尹，上疏請復郭氏皇后名號，一切殯殮，悉從皇后典禮，只是不祔太廟，沒有諡號就是了，又參劾閻應文種種不法。仁宗也正因郭氏死得奇異，又聽了外面種種風傳，心下也要辦他，立刻准了仲淹本章，將應文充發嶺南。

應文奉旨登程，覺得有個女鬼跟隨著他，滿心憂懼，生起病來，時時只叫饒命，走到半路而死。未幾楊太后亦崩，諡曰章惠，附葬永定陵。

這年西夏入寇延州，原來西夏主趙德明，臣事宋朝，又臣事契丹，總算安分守己，不來生事。德明有子元昊，性頗勇毅，且有智略，常要併吞回紇吐蕃諸部，稱霸西陲；後竟破了回紇，佔據甘州。德明因其有功，立為太子。元昊恥居人下，常常勸德明叛宋，德明不從，且戒元昊道：「自我父連歲用兵，疲敝不堪，近三十年來，稱臣中國，累沐恩澤；中國待我，不謂不厚，萬勿辜負。」

元昊道：「衣氈毳，事畜牧，乃我蕃族本性。丈夫子生為英雄，非王即霸，奈何甘作宋人奴隸呢？」

未幾德明逝世，其子元昊嗣位。宋遣工部郎中楊吉，冊元昊襲封西平王，定難軍節度使，夏銀綏靜宥等州觀察使，及處置押蕃落使。元昊雖然受冊，常有侵宋之心，自號鄂摩兀卒，仿中國朝廷體制，雜用蕃漢人為文武百官。

正在招攬人才的時候，恰值華州有兩個秀才，一姓張，一姓吳，都因屢次考試不能取中，文困場屋，自以有才不能得志，心懷怨望，便結伴閒遊，偶至邊塞，聞得元昊有意窺邊，正在收用人才，便商量前去投效，以展胸中抱負。主意即定，回到家中，拾掇了行李，湊集了幾十兩銀子，作為川資，來到西夏，見街市繁盛，與內地不相上下。兩人人地生疏，無從見得元昊，每日只在街市遊蕩，懷中所帶銀兩，亦已用罄。

這天又出來閒遊，走到一條街上，見有一所大房子，修飾得很是壯麗，門上懸著一塊匾額，寫著「招賢館」三個大字。兩人見了大喜，依姓吳的便要進去投效，姓張的忙止住了他道：「我們去找他，要被他瞧不起的，須要他來請我們才好。」

姓吳的道：「你有什麼法兒，使他來請我們呢？」

姓張的用手一指道：「那邊不是一座大酒樓麼？我們且去吃飽了再說。」

姓吳的道：「你懷裡還有銀子麼？我是早完了，先明白告訴你。」

姓張的道：「誰還有銀子呢？你不要管，跟了我去就是了。」說著，灑開大步，便向酒樓奔去。姓吳的沒法，只得跟著走去。

到了樓上，揀個清潔的座頭，坐將下來。堂館問兩位要什麼酒菜，姓張的吩咐只揀好的搬上來。姓吳的卻捏著一把汗，怕吃了沒錢會鈔，伸伸縮縮的不敢下箸。姓張的卻如若無事，一面說笑，一面吃喝。不上一會兒，早已杯盤狼藉。

堂倌過來算帳，該是九兩五錢銀子。姓張的道：「好好！另外賞你五錢銀子，一共是十兩罷，你可去取副筆硯來。」

堂倌先聽說賞他五錢銀子，心內十分歡喜，連連道謝。後來聽說要筆硯，便著急道：「小店裡是向來不寫帳的，相公休要纏錯了。」

姓張的道：「胡說！誰要欠你們的錢，快把筆硯取來，我有用處。」

堂倌無奈，只得把帳臺上的筆硯取來。姓張的研得墨濃，蘸得筆飽，就伸手在那雪白的粉牆上，寫下一行道：「某年月日張元、吳昊在此飲酒。」寫罷，將筆一擲，拉著姓吳的起身就走。堂倌慌了，走上前來緊緊將兩人拉住，口裡喊道：「你們要吃白食，也先打聽打聽這個酒樓是什麼人開的。」

這一聲喊，早從樓下跑上個人來，先把張、吳二人打量了一會兒，便喝令堂倌放手，問是何事叫喊？堂倌道：「這兩個客人，吃了九兩五錢銀子酒菜，還說賞我五錢銀子，湊成十兩，到臨了，在雪白的粉牆上，塗抹了許多字，一個大錢也不給，就這樣的要跑了。」

那人聽說在牆上寫著字，便跑去瞧了一瞧，也不與二人答話，吩咐堂倌好好地看守著，逕自下樓去了。

原來這座酒樓便是元昊開設的，他知道這些奇才異能之士都是有志量的，如何肯低頭折腰，自來投效？雖然設了「招賢館」，恐怕難得真才實學的人，所以又在這衝要地方，開了這座酒樓，派了個親信官員，常常地前來查視，如有舉動特異，相貌與常人不同的，即去報告於元昊知道，一則是收羅人才，二則可以訪查奸細，真是一舉兩得的事情。

方才上樓來的這個人，正是元昊派的親信官員。他一見張、吳二人，就覺得舉止不凡，大異尋常，後來又見牆上寫了兩人的名字，巧巧的犯了國主的諱，知道兩人必是有意前來投效，不肯屈節，所以如此。他便不多言，逕去啟奏元昊去了。

那姓吳的見這人去了，料知必有禍患，又被堂倌監視著，不能脫身，就埋怨姓張的，不該闖禍，姓張的只是微微冷笑，不去理他。

等了一會兒，那先前的人又走了來，向兩人說道：「國主傳見兩位呢。」

姓張的巴不得這一聲，便道：「很好！我也正要請見國主呢。」說著，舉腳就走，姓吳的也跟著同行。

到了王宮，元昊一見，便問：你二人向來做什麼事情的？姓張的道：「我們向來都是讀書的秀才。」

元昊喝道：「做了秀才，連入國問諱這句話都不知道麼？」

姓張的哈哈大笑道：「大王連姓也不顧，還顧什麼名字呢。」

元昊聽了這話，好似兜頭澆了一盆冷水，暗自想道：「我鬧了這年，稱帝稱王，自命雄豪，怎麼還用著宋朝的賜姓，不但是我糊塗，連我手下的人，也沒個想得到此。這兩個人既有這般見識，一定是不凡之人。」想罷，便走下殿來，親自扶二人上殿賜坐，問道：「兩位先生遠道而來，必有妙策可定中原，還請賜教。」

張、吳兩人便勸元昊速建大號，說是非此不足以團結人心。元昊本有此意，聞言大喜，即日稱帝，改元天授，國號為夏，授張、吳兩人為樞密使，一切開國制度，軍事方略，都由二人為之規劃施行，真個是言聽計從，很有權力。

兩個中朝不得第的秀才，竟做了西夏的開國元勳，這也是宋朝用的那些主試的官員，屈抑有才氣的人，使他不能得志，才弄出這樣事情來。

張、吳二人既做了元昊的官，又得了他的信任，也便忘記是中國人，竟替他盡心竭力地籌畫起來了。元昊意欲侵宋，張、吳二人替他劃策，先以朝五臺山拜佛進香為名，窺探道路，再與鄰近諸酋長歃血為盟，約定先攻鄜延，擬從靖德、塞門寨、赤城路三道並進，又遣使上表宋廷，語言悖謬。

是年仁宗改景祐四年，為寶元元年。呂夷簡等皆已罷職。王曾封沂國公，亦復逝世。仁宗又起用張士遜同平章事，王鬷、李若谷參知政事。因元昊表詞傲慢，群臣皆主張興師問罪。諫官吳育上言，姑許所求，密修戰備。彼漸驕盈，我日戒飭，萬一決裂，不足為害，這乃是欲取姑與之策。張士遜目為迂腐之談，遂下詔削奪元昊官爵，禁絕互市，懸賞募元昊首，有能斬之以獻者，即授定難軍節度使，任夏竦為涇原秦鳳安撫使，范雍為鄜延環慶安撫使，經略夏州；知樞密院王德用，請自將西征。

仁宗不允，德用狀貌雄偉，頗似太祖，平日頗得軍士之心。仁宗左右都說他相貌不凡，不可久典樞密，掌握兵權。仁宗不免動疑，非但不許德用西征，且把他降知隨州，改用夏守贇知樞密院。

元昊入寇保安軍，將至安遠寨，見有數千宋軍前來，哪裡放在心上？以為數千宋兵，值得什麼了，只須一陣，就可打發乾淨。哪知兩陣方圓，忽從宋軍隊裡，飛出一員披髮仗劍，面如黃金的將官，直驅過來。夏兵不知是人是鬼，是妖是仙，頓時驚慌起來，紛紛倒退。這披髮金面將官，橫衝直撞，馳驟如飛，數千宋軍跟著他，好似風雨般殺將過來，

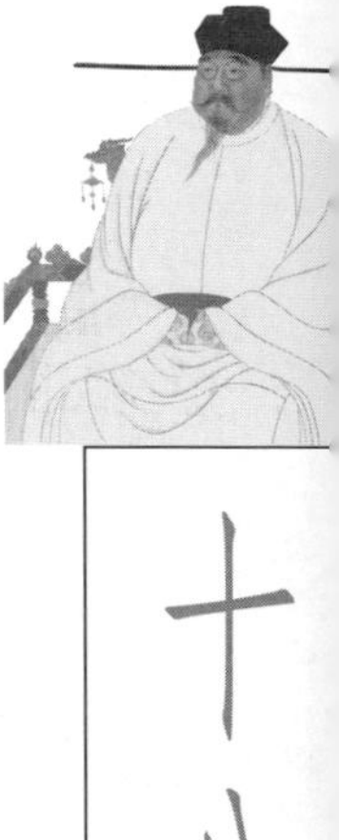

夏兵如何抵擋得住？元昊也驚疑不定，只得率兵遁去。

你道這將是誰？乃是巡檢指揮使狄青，表字漢臣，河西人氏，驍勇善戰，初為騎御散直，從軍西征，屢立戰功，平時上陣，戴了鋼面具，披髮督戰，能使敵人驚崩。現在正做巡檢指揮使，屯守保安，鈐轄盧守勤，檄令禦敵。他手下只帶兵士數千，一經對陣，竟嚇退元昊雄師數萬，捷聞於朝。

仁宗要召問方略，又值元昊商議進兵，乃命圖形以進。後人有詩一首，詠狄青道：

面戴銅具立戰功，奇謀早已貯胸中。
西征自有將軍在，數萬叛兵一旦空。

元昊敗退，又欲進寇延州，先遣人到范雍軍前詐降。范雍信以為真，毫不設備。延州地方遼闊，堡寨稀少，守兵又多老弱。元昊突然發兵，攻破金明寨，擒了都監李士彬父子，乘勝直抵延州城下。范雍方知中了元昊奸計，一面命石元孫出陣，一面往慶州調副總管劉平前來救應，戰了三日，兩軍各有勝負。

石元孫、劉平合兵一處，在西南山下紮寨，到了夜間，敵兵已將營寨，團團圍住，大叫你們這些殘兵，還不早早歸降，一定要等死麼？宋軍驚惶渙散。

天將黎明，四下裡戰鼓齊鳴，夏兵衝殺過來，把官軍截為兩段，石元孫、劉平都被元昊擒去，劉平到了敵營，破口大罵，首先被害。石元孫拘在營內。

延州自遭此敗，人心洶懼。幸而天降大雪，不能進攻，元昊急於回去，延州未為攻下。是役之敗，劉平、石元孫當危急時，奮力鏖戰；都臨黃德和，率步兵未戰先退；萬俟政、郭遵等亦相率奔潰。及劉平被害，黃德和反誣劉平降賊，因致挫衄。

宋廷已聞悉內中情由，仁宗命殿中侍御史文彥博，往河中問狀。文彥博，汾州人氏，為人正直無私，一經審訊，水落石出。德和坐罪腰斬；范雍亦貶知安州；追贈劉平官爵，從優撫恤；遂命夏守贇為陝西經略安撫招討使，內侍王守忠為鈐轄，即日啟行。

知諫院富弼上疏諫道：「夏守贇庸懦之夫，不足以當大任；王守忠乃內臣，命為鈐轄，正蹈唐季監軍覆轍，請收回成命。」

仁宗不從，會知制誥韓琦，使蜀回都，奏陝西夏形勢甚為鮮明。仁宗遂命韓琦安撫陝西，韓琦陛辭時，面奏仁宗道：「范雍節制無狀，致遭敗衄，貽君上憂？臣願保舉范仲淹往守邊疆。」

仁宗道：「范仲淹麼？」

韓琦急奏道：「仲淹前忤呂夷簡，徙知越州。朝廷方疑為朋黨，臣非不知，但陛下宵旰勤勞，臣若再顧嫌疑，埋沒人才，罪且益大。倘或跡涉朋比，所舉非人，即坐罪族誅，亦所

甘心。」

仁宗聽了，方才點頭道：「卿且去，朕當令仲淹即來。」

韓琦叩謝而出，遂有詔令仲淹知永興軍，先定仲淹知開封府。因呂夷簡當國，濫用私人，上疏指陳時政，隱斥夷簡為漢之張禹。夷簡說他越職言事，面劾仲淹，落職外徙。集賢院校理余靖、館閣校勘尹洙、歐陽修奏稱仲淹無罪，也致坐貶，斥為朋黨，都人士卻稱為四賢。韓琦這次舉薦仲淹，所以有這般議論。仁宗聽從韓琦之言，竟用仲淹，可謂從諫如流了。

獨有那張士遜，本來主張用兵，到了緊急的時候，反一無措施。諫院中嘖有煩言。士遜倒還見機，上章告老，詔以太傅致仕，再起呂夷簡同平章事，夷簡再相亦以夏守贇非專閫才，不如召還。仁宗乃命與王守忠一同返闕，改任夏竦為陝西經略安撫招討使，韓琦、范仲淹為副。

仲淹奉旨陛辭。仁宗面諭道：「卿與呂相有隙，今呂相亦願用卿。卿當盡釋前嫌，為國效力。」

仲淹頓首道：「臣與呂相本無嫌怨，前日就事論事，亦不過為的國家，安敢預存成見。」

仁宗道：「能同心為國，尚有何言。」

仲淹叩別出朝，即回登程。途中聞延州諸寨，多半失守，因上表請自守延州，詔令兼知州事。仲淹乃兼程而進，至了延州，大閱州兵，得萬八千人，選六將分領，日為訓練，視賊眾寡，更番出敵。又修築承平永平等寨，招流亡，定保障，通斥堠羌漢人民，相率復業，邊疆日固，敵不敢侵。夏人相顧告戒道：「這次來的小范老子，胸中有數萬甲兵，不比從前的大范老子，可以欺騙得的，延州不可妄想了。」

大范老子是指范雍，小范老子乃指仲淹的。仲淹字希文，吳縣人氏，大中祥符八年舉進士，至是守延州，賞罰嚴明，治軍整肅，蕃漢咸服。仲淹於軍書旁午之時，裘帶雍容，吟詠不輟。

一日，正當秋高氣爽，仲淹巡閱諸營，聞得長空雁唳，四面角聲嗚嗚不斷，覺得心頭很有感慨，又見將士卒戍守勞苦，及自己終年鎮邊，久未歸去，更加激起胸中悲感，便以秋思為題，譜成《漁家傲》詞一闋道：

塞下秋來風景異，衡陽雁去無留意。四面邊聲連角起。千障里，長煙落日孤城閉。
濁酒一杯家萬里，燕然未勒歸無計。羌管悠悠霜滿地。人不寐，將軍白髮征伕淚。

仲淹這闋詞兒傳了出去，蕃兒漢卒一齊練習了歌唱起來，音韻非凡悠揚，聲調極其悲壯，傳到了元昊耳中，暗暗吃驚道：「小范如此從容，他若坐鎮邊疆，我永無得志之日了。」急於手下商議，假意遣使與仲淹議和。仲淹便親手寫了一封回信，反覆勸諭，叫他先撤帝

號，速盡臣節，以報累朝寬厚之德。

元昊瞧了，置之不理，又差人到韓琦那裡乞盟。韓琦道：「無約請和，是誘我也。」遂拒絕來使，不准請和。元昊計不得逞，率眾入寇渭州，進薄懷遠城。韓琦乃親出行邊，盡發鎮戎軍士卒，又募勇士萬八千人，命環慶總管任福為統將，耿傅為參謀，涇原都監桑懌為先鋒，朱觀、武英、王珪為後應。

大軍將發，韓琦親囑任福道：「元昊多詐，須要加意小心，此去須從懷遠直趨德勝，繞到牧羊隆城，攻擊敵背。如果勢未能敵，即據險設伏，截藝歸路，不患不勝。若速成節制，雖然有功，亦必斬首。」任福唯唯答應，帶領人馬，徑赴懷遠而去。

走至捺龍川，見塵頭大起，知是開戰，向前一望，方知是鎮戎軍西路巡檢常鼎、劉肅與敵兵對陣，竟將敵兵殺敗而逃。任福忙令先鋒桑懌上前相助，自己押了大隊，隨後追趕。探馬又報夏兵甚少，任福更是放心直進，傍晚時候已至好風川，便與桑懌合兵，紮下營寨。

此時參謀耿傅尚在後面，接得韓琦來檄，力戒輕進。耿傅亟寫了手書並檄文，差人送於任福，勸他遵從命令，萬勿躁進。任福冷笑道：「韓招討太覺迂謹，耿參謀尤其畏葸，我看敵兵甚是易與，明日進戰，定要大獲全勝。使夏人只騎不返。」便約會朱觀、武英等，一同進兵。

次日，任福、桑懌沿著好水川西行，到了六盤山下，見有銀盒數個棄於路上，封得甚固，桑懌取來看時，覺得盒內微有躍動的聲音，不知是什麼東西，未敢遽啟。任福到來，也不管什麼好歹，立命開看。不料那盒內，都藏的是鴿兒，還是人家養熟的，尾上皆懸了響哨，盒蓋一啟，鴿兒都飛向空中，響聲振耳。

桑懌、任福抬頭瞧著鴿兒，正在疑惑，忽聞胡哨四起，夏兵大至，元昊親領鐵騎，殺向前來。任福、桑懌方知中計，慌忙迎敵，被夏兵橫衝直撞，往來馳驟，人馬早已散敵，要想據險固守，忽見夏陣中豎起一面鮑老旗，長有二丈餘，旗向左麾，左面伏兵齊起，旗向右麾，右面伏兵俱出，四面夾攻，宋軍大敗。桑懌、劉肅相繼陣亡，任福身被十餘創，尚力戰不退。

小校劉進勸他速走，任福道：「我為大將，不幸軍敗，走向哪裡去呢？」說罷又戰，面頰中了一槍，血流如注，遂扼吭而死。

任福之子懷亮，亦沒有入陣內而亡，只剩得武英在重圍內左衝右突，不能出外。王珪亟往救應，殺條血路，救出武英，但武英已受重傷，不能再戰。王珪獨立難支，正在著急，忽然夏兵又至，圍裹住了。

耿傅、朱觀正欲往救，恰巧駐泊監都趙津，率兵前來，耿傅令朱觀守住後軍，即與趙津往救，哪知王珪、武英均已身亡，耿、趙兩人陷入陣內，亦復被殺。朱觀帶了千餘人，躲在一帶民牆裡面，用箭亂射，因天色已晚，夏人怕有埋伏，遂奏凱而回。

這場大戰，宋將亡了六員，士卒傷了一萬有餘。關右大震，夏竦使人收集散兵於任福衣帶中，查著韓琦之檄，並耿傅手書，乃將詳情奏聞，說是任福違命致敗，罪不在韓琦、耿傅。韓琦亦上本自請議處。仁宗聞報，甚為震悼，乃降韓琦一官，移知秦州。

元昊自勝了宋軍，聲勢大盛，作書答覆范仲淹，語極傲慢。仲淹對著夏使，將書扯碎，付之於火。這事傳入宋廷，呂夷簡對廷臣道：「人臣無外交，仲淹擅與元昊書，已失臣禮，即得答覆，又擅焚不奏，該得何罪？」

參政宋庠道：「即此已當斬首。」

樞密使杜衍道：「仲淹志在招叛，其心未嘗不忠，如何可以深罪？」彼此爭議不決。仁宗即命仲淹自陳，仲淹上奏道：「臣始聞元昊有悔過意，因致書勸諭，宣示朝廷威德。後因任福敗歿，其勢益驕，答書悖慢。臣若以書上聞朝廷，不亟申討，辱在朝廷，對使毀書，辱不過及臣，可與朝廷無涉。此實區區愚忱。乞垂鑒察。」

仁宗復下其疏，令中書樞密復議。宋庠、杜衍仍執前議。仁宗垂問呂夷簡。宋庠以為夷簡贊同自己之議，哪知呂夷簡卻奏道：「杜衍議是，止應薄責了事。」

仁宗乃降仲淹知耀州，後又徙知慶州，令工部侍郎陳執中，任陝西安撫經略招討使，與夏竦同判永興軍，兩人意見不合，動輒爭執，仁宗只得令夏竦屯鄜州，執中屯涇州。那夏竦守邊，甚為元昊輕視，嘗懸賞募夏竦首級，只出錢三千文。

第四十九回　龍圖老子

夏竦在陝西守邊兩年之久，敵兵來後，總是挫敗；遇著朝廷有所詢問，也是首鼠兩端，毫無方略，反在營中帶了侍妾，終日沉湎酒色，不問邊事，不恤兵民，因此元昊知他無能，甚為輕視！故意懸著賞格，購取夏竦的首級道：「有人斬得宋陝西安撫經略招討使夏竦的首級來獻者，賞錢三千文。」

將這賞格在宋朝邊疆，凡是夏竦的轄境，到處懸掛，以示羞辱。

夏竦知道了，雖然忿恨，也是無可如何。邊人都把這事傳為笑談！

這消息到了汴都，知諫院張雲平上疏論劾夏竦道：「竦為統帥，已將三年，師惟不出，出必喪敗；寇惟不來，來必殘蕩。如此統帥，究有何用？請另行擇帥，藉固邊防。」

仁宗覽奏改任夏竦判河中，陳執中知涇州，一面與廷臣商議，分秦鳳、涇原、環慶、鄜延為四路，令韓琦知秦州，轄秦鳳；范仲淹知慶州，轄環慶；王沿知渭州，轄涇原；龐籍知延州，轄鄜延。各兼經略安撫招討使，這四人之中，除王沿外，都是宋禦石方，繕城湟，築

堡寨，招流亡、撫人民。羌漢畏服、不敢貳心。

羌人尤其愛戴仲淹，都呼他龍圖老子，因仲淹曾為龍圖閣待制，所以有這個名稱。自此邊將俘人，防禦漸固。元昊也就知難而退，不敢生事了。

哪知西邊方才略略安靖，那契丹忽又遣使蕭特末、劉雲苻，前來復求關南之地，且問興師伐夏，及沿邊浚河增戍的理由。

廷議派知制誥富弼為接伴使，偕同中使往都外迎接。兩下相見，當由中使傳旨慰問。蕭特末不肯下拜，富弼抗聲道：「南北兩朝稱為兄弟，我朝皇帝與你國皇帝相等，今傳旨慰問，如何不拜？」

蕭特末推託有病，不能行禮。富弼道：「我從前曾奉使前往北方，臣病在車中，聞得你們國主有命，尚勉強起來行禮。你怎麼因為有病，就失禮呢？」

蕭特末無言可答，只好起身下拜。富弼便把他們引入使館，開誠佈公與他談話，蕭特末很為感悅，即將契丹主遣使本意一一說明，富弼據理辯駁。

蕭特末密語富弼道：「貴國可從就從，如不可從，或增幣，或和親，亦無不可。」

富弼遂引蕭、劉兩使入朝仁宗，並把蕭特末的話奏知。仁宗道：「如此很好，我們只要增加些歲幣，或者仿古人和親的辦法，選個宗女，嫁給他的兒子就是了。但須差個報聘的人，叫呂夷簡保薦可以勝任的，前往北方。」

呂夷簡與富弼不合，便奏道：「富弼前曾往契丹，可稱熟手，此次命之前往，當可不致辱命。」

仁宗點頭，遂命富弼報使契丹，詔命下來，廷臣都為富弼擔憂！

集賢院校理歐陽修且上疏道：「富弼一介書生，手無縛雞之力，倘如唐季李希烈留顏真卿一般，富弼固不足惜！豈不有誤國家大事，疏入不報。」

富弼卻慷慨請行，向仁宗奏道：「主憂臣辱。臣此去除歲幣外，決不妄許一事。」

仁宗聞言，甚為動容，即授富弼為樞密學士。富弼不肯受道：「國家有急，義不憚勞，怎敢先受爵祿。」

仁宗又復嘉獎數語，富弼叩辭退出，偕了蕭特末等同赴契丹，朝見國主。

此時契丹主隆緒已亡，蕭太后亦死，嗣子宗真繼位。

富弼見過了禮，開口頭一句，便向宗真道：「兩朝皇帝，父子繼好，已四十餘年。無故來求割地，究屬何故？」

宗真道：「南朝先是違約，塞雁門，增塘水，治城隍，繕兵民，是為的什麼事情？我國大臣，早要興兵南來，是我沒有答應，因此遣使遺問，並索還關南之地，倘若不允，再行舉兵。」

富弼道：「北朝忘了我章聖皇帝（即真宗）的大德麼？當日澶州一役，我朝將士均與開

戰。章聖皇帝若從其議，北兵無一生還的，而且還有一句話，我不能不盡忠告。兩國修和，那利益就歸國家。若啟兵端，那利益就歸臣下了。北朝又欲啟釁，想是臣子均為身謀，不顧國主的禍福。」

宗真聞言，不禁驚異問故。

富弼道：「這個道理，是顯而易見的。從前晉高祖欺天叛君，末帝昏亂，土地小狹，上下離叛，北朝始得進取中原。但試問，所得金幣，果能涓滴歸公麼？國家費了許多軍餉，折了許多士馬，徒令私家充牣，公府彫殘。現在的中國，提封萬里，精兵百萬，法令修明，上下一心，更非晉朝可比。北朝如果用兵，能保必勝麼？就是得勝，勞師動眾，所捐已多，還是臣下受害呢？還是國家受害呢？倘若通好不絕，每年的歲幣，完全為國家所有，臣下不能分潤。他們自然很不願意，要勸國主興兵了。」

宗真聽了，一手拈著鬍子，連連點頭。

富弼又道：「若說我朝堵塞雁門乃是防備西夏，浚深塘水，是在通好之前；修繕城隍，招練民兵，不過補從前的缺額。如何說是違約呢？」

宗真道：「如你所言，我卻錯怪了南朝了，但土地是我祖宗所固有，還乞見還。」

富弼道：「晉以盧龍賂契丹，周世宗復取關以南地，皆是前朝政事。若兩國都要求地，幽薊曾隸屬中國，也就應該見還了。」

宗真無話可答，宣弼退下。劉六苻引富弼至使館說道：「我主恥受金幣，定欲索取關南十昊。南朝何不暫許通融呢？」

富弼正色道：「我朝皇帝常說：『為祖宗守土，不敢以尺寸之地與人。』北朝所欲，不過租賦。朕不忍兩朝赤子重罹兵革，寧多加歲幣，以代租賦。如果北朝一定要索土地，便是有意背盟。北朝應為戎首，其曲不在我朝了。」

劉六苻道：「南朝皇帝如此存心慈善。我們自當幫忙，使兩朝皇帝和好如初。」是日開宴盡歡而散。

次日，契丹主宗真出獵，約富弼同往。宗真引馬與富弼密語道：「南朝若允割地，我誓感厚誼，永敦和好。」

富弼答道：「北朝以得地為榮，南朝自必以失地為辱。彼此既為兄弟，豈可使一榮一辱了呢？」

宗真默然無語。獵畢而歸，劉六苻即來說道：「我主聞榮辱之言，頗為感動。關南之地，暫且不提，願與南朝和親，諒來總可以答應的了。」

富弼道：「和親易啟嫌隙，況我朝長公主出降，奩送不過十萬緡，哪能及得歲幣的大利呢？」

次日，宗真召富弼入見道：「卿可返國取誓書來，俟卿再至，我當從一事為約。」

富弼作辭南返，見了仁宗，把辯論情形詳細奏聞。仁宗復遣富弼，持誓書前赴契丹，並命至樞臣處親受口傳。富弼領勒即行，方抵樂壽，忽然心中一動，對副使張茂道：「我領國書時，沒有親自觀看，倘口傳的話，與國書不同，如何能取信於人。這不誤了大事麼？」遂啟書看視，果與口傳不符，立即馳馬回京；時已午後，朝事已散。富弼直叩宮門，請求朝見。

仁宗召入，富弼呈上國書道：「樞臣意圖陷害，特作此書，與口說不同。臣死不足惜，如國事何？」

仁宗也覺疑心，便傳問晏殊，國書如何錯誤？晏殊道：「呂夷簡身為大臣，當不至糊塗若此，或恐錄述時有了錯誤。」

富弼奏道：「晏殊奸邪，與呂夷簡同黨，自然為之庇護，當面欺誑陛下，該得何罪？」仁宗遂命晏殊，更易國書，交於富弼動身。

到了契丹，不議和親，但議歲幣。契丹主宗真道：「南朝即增歲幣，應稱為『獻』。」

富弼道：「南朝為兄，豈有兄獻於弟之理。」

宗真道：「不用『獻』字，就改一『納』字罷。」

富弼仍是不允。宗真艴然道：「幾十萬金帛且拱手送我，何在乎區區一字。若惱了我，率兵南下，休要後悔。」

富弼道：「我國皇帝顧全南北生靈，故屈己增幣，並非懼怕北朝。若不得已而開戰，曲直自有定論；誰勝誰敗，使臣都不敢預料。」

宗真道：「卿毋迂執，古時也有此例的。」

富弼道：「古時惟唐高宗借兵突厥，曾稱獻納。後來頡利為太宗所擒，豈尚有此例麼？」言時聲色俱厲。

宗真知不可奪，遂道：「你也不能作主，我當另遣人往議。」便留下增幣誓書，另遣使耶律仁先及劉六符，持誓書與富弼同行，往議「獻納」兩字。

當富弼先入奏道：「『獻納』兩字，經臣竭力拒絕，陛下幸勿輕許。」仁宗應允，後來竟用晏殊之議，許用「納」字，歲增銀十萬兩，絹十萬匹，遣知制誥梁適，持誓書與仁先等偕行，契丹亦遣使再致誓書。從此宋朝與契丹，依然和好。

那富弼初次受命，前赴契丹，適一女夭殤，亦不過問，及二次前往，聞得一男，也不暇顧，接到家書，未嘗啟視，隨到隨焚。左右問故，富弼道：「啟視家書，不過徒亂人意。國事尚未辦妥，何暇顧及家事。」此時和議已成，仁宗覆命為樞密直學士。富弼力辭道：「增幣非臣本意，契丹狡猾，明誓亦未可恃，願陛下臥薪嚐膽不忘修改。臣何敢以此受賞。」仁宗甚為嘉納，不久即改授為資政殿學士。

再說元昊雖然屢勝宋軍，將士死亡的很是不少，兵馬亦折損許多，而且西夏境內，天旱

年荒，兵民交困，漸有納款於宋之意。知延州龐籍，報告宋廷。仁宗命知保安軍劉拯，傳諭元昊親臣剛浪陵（譯為野利綱利拉）、遇乞（譯為雅奇）兄弟二人，令他內附，即畀以西平爵位。剛浪陵乃是刁猾之徒，令部下浪埋、賞乞、媚娘三人，赴延州詐降。鄜州判官種世衡，料知有詐，留在營中，佯加錄用。

剛浪陵又令教練使李文貴，前來報告投降之期，種世衡也將他留住。元昊復入寇鎮戎軍，王沿使副總管葛懷敏出敵，被元昊截擊，大敗而死，全軍陷歿無存。元昊乘勝直抵渭川，涇原以東，烽火連天，知慶州范仲淹率蕃漢兵往救。元昊方才退去。

初時仁宗命翰林學士王堯臣，安撫陝西，回朝後奏稱韓琦、范仲淹皆有將帥之才，不宜置諸散地。仁宗尚不深信，及葛懷敏敗歿，中外惶懼！遂命文彥博經略涇原，且欲徙范仲淹知渭州，與王沿對調。仲淹以王沿無用，上疏請與韓琦並駐涇州。仁宗納了仲淹之言，即用韓琦、范仲淹、龐籍為陝西安撫經略招討使，置府涇州，分司行事，並召還王沿，令文彥博守秦州，滕宗諒守慶州，張亢守渭川，韓琦、范仲淹受命之後同心防邊，號令嚴明，拊循士卒，諸美樂為之用。

夏人畏懼，不敢侵犯。邊人編成四句歌謠道：

軍中有一韓，賊聞邊之心膽寒；

軍中有一范，西賊聞之驚破膽。

那種世衡，卻因剛浪陵遣人詐降，一心要以假應假，除滅了他，免為元昊心腹。恰巧有個僧人王光信，是個足智多謀人，種世衡收錄在部下，奏補三班借職，令改名為王嵩，遣他持書法去招降剛浪陵、遇乞。剛浪陵接了書，拆開觀看，書中說是朝廷知道王有附內之心，已授為夏州節度，王可速速前來。書的後面，又畫了一個棗兒和一個龜兒，剛浪陵看了，不解所謂。

王嵩在旁解說道：「棗與早同音，龜與歸同音，是勸大王早早歸朝的意思。」

那剛浪陵和遇乞兩人，皆屬野利氏。元昊娶野利氏女為第五妃，便是兩人的女弟，因此兩人深得元昊寵任，又是很有才幹的，並握大權，夏人皆稱為大王，所以王嵩也稱他為大王。

剛浪陵何等狡猾，冷笑一聲道：「種使君把我看作何人，卻來弄這玄虛。」喝令左右，將王嵩拿下，連同原書，獻於元昊。

元昊見了王嵩，拍案大怒，喝令斬首。王嵩絲毫無懼，反哈哈大笑道：「人家說你們西夏人多詐，我卻不信，哪知果然詐偽。」

元昊聽了，忍不住大喝道：「你還多言麼？這明明用的是反間計，難道瞞得過我麼？」

王嵩道：「剛浪陵大王，若不令浪埋來降，種使君也不至於無緣無故就送書來。現在

浪埋等尚在鄜州，李文貴已經重用，我朝又授剛浪陵大王為夏州節席使。羌漢人民，誰人不知，哪個不曉，這樣可靠的事情，也要變卦，豈不是西夏人多詐的證據麼？也罷，我死也值得的，有李文貴等四人在那裡償命哩。」

元昊聽了這話，很覺驚詫，便問剛浪陵、李文貴等何事到他們那裡去的？剛浪陵前差浪埋等詐降，本未與元昊說明，此時被詰，反難答覆。元昊見了，心下好生驚疑，即命將王嵩緩刑，暫禁監內，一面盤問剛浪陵。剛浪陵忙將前情詳細言明，元昊將信將疑的，也將剛浪陵留在帳中，派人詐為剛浪陵之使，往見種世衡。世衡早已料到是元昊所使，故意將錯就錯，格外優待，且與他約定剛浪陵和遇乞歸降之期。

來使回去，把情形報告元昊。元吳不禁大怒，即召剛浪陵與所使之人對質，剛浪陵還要分辯，元昊已一劍將剛浪陵殺死，又將遇乞拘囚獄中。

種世衡聞得剛浪陵已死，遇乞被囚，笑道：「遇乞這廝，也留他不得，須要一併除去方好。」遂又作了一篇祭文，說是剛浪陵兄弟有意歸降宋朝，不意遭了慘復深可痛惜！

這篇祭文，說得甚慘惻，暗暗地投在夏境，有人拾了獻於元昊。元昊又將遇乞斬首。但是元昊也是個很有膽識的人物，種世衡用這反間之計，就是無謀下士也識得的。元昊如何落入圈套，竟把自己的羽翼剪除了呢？

只因遇乞之妻沒藏氏，生得明媚豔麗，風姿絕世，與元昊第五個妃子野利氏有姑嫂之誼，時常出入宮中。元昊見了，詫為美人，很想引誘上手，與她通情，只忌著遇乞和剛浪陵都是很有本領的人，又且手握重權，不敢妄動，正在沒有法想的當兒，卻巧碰著種世衡施了反間計，便將錯就錯，把剛浪陵兄弟二人殺了，遂將沒藏氏誘進宮去，威嚇利誘，成就了好事。

元昊即已如願，就把王嵩從獄中放出，以禮相待，令他作書於種世衡，願與宋朝通和。世衡告知龐籍，遣李文貴往議和解。元昊大喜，即令李文貴與王嵩同至延州，齎書議和。

龐籍接了來書，飛報宋廷。仁宗令龐籍復書許和，但命他稍從恭順。龐籍奉旨，乃遣李文貴齎書前去。元昊令六宅使賀從勖，齎書同來，書中自稱男邦泥定國兀卒曩霄，上書父大宋皇帝，龐籍看了問道：「怎麼叫做泥定國兀卒曩霄？」

賀從勖答道：「曩霄是吾主新改的名字，泥定國是立國的意思，兀卒是國主的稱呼。」

龐籍道：「這樣說來，爾主仍不肯臣事我朝，這書如何上聞呢？」

賀從勖道：「即稱父子，也和君臣一般。倘若天子不許，再作計較。」

龐籍道：「如此，爾須入闕自陳。」

賀從勖應聲願往，遂令人送賀從勖至京。

龐籍奏言元昊來，書體未正，應諭令稱臣，始可議和。仁宗覽奏，即召賀從勖入諭道：「你主果願歸誠，應照漢文格式，稱臣立誓，不得說什麼泥定國，什麼兀卒。」

賀從勖叩首道：「天朝皇帝，既命稱臣，當歸國再議。惟天朝仁恩廣被，每歲應賜予若干，使臣可以還報國主。」

仁宗道：「朕遣使與你同往定議便了。」遂命邵良佐、張士元、張子奭、王正倫等四人，偕同賀從勖前往，與元昊酌議。

四人到了西夏，因元昊多索歲幣，未能議妥。元昊反遣使臣如定聿（譯為儒定裕舍）、張延壽等，至汴再議。當下議定，每年賜予絹十萬匹，茶三萬斤，夏主元昊稱臣立誓，永不渝盟。

夏使即力，元昊即上誓表。仁宗亦賜詔答覆。夏使去後，過了一年，又遣尚書員外郎張子奭，充冊禮使，冊元昊為夏國主；於歲賜之外，特賞對衣，黃金帶，銀鞍，勒馬，銀二萬兩，絹兩萬匹，茶三萬斤，從此契丹通和，西夏稱臣，西北兩鄙，總算一齊平靜。

仁宗十分快樂！除了每日在宮與妃嬪美人歌舞飲酒追歡取樂，一有空暇，還要作些詩詞歌曲，譜入樂中，命宮人們歌來侑酒。從來說上有所好，下必應從。仁宗既喜歌詞，自然就有那些文人學士，批風扶月，挖盡心思，作了許多詞曲，希圖迎合上意，好取富貴。

其時有個屯田員外郎柳永，初名三變，後來改名為永，表字耆卿，崇安人氏，景祐元年，進士登第，最擅填詞度曲，所譜之詞，音律諧婉，詞意妥貼，把承平氣象，形容曲盡，賞用《雨霖鈴》調，作秋別詞道：

寒蟬淒切，對長亭晚，驟雨初歇。都門帳飲無緒，方留戀處，蘭舟催發。執手相看淚眼，意無語凝噎。念去去千里煙波，暮靄沈沈楚天闊。

多情自古傷離別，更那堪、冷落千秋節。今宵酒醒何處？楊柳岸，曉風殘月。此去經年，應是良辰好景虛設。便縱有千種風情，更與何人說？

這闋詞兒，做得清雅流麗，傳了出來，都下爭誦，皆稱他為曉風殘月柳屯田，流入禁中。仁宗聞得，也深愛此詞，每逢宴飲，必令侍從歌唱，但傳旨說歌柳詞，眾人便知是要唱曉風殘月了。

那柳永文才雖好，卻是個希榮慕利之人，聞得仁宗深愛他的詞曲，時常歌唱，就想藉此梯進，只是沒有機會，惟有耐性守候。卻巧那年秋季，太史奏稱老人星現，主國家承平，聖壽綿長。仁宗聞奏大喜，又值中秋這天，天色晴朗，月明如畫，仁宗高興得很，便在宮內擺宴樂飲。

柳永本與內侍聯絡，遇有機會，便去偷偷地報告了柳永，叫他譜闋新詞，獻於仁宗，碰碰機緣。柳永得了機會，好不歡喜，疾忙伸紙磨累，譜了《醉蓬萊》一闋，暗暗切著中秋晴霽，老人星現，國脈綿長的意思，令內侍獻於仁宗，其詞道：

漸亭皋葉下，隴首雲飛，素秋新霽。華闕中天，鎖蔥蔥佳氣。嫩菊黃深，拒霜紅淺，近寶階香砌。玉宇無塵，金莖有露，碧天如洗。

正值昇平，萬機多暇，夜色澄鮮，漏聲迢遞。南極星中，有老人呈瑞此際，宸遊鳳輦何處？度管弦聲脆，太液波翻，披香簾捲，月明風細。

柳永譜了這詞，獻於仁宗，以為富麗堂皇，切時切景，又寓著頌揚之意，必定大加獎賞，可以升官進爵的了。哪知仁宗看了那詞，見頭一個便是漸字，心下已是不悅！讀至「宸遊鳳輦何處」，又與從前御制攬真宗的詞相同，更加慘然不樂！又讀到「太液波翻」，便道：「何不用『波澄』二字，可見柳永是個反覆無常之人了。」說著，就把這個詞投於地上，不去觀看，內侍們見聖心不悅，也就不敢多言。後來仁宗又把柳水溝通內侍，進獻詞曲的情由打聽出來，更加鄙薄他的為人，遂以無行罷黜，不再起用。

柳永以詞曲罷免，卻有個宋祁，偏以詞曲見賞於仁宗，很得寵幸。那宋祁，字子京，本是安州安陸人，後來徙居開封府之雍邱，與兄宋郊，天聖年間，同舉進士，禮部奏宋祁為第一名，宋郊名列第三。時劉太后臨朝稱制，說道：「宋郊乃宋祁之兄，不可以弟先兄。」遂命以宋郊為第一。

宋郊後改名為庠，累仕參知政事，同平章事，充樞密使，封莒國公。宋祁才情倜儻，雅擅歌詞，賞於春日譜《玉樓春》詞道：

東城漸覺風光好，鄒穀波紋迎客耀。緣楊煙外曉寒輕，紅杏枝頭春意鬧。
浮生長恨歡娛少，肯愛千金輕一笑，為君持酒勸斜陽，且向花間留晚照。

這首詞兒，傳誦都下，人皆稱宋祁為「紅杏枝頭春意鬧尚書」。仁宗也深賞其詞之妙，常常召入禁中，甚加優待。

其時因邊疆平靜，在慶曆八年，元宵這天，仁宗以中外臣民，逢著承平時節預先下旨，元宵令節，大張燈彩。這道旨意一下，汴京城內，誰敢不遵。官宦人家是不必說了，或紮鼇山，或列祥獸，便是庶民人家，也在門前，懸了各色的異樣燈景，真是個家家大張宴會，戶戶盡到珠璣，銀花火樹笙，簫鼓樂喧聲聒耳，錦鏞盈胖。這夜金吾不禁，與民同樂。那汴京的繁臺街，人山人海，滿路擁擠，不能通行。恰巧街西有幾乘繡幰，如飛而來；街東有一位官員，坐轎而行。兩下走得相近，被看燈的人四下一擠，不偏不倚，碰在一處。

第五十回　鷓鴣天

元宵佳節，京城內大張燈綵。那條繁臺街，正在城之中心，平時也異常繁盛，何況元宵這夜，全城的百姓和中外人士，以及紅男綠女，老人幼童，都到這條街上來看燈，早已擁擠得水泄不通。

恰巧有幾乘繡幰，坐的都是內家宮女，奉命往八大王儼邸中回來，由此經過。對面又來了一頂轎子，內中坐的是翰林學士承旨宋祁，喝道而來。雖然兩下都有侍從開路，那看燈的人，過分多人，哪裡讓得開來。那繡幰好容易從人叢中擠將過來，恰巧宋祁的轎子也到了，忽地被眾人四下一擠，那轎子和一乘繡幰碰了一下，幸虧碰得不重，並無損傷。

那坐在繡幰中的宮人，已是吃了一驚，就有兩個小內監喝道：「是個什麼官兒，敢這樣無禮，驚動咱們。」

宋祁的從人忙打招呼道：「對不起得很，是宋學士侍宴回來，被看燈的人逼迫過甚以致如此，並非有意，尚請原諒。」

小內監還要發作，那繡幰內坐的美人，早已伸了纖纖玉手，褰起簾幃，露出粉臉，向宋祁望了一眼，微微一笑道：「是小宋麼？他們出於無心，不必計較，快覆旨去。」小內監不敢多言，一剎那頃，風馳電掣地去了。

宋祁坐在轎中，看見這個宮人生得豐容盛鬋，杏臉桃腮，真是天上奇葩，不同凡卉；又聽她嬌滴滴的聲音，稱自己為小宋，不覺心有所感，遂於轎中，口占《鷓鴣天》詞一闋，以表思慕之意。其詞道：

畫轂雕鞍狹路逢，一聲腸斷繡簾中。
身無彩鳳雙飛翼，心有靈犀一點通。
金作屋，玉為籠，車如流水馬如龍。
劉郎已恨蓬山遠，更隔蓬山一萬重。

宋祁一面填詞，一面回去，心中怏怏，如有所失。不料這詞傳入禁中，為仁宗聞知，不覺笑道：「宋祁有此豔思，朕當曲為成全。」遂問元宵那夜，是第幾車子，何人呼小宋的？宮人們只得據實奏聞，仁宗也不言語。

此日召宋祁侍宴，仁宗命歌所譜《鷓鴣天》詞。宋祁聽了，不勝惶恐！仁宗從容問道：

「此詞是卿所作麼？」

宋祁驚惶無地，拜伏請罪。仁宗笑道：「朕當使卿不隔蓬山，得遂心願。」召呼小宋的宮人，當面賜之，並命內侍備車送往學士府中。宋祁叩頭謝恩而退，當時傳為佳話，朝臣莫不豔羨！

這年乃是慶曆八年閏正月，仁宗因為西北邊境，兵患已消；見州叛卒王則之亂，又經明鎬、文彥博討平，天下無事，四海昇平，心內覺得十分快樂，在正月內遊宴了一個月，還覺未能盡興，便藉著閏正月的名目，下詔第二個元宵節，再張燈宴三天，以盡餘興。

這道詔旨下來，汴京城中，上自官宦，下至百姓，個個興高采烈，重新張燈結綵，鼓樂喧天的又慶祝起元宵佳節來了。仁宗更是異常高興，帶了文武百官，設宴露臺，賞玩燈景，飲酒賦詩，選舞微歌地鬧了一夜。

次日十六日，乃與文武宴飲取樂。只因昨日鬧了一個通宵，今晚不便再鬧一夜，到了二更已過，便傳旨散宴，排駕回宮。

仁宗回到宮中，仍然興致勃勃，遂又傳旨排宴。曹后見仁宗正在興頭的時候，不敢諫阻，只得在旁陪侍。

仁宗連舉數觥，已是三更時分。忽聞外面呼噪的聲音接連不斷。曹后係出將門，性情機警，聽了這個聲音，即知有變，連忙抬頭一看，月光底下，分外清楚，早見對面屋脊上，有

幾個短衣窄袖，雄赳赳的男子，手執明晃晃的利刃跳將下來，直撲寢門而來。

此時外面喧聲更甚，仁宗也十分驚詫，意欲出視，早被曹后拖住，擁護著坐下，說道：「宮中如此紛擾，必然有人謀變。黑夜倉皇，陛下不宜輕出；速傳旨出去，召都知王守忠，引兵入衛，方保萬全。」

其時值宿的宦侍俱已前來，當由仁宗亟召王守忠引兵入衛，內侍奉旨去了。那外面的亂黨，逢人便殺，妃嬪宮人，慘呼盈耳。

仁宗驚惶無措，曹后勃然變色道：「賊黨已是內入，不可不須為防備。」遂傳集內侍勒為隊伍，守禦宮門。

有個太監讒言道：「莫非宮中乳媼毆打小女子，所以有這樣的聲音。」

曹后怒喝道：「賊人已至眼前，在那裡殺人，你還敢當面撒謊麼？」便命宮人內侍，速去汲水；水汲人，又親執繡剪，將各內侍鬢邊皆剪一缺，道：「你們可奮力守門，靜待外援。明日當視發行賞。」宦侍聞言，一齊踴躍起來，都至宮門拒守。

果然不上一刻。賊黨已至中宮，在門外齊聲吶喊，縱火毀門。

曹后忙督率內侍宮人，將所備之水向外撲救。火勢雖盛，遂撲遂滅，宮門得以保全。兩下正在相持，都知王守忠已率衛兵到來，四面截殺，不消片刻，已將賊黨擒住，叩門請安。

曹后聞知賊人已獲，在內傳旨道：「叛賊共有幾人？」

王守忠道：「共計數十名，為首的乃是侍衛顏秀。」

曹后道：「知道了，你可押帶出去，即交刑部，確是擒住的賊人，命即正法，不得妄事株連。」守忠奉命而去。仁宗見曹后倉猝指揮，一絲不亂，十分讚嘆！

其時天色已明，各院妃嬪得了消息，陸續前來，在門外請安，當時由曹后吩咐，啟門放入。第一個進來的便是張美人，這張美人乃後宮第一個寵妃，生來巧慧多智，最善逢迎。仁宗本要立她為后，因與劉太后意見不合，所以冊立郭后。郭后被廢，又要立她為繼后，卻因張美人自己辭讓，不敢承當，方才改立曹后。平日與兩后相處，倒還謙退盡禮，無甚乖忤之處，因此更得主眷。

慶曆元年，封清河郡君，後遷修媛，忽然患病，甚為沉重，遂申奏仁宗道：「賤妾蒲柳之姿，待罪掖庭。不克上荷主眷，願仍退居美人之列。」

仁宗見她意出真誠，也就允許，但是封號雖屬美人，權力卻侔於皇后。這回到中宮來請安，仁宗反好言撫慰，曹后也屈意殷勤。緊跟著張美人進來的，便是周美人。

她從四歲上即入宮闈，甚為張美人所鍾愛，因此撫為養女，到得年將及笄，出落得如花如玉，美豔動人。仁宗見了這天仙般的佳人，如何還肯放過，也顧不得什麼名分，竟把養女收入鳳侶，也是很得寵幸的一位美人。此外又有苗才人、馮都君，也相偕前來問安。

苗才人本是仁宗乳母的女兒，幼時便和仁宗在一處嬉戲，青梅竹馬，兩小無猜，自然十

分相愛，到得年紀長成，其苗才人又生得身材苗條，嫵媚甚愛。仁宗便收她在妃嬪之列，封為才人。

這馮都君，是個良家女子，其祖名起，曾為兵部侍郎，以德容入選的。其餘還有許多才人美人，一齊都來問安，因為無關緊要，也就不再詳述了。

到得次日，仁宗以宮禁謀變，禍生肘腋，特下詔書，譴責皇城使，與衛官數人。副都知楊懷敏，由亂首顏秀供出，通同一氣，則應押外庭，嚴加審問，卻因樞密使夏竦和他私相結納，盡力包庇，奏請仁宗。

在禁中審訊，便有參知政事丁度諫阻道：「宿衛作亂，謀害乘輿，關係著社稷安危，乃是何等大罪，豈可胡亂了結麼？」

無如夏竦一力堅持，仁宗不欲遽興大獄，只將楊懷敏降官，仍在內適當差。夏竦非但保護楊懷敏，他還想交結宮闈，以圖自保，知道張美人寵擅專房，深得主眷，要在這個當兒結一內援，遂上章說張美人有扈蹕大功，應進榮封。

仁宗本來寵愛張美人，日思晉她的爵位，苦於無詞可藉，這次得了夏竦的奏章，正合心意，即命冊張美人為貴妃。夏竦見仁宗准了自己的奏章，料知有機可乘，意想就此動搖中宮，唆使諫官王贄，奏言叛逆起於中宮，請徹底追究。

仁宗見了此奏，心下又不免動疑，轉問御史何郯。何郯奏道：「中宮仁智，內外交欽，這是匪徒有意中傷，搖動正宮，覬圖非分。陛下不可不察。」

仁宗聽了何郯的話，方把此事擱過一邊，惟加封張貴妃之父堯封為郡王，伯父堯佐為太師，兼宣徽節度、景靈、群牧四使。殿中侍御史唐介、知諫院包拯、吳奎，都竭言不可，中丞王舉正，又留百官到廷論駁。仁宗難違眾議，只得罷去堯佐宣徽、景靈二使。

過不上幾天，又使堯佐知河陽，兼職南院宣徽使。

御史唐介又抗章諫道：「外戚不可預政，前日陛下從臣等之言，已經收回成命。今日如何重又拜除，自紊典章，致召出乎反乎之。」譏仁宗。

遂召唐介進，見面諭道：「除此之權，出自中書，並非盡由朕意。卿何責備過甚？」唐介道：「相臣文彥博，也想結交貴戚，希榮固寵麼？」仁宗見唐介語言切直，心內不悅，拂袖竟入。

唐介退歸家中，重又繕疏，參劾文彥博，身為宰相，交通宮禁，引用貴戚，不稱其職，請即日罷免，改相富弼。次日入朝遞呈，仁宗閱了數語，將奏章擲下，怒斥道：「你若再來多言，朕立即將你遠謫。」

介唐毫無怯意，拾起所擲奏章，從容跪讀。讀畢，又叩頭道：「臣忠憤所激，死且不畏，何畏遠謫。」

仁宗召諭群臣道：「唐介位居御史，言事原是本職。但擅劾文彥博，妄薦富弼，難道黜

陟大權，也是御史可以干預的麼？」

其時文彥博也在殿上，唐介竟向彥博道：「彥博應自省，如有此事，不可隱諱。」

文彥博向仁宗拜謝道：「臣不稱職，願即避位。」

仁宗見唐介如此無禮，愈加發怒。立斥唐介下殿，聲色俱厲。

諫官蔡襄趨進道：「介誠狂直，但納諫容言，乃仁主美德，乞賜寬貸。」仁宗餘怒未釋，遂貶唐介為青州別駕，後由王舉正等再三進諫，改徙英州，文彥博旋亦免職，出知許州。

唐介劾他交通宮掖一事，有人說：「並非誣枉，當日張貴妃之父張堯封，曾為彥博父洎門下客。貴妃未入選時，曾認彥博為伯父。後來入宮專寵，彥博進獻蜀中著名之燈錦，與貴妃製衣，所以後人所作宮詞有「無人更進燈籠錦，紅粉宮中憶佞臣」之句；又有人說，燈籠錦乃是文夫人進獻，彥博並不知道，究竟孰虛孰實，也難查考。但當時彥博為唐介所參劾，不加辯論，卻是很可疑的，想來果有此事也未可知。

仁宗在盛怒之下貶了唐介，等到調查得實，遂將彥博外調，另派中使護持唐介至英州赴任。當時皆稱唐介剛直不阿，可以謂之真御史。

且說仁宗貶了唐介，又罷免了文彥博，遂用龐籍同平章事，高若納為樞密使，梁適參知政事，狄青為樞密副使。那耿青原以戍卒起家，歷官西陲，善戰善守，經略判官尹洙，一見之下，識為將才，力嘗薦於經略使韓琦、范仲淹。韓、范召狄青入見，談論戰略，洞中機宜，因此甚為嘉許，倚為臂助。

范仲淹並授以《左氏春秋》道：「為將不知古今，不過匹夫之勇。」狄青唯唯受命，自是斬節讀書，雖躬擐甲冑，手不釋卷，舉凡秦漢以來，將帥兵法，無不通曉，積功升都指揮，入為殿前都虞侯。

其時面涅猶存，仁宗命其敷藥除字。狄青拜謝道：「陛下以臣曾立微功，屢加擢用，並非論及門弟。臣之得有今日，正賴此涅，願留示軍中，以為勸勉，非臣不肯奉詔。」

仁宗點頭道：「卿言亦是有理，不必去罷嗣。」又為彰化節度使兼知延州，至是遂擢為樞密副使。

仁宗於慶曆八年後，又改元皇祐，皇祐元年，廣源州蠻酋儂智高，舉兵謀叛，僭稱南天國王，改元景瑞。廣源州地鄰交趾，自唐以來，即為交趾所併，其東為儻猶州，亦係交趾所屬。

知州儂全福為交人所殺，全福妻阿儂，改適商人，遂生智高，冒姓儂氏。智高生而強悍，不肯下人，年僅十三，恥有二父，即將商人殺害，與其母佔據儻猶州。交人進兵攻取州城，生擒智高母子，見其狀貌魁梧，遂加赦宥，且令知廣源州。智高不知感德，反生凶恨，潛集部曲，襲取了安德州，居然僭號改元，妄自稱尊起來，一面遣使入貢中國，自願內附。

宋廷以交趾一隅，自黎桓受封，已歷二傳，素稱恭順，不便收納智高，結怨交人，因此卻還貢使，不允所請。智高惱羞成怒，竟欲侵犯宋疆，以洩其忿。適有廣州進士黃師宓，鬱鬱不得志，往投智高，為作謀士。先勸智高屯積糧食，令出敝衣物等，與邊民換粟易米，邕州與廣源州鄰近，邑民皆輸粟出邊，與之交易。知州陳珙，命人責問，智高推說洞中饑饉，恐部下暴動，反來擾邊，自以易粟振饑，免得生事。陳珙得復，信以為真，毫不設備。

黃師宓又教智高，焚毀居室，召集部下說道：「數年屯積，焚燒已盡，只有進取邕廣，謀一生路，否則只好束手坐斃了。」

部眾聞言，一齊贊成。智高大喜！率眾五千，沿江而下，攻打邕州橫江寨，守將張日新陣亡。智高進薄邕州。陳珙倉猝無備，被智高一鼓殺入，活擒將去。司戶孔宗旦，都監張立，皆罵賊而死。智高據了邕州，自稱仁惠皇帝，國號大南，改元啟曆。

廣南一帶地方，承平已久，軍同虛設。智高揮眾四出。橫、貴、藤、梧、康、端、龔、封，八州之地，悉為所陷，進圍廣州。

知州魏瓘，一面飛報宋廷，一面鼓勵民兵，登陴死守。又得知英州蘇，緘轉運使王罕，先後率兵往援，方才保守得住。

仁宗接到了廣州急報，遂命余靖為廣西安撫使，楊畋為廣南安撫使，亟調廣東鈐轄陳曙，發兵西征。適值知秦州孫沔入朝，仁宗以秦事為勖。孫沔奏道：「秦州可以無憂，嶺南之事，卻很可慮。臣觀賊勢其盛，官軍雖已往討，未得將才，恐不能即日奏捷。」

仁宗默然無語。過不到幾日，果得敗報。昭州鈐轄張忠敗歿，賊鋒極為猛銳。仁宗又授孫沔為湖南江西安撫使，沔請騎兵七百人，立刻就道；且分檄湖南、江西各州縣，亟繕營壘，多縣燕犒，以備大軍到時應用，果然虛聲奪人。智高本擬越嶺北侵，聞得此檄，始不敢北上。

等得孫沔到了鼎州，宋廷又召還楊畋，加孫沔廣南安撫使。

智高又移書行營，求為邕桂節度使。仁宗意欲如其所請，參政梁適諫道：「智高猖獗已甚，再事姑息，嶺南非朝廷所有了。」

仁宗道：「楊畋無功，余靖等亦難獲勝，如何是好？」

言語未華，忽有一位大臣出班奏道：「臣願奉詔南征，生擒蠻酋，獻於闕下。」

仁宗視之，乃樞密副使狄青，不覺喜道：「卿若南征，不難平賊，未知應需若干人馬？」

狄青道：「臣起家行伍，非征伐無以報國，願得蕃落數百騎，益以禁兵萬人，即可生致渠魁，檻送汴京了。」

仁宗道：「既是如此，事不宜遲，朕即命卿宣撫荊湖。卿可速去整備行裝，指日出發便了。」狄青拜謝而退。

宋朝制度，重文輕武，文臣除授節鉞，久成習慣，此次仁宗命狄青南征，獨任武臣，免

不得眾議紛紛。諫官韓絳，奏稱狄青一介武夫，不應專任。仁宗欲令內都知任守忠為副使，知諫院李兌，又上言：「宦官不宜典兵。」弄得仁宗疑惑不定，左右為難，遂召首相龐籍。

龐籍奏道：「狄青智足平賊，陛下不妨專任。倘若號令不一，不如勿遣。」仁宗方才決定主意，專任狄青，置酒垂拱殿，替他餞行，且詔令嶺南諸軍，概受宣撫使狄青制。

狄青方出都門，便飛檄前敵各將士，不得妄與賊戰，候令乃發。鈐轄陳曙，乘狄青未至，發兵出敵，抵崑崙關，為賊所敗，潰退而回。

狄青到了賓州，會集孫沔余靖各軍，設立營柵，駐紮已定。沔靖入報陳曙敗潰之狀，狄青勃然道：「號令不齊，焉得不敗。明日請諸位到來，嚴申軍律，方可破賊。」

次日天明，狄青傳令，齊集各軍，大小將領，盡會堂上，依次列座。

狄青見陳曙在座，起身問道：「日前往擊崑崙關，共有若干兵馬？」陳曙無可掩飾，只得起身答道：「共有步兵八千，將校三十二人。」

狄青又令陳曙，把將校一一召入，遂即升堂高坐，傳衛士入帳，排列兩旁，召陳曙至案前，厲聲言道：「皇上授我特權，征討蠻酋，途次已傳出軍令，不得妄戰，鈐轄何得違我號令，致遭挫折，按法當斬。」喝令軍政司，將陳曙拿下，又傳隨征三十二將言道：「違令之罪，雖出陳曙，但汝等既相隨出征，應該奮力進戰，何得遇賊即潰，不斬汝等，何以申軍法。」也喝令捆綁好了，驅出轅門，一一斬首。須臾之間，三十多個首級，一齊陳於帳下。

孫沔、余靖以及諸將，皆相顧失色，莫敢仰視。狄青命將首級，懸竿示眾。過了一日，方命備棺掩埋。從此以後，行伍整齊，壁壘精嚴，令出必行，無敢違犯。

其時已在殘臘，轉眼之間，又是皇祐五年的新春，狄青按兵不進，傳令營中道：「新年令節，應行慶賀，請軍可休息十日。」

眾將得了此令，皆不知元帥是何命意。

賊人的間諜探得這個消息，忙去報告。智高以為宋兵果然要休息十日，方才進軍，也就懈怠起來。哪裡知道，過了一天，狄青自將前軍，首先出發，孫沔為次軍，余靖作後軍，聯合並進直抵崑崙關。

智高因狄青有休息十日之命，尚在邕州，沒有知道。過了一二日，再遣偵騎，窺探宋軍行止。恰值上元佳節，宋軍營中大張燈宴，歌舞歡飲，偵騎探了情形，自去回報智高。狄青和諸將將宴飲了一夜，到了此夕，仍復設宴共飲，直至二鼓，尚是興高采烈，不肯休息。狄青忽稱身體不適，暫時入內，傳令將佐們可儘量飲酒，待次日候令進關。眾將佐奉了命令，你斟我酌，開懷暢飲了多時，方始散席，等到天明，都至帳下候令。

忽有軍校口傳將令道：「元帥早已進關，諸位將軍，從速前往會師，不得遲誤。」諸將聞言，不勝驚愕！匆匆領兵入關，孫沔、余靖也就率軍亟進。

你道狄青是什麼時候入關的？原來他於起座入內的時候，便改換了軍裝，約會了先鋒孫節，乘夜渡過了崑崙關。

他又為什麼要這樣偷偷地渡過關去呢？因為這座崑崙關，設在崑崙山頂上，適當賓、邕兩州的交界，是個最重要的所在，倘若正正當當地渡過去，賊兵必然來爭。這樣險要的地方，如何能渡得過去呢？他明知賊人必有偵騎前來窺視，故意在上元這一夜張燈宴傳，以安賊人之心，使他不設防備。到了次夕，便輕輕地渡過關去。

這正是兵書上所說的「出其不意，攻其無備」的意思。果然賊人中了耿青之計絲毫沒有防備，竟是人不知鬼不覺地度過了崑崙關，直抵歸仁鋪，列陣以待後軍。到得各軍陸續前來，已是辰牌時分。智高那裡，也已得信，傾寨齊出，抗拒官軍先鋒孫節，見賊兵大至，上前交戰。賊兵來勢甚銳，槍箭齊施。孫節捨命抵敵，中槍而亡。孫沔、余靖領了人馬，駐在高岡上面，見孫節陣亡，不覺大驚！忽聞鼓聲大震，一彪人馬從山麓殺出，分為兩路，夾攻賊兵，陣雲影裡，一員大將，金盔銀甲，面戴銅具，手執白旗，身坐銀合戰馬，在那裡左右指揮，忽開忽合，忽縱忽橫，大呼殺賊。

孫沔向余靖道：「下面不是狄元帥在那裡督戰麼？看他部下的將士，好似生龍活虎一般，真個名不虛傳，你我何不揮軍直下，助他一陣呢？」余靖連聲答應。遂即分兵兩路，殺下高岡，直衝敵陣。

賊人被狄青的兵馬正殺得東倒西歪，不能招架，怎禁得又有兩支生力軍，前來相助，頓時棄甲拋戈，紛紛潰亂。

狄青率領諸軍，追趕了五十餘里，斬首數千級，賊將黃師宓、儂建中，及偽官屬等，死了一百五十餘人，生擒賊目五百多名，方才鳴金收軍。

狄青收軍之後，絕不休息，立即下令軍中道：「賊人經此一敗，魂膽俱喪。諸君可努力前進，直搗邕州，方能擒得賊酋；略一遲延，必然被他逃去。那時又要多費周折了。」

眾將佐聽了，齊稱得令，大家奮勇向前，都想擒住賊首，好得重賞。

請續看《新大宋十八皇朝》（三）大顯神通

新大宋十八皇朝（二）燭影斧聲

作者：許慕羲
發行人：陳曉林
出版所：風雲時代出版股份有限公司
地址：10576台北市民生東路五段178號7樓之3
電話：(02) 2756-0949
傳真：(02) 2765-3799
執行主編：朱墨菲
美術設計：吳宗潔
業務總監：張瑋鳳

出版日期：2024年4月
ISBN：978-626-7369-61-6

風雲書網：http://www.eastbooks.com.tw
官方部落格：http://eastbooks.pixnet.net/blog
Facebook：http://www.facebook.com/h7560949
E-mail：h7560949@ms15.hinet.net
劃撥帳號：12043291
戶名：風雲時代出版股份有限公司

風雲發行所：33373桃園市龜山區公西村2鄰復興街304巷96號
電話：(03) 318-1378
傳真：(03) 318-1378
法律顧問：永然法律事務所 李永然律師
北辰著作權事務所 蕭雄淋律師

行政院新聞局局版台業字第3595號 營利事業統一編號22759935

定價：380元

國家圖書館出版品預行編目資料

新大宋十八皇朝 / 許慕羲著. -- 初版. -- 臺北市：風雲時代出版股份有限公司, 2024.02- 冊； 公分

ISBN 978-626-7369-61-6 (第2冊：平裝). --

857.455 112021758